KB208704

하우스 메이드 2

THE HOUSEMAID

THE HOUSEMAID'S SECRET

First published in Great Britain in 2023 by Storyfire Ltd trading as Bookouture.

하우스 메이드 2

THE HOUSEMAID

프리다 맥파든 지음
황성연 옮김

일러두기

본문의 각주는 모두 옮긴이 주입니다.

프롤로그

오늘 밤, 나는 살해당할 것이다.

번쩍! 번개가 내리치며 내가 머무는 작은 오두막집의 거실을 환하게 밝혔다. 이제 곧, 내 삶은 이곳에서 갑작스러운 결말을 맞이할 것이다. 희미한 불빛 속에서 나무로 된 마룻바닥이 어슴푸레 눈에 들어왔다. 한순간, 그 위에 쓰러져 있는 내 모습이 머릿속에 그려졌다. 붉은 핏물이 여러 개의 원을 그리며 번지고, 바닥의 나무 틈 사이로 스며든다. 나는 눈은 뜬 채, 허공을 응시하고 있다. 살짝 벌어진 입가에는 한 줄기 피가 흘러내린다.

아니. 안 돼.

오늘 밤은 아니야.

오두막이 다시 어둠에 잠기자, 나는 앞을 더듬으며 폭신한 소파에서 몸을 일으켰다. 폭풍이 거셌지만, 전기가 끊길 정도는 아니다. 누군가 일부러 끊은 것이 분명했다. 그 누군가는 오늘 밤 이미 한 사람의 목숨을 앗아갔고, 다음 차례는 나라고 생각할 것이다.

이 모든 건 단순한 청소일에서부터 시작되었다. 그리고 그 청소의 마지막은 바닥에 흥건한 내 피를 닦아내는 일이 될지도 모른다.

나는 번쩍이는 번개에 의지해 주방 쪽으로 조심스레 움직였다. 어떤 계획이 있는 건 아니었다. 하지만 주방에는 무기로 쓸만한 것들이 있다. 일단 식칼 한 세트가 있을 것이고, 하다못해 포크 하나라도 유용하게 쓰일 수 있다. 맨손으로는 죽은 목숨이나 다름없었다. 칼이 있다면 살아남을 가능성이 조금은 생길 것이다.

주방에는 넓은 창이 있어 오두막의 다른 곳에 비해 빛이 더 많이 들어왔다. 나는 눈을 크게 뜨고, 최대한 많은 빛을 흡수하려 애썼다. 리놀륨 바닥 위를 비틀거리며 조리대 쪽으로 세 걸음 정도 옮겼을까, 발이 미끄러지면서 균형을 잃고 말았다. 넘어지면서 퍽 하는 소리가 날 정도로 세게 팔꿈치가 바닥에 처박혔고, 찌릿한 고통에 눈물이 차올랐다.

정확히 말하자면, 내 눈에는 진작에 눈물이 고여 있었다.

나는 몸을 일으키려다 문득 주방 바닥이 젖어 있음을 알아차렸다. 번개가 다시 번쩍이자, 내 손바닥이 보였다. 두 손 모두 새빨갛게 얼룩져 있었다. 고인 물이나 쏟아진 우유를 밟고 미끄러진 게 아니었다.

내가 밟은 것은 피였다.

깜짝 놀란 나는 몸 상태를 살폈다. 아픈 곳은 없었다. 상처도 보이지 않았다. 이 피는 내 피가 아니다.

적어도 아직은.

움직여야 한다. 지금 당장. 그래야만 살 수 있다.

가까스로 몸을 일으켜 세워 조리대를 찾았다. 손끝에 차갑고 단단한 조리대의 감촉이 느껴지자 안도의 한숨이 새어 나왔다. 손을 더듬어 봤지만 칼은 손에 잡히지 않았다. 어디 있는 거지?

그때, 어디선가 발소리가 들렸다. 소리가 점점 가까워진다. 너무 어두워서 확실하지는 않았지만, 누군가의 차가운 시선이 느껴져 목덜미의 털이 곤두섰다.

누군가 여기 있는 게 분명하다.

돌이킬 수 없는 실수를 저질렀다는 생각에 가슴이 철렁 내려앉았다. 나는 그 사람이 얼마나 위험한 사람인지 과소평가했다.

그리고 이제, 그 대가를 치르게 될 것이다.

제1부

01

밀리

3개월 전

한 시간 정도 문지르고 닦아낸 끝에, 앰버 디그로의 주방은 거의 완벽하게 반짝이고 있었다.

끼니 대부분을 근처 레스토랑에서 해결하는 앰버에게 이런 근사한 주방이 왜 필요한 건지 이해가 가지 않았다. 넓고 아름다운 이 주방에는 각종 최신 가전제품들로 가득 차 있었다. 멀티 압력솥과 전기밥솥, 에어프라이어, 오븐. 장담컨대, 앰버는 저 근사한 오븐을 켜는 방법도 모를 것이다. 심지어 식품 건조기라는 것도 있었다. 욕실에 보습 크림만 여덟 종류를 가지고 있는 사람이 식품 건조기를 사용한다는 것부터 이 모든 게 모순적인 것 같았지만, 내가 신경 쓸 일은 아니었다.

뭐, 솔직히 조금 신경 쓰이긴 했다.

그래도 나는 사용하지 않는 이 가전제품들을 구석구석 닦고, 냉장고를 정리하고, 수십 개에 달하는 접시를 치우고, 바닥을 거울처럼 반짝일 정도로 닦아냈다. 이제 마지막으로 빨래만 정리하면 앰버 부부의 펜트하우스 아파트는 완벽하게 깨끗해질 터였다.

"밀리!" 앰버의 숨 가쁜 목소리가 주방까지 들려왔고, 나는 이마에 맺힌 땀방울을 손등으로 훔쳤다. "밀리, 어디 있어?"

"여기예요!" 나는 소리쳤다. 하지만 내가 어디 있는지를 알기는 어렵지 않았다. 이 펜트하우스는 서로 이웃한 아파트 두 채를 합쳐서 만든 거라 크기는 했지만, 그렇다고 내가 어디 있는지 모를 만큼 크지는 않았다. 내가 거실에 없다면 내가 있을 곳은 주방밖에 없다.

앰버는 가벼운 걸음으로 주방으로 들어섰다. 그녀는 언제나처럼 흠잡을 데 없이 세련된 모습이었다. 오늘은 수많은 디자이너 드레스 중에 소매가 날렵하게 좁아지고, 과감한 브이넥이 돋보이는 얼룩말 패턴이 들어간 드레스를 입었다. 거기에 얼룩말 무늬 부츠까지 신은 그녀는 언제나처럼 아름다웠다. 다만, 나는 그녀의 옷차림을 칭찬해야 할지, 아니면 그녀를 사냥해야 할지 조금 고민이 됐다.

"여기 있었네!" 그녀의 목소리는 내가 있어야 할 곳에 있지 않아서 나무라는 것처럼 들렸다.

"마무리하는 중이었어요." 내가 대답했다. "이제 빨래만 정리하면—"

"그게 말이야." 앰버가 내 말을 잘랐다. "오늘 좀 더 있어 줘야겠어."

나는 속으로 움찔했다. 기본적으로 일주일에 두 번 앰버의 집을 청소하는 게 내 일이었지만, 그녀의 9개월 된 딸 올리브를 돌보는 것을 포함한 다른 잔심부름도 도맡아 왔다. 급여가 워낙 좋았기 때문에 이런저런 요구에 융통성 있게 대처하려고 노력하고는 있지만, 앰버는 항상 미리 얘기해주는 법이 없었다. 그녀의 부탁은 언제나 내가 알아야 할 시점이 거의 임박한 타이밍에 그저 통보되는 식이다. 그리고 그 타이밍은 항상 일이 있기 약 20분쯤 전이었다.

"나 페디큐어 받아야 해서 그래." 그녀는 심장 수술을 위해 병원에 간다는 사실을 알리기라도 하는 것처럼 진지한 목소리로 말했다. "내가 없는 동안 우리 올리브 좀 봐주면 좋겠어."

올리브는 정말 사랑스러운 여자아이였다. 보통 나는 올리브를 돌보는 일을 전혀 개의치 않았다. 사실, 앰버가 주는 터무니없이 높은 시급을 벌 기회를 기꺼이 반길 정도다. 그 덕에 집세도 내고 쓰레기통을 뒤지지 않아도 먹고 살 수 있었다. 하지만 지금은 그럴 수가 없었다. "저 한 시간 뒤에 수업이 있어요."

"아." 앰버는 잠시 얼굴을 찡그리더니 금세 표정을 싹 지웠다. 앰버는 웃고 찡그리는 게 주름의 주요 원인이라는 기사를 읽은 다음부터 되도록 얼굴에 감정을 드러내지 않으려고 노력하고 있었다. "그냥 빠지면 안 돼? 강의 영상이나 자료 같은 거 있잖아?"

그런 건 없었다. 게다가 지난 2주 동안 갑작스러운 앰버의 부탁에 이미 두 번이나 수업을 빼먹은 상태였다. 더 이상 빠지는 건 곤란했다. 게다가 나는 이 강의가 마음에 들었다. 사회 심리학은 재미있고 흥미로운 과목이다. 그리고 학위 취득을 위해서는 이 과목 성적이 필요했다.

"중요한 일이 아니라면 네게 물어보지도 않았을 거야." 앰버가 생각하는 '중요한 일'의 정의는 나와 다른 것 같았다. 내게 '중요한 일'이란 대학을 졸업하고 사회복지학과 학위를 취득하는 것이었다. 페디큐어가 학위만큼이나 중요할 수 있는지 나는 잘 모르겠다. 하물며 이 겨울에 누가 그녀의 발을 보겠는가?

"앰버 씨. 저기…" 내가 말을 꺼내려는 순간, 기다렸다는 듯이 거실에서 날카로운 울음소리가 들렸다.

나는 이 집에 있을 때면 공식적으로 베이비시터 노릇을 하는 시간이 아니더라도 자연스럽게 올리브를 살폈다. 앰버는 일주일에 세 번은 친구들과 함께 올리브를 데리고 놀이방에 갔지만 나머지 시간에는 어떻게든 올리브를 떼어놓을 방법을 궁리하는 것처럼 보였다. 그녀는 자신이 일을 하지 않는다는 이유로 남편이 보모를 고용하는 것을 허락해 주지 않는다며, 여러 명의 베이비시터(주로 나)에게 돈을 줘가며 겨우겨우 육아를 해나가느라 고생하는 자신의 처지에 대해 불만을 늘어놓고는 했다. 어쨌든 내가 청소를 시작했을 때 올리브는 거실에 있는 아기 울타리 안에 있었다. 내가 거실을 청소하는 동안 올리브는 윙윙거리는 진공청소기 소리를 자장가 삼아 잠이 들었었다.

"밀리." 앰버가 목소리에 힘을 주어 불렀다.

나는 한숨을 내쉬며 내내 손에 쥐고 있던 스펀지를 내려놓았다. 요즘은 스펀지가 마치 손의 일부가 되어버린 것처럼 느껴질 정도였다. 싱크대에서 손을 씻고 청바지에 대충 물기를 닦아냈다.

"응, 가고 있어, 올리브!" 나는 거실을 향해 소리쳤다.

거실로 가보니 올리브가 울타리를 힘겹게 붙잡고 울고 있었다. 어찌나 필사적으로 울어댔는지 작고 동그란 얼굴이 새빨갛게 달아올라 있었다. 올리브는 아기 잡지의 표지에서 볼법한 그런 아기였다. 얼굴은 천사처럼 예쁘고, 머리카락은 부드럽고 곱슬곱슬한 금발이다. 지금은 낮잠을 자서 그런지 한쪽 머리가 눌려있었지만. 올리브는 나를 보자마자 두 팔을 번쩍 들어 올리더니 점차 울음을 그쳤다.

나는 아기 울타리 안으로 손을 뻗어 아이를 안아 올리자, 올리브는 눈물범벅이 된 작은 얼굴을 내 어깨에다 묻었다. 그러고 있자니 수업을 빼먹는 게 그리 나쁘지만은 않겠다는 생각이 들었다. 이유는 모르겠지만, 서른 살이 된 순간 내 안에 어떤 스위치 같은 게 켜진 것 같다. 아기가 우주에서 가장 사랑스러운 존재라고 생각하게 되는 스위치 같은 것 말이다. 비록 내 아이는 아니지만 나는 올리브와 함께하는 시간이 너무 좋았다.

"고마워, 밀리." 앰버는 이미 코트를 걸치고 문 옆에 걸려 있던 구찌 가방을 집고 있었다. "내 발가락들도 고마워할 거야."

네네, 그러시겠죠. "언제 돌아오세요?"

"오래 걸리진 않을 거야." 앰버가 태연하게 말했지만, 우리 둘 다 그게 새빨간 거짓말이라는 걸 알았다. "우리 공주님도 이 엄마가 보고 싶을 테니까. 그치?"

"그럼요." 나는 중얼거렸다.

앰버가 핸드백을 뒤지며 열쇠인지 휴대전화인지 아니면 콤팩트인지를 찾는 동안 올리브는 나에게 더 바짝 안겼다. 작고 동그란 얼굴을 들어 나를 올려다보던 올리브가 환하게 웃더니 "엄…마."라고 불쑥 말했다.

앰버는 그대로 굳어버렸다. 그녀의 손은 여전히 핸드백 안에 있었다. 시간이 멈춘 것 같았다. "방금 얘가 뭐라고 한 거야?"

큰일이다. "밀리… 라고 한 거 같은데요."

올리브는 자기가 무슨 일을 저지른 건지도 모른 채, 다시금 나를 향해 웃더니 이번엔 더 크게 옹알댔다. "엄!마!"

파운데이션 아래에 감춰진 앰버의 얼굴이 붉게 달아올랐다. "방금 올리브가 널 엄마라고 부른 거야?"

"아니요…."

"엄마!" 올리브가 신나서 소리쳤다. 제발, 올리브…. 나를 엄마라고 부르면 안 돼!

앰버는 핸드백을 커피 테이블 위에 던지듯 내려놨다. 분노로 일그러진 그녀의 얼굴은 주름이 생길 게 분명해 보였다. "설마 올리브한테 네가 엄마라고 가르친 거야?"

"아니에요!" 나는 다급하게 소리쳤다. "전 분명 제가 밀리라고만 알려줬어요. 그냥 헷갈린 걸 거예요. 제가 항상 올리브랑…."

그녀의 눈이 휘둥그레졌다. "네가 나보다 올리브랑 보내는 시간이 더 많아서라고? 지금 그렇게 말하려는 거야?"

"아니요! 그런 뜻이 아니에요!"

"네 말은 내가 나쁜 엄마라는 거잖아?" 앰버가 한 발짝 다가서자, 올리브가 흠칫하고 놀랐다. "그래서 내 딸한테 네가 엄마인 척하고 있었던 거야?"

"아니요! 그건 절대…."

"그럼 대체 왜 올리브가 널 엄마라고 부르는 건데?"

터무니없이 높은 내 베이비시터 시급이 눈팡에서 사라지려하고 있었다. "맹세해요. 전 올리브에게 분명 '밀리'라고만 했어요. 그냥 헷갈린 걸 거예요."

앰버는 진정하려는 듯 깊이 숨을 들이쉬었다. 그러곤 한 걸음 더 다가왔다. "내 아이 내놔."

"네…."

하지만 올리브는 쉽게 떨어지려 하지 않았다. 두 팔을 뻗고 다가오는 엄마를 보자 내 목을 더 꽉 붙들었다. "엄마!" 올리브는 훌쩍이며 내 목에 얼굴을 묻었다.

"올리브…." 나는 중얼거렸다. "난 네 엄마가 아니야. 저분이 네 엄마야." 지금 네가 날 놓아주지 않으면 네 엄마가 날 해고할 거란다.

"이건 말도 안 돼!" 앰버가 울부짖었다. "난 일주일도 넘게 모유 수유를 했어! 그게 아무런 가치도 없었던 거야?"

"정말 죄송해요…."

앰버는 마침내 올리브를 내 품에서 억지로 떼어냈다. "엄마!" 올리브는 통통한 두 팔을 나를 향해 내저으며 비명을 질렀다.

"재는 네 엄마가 아니야!" 앰버가 우는 아이를 다그쳤다. "내가 네 엄마라고. 너 낳느라고 튼살이라도 보여줘? 저 여자는 네 엄마가 아니라니까!"

"엄마!" 올리브는 울음을 멈추지 않았다.

"올리브, 난 밀리야. 밀리." 난 올리브의 말을 바로잡았다.

하지만 이게 무슨 의미가 있을까? 어차피 올리브는 내 이름을 알 필요가 없다. 오늘이 마지막이니까. 오늘 이후로 나는 다시는 이 집에 들어올 수 없을 것이다. 난 해고될 게 분명했다.

02

나는 전철역에서 사우스 브롱크스에 있는 내 방 하나짜리 아파트까지 걸어가는 동안, 대낮임에도 불구하고 한 팔로는 핸드백을 꼭 붙들고 다른 한 팔로는 주머니에 넣어둔 호신용 스프레이를 꽉 쥐고 있었다. 이 동네에서는 절대 방심할 수가 없다.

비록 뉴욕에서 가장 위험한 동네 한가운데에 있는 아주 작은 아파트였지만, 아직 돌아갈 집이 있다는 사실에 감사했다. 하지만 빨리 다른 일자리를 찾지 못한다면, 그 집에서도 쫓겨나 거리에 나앉아 종이 박스 하나로 버텨야 할지도 모른다.

대학에 진학하지 않았더라면 지금쯤 돈을 조금이라도 모아두었을 테지만 어리석게도 나는 더 나은 사람이 되는 쪽을 선택했다.

아파트를 한 블록 남겨두고 질척한 진창길을 철벅거리며 걷고 있는데, 뒤에서 누군가 따라오고 있다는 느낌이 들었다. 물론, 이 근처가 위험한 동네인 것은 맞지만 가끔 정말 위협적인 느낌이 강하게 들 때가 있다.

예를 들어, 지금은 목 뒷덜미에 소름이 돋는 느낌과 함께 등 뒤로 들리는 발소리가 점점 커지고 있었다. 누군가 내 뒤를 바짝 따라오고 있다.

하지만 나는 뒤돌아보지 않고 검은 코트를 몸에 바짝 여민 채, 발걸음을 재촉했다. 오른쪽 헤드라이트에 금이 간 검은색 마쓰다 세단을 지나, 물을 줄줄 새고 있는 빨간 소화전을 지나쳐 울퉁불퉁한 콘크리트 계단 다섯 개를 오른 끝에 드디어 내가 사는 아파트의 현관문 앞에 도착했다.

나는 열쇠를 미리 준비해 두었다. 어퍼웨스트사이드에 있는 호화로운 앰버네 아파트와 달리 이곳에는 도어맨이 없다. 인터폰이 하나 있을 뿐이고, 문을 열려면 열쇠가 필요했다. 이 아파트를 빌릴 때 집주인인 랜들 부인이 내게 엄하게 일렀었다. 누군가 내 뒤를 따라 건물 안으로 들어오는 걸 그냥 두면 안 된다고. '그건 강도나 강간을 당하는 지름길이야.'

내가 뻑뻑한 자물쇠에 열쇠를 끼우는 동안 발걸음 소리가 다시금 커졌다. 잠시 후, 외면할 수 없는 한 그림자가 내 머리 위로 그 모습을 드러냈다. 나는 천천히 시선을 위로 향했다. 그곳에는 검은색 트렌치코트를 입은 남자가 서 있었다. 그는 20대 중반쯤 되어 보였고, 검은 머리카락이 약간 젖어 있었다. 그는 어딘가 낯이 익었는데, 특히 왼쪽 눈썹 위의 흉터가 그랬다.

"2층에 살아요." 그는 주저하는 내 표정을 보고선 상기시켜 주었다. "2층 C호요."

"아 네." 하지만 나는 여전히 그를 안으로 들이는 게 망설여졌다.

남자는 주머니에서 열쇠 뭉치를 꺼내 내 얼굴 앞에다 대고 흔들었다. 그중 하나에는 내 열쇠에 있는 것과 같은 문양이 새겨져 있었다. "2층 C호요." 그가 반복해서 말했다. "그쪽 바로 아래죠."

나는 결국 의심을 거두고 건물 안으로 들어가 왼쪽 눈썹 근처에 흉터가 있는 남자가 들어올 수 있게 해주었다. 생각해 보니 그가 그럴 마음이 있었다면 쉽게 밀고 들어올 수 있었을 것이다.

나는 다음 달 집세는 어떻게 내야 할지 고민하며 천천히 계단을 올랐다. 당장 새 일자리가 필요했다. 한동안 바텐더 아르바이트를 했었는데, 올리브를 돌보는 일이 훨씬 시급이 좋은 데다 앰버의 변덕 심한 일정 때문에 두 가지 일을 병행하기가 어려워서 그만뒀다. 지금 생각하면 어리석은 선택이었다. 나 같은 사람이 새 일자리를 찾기란 결코 쉬운 일이 아니다. 내 과거가 항상 발목을 잡았다.

"날씨 참 좋네요." 왼쪽 눈썹 위에 흉터가 있는 남자가 말했다. 그는 한 계단 뒤에서 나를 따라오고 있었다.

"아, 네." 나는 대충 맞장구를 쳤다. 지금 날씨 얘기나 나눌 기분이 아니었다.

"다음 주에 또 눈이 온대요." 그가 덧붙였다.

"아, 그래요?"

"네. 20센티 정도 온다는데, 봄이 오기 전에 마지막으로 한바탕 퍼붓는 거겠죠."

나로서는 더 이상 관심 있는 척하는 것도 힘들었다. 2층에 도착하자 남자는 나를 향해 웃으며 말했다. "그럼 좋은 하루 보내요."

"그쪽도요." 나는 중얼거리듯 작게 대답했다.

그가 복도를 따라 자기 집으로 걸어가는 동안 나는 그가 문 앞에서 했던 말을 곱씹었다. '2층 C호요. 그쪽 바로 아래죠.'

근데… 내가 3층 C호에 사는 건 대체 어떻게 안 걸까?

나는 얼굴을 찡그리며 계단을 조금 더 빠르게 올라갔다. 열쇠로 문을 열고 집 안으로 들어가자마자 자물쇠를 잠그고 보조 잠금장치까지 채웠다. 그가 한 말에 내가 지나치게 예민하게 반응하는 것일 수도 있었지만, 조심해서 나쁠 건 없었다. 사우스 브롱크스에 산다면 더더욱.

배에서 꼬르륵 소리가 나고 있었지만, 나는 음식보다 뜨거운 샤워가 더 간절했다. 옷을 벗고 샤워실로 뛰어들기 전에 블라인드를 쳐서 집안을 확실히 가렸다. 나는 뜨거운 물과 얼음장처럼 차가운 물 사이의 간격이 아주 미세하다는 사실을 경험치(이곳에 살면서 나는 온도 조절 전문가가 되었다)로 알고 있다. 하지만 순식간에 온도가 20도쯤 떨어지거나 아니면 올라갈 수도 있어서 샤워실 안에 너무 오래 있는 건 삼갔다. 그저 내 몸에 묻은 때를 씻어내기만 하면 되었다. 하루 종일 도시를 돌아다니고 나면 내 몸은 항상 검댕에 절어 있었다. 내 폐가 어떤 모습일지는 생각하기도 싫었다.

이렇게 일자리를 잃었다는 게 믿기지 않았다. 앰버가 내게 크게 의지하고 있었기에 적어도 올리브가 유치원에 갈 때까지는, 어쩌면 그것보다 더 오랫동안 안정적일 거라 생각했다. 안정된 직장과

확고한 수입이 있다는 생각에 내 마음이 느긋해지기 시작할 정도였다.

이제는 다른 일을 찾아야 했다. 어쩌면 잃어버린 일을 대체할 다른 일을 여러 개 찾아야 할지도 몰랐다. 그리고 그건 다른 사람들과 달리 내게는 쉽지 않은 일이었다. 인기 육아 앱에 광고를 올릴 수도 없었다. 그런 곳은 하나같이 신원 조회를 요구했다. 신원 조회를 하면, 내 모든 직업적 전망은 사라지게 된다. 누구도 나 같은 사람이 자기 집에서 일하는 것을 원하지 않으니까.

지금 내게는 신원을 보증 해줄 사람이 별로 없었다. 한동안 내가 맡았던 청소일이 단순히 청소만 하는 일이 아니었기 때문이다. 청소를 맡았던 몇몇 집에서는 다른 서비스를 제공하기도 했다. 하지만 더 이상 그런 일은 하지 않는다. 몇 년 전부터, 그 일은 완전히 손을 씻었다.

과거를 곱씹어봐야 달라지는 건 없다. 특히, 이렇게 앞으로의 미래가 암울할 때는.

너 자신을 불쌍하게 여기지 마, 밀리. 넌 이보다 더한 상황도 겪었고, 결국 이겨냈잖아.

샤워 물 온도가 갑자기 차가워졌고, 내 입에서는 저절로 비명이 새어 나왔다. 나는 수도꼭지로 손을 뻗어 물을 잠갔다. 그래도 10분이나 버틴 건 내가 예상했던 것보다 훨씬 긴 시간이었다.

타월 재질로 된 목욕 가운을 몸에 두르고, 슬리퍼도 신지 않은 채 주방으로 향했다. 바닥에 젖은 발자국이 찍혔다. 주방이라고 해봐야 거실 한 귀퉁이에 불과했다. 앰버 부부의 최고급 아파트는 주방과 거실, 다이닝룸이 모두 분리된 공간이었다. 하지만 이 아파트에서는 그 모든 게 하나의 공간으로 합쳐져 있었다. 우습게도, 그 합쳐진 공간이 앰버 부부 아파트의 어떤 방보다 훨씬 작았다. 심지어 그곳의 욕실 하나가 내 거실보다 컸다.

물을 끓이려고 가스레인지에다 냄비를 올려놓았다. 저녁으로 무엇을 만들지는 몰랐지만, 아마도 라면이나 스파게티 같은 물에 삶은 국수 종류가 될 예정이었다. 어떤 것으로 할지 생각하는 중에 문 두드리는 소리가 들려왔다.

나는 목욕 가운의 허리띠를 조이고 잠시 망설이다 수납장에서 스파게티 한 상자를 꺼냈다.

"밀리!" 문 건너편에서 작고 희미한 목소리가 들렸다. "당장 문 열어, 밀리!"

나는 얼굴을 찡그렸다. 젠장.

목소리는 이어서 말을 건넸다.

"안에 있는 거 다 알아!"

03

나는 밖에서 문을 두드리고 있는 남자를 무시할 수가 없다.

젖은 발자국을 남기며 조심스럽게 문 앞으로 다가가 문에 달린 외시경으로 밖을 내다봤다. 정장을 입은 남자가 팔짱을 낀 채 문 앞에 서 있었다.

"밀리. 문 열어. 당장." 그의 목소리가 낮게 으르렁거렸다.

나는 문에서 한 발짝 물러섰고, 잠시 관자놀이를 손가락 끝으로 지그시 눌렀다. 피할 수 없는 상황이었다. 나는 그를 집 안으로 들여야 했다. 손을 뻗어 보조 잠금장치를 풀고, 조심스럽게 문을 열었다.

"밀리." 그는 거침없이 문을 열어젖히고는 안으로 들어왔다. 그의 단단한 손이 내 팔을 감쌌다. "대체 어떻게 된 거야?"

나는 어깨를 축 늘어뜨리고 한숨을 내쉬었다. "미안해, 브록."

지난 6개월 동안 나랑 사귀고 있는 남자, 브록 커닝햄이 나를 빤히 쳐다보았다. "오늘 저녁 같이 먹기로 했잖아. 근데 넌 코빼기도 보이질 않았어. 메시지에 답장도 안 하고 전화도 안 받고."

그가 한 말은 모두 사실이었다. 나는 최악의 여자친구였다. 나는 오늘 수업을 마친 후 첼시의 한 레스토랑에서 브록과 만나기로 했었다. 하지만 앰버가 나를 해고한 이후 나는 수업에도 집중할 수 없었고, 외식할 기분도 아니어서 곧장 집으로 온 거였다. 약속을 취소하려고 전화를 걸면 변호사인 브록은 분명 나를 어떻게든 설득하려고 할 게 뻔했다. 그래서 문자 메시지를 보낼 생각이었지만 나 자신을 연민하는 일에 정신이 팔려서 문자 메시지 보내는 걸 완전히 잊어버린 거였다.

앞서 말했듯, 나는 최악의 여자친구였다.

"정말 미안해." 나는 한 번 더 사과했다.

"걱정했잖아. 너한테 무슨 일이라도 난 줄 알았어."

"왜?"

마침 창문 바깥에서 귀를 찢을 듯한 사이렌이 울렸고, 브록은 내가 아주 바보 같은 질문을 했다는 듯한 표정을 지었다. 나는 죄책감이 들었다. 브록은 아마 오늘 밤 할 일이 산더미였을 것이다. 그런 그를 바보처럼 레스토랑에서 기다리게 한 것도 모자라 내 안부를 확인하러 사우스 브롱크스까지 오게 해 시간을 낭비하게 했다.

그는 최소한 내 해명을 들을 자격이 있었다.

"앰버가 날 해고했어." 내가 말했다. "난 망했어."

"진짜?" 그는 눈썹을 치켜떴다. 브록은 내가 본 남자 중 가장 완벽한 눈썹을 가졌다. 브록은 인정하지 않겠지만 나는 그가 전문가를 시켜 눈썹을 다듬고 있다고 확신했다. “왜 널 해고해? 그 여자는 너 없이 아무것도 못 한다고 했었잖아. 사실상 네가 그 집 애를 키우고 있는 거나 마찬가지라며.”

“맞아. 문제는 그 애가 계속 날 엄마라고 불러서 앰버 꼭지가 돌아버렸다는 거지.”

브록은 잠시 나를 쳐다보더니 갑자기 웃음을 터트렸다. 처음에는 기분이 나빴다. 조금 전 직장을 잃은 사람 앞에서 웃음이 나올 일인가?

하지만 어느새 나도 따라 웃고 있었다. 그 상황이 너무나 터무니없어서 웃음이 났다. 나를 엄마라고 부르면서 우는 올리브를 보고, 화난 앰버의 얼굴이 점점 달아올라서 진짜 혈관이 터지는 건 아닌지 걱정될 정도였다.

잠시 후, 우리는 같이 눈물을 훔치고 있었다. 브록은 두 팔로 나를 끌어당기며 감싸안았다. 내가 그를 바람맞힌 일을 두고 더 이상 화를 내지 않았다. 브록은 쉽게 화를 내는 사람이 아니다. 사람들 대부분은 그게 브록의 장점이라고 여겼지만, 나는 그가 조금 더 감정을 드러내 줬으면 했다.

우리는 지금 흔히 연애할 때 가장 좋다고 하는 지점에 와 있었다. 연애 6개월째. 연애에서 가장 좋은 시기라고 하는데 사실 나는 잘 모르겠다. 6개월이라는 지점에 도달한 게 이번이 겨우 두 번째니까. 하지만 6개월은 연애 초기의 어색함을 떨쳐버리고 서로에게 최고의 모습을 보여줄 수 있는 시기인 건 분명했다.

예를 들어, 브록은 부유한 집안 출신에 얼굴도 잘생긴, 서른두 살 먹은 변호사다. 그는 모든 면에서 거의 완벽해 보였다. 브록에게도 단점이 있겠지만, 아직 그게 뭔지는 몰랐다. 어쩌면 손가락으로 귀지를 파서 싱크대나 소파에 슬쩍 닦는 것일 수도 있다. 아니면 그걸 먹을지도 모르고. 그게 아니더라도 내가 모르는 이상한 버릇들이 있을 수도 있다.

물론, 그런 그에게도 단점이 하나 있었다. 그는 혈색 좋아 보이는 건장한 청년이지만, 사실 어릴 때부터 심장 질환이 있었다. 하지만 일상생활에 영향을 주는 것 같지는 않았다. 그저 매일 알약을 하나씩 먹는 게 끝이었다. 그만큼 중요한 약이라서 그는 내 약장에도 여분의 약통을 넣어두었다. 그 병 때문인지 모르겠지만 다른 보통 남자들보다 가정을 꾸리는 것에 더 적극적인 편이었다.

"저녁 먹으러 가자." 브록이 말했다. "네 기분 풀어주고 싶어."

나는 고개를 저었다. "그냥 집에 있으면서 우울해하고 싶어. 그러다 인터넷으로 일자리나 찾아볼래."

"지금? 해고당한 지 몇 시간밖에 안 됐잖아. 그냥 내일 하면 안 돼?"

나는 눈을 들어 그를 노려보았다. "우리 중에는 월세를 낼 돈이 필요한 사람도 있거든?"

그는 천천히 고개를 끄덕였다. "그래 좋아, 그런데 만약 월세를 걱정할 필요가 없다면?"

순간, 불길한 예감이 들었다. 이야기가 어디로 흘러갈지 너무나 뻔했다. "브록…"

"제발, 밀리. 나랑 같이 사는 게 싫어?" 그는 얼굴을 찡그렸다. "내겐 센트럴 파크가 내려다보이는 방 두 개짜리 아파트가 있어.

거기선 목에 칼을 들어올 걱정은 안 해도 돼. 그리고 어차피 너도 우리 집에 자주 오니까…."

브록이 같이 살자는 말을 꺼낸 게 이번이 처음은 아니다. 솔직히 그의 주장은 꽤 설득력이 있었다. 브록과 함께 살면 나는 호화로운 생활을 누리면서 집세를 낼 필요도 없었다. 설령 내가 돈을 준다고 해도 그는 절대 받지 않을 테니까. 나는 집세 걱정 없이 대학에 집중할 수 있고, 사회복지사가 되어 세상을 위해 좋은 일을 할 수도 있을 것이다. 선택하지 않을 이유가 없었다.

하지만 그의 제안을 받아들일지 고민할 때마다, 내 머릿속에서 누군가 소리를 질러댔다. **그러지 마!**

그 목소리는 브록만큼이나 설득력이 있었다. 그와 함께 살아야 할 이유는 수없이 많았다. 하지만 그러지 말아야 할 이유가 딱 하나 있다. 그는 내 진짜 모습을 몰랐다. 설령 그가 자신의 귀지를 진짜 먹는다 해도 내 비밀은 그보다 훨씬 더 심각했다.

결과적으로 나는 지금 내 삶에서 가장 정상적이고 건강한 연애를 하고 있으면서도, 한편으로는 그 관계를 스스로 망치기로 작정한 것처럼 보였다. 나는 이러지도 저러지도 못하는 곤란한 상태였다. 만약 브록에게 내 과거에 대해 솔직하게 말한다면 그는 나를 떠날지도 모른다. 나는 그걸 원치 않는다. 하지만 말하지 않아도….

어떤 식이 됐건 결국 그는 모든 걸 알게 될 것이다. 하지만 나는 아직 준비가 안 돼 있었다.

"미안해. 전에도 얘기한 것처럼 지금은 나만의 공간이 필요해." 나는 조용히 말했다.

브록은 뭔가 반박하려는 듯 입을 뗐지만, 이내 생각을 바꾸어 다시 입을 닫았다. 그는 내가 얼마나 고집이 센지 잘 안다. 이미 내 최악의 단점 중 하나를 알고 있다. 그렇게 그는 결국 나에 대해 모든 걸 알게 될 것이다.

"적어도… 생각은 해봤으면 좋겠어."

"그래. 생각해 볼게."

나는 태연하게 거짓말을 했다.

04

지난 삼 주 동안 나는 면접을 열 번이나 보았다. 점점 더 초조해지기 시작했다.

내 은행 계좌에는 한 달 치 집세를 낼 만큼의 돈도 들어있지 않았다. 만일을 대비해 은행에 6개월 치 여윳돈을 갖고 있어야 한다는 건 알지만, 그건 이론상 얘기지 실제로는 그러기가 어려웠다. 나도 은행에 6개월 치 여윳돈이 있었으면 좋겠다. 아니, 2개월 치라도 있었으면 좋겠다. 지금 내 계좌에는 200달러도 안 남아 있었다.

면접에서 내가 뭘 잘못했는지는 알 수가 없다. 한 여자는 날 채용하겠다고 말하고는, 일주일이 지났는데도 연락이 없었다. 다른 사람들도 마찬가지였다. 아마 다들 내 신원 조회를 했을 거고, 거기서 끝이었을 것이다.

내가 평범한 사람이었다면 그냥 청소 용역업체에 들어가서 일하면 됐을 것이다. 하지만 그런 곳은 나를 채용해 주지 않았다. 이미 시도해 봤지만 신원 조회 때문에 불가능했다. 전과가 있는 사람을 집 안에 들이고 싶은 사람은 아무도 없다. 그래서 나는 인터넷에 직접 광고를 올리고 운이 좋기만을 바랄 수밖에 없었다.

오늘 볼 면접에 대해서도 큰 기대는 없었다. 나는 센트럴 파크 서쪽, 어퍼웨스트사이드의 한 아파트에 사는 더글러스 개릭이라는 사람을 만나기로 했다. 그곳은 하늘 높이 작은 탑들이 솟아 있는 고딕 양식의 건물로, 멀리서 보면 성벽과 해자에 둘러싸여서 용이 지키고 있어야 할 것 같은 분위기를 풍겼다. 하지만 가까이 가서 보면 그냥 길거리에 서 있는 건물일 뿐이었다.

백발의 도어맨이 검은 모자 끝을 손으로 살짝 잡아 인사를 건네며 현관문을 잡아주었다. 나는 그를 향해 미소를 지으며 다시 한번 목 뒤편이 따끔거리는 느낌을 받았다. 마치 누군가가 나를 지켜보고 있는 것 같았다.

해고를 당하고 집에 돌아온 그날 밤 이후로 나는 그런 느낌을 여러 번 받았다. 내가 사는 사우스 브롱크스라면 그럴 수 있다. 거기서는 어느 모퉁이에서건 강도가 튀어나올 수 있고, 조금이라도 돈이 있어 보이면 표적이 되기 쉬우니까. 하지만 이 동네는 그렇지 않다. 이곳은 맨해튼에서 가장 부유한 동네 중 하나였다. 그런데 어째서 여전히 누군가가 지켜보고 있는 느낌이 드는 걸까?

건물에 들어서기 전에 홱 하고 몸을 돌려 뒤를 확인했다. 길거리에는 많은 사람들이 오가고 있었지만, 그 누구도 나에게 신경을 쓰는 것 같지 않았다. 여기는 맨해튼이다. 길거리에 독특하고 눈에 띄는 사람들이 넘쳐난다. 딱히 나를 쳐다볼 사람은 없을 것이다.

그러다 나는 그 차를 발견했다.

검은색 마쓰다 세단. 시내에는 그런 차가 수천 대는 있을 테지만 그 차를 봤을 때 나는 묘한 기시감을 느꼈다. 그 이유를 깨닫는 데는 그리 오랜 시간이 걸리지 않았다. 차의 오른쪽 전조등에 금이 가 있었다. 나는 분명 사우스 브롱크스에 있는 내 아파트 근처에 오른쪽 전조등에 금이 간 검은색 마쓰다가 주차되어 있는 걸 봤었다.

아닌가?

나는 차 앞 유리를 뚫어지게 보았다. 차 안에는 아무도 없었다. 시선을 내려 번호판을 확인했다. 뉴욕 번호판이었고 이상한 점은 없었다. 번호판에는 '58F321'라고 적혀있었다. 지금은 아무 의미가 없지만, 다시 볼 때를 대비해 외워두었다.

"아가씨? 안으로 들어오시겠습니까?" 도어맨이 부르는 소리에 정신이 돌아왔다.

"아. 네, 네. 죄송합니다."

나는 빌딩 로비에 들어섰다. 로비는 천장 조명이 없는 대신 샹들리에와 횃불을 닮은 벽면 램프들에 불이 들어와 있었다. 낮은 천장이 돔 모양으로 휘어져 있어 마치 터널에 들어선 것 같은 느낌이 들었다. 벽에는 예술 작품들이 장식되어 있었는데, 죄다 값비싼 작품일 가능성이 컸다.

"누굴 만나러 오셨나요, 아가씨?" 도어맨이 내게 물었다.

"더글러스 씨 댁을 방문하러 왔습니다. 20-A호요."

"아." 그는 나를 보며 윙크했다. "펜트하우스 말이군요."

와우! 또 펜트하우스에 사는 가족이라니. 나한테 대체 왜 이러는 걸까?

도어맨은 먼저 전화를 걸어 약속을 확인한 다음 엘리베이터 안으로 들어가 특수 키로 내가 펜트하우스로 올라갈 수 있게 해주었다. 엘리베이터 문이 닫히자, 나는 재빨리 외모를 점검했다. 내가 가진 옷 중에서 가장 단정한 검은색 정장 바지와 조끼 모양의 스웨터를 입고 왔다. 단정하게 묶은 금발 머리를 매만진 다음 가슴 쪽을 정리하려다가, 카메라가 있다는 사실을 깨닫고 재빨리 손을 내렸다. 굳이 도어맨에게 이런 걸 보여주고 싶지는 않았다.

엘리베이터 문이 열리자, 펜트하우스 로비가 바로 나타났다. 나는 엘리베이터에서 내리며 심호흡했다. 공기에서도 부유함이 느껴졌다. 비싼 향수와 빳빳한 100달러짜리 지폐 냄새가 섞여 있는 듯했다. 나는 로비에 잠시 멈춰 섰다. 안으로 들어가도 되는지 확신이 서지 않았다. 대신 눈길을 돌려 근처에 놓인 흰색 받침대를 바라봤다. 그 위에는 회색 조각상이 놓여 있었다. 솔직히 어느 공원에서나 볼 수 있을 법한 평범한 돌덩이로 보였지만, 내가 평생 소유했던 것들을 모두 합친 것보다도 더 비쌀 것 같았다.

"밀리? 밀리 캘러웨이 양이죠?"

돌아보니 나를 초대한 더글러스 개릭이 보였다. 남편이 면접을 보는 일은 흔치 않다. 내 예전 고용주들은 100퍼센트 여자였다. 하지만 더글러스 개릭은 나를 만나게 돼서 아주 기쁘다는 표정을 하고 있었다. 그는 입가에 미소를 띤 채 로비를 향해 잰걸음으로 다가왔다. 그러면서 손을 이미 앞으로 내밀고 있었다.

"개릭 씨 맞으시죠?" 내가 물었다.

"그냥 더글러스라고 불러요." 그의 악력 강한 손이 내 손 안으로 들어오는 순간 그가 말했다.

더글러스 개릭은 그야말로 어퍼웨스트사이드의 펜트하우스에 살 것만 같은 모습을 하고 있었다. 40대 초반의 나이에 이목구비가 또렷한 잘생긴 외모였다. 그는 매우 비싸 보이는 정장을 입고 있었고, 윤기가 흐르는 짙은 갈색 머리는 세심하게 손질된 듯한 완벽한 스타일을 유지하고 있었다. 깊이 들어간 갈색 눈은 날카롭게 빛났고, 나와는 딱 적당한 정도로 눈을 마주쳤다.

"만나서 반갑습니다… 더글러스 씨."

"오늘 이렇게 와줘서 정말 고마워요." 더글러스 개릭이 나를 넓은 거실로 안내하며 기꺼워하는 미소를 지어 보였다. "평소에는 아내 웬디가 집안일을 도맡아 해요. 웬디는 혼자 집안일을 다 해내는 것에 자부심을 가지는 그런 사람이거든요. 근데 웬디가 몸이 좋지 않아서 내가 다른 사람의 도움을 받자고 고집을 부렸죠."

그의 말은 조금 이상하게 들렸다. 이런 큰 펜트하우스에 사는 사모님들은 대게 '혼자 집안일을 다 해내려고' 하지 않았다. 보통은 가사도우미를 여럿 고용했다.

"그렇군요." 내가 말했다. "요리와 청소를 해줄 사람을 원한다고 하셨는데…?"

그가 고개를 끄덕였다. "일반적인 집안일이죠. 먼지 털기나 정리 정돈 같은. 빨래도 포함해서요. 그리고 일주일에 며칠 정도는 저녁 식사 준비도 해야 하는데, 그게 문제가 될까요?"

"전혀요." 나는 뭐가 됐든 기꺼이 동의할 생각이었다. "저는 여러 해 동안 아파트와 주택 청소를 해왔어요. 청소용품은 제가 직접 가져올 수도 있고 또…."

"아뇨, 그럴 필요 없어요." 더글러스가 내 말을 가로막았다. "아내는… 웬디는 청소용품에 매우 까다로워요. 냄새에 민감하거든요. 그게 아내의 증상을 유발해요. 우리가 갖고 있는 특별한 청소용 제품들을 사용해야 합니다. 안 그러면…."

"물론이죠." 내가 대답했다. "그렇게 하겠습니다."

"아주 좋아요." 힘이 들어가 있던 그의 어깨가 느슨해졌다. "그리고 바로 일을 시작해 주면 좋겠어요."

"문제없어요."

"좋네요, 좋아요." 더글러스가 미안해하는 듯한 미소를 지었다. "보시다시피 여기가 좀 엉망이라서요."

나는 거실에 들어서며 주변을 둘러보았다. 건물의 다른 부분과 마찬가지로 이 펜트하우스 역시 나를 과거로 데려다 놓은 듯한 느낌을 주었다. 멋진 가죽 소파를 제외한 대부분의 가구는 수백 년 전에 만들어진 후 시간을 멈춰 이 거실로 특별히 옮겨진 것처럼 보였다. 내가 가정집 장식에 대해 더 많이 알았다면, 커피 테이블이 20세기 초에 손으로 직접 만든 것이라거나 유리문이 달린 책장이 프랑스 신고전주의 부흥기나 그 비슷한 시기에 만들어졌다는 점을 정확히 포착해 낼 수 있었을지도 모른다. 내가 확실히 말할 수 있는 건 모든 물품에 적지 않은 돈이 들었으리라는 것이었다.

그리고 또 확실한 건 이 펜트하우스가 전혀 엉망이 아니라는 거였다. 오히려 너무 깨끗했다. 뭘 청소해야 할지 알기가 어려웠다.

먼지 한 톨이라도 찾으려면 현미경이 필요할 것만 같았다.

"원하시면 언제든 시작할 수 있습니다." 내가 조심스럽게 말했다.

"잘됐군요." 더글러스가 고개를 끄덕이며 동의했다. "그 말을 들으니 정말 기쁘네요. 조금 더 이야기를 나눌 수 있도록 자리에 앉겠어요?"

소파에 앉자 깊숙이 꺼지는 부드러운 가죽이 내 몸을 감쌌다. 세상에, 그건 내 피부에 닿아 본 것 중 가장 느낌이 좋았다. 브록과 헤어지고 이 소파와 결혼하면 내 모든 욕구가 충족될 것만 같았다.

더글러스는 짙은 갈색 눈썹 아래 깊이 들어간 두 눈으로 나를 뚫어지게 쳐다보았다. "당신 이야기를 좀 들려줘요, 밀리."

나는 그가 처음부터 마음에 들었는데, 그의 목소리에 작업을 거는 듯한 느낌이 전혀 없어서였다. 그의 시선은 내 가슴이나 다리로 내려가지 않고 정중함을 담은 채 내 눈을 향해 고정되어 있었다. 나는 내 고용주와 딱 한 번 깊은 관계를 맺은 적이 있었지만, 다시는 그런 길을 가지 않을 생각이었다. 차라리 펜치로 내 생니를 뽑는 게 더 나을 것이다.

"음." 나는 목을 가다듬었다. "저는 현재 2년제 공립대학에 재학 중입니다. 사회복지사가 될 계획이라서요. 지금은 학교를 다니면서 학비를 벌고 있어요."

"대단하군요." 그는 가지런하고 하얀 치아를 내보이며 미소 지었다. "그럼, 요리 경험은 있나요?"

나는 고개를 끄덕였다. "제가 서비스를 제공했던 많은 가족을 위해 요리를 했었어요. 전문가는 아니지만 몇 가지 수업도 들었고요. 그리고…." 주위를 둘러보았지만, 장난감이나 아이의 흔적은 보이지 않았다. "제가 베이비시터 역할도 해야 하나요?"

더글러스가 움찔했다. "그건 필요 없어요."

나는 흠칫하며 쓸데없는 말을 떠벌린 내 입을 저주했다. 그는 베이비시터 일을 언급하지 않았다. 어쩌면 내가 그에게 끔찍한 불임 문제를 상기시켰는지도 모를 일이었다. "죄송해요." 내가 말했다.

그는 어깨를 으쓱했다. "걱정할 일 아니에요. 집을 한번 둘러보겠어요?"

개릭 부부의 펜트하우스는 앰버의 최고급 아파트를 무색하게 만들었다. 완전히 차원이 달랐다. 거실은 적어도 올림픽 수영경기장 크기만 했고, 한쪽 구석에는 여섯 개의 빈티지 의자로 둘러싸인 바가 있었다. 거실의 고풍스러운 콘셉트에도 불구하고 주방에는 최신형 가전제품이 모두 갖춰져 있었다.

"여기 필요한 건 다 있을 거예요." 더글러스가 주방의 넓은 공간을 손으로 죽 훑으며 내게 말했다.

"완벽해 보이네요." 나는 그렇게 말하면서, 오븐에 달린 스물네 개의 버튼이 각각 어떤 기능을 하는지 알려줄 설명서 같은 게 있기를 간절히 기도했다.

"좋아요." 그가 말했다. "이제 2층으로 가죠."

2층?

아파트에는 보통 2층이란 게 없다. 하지만 여기에는 있는 것 같다. 더글러스는 나를 2층으로 안내한 후 적어도 여섯 개의 방을 소개했다. 안방은 너무 커서 반대편에 있는 킹사이즈 침대를 보려면 망원경이 필요할 지경이었다. 어떤 방은 온통 책으로 가득 차 있어서, 〈미녀와 야수〉에서 야수의 서재에 처음으로 발을 들인 벨이 된 기분이었다. 또 다른 방은 벽 전체가 베개 같은 쿠션으로 되어 있었다. 뭔지 모르겠지만 그냥 베개 방이라고 부르기로 했다.

다음으로 둘러본 방에는 인공 벽난로 같은 게 있었고, 한쪽 벽 전체가 거대한 창으로 되어 있어서 뉴욕의 숨 막히는 스카이라인을 한눈에 볼 수 있었다. 그리고 드디어 마지막 문 앞에 도착했다. 더글러스는 노크를 하려다 잠시 멈칫했다.

"여기가 손님방이에요." 그가 알려주었다. "웬디가 여기서 회복 중이에요. 좀 쉬게 그냥 두어야 할 것 같아요."

"부인께서 아프다니 유감이에요." 내가 말했다.

"아내는 결혼 생활 내내 아팠어요." 그가 설명했다. "아내는… 만성 질환을 앓고 있어요. 컨디션이 좋은 날도 있고 나쁜 날도 있어요. 어떤 날은 평소와 다름없고, 어떤 날은 침대에서 거의 일어나질 못해요. 그리고 또 다른 날에는…."

"어떤데요?"

"아무것도 아니에요." 그는 희미하게 미소를 지었다. "어쨌든, 문이 닫혀 있으면 아내를 그냥 내버려둬요. 그녀에겐 휴식이 필요하니까."

"전적으로 이해합니다."

더글러스는 복잡한 표정으로 잠시 문을 응시했다. 그는 손끝으로 문을 만지더니 고개를 저었다.

"자 그럼, 밀리, 언제 일을 시작할 수 있어요?"

05

1964년, 키티 제노비스라는 이름의 여성이 살해당했다.

키티는 스물여덟 살 먹은 바텐더였다. 그녀는 새벽 3시경에 자신이 살던 퀸즈 아파트에서 약 30미터 떨어진 곳에서 강간당하고 칼에 찔렸다. 이웃 몇몇이 도움을 요청하는 그녀의 비명을 들었지만 아무도 그녀를 도와주지 않았다. 범인인 윈스턴 모즐리는 잠시 그녀 곁을 떠났다가 10분 후에 돌아왔고, 이후 그녀를 여러 차례 더 찌르고 50달러를 훔쳤다. 그녀는 결국 칼에 찔린 상처로 인해 사망했다.

"키티 제노비스는 서른여덟 명의 목격자가 있는데도 불구하고, 성폭행을 당한 뒤 살해되었습니다." 킨드레드 교수는 다시 강조하듯 말했다. "무려 서른여덟 명이 그녀가 공격당하는 모습을 목격했지만, 단 한 명도 그녀를 도와주거나 경찰에 신고하지 않았습니다."

60대 남자로 언제나 머리카락이 위로 뻗쳐있는 것처럼 보이는 킨드레드 교수는 마치 우리가 그 여자를 죽게 내버려둔 서른여덟 명이라도 되는 것처럼 비난하는 눈빛으로 우리 모두를 일일이 쳐다보았다. "이것이 방관자 효과입니다." 그가 말했다. "방관자 효과는 주변에 다른 사람들이 있을수록 개인이 피해자를 도울 가능성이 줄어드는 사회심리학적 현상입니다."

강의실 안의 학생들은 재빨리 노트에 적거나 노트북 자판을 두드렸다. 나는 그저 교수를 바라보고만 있었다.

"생각해 보세요." 킨드레드 교수가 말했다. "한 여자가 강간당하고 살해당하는 것을 서른 명이 넘는 사람들이 방관했습니다. 그들은 그저 지켜보기만 했고 아무 일도 하지 않았습니다. 이것은 한 집단 내 책임의 분산을 완벽하게 보여줍니다."

나라면 그런 상황에서 어떻게 했을지 상상해봤다. 창밖을 내다봤는데 한 남자가 여성을 공격하고 있다면? 가만히 앉아서 아무것도 안 하고 있을 리가 없다. 절대로. 나는 필요하다면 바로 창문 밖으로 뛰어내릴 것이다.

아니다. 그런 무모한 행동을 하지는 않을 것이다. 이제는 나 자신을 훨씬 더 잘 통제할 수 있었다. 바로 경찰에 신고 전화를 하고, 나간다면 칼을 들고 나갈 것이다. 실제로 칼을 휘두를 생각은 없지만, 겁을 주기에는 충분하다.

강의실을 나올 때까지도 50년 전에 살해당한 그 불쌍한 여자가 머릿속에서 떠나질 않았다. 괜히 마음이 뒤숭숭했다. 그러다 밖에서 나를 기다리던 브록을 못 보고 그냥 지나칠 뻔했다. 그가 재빨리 내 팔을 붙잡지 않았다면, 진짜 그대로 지나쳤을 거다.

맞다. 같이 저녁을 먹기로 약속했었다.

"안녕." 브록은 내가 지금까지 본 사람 중에 가장 하얀 치아를 내보이며 활짝 웃었다. 전문적인 미백 케어를 받았는지 물어보지는 않았지만, 분명 그랬을 것이다. 치아가 자연적으로 그렇게 하얗게 될 수는 없으니까. 그건 인간적이지 않은 일이다. "오늘 저녁 축하 파티 맞지? 네 새 직장 말이야."

"맞아." 나는 억지로 미소를 지어 보였다. "미안해."

"무슨 일 있어?"

"그냥… 방금 들은 강의 내용이 좀 충격이어서. 60년대에 어떤 여자가 성폭행을 당했는데, 서른여덟 명이나 되는 사람들이 지켜보기만 하고 아무도 도와주지 않았다는 거야. 어떻게 그런 일이 일어날 수 있지?"

"키티 제노비스 이야기네, 맞지?" 브록이 손가락을 튕기며 말했다. "대학교 심리학 수업에서 들었던 기억이 나."

"맞아. 아주 끔찍한 이야기야."

"근데 그건 과장된 이야기야." 그의 손이 미끄럼타듯 내려와 내 손을 잡았다. 그의 손바닥이 따뜻하게 느껴졌다. "〈뉴욕 타임스〉에서 사건을 선정적인으로 보도한 거였거든. 실제론 목격자가 훨씬 적었어. 당시 아파트 구조상 대부분은 실제로 무슨 일이 일어나는지도 제대로 볼 수 없었대. 그냥 연인 간의 다툼인 줄 알았던 거지. 그리고 실제로 경찰에 신고한 사람들도 있었어. 구급차가 도착했을 때는 이웃 중 한 명이 그녀를 끌어안고 있었다고 해."

“아….” 그 이야기를 들으니 내가 부족한 사람처럼 느껴졌다. 브록이 나보다 더 많은 것을 알고 있을 때 종종 드는 느낌이었다. 사실 그런 일은 꽤 자주 있었다. 내가 보기에 브록은 거의 모든 것을 알고 있었다. 그게 브록이 완벽해 보이는 여러 이유 중 하나였다.

“사실은 그렇게까지 선정적인 사건이 아니었던 거지.” 브록이 내 어깨에 팔을 두르며 말했다. 나는 상점 쇼윈도에 비친 우리 모습을 힐끗 보고 우리가 꽤 잘 어울린다는 생각이 들었다. 우리는 결혼식에 하객을 오백 명쯤 부르고 교외에 흰 울타리가 있는 집을 마련한 다음 아이를 여럿 키우며 살 것 같은 커플처럼 보였다. “어쨌든, 수십 년 전에 일어난 일을 두고 기분 나빠할 필요는 없어. 넌 그냥… 너무 착한 거야, 알지?”

나에게는 항상 곤경에 처한 사람들을 돕고 싶은 마음이 있었다. 안타깝게도 그런 마음이 가끔 나 자신을 곤경에 빠뜨리기도 했다. 내가 브록이 생각하는 것만큼 착하다면야 좋겠지만, 그는 진실을 몰랐다. “미안해, 어쩔 수가 없어.”

“그러니 네가 사회복지사가 되려는 거겠지.” 그가 내게 윙크했다. “내가 더 돈 되는 직업을 갖도록 널 설득할 수 있다면 얘기가 달라지겠지만.”

내가 사회복지사로 진로를 정한 건 전 남자친구 덕분이었다. 그는 법을 어기지 않고도 도움이 필요한 사람들을 도울 수 있는 길이라며 나를 설득했다. ‘넌 누구든 도우려고 하잖아, 밀리. 난 네 그런 점이 좋아.’ 그는 나를 제대로 이해해 주는 사람이었다. 안타깝게도 이제는 내 곁에 없지만.

"아무튼." 브룩이 내 어깨를 힘주어 잡았다. "60년대에 살해당한 여자 얘기는 이제 그만하자. 네 새 직장에 대해 말해봐."

나는 그에게 개릭 부부의 인상적인 펜트하우스에 대해 자세히 설명했다. 전망과 위치, 2층에 관해 이야기하자, 그는 낮은 휘파람 소리를 냈다.

"그 아파트, 가격이 엄청나겠네." 그가 그렇게 말하는 순간 자전거가 우리를 칠 것처럼 스치고 지나갔다. 이 도시에서 자전거를 타는 사람들은 신호등이나 보행자를 전혀 고려하지 않는 것 같다. "못해도 2천만 달러는 될걸?"

"와, 정말? 그렇게나 비싸?"

"확실해. 그런 데 살면 네 시급도 후하게 줘야지."

"많이 줘." 더글러스가 시급에 관해 이야기하자 내 눈앞에서는 달러 표시들이 위로 방방 튀어 오르는 것만 같았다.

"그 사람 이름이 뭐라고 했지? 너 고용한 사람."

"더글러스 개릭이야."

"아, 그 사람 코인스탁의 CEO야." 브룩이 손가락을 튕기며 말했다. "특허 관련해서 우리 회사에 일 맡긴 적 있거든. 진짜 좋은 사람이야."

"응, 좋은 사람 같아 보였어."

그는 정말로 좋은 사람 같아 보였다. 하지만 나는 2층에 굳게 닫혀 있던 그 문이, 그 방 안에 있는 아내가 자꾸 마음에 걸렸다. 새 직장을 얻은 기쁨과는 별개로 그 부분만큼은 영 찝찝했다.

"그리고 중요한 게 한 가지가 더 있어, 뭔지 알아?" 브룩이 나를 건널목 쪽으로 잡아당겼다. 신호등이 깜빡이며 빨간불로 바뀌기 직전이었고, 우리는 때맞춰 건널목을 건넜다. "그 건물이 내가 사는 곳에서 겨우 다섯 블록 떨어져 있다는 거야."

또 이런다.

그 펜트하우스와 브록의 아파트가 가깝다는 건 이미 알고 있다. 나는 강의실에서 느꼈던 것과 같은 불편함을 느끼며 몸을 움찔거렸다. 브록은 생각보다 끈질겼다. 내가 자기 집에 들어와 살면 좋겠다는 걸 계속 어필했다. 나에 대한 걸 다 알고 나서도 이렇게 할까? 나는 브록과 함께 있는 게 좋았고, 그래서 그걸 망치고 싶지 않았다.

"브록…." 내가 말했다.

"알았어, 알았어." 그가 눈을 굴렸다. "부담 주려는 거 아니야. 네가 아직 함께 살 준비가 안 됐다면 어쩔 수 없지. 그냥…, 난 우리가 꽤 잘 맞는다는 거야. 게다가 이미 반쯤은 같이 살고 있잖아, 안 그래?"

"어, 그래." 나는 최대한 무심하게 말했다.

"그리고…." 그는 번쩍이는 새하얀 이를 드러내고 웃으며 말했다. "우리 부모님이 널 만나고 싶어 해."

그 말을 들으니 부담감에 토할 것 같았다. 자기 부모님에게까지 말했을 거라고는 생각하지 못했다. 생각해 보면 당연한데 말이다. 브록은 매주 일요일 저녁 8시에 부모님께 전화를 걸어 자신의 완벽한 삶에 대한 모든 것을 빠짐없이 보고할 것 같은 사람이었다.

"아." 나는 힘없는 목소리로 말했다.

"그리고 나도 네 부모님을 만나고 싶어." 그가 덧붙였다.

내가 부모님과는 소원해졌다고 말하기에 지금이 딱 좋은 타이

밍일지도 모른다. 하지만 아무 말도 나오지 않았다.

그런 얘기를 한다는 건 너무나도 힘든 일이다. 전에 사귀었던 남자는 처음부터 내 과거를 다 알고 있었기 때문에, 굳이 복잡한 얘기를 꺼낼 필요가 없었다. 그러니 모든 것을 솔직하게 밝혀야 하는 두려운 순간도 없었다. 그리고 앞서 말했듯이 브록은 정말이지… 완벽하다. 내 아파트에서 딱 한 번 변기 시트를 올려놓고 간 적이 있지만 그 정도는 눈감아 줄 수 있다.

브록의 문제는 나와 같은 나이인데도 불구하고 나와 다르게 이미 정착할 준비가 되어 있다는 거였다. 게다가 그는 기다릴 생각도 없다. 그는 최고 로펌에 다니는 변호사이고 가족을 부양하고도 남을 만큼 돈도 잘 벌고 있다. 최근에 심장에 별 이상이 없다는 진단도 받았지만, 여전히 미국 백인 남성의 평균 수명을 다 채우지 못할까 봐 걱정하고 있었다. 그래서 아직 인생을 즐길 수 있을 때 결혼도 하고 또 아이도 낳고 싶어 한다.

그에 비해 나는 여전히 성장하는 과정 중인 것만 같았다. 어쨌든 여태 학교에 다니고 있잖은가. 나는 결혼할 준비가 안 돼 있었다. 난 그냥… 그럴 수가 없다.

"괜찮아." 그는 잠시 걸음을 멈추고 나를 바라보았다. 갑자기 멈추는 바람에 뒤따라 걷던 남자가 우리와 부딪힐 뻔했다. 남자는 욕을 내뱉으며 우리 옆을 지나갔다. "너한테 서둘러서 결정하라고 하고 싶진 않아. 하지만 내가 널 미치도록 좋아한다는 것만은 알아줘."

"나도 미치도록 널 좋아해." 나는 말했다.

그는 내 두 손을 잡고 내 눈을 그윽하게 바라보았다.

"사실… 나, 너를… 좀 사랑하는 것 같아."

내 심장 박동이 조금 빨라졌다. 브록이 날 미치도록 좋아한다는 말은 전에도 한 적이 있었지만, 사랑한다고 말한 건 처음이었다. '좀'이라는 사족이 붙긴 했지만.

나는 무슨 말을 해야 할지 확신이 서지 않은 채 입을 뗐다. 하지만 말이 나오기도 전에 목 뒷덜미가 따끔거리는 느낌을 받았다.

계속 누군가가 나를 지켜보는 것 같은 느낌이 드는 건 왜일까? 내가 미쳐가고 있는 건가?

"음." 마침내 나는 말했다. "그거 너무 고마운 말이네."

나는 아직 같은 답을 들려줄 준비가 되어 있지 않았다. 브록이 아직 나에 대해 모르는 것이 너무 많은데, 우리 관계를 다음 단계로 끌고 갈 수는 없었다. 다행히도 브록은 이 문제를 물고 늘어지지 않았다.

"자, 가자." 그가 말했다. "초밥 먹으러."

언젠가는 그에게 내가 초밥을 좋아하지 않는다는 사실도 말해야 할 것이다.

06

오늘은 개릭 부부의 집에서 일하는 첫날이다.

더글러스가 미리 도어맨에게 여분의 엘리베이터 카드 키를 맡겨두어서, 그걸로 펜트하우스로 올라갈 수 있었다. 엘리베이터가 삐걱대는 소리를 내며 20층에 도착했다. 정확히는 19층이었다. 이 건물에는 13층이 없었다.

목적지에 도착하자 엘리베이터 기어가 삐걱거리며 멈춰 섰다. 다시 한번 문이 열리며 개릭 부부의 인상적인 아파트가 모습을 드러냈다. 더글러스는 일주일에 몇 번 정도 내가 일을 해줘야 한다고 했지만, 이 아파트는 내가 필요 없어 보였다. 도시의 아파트가 그렇듯 먼지가 좀 있긴 했지만, 전체적으로 깔끔했다.

"계세요?" 내가 소리쳤다. "더글러스 씨?"

아무런 대답이 없었다.

"웬디 사모님?" 나는 다시 소리쳤다.

나는 조심스럽게 거실로 나아갔다. 거실에 들어서니 다시 한번 몇 세기 전으로 시간 여행을 온 것 같은 기분이 들었다. 내가 평생 모은 돈을 다 써도 이 가구 중 하나도 살 수 없을 것이다. 내 가구 대부분은 아파트 건물 밖 한 귀퉁이에서 주워 온 것들이었다.

나는 벽난로처럼 보이는 것 위에 설치되어 있는 선반을 향해 걸어갔다. 사진 대여섯 장이 비스듬하게 놓여 있었다. 모두 더글러스 개릭과 긴 적갈색 머리를 가진 깡마른 여자가 같이 찍힌 사진이었다. 그중 한 장은 스키장을 배경으로 찍은 것이고, 다른 한 장은 정장을 입은 채였다. 또 다른 한 장은 동굴처럼 보이는 곳 앞에서 찍은 거였다. 나는 사진 속 여자를 자세히 살폈다. 아마도 웬디 개릭일 것이다. 조만간 그녀를 만날 수 있을지, 아니면 내가 올 때마다 방에 계속 틀어박혀 있을지 궁금했다. 후자라고 해도 문제 될 건 없었다. 청소하는 내내 단 한 번도 모습을 보이지 않은 고객은 이미 여럿 있었으니까.

위층에서 쿵 하는 소리가 울려 퍼졌고, 나는 깜짝 놀라 선반에서 급히 떨어졌다. 괜히 엿보는 걸로 오해받고 싶진 않았다. 웬디 개릭에게 그런 첫인상을 남기는 건 나에게 좋지 않다.

나는 선반에서 뒤로 물러나 계단 쪽을 흘끗 봤다. 계단에는 아무도 없었고, 발소리도 들리지 않았다. 누가 내려오는 것 같진 않았다.

나는 먼저 세탁부터 시작하기로 했다. 더글러스는 빨랫감은 안방에 있는 세탁 바구니에 넣어둔다고 했었다. 세탁기를 돌려두고,

다른 집안일을 하나씩 처리해 나가면 된다.

나는 반질반질 광택이 나는 나무 계단을 올라 거대한 안방으로 향했다. 큰 벽장 안에서 더글러스가 일전에 보여줬던 커다란 세탁 바구니를 찾아냈다. 하지만 빨래 바구니를 열자마자 나는 깜짝 놀랐다.

나는 다른 사람의 빨래를 대신 하면서 정말로 이상한 일들을 많이 겪었다. 빨랫감이 빨래 바구니에 들어가 있지 않고 바구니 주변으로 둥글게 흩어져 있는 것을 본 적도 있었고, 초콜릿, 기름 등등과 같은 얼룩부터 분명 피라고 여겨지는 얼룩까지 온갖 종류의 얼룩을 다 보았다. 하지만 이런 경우는 처음이었다.

세탁할 빨랫감들이 모두 곱게 개어져 있었다.

내가 뭘 착각했나 싶어 잠시 빨래 바구니를 쳐다보았다. 이미 세탁이 끝나 제자리에 갖다 두어야 하는 세탁물일 수도 있었다. 그게 아니라면 더러운 빨랫감을 개서 놔둘 일이 뭐가 있겠는가?

하지만 그건 분명 더글러스가 내게 보여줬던 빨래 바구니였다. 그러니 이 안에 들어있는 건 세탁이 필요한 빨랫감이 맞을 것이다.

나는 빨래 바구니를 들고 방에서 나왔다. 복도를 따라 세탁기와 건조기가 있는 쪽으로 향하던 중, 문득 손님방 문이 열려 있는 게 눈에 들어왔다.

"웬디 사모님?"

나는 눈을 찡그리며 문틈 사이를 들여다보았다. 녹색 눈동자 나를 뚫어지게 바라보고 있었다.

"전 밀리라고 해요." 손을 들어 보이려다 빨래 바구니를 들고 있다는 걸 깨닫고 바구니를 바닥에 내려놓았다. "새로 온 가사도우미예요."

내가 손을 내민 채 문 쪽으로 다가가려 하자 문이 쾅 하고 닫혔다.

그래, 좋다….

사람에 따라 사교적인 성격이 아닐 수도 있고, 특히 가사도우미와는 거리를 두고 싶어 하는 경우도 있다는 건 이해한다. 그래도 최소한 인사 정도는 할 수 있는 거 아닌가?

하지만 여긴 그녀가 사는 집이고 더글러스는 그녀가 병을 앓고 있다고 했다. 그래도 노크를 하고 내 이름을 말해주는 것 정도는 괜찮지 않을까?

아니다. 더글러스는 그녀를 귀찮게 하지 말라고 말했다. 그냥 빨래를 끝내고 저녁을 준비한 다음 조용히 돌아가는 게 좋을 것 같다.

07

나는 빨래를 돌려놓고 딱히 치울 것도 없는 위층을 조금 정리한 후 저녁 식사를 준비하기 위해 주방으로 내려갔다.

다행히도 냉장고 문에는 나를 위해 남겨둔 종이가 있었다. 거기에는 일주일치 식단이 인쇄되어 있었다, 레시피와 함께 식료품을 구매하는 방법도 구체적으로 적혀있었다. 손으로 쓴 글씨도 있었는데, 확실하지는 않지만 필체로 보아 여성이 쓴 것 같았다. 그걸 읽는 동안, 일에 대한 내 열정은 점점 사그라들기 시작했다.

파테는 화요일 오후 4시 이전에 올리버스 델리에서 구매할 것.

테린만 있는 경우 구매하지 말 것. 이 경우 프랑수아에서 파테를 구매할 것.

파테는 런던마켓에서 구입한 농민 빵과 곁들여야 함. 빵 나이프로 한번 떠서 부드럽게 펴 바르고 미스터 로얄에서 구매한 코니숑을 얹을 것.

도대체 파테가 뭐지? 코니숑은 또 뭐고? 그나마 빵이 뭔지는 알겠네. 그런데 왜 이 세 가지를 사러 네 군데나 들러야 하는 거지? 미스터 로얄은 가게 이름이겠지?

그래도 레시피가 날짜별로 정리되어 있어서 편리했다. 날짜를 보면 메뉴를 바로 알 수 있었다.

오늘 저녁 메뉴는… 어, 그러니까… 콘월식… 암탉 구이?

좋아. 이거 참 흥미롭네.

두 시간 후, 나는 세탁이 끝난 옷들을 정리했다. 오븐에서는 콘월식 암탉 구이가 요리되고 있었는데, 내 입으로 말하긴 뭣하지만, 꽤 좋은 냄새가 났다. 나는 이미 두 사람을 위한 식탁 세팅을 마치고 지금은 주방에 선 채 요리가 완성되기만을 기다리고 있다. 오후 7시라는 엄격한 식사 시간에 맞춰 요리가 완성되기만을 바랐다.

암탉 구이를 들여다보기 위해 오븐을 열고 있는데 엘리베이터 문이 열렸다. 그 소리는 1킬로미터 밖에서도 들릴 것만 같았다. 묵직한 발소리는 복도를 따라 내려오며 점점 더 커졌다. "웬디!" 더글러스의 목소리가 아파트 전체에 울려 퍼졌다. "웬디, 나 왔어!"

나는 주방 입구로 가서 2층으로 올라가는 계단을 쳐다봤다. 드디어 까탈스러운 웬디의 모습을 볼 수 있겠다고 생각하며 손님방 문이 열리는 소리가 나기를 기다렸지만, 아무 소리도 들리지 않았다.

"안녕하세요. 저녁 식사 준비는 거의 다 됐어요." 나는 청바지에다 손을 닦으며 주방에서 나왔다.

더글러스는 거실에 서서 계단을 바라보고 있었다. "훌륭해요. 정말 고마워요, 밀리."

"별말씀을요." 나는 그의 시선을 따라 계단 위쪽을 바라보았다. "사모님 모시고 내려올까요?"

"음." 그는 여왕이 직접 저녁 식사를 했을 것만 같은 빅토리아풍 참나무 식탁 위에 놓인 두 벌의 식기 세트를 내려다보았다. "오늘 저녁엔 여왕님께서 나와 함께하지 않을 것 같은 예감이 드네요."

"위층으로 음식을 좀 가져다줄까요?"

"그럴 필요 없어요. 내가 가져다줄게요." 그가 절반쯤 미소를 지어 보였다. "아내는 컨디션이 여전히 안 좋은 것 같네요."

"알겠습니다. 음식 내올게요."

나는 서둘러 주방으로 돌아가 음식을 확인했다. 오븐에서 콘월식 암탉 구이를 꺼내 보니, 꽤 맛있어 보였다. 적혀있는 레시피만 보고 처음 만들어본 요리 치고는 나쁘지 않았다.

지시대로 고기를 자르느라 10분이나 걸렸지만, 마침내 그럴듯한 음식 두 접시가 완성되었다. 나는 접시를 들고 식탁으로 향하다 때마침 계단을 내려오던 더글러스와 마주쳤다.

"사모님은 좀 어떠세요?" 식탁에다 접시를 내려놓으며 그에게 물었다.

그는 내 질문을 곰곰이 따져보기라도 하듯 잠시 침묵했다. "오늘은 좋은 날이 아니네요."

"안타깝네요."

그는 어깨를 으쓱했다. "어쩔 수 없죠. 하지만 오늘 도와줘서 고마워요, 밀리."

"아닙니다. 사모님 몫은 위층으로 가져다줄까요?"

내 착각일 수도 있지만, 내가 그 말을 꺼내자 더글러스의 입술이 굳어지는 게 보였다. "그 얘기는 아까 했잖아요. 내가 가져다준다는 말 못 들었어요?"

"네, 하지만…." 나는 멍청한 말을 하기 전에 입을 다물었다. 그는 내가 참견쟁이처럼 군다고 생각했을 텐데, 완전히 틀린 말은 아니었다. "어쨌든, 좋은 저녁 되세요."

"그래요." 그가 모호하게 대답했다. "좋은 밤 보내요, 밀리. 다시 한번 고마워요."

나는 코트를 챙겨서 엘리베이터로 향했다. 숨을 죽인 채 엘리베이터 문이 닫히기를 기다리다가 문이 완전히 닫히자 그제야 어깨를 축 늘어뜨렸다. 어딘지 모르게 그 아파트는 나를 불안하게 만들었다.

08

"어쩌면 그녀는 뱀파이어일지도 몰라. 그래서 낮에는 방에서 나오면 안 되는 거지. 밖으로 나오면 그녀는 먼지로 변할 거야."

내가 개릭 부부에 관한 모든 걸 말해주자, 부록은 내가 그 아파트에 여러 번 방문하는 동안 웬디 개릭이 한 번도 손님방에서 나오지 않은 이유에 대해 전혀 도움이 되지 않는 추측을 늘어놓았다. 그 집에서 그녀를 본 건 문이 살짝 열려 있을 때 문틈으로 아주 잠깐 본 게 전부였다.

"뱀파이어는 무슨, 아니야." 나는 브록의 소파에 앉은 채로 자세를 고쳐가며 말했다.

"그건 모르는 일이지."

"아니, 알아. 뱀파이어는 현실에 없거든."

"그럼 늑대인간은?"

나는 브록의 팔을 찰싹 때렸고, 그 바람에 그는 들고 있던 와인을 쏟을 뻔했다. "더 말이 안 돼. 늑대인간이 왜 방에만 있어야 하는데?"

"그래, 그럼 아마도…." 그가 곰곰이 따져보듯 말했다. "그녀의 목에 녹색 리본이 묶여 있는데 누군가가 그걸 풀면 머리가 떨어지는 거 아냐?"

나는 브록이 따라준 비싼 와인을 한 모금 마셨다. 비싼 와인이 싸구려 와인보다야 훨씬 낫긴 하지만, 나로서는 멜론이니 라벤더니 하는 미묘한 향을 느끼는 건 무리였다. 브록이 계속 물어보는 통에 대충 아는 척하며 대답하고 있었다.

"그냥 찜찜한 기분이 들어. 그게 다야."

"흠, 내가 짜낼 수 있는 아이디어는 다 말했어." 그는 팔로 나를 감싸며 자기 쪽으로 바싹 끌어당겼다. "뱀파이어도 아니고, 늑대인간도 아니고, 목 잘린 녹색 리본도 아니라면… 네 생각엔 뭐 같아?"

"내 생각엔…." 나는 와인 잔을 커피 테이블 위에 놓고 아랫입술을 잘근 씹었다. "솔직히 모르겠어. 그냥 느낌이 안 좋아."

브록은 거의 그대로인 내 와인 잔을 바라보며 말했다. "그거 안 마실 거야?"

"모르겠네. 안 마실 것 같아."

"그거 쥬세페 퀸타렐리인데?" 그는 그 말이 모든 걸 설명하기라도 하는 듯 말했다.

"나 목이 안 마른 거 같아."

"목이 안 말라?" 그는 내 말에 충격을 받은 표정이었다. "밀리,

와인은 목이 말라서 마시는 게 아니잖아."

"알았어." 나는 와인 잔을 들고 한 모금 더 마셨다. 가끔은 그가 왜 나와 사귀는지 궁금할 때가 있었다. 그는 나와 함께하는 게 정말 행운인 것처럼 굴었다.

하지만 그건 잘못된 생각이다. 나는 누구나가 탐내는 그런 사람이 아니다. 그가 그런 사람이었다. "네 말이 맞아. 이 와인 정말 맛있다."

남은 와인을 다 마시는 동안에도 내 머릿속에는 개릭 부부에 대한 생각뿐이었다.

09

나는 손님방 문 앞을 지나갈 때마다 귀를 기울이는 습관이 생겼다.

이런 행동이 좋지 않다는 건 나도 알지만 멈출 수가 없었다. 내가 개릭 부부를 위해 일한 지도 한 달이 지났다. 그런데도 나는 아직 웬디 개릭을 제대로 만나보지 못했다. 그 방에서 나는 소리를 들은 적은 있다. 그리고 적어도 세 번은 방문이 살짝 열려 있는 걸 보았다. 하지만 그때마다 인사를 하기도 전에 문은 재빨리 닫혀버렸다.

그야말로 내 상상력이 제멋대로 덩치를 키워나갔다. 나는 여러 해 동안 가사도우미 일을 하면서 이상한 것들을 많이 보았다. 끔찍한 일도 많았다. 한동안은 그런 문제들을 어떻게든 바로잡으려 애썼던 적도 있었다. 하지만 그걸 그만둔 지도 오래되었다.

엔조가 떠난 이후로.

이번에는 복도를 지나다 손님방 안에서 뭔가 소리가 나는 걸 확실히 들었다. 평소에 그곳은 꽤 조용한 편이었던지라 이번 소리는 뭔가가 달랐다. 나는 걸음을 멈추고 진공청소기를 든 채 문에 귀를 갖다 댔다. 이제 소리가 훨씬 더 선명하게 들렸다.

우는 소리였다.

방 안에서 누군가가 흐느끼고 있었다.

나는 더글러스에게 문을 두드리지 않겠다고 약속했다. 그런데 무슨 이유에선지 키티 제노비스가 내 머릿속에 떠올랐다. 브록은 그 사건이 과장된 거라고 했지만, 나는 평범한 사람들이 외면하고 지나칠 때, 끔찍한 일이 일어날 수 있다는 걸 알았다.

나는 손등으로 문을 두드렸다.

즉시 울음소리가 멈췄다.

"저기요?" 내가 외쳤다. "웬디 사모님? 괜찮으세요?"

대답이 없었다.

"웬디 사모님?" 나는 다시 말했다. "괜찮으세요?"

아무 반응이 없었다.

나는 작전을 바꿨다. "사모님이 괜찮은지 확인하기 전까지는 여길 떠나지 않을 거예요. 필요하다면 하루 종일 여기 있을 겁니다."

몇 초 후, 문 뒤에서 발걸음 소리가 들려왔다. 내가 한 걸음 뒤로 물러나자, 문이 5센티미터 정도 열렸고, 나를 쳐다보는 두 개의 녹색 눈이 보였다. 아니나 다를까, 눈의 흰자위에는 붉은 핏발이 서려 있었고 눈두덩은 부어 있었다.

"원하는 게 뭐에요?" 녹색 눈의 주인은 나를 향해 식식거리듯 물었다.

“전 밀리예요.” 내가 말했다. “사모님 집 가사도우미예요.”

그녀는 내 말에 반응을 보이지 않았다.

“그리고 우는 소리를 들었어요.” 내가 덧붙였다.

“난 괜찮아요.” 그녀는 단호하게 말했다.

“정말이세요? 왜냐면 저는….”

“분명 내가 컨디션이 안 좋다고 남편이 이야기했을 텐데요.” 그녀의 말투가 딱딱해졌다. “난 그저 쉬고 싶어요.”

“네, 하지만—”

다음 말을 듣지도 않고 웬디 개릭은 내 눈앞에다 대고 문을 쾅 닫아버렸다. 그녀에게 다가가려는 시도는 이쯤에서 멈춰야겠다. 적어도 시도는 해봤으니 된 거였다.

나는 힘들게 진공청소기를 들고서 계단을 내려갔다.

웬디 개릭의 일에 개입하려고 시도하는 것조차 내겐 시간 낭비였다. 요즘 이 얘기를 꺼낼 때마다 브록은 내게 내 할 일이나 신경 쓰라고 조언했다.

서둘러 진공청소기를 정리하고 있는데 엘리베이터 문이 열렸다. 더글러스가 눈이 휘둥그레질 만큼 비싼 정장을 입은 채 조그맣게 휘파람을 불며 거실로 들어왔다. 그는 한 손에는 장미 꽃다발을, 다른 한 손에는 네모난 파란색 상자를 들고 있었다.

“안녕하세요, 밀리 양.” 그는 기분이 좋아 보였다. 그의 아내가 위층에서 흐느끼고 있던 걸 생각하니 그게 이상하게 느껴졌다. “뭐 하고 있어요? 일은 거의 끝났어요?”

“네….” 좀 전에 있었던 일을 그에게 말해야 할지 확신이 서질 않았다. 하지만 아내가 울고 있다면 남편도 무슨 일인지 알고 싶을 것이다. "사모님께서 좀 우울해 보이네요. 방에서 우는 소리를 들었어요."

그의 광대뼈 부근이 붉어졌다. "아내랑… 이야길 나눈 건 아니죠?"

나로서는 거짓말하고 싶지 않았지만, 그는 웬디를 귀찮게 하지 말라고 분명히 말했었다. "네, 물론이죠."

"좋아요." 그의 긴장한 어깨가 느슨해졌다. "웬디는 그냥 내버려 둬요. 말했듯이 그녀는 몸이 좋지 않아요."

"네, 전에 그렇게 말씀하셨었죠…."

"그리고…." 그는 네모난 파란색 상자를 들어 올렸다. "아내를 위한 선물이에요." 그는 벨벳으로 된 상자를 열기 위해 꽃다발을 내려놓았다. 그러고는 내가 안을 들여다볼 수 있도록 내 쪽으로 상자를 들어 보여주었다. "아내가 이걸 맘에 들어 할 것 같아요."

나는 상자 안에 든 내용물을 내려다보았다. 그것은 내가 본 것 중 가장 아름다운 팔찌였다. 다이아몬드들이 완벽한 형태로 박혀 있었다.

"각인도 넣었어요." 그가 자랑스럽게 말했다.

"사모님이 분명 좋아하실 거예요."

더글러스는 꽃다발을 집어 들고서 계단을 올라갔다. 나는 그가 복도를 따라 사라지는 것을 지켜보았고, 그런 다음 문이 열리고 닫히는 소리를 들었다.

이 상황이 나로서는 이해가 가질 않았다. 더글러스는 훌륭하고 헌신적인 남편처럼 보였다. 반면에 웬디는 그녀의 방에서 절대 나오지 않았다. 물론 내가 없을 때 가끔 나오기야 하겠지만, 나는 사진 외에는 그녀의 얼굴 전체를 본 적도 없었다.

이 상황에는 뭔가 비정상적인 부분이 있었다. 아직 그게 뭔지는 잘 모르겠다.

하지만 브록 말대로, 내가 상관할 바는 아니었다. 그냥 모른 척하고 넘어가는 게 좋을 거다.

10

【오늘 밤에 오는 거죠?】

나는 오늘 밤 식료품을 사서 펜트하우스로 가 청소를 하기로 더글러스와 사전에 약속했다. 하지만 그는 항상 문자 메시지를 보내서 재차 확인하는 습관이 있었다. 그는 지나칠 정도로 계획적이었다. 내 급여를 생각해서 나는 언제나 즉각 답 메시지를 보냈다.

【네, 가요!】

오늘은 수업이 없는 날이었다. 그래서 개릭 부부를 위해 식료품을 구매하고 그들의 아파트에 가서 눈에 보이지도 않는 먼지를 청소하고 저녁 식사를 준비하는 것이 내 오후 일과였다. 그 부부를 위해 일해 온 게 한 달도 넘었기 때문에 이제는 모든 게 익숙했다. 손에 쥐고 있는 쇼핑 리스트대로 그들이 원하는 걸 다 사려면 맨해튼으로 가야 했다.

어젯밤 브록이 자기 집에서 자고 가라고 했었다. 그가 사는 곳이 펜트하우스와 대학교에서 꽤 가까운 곳이었기 때문에 나는 자주 그의 집에서 잤다. 하지만 그런 상황이 오히려 그가 말하는 대로 따를 수 없는 이유가 되곤 했다. 그 집에서 더 자주 자게 되면 사실상 우리가 같이 사는 것과 다름없어지기 때문이다. 하지만 그럴 순 없었다.

어쨌든 아직은 아니었다. 내가 진실을 말할 때까지는. 그는 진실을 알 자격이 있었다.

하지만 나는 겁이 났다. 브록이 나에 대한 모든 걸 알게 되면 기겁해서 그 자리에서 나를 차버릴까 봐. 그의 부유한 상류층 부모님이 알게 되면 브록을 설득해서 나랑 헤어지게 할까 봐 더더욱 겁이 났다. 브록은 완벽하고 그의 가족도 완벽한데, 나는 완벽과는 거리가 너무나도 멀었다.

내 지난 연애는 완벽과는 정반대였다. 그런데 왠지 그런 정반대가 내게 더 잘 어울리는 것만 같았다. 내 완벽한 짝이 엔조 아카르디와 같은 남자였다는 사실이 나에 대해 뭘 말해주는 건지는 나도 잘 모른다.

엔조와 나는 4년 전 내가 예상 불가능한 방식으로 일자리를 잃은 후 친구로 지내기 시작했다. 나에게는 친구가 많지 않았기에, 그가 나를 응원해 준 게 나는 마음 깊이 고마웠다. 우리는 거의 모든 여가 시간을 함께 보내는 정도로 가까워졌다. 더불어 우리는 여남은 명이 넘는 여성들이 학대적인 관계에서 벗어날 수 있도록 도움을 주었다. 대부분의 경우 적당한 돈을 마련해주는 것만으로도 충분했지만, 때로는 창의력을 발휘해야 할 때도 있었다. 엔조는 새로운 신분증, 추적이 불가능한 대포폰, 멀리 떨어진 곳으로 가는 항공권을 구할 수 있는 인맥을 구축했다. 우리는 폭력에 의존하지 않으면서 여성들이 해로운 관계에서 벗어날 수 있도록 도왔다.

음, 아니, 그건 사실이 아니다. 솔직히 말하자면, 상황이 조금… 골치 아프게 된 적도 몇 번 있었다. 엔조와 나는 그 일에 대해서는 다시는 말하지 않기로 합의를 보았다. 우리는 우리가 해야 할 일을 했다.

내게 대학으로 돌아가 사회복지학 학위를 따라고 권유한 사람도 엔조였다. 내가 잘 몰랐던 건, 엔조가 내가 꿈에도 생각지 못했던 평범한 삶을 살아갈 수 있는 길을 내게 열어주고 있었다는 사실이었다. 전과 기록이 있었음에도 나는 사회복지사 일자리를 얻을 수 있었다. 법의 테두리 안에서 내가 좋아하는 일을 할 수 있었다.

브록은 자기와 내가 좋은 팀이라고 이야기하는 걸 좋아했다. 그럴지도 모른다. 하지만 엔조와 나는 진짜 팀이었다. 우리는 함께 일했고, 같은 목표가 있었다. 게다가 그는 다정하고, 열정적이었으며, 그리고 무서울 만큼 매력적이었다. 나는 그저 친구로 지내려 애썼지만, 자꾸 그에게 눈이 가는 걸 막기 어려웠다. 그 당시에는 그에게 그렇게 빠져들고 있다는 사실 자체가 싫었다.

그러던 어느 날 밤, 나는 그의 아파트에 있었고 우리는 가장 좋아하는, 그리고 우연히도 가장 저렴한 곳이기도 했던 식당에서 배달시킨 피자를 나눠 먹었다. 우리가 늘 시키던 페퍼로니에 치즈를 추가한 피자였다. 엔조가 맥주병을 길게 들이키며 내 쪽을 향해 미소를 지었던 것을 나는 기억한다. '이러고 있으니 좋네.' 그가 말했다.

'그러네. 이러고 있으니 좋네.' 나도 동의했다.

그가 맥주병을 테이블 위에 내려놓았다. 나는 청소일을 자주 하고 나서부터는 누군가 컵 받침을 사용하지 않을 때마다 약간 아찔한 기분이 들었다. '너랑 같이 시간을 보내는 게 좋아, 밀리.'

나는 남자에 대한 경험이 많지 않았지만, 그가 나를 바라보는 눈빛은 그 의미가 분명했다. 그리고 행여 내게 어떤 의심이 있었다고 한다면, 그것은 그가 몸을 기울여 내가 앞으로 다가올 여러 해 동안 꿈꾸게 될, 길고 여운이 남는 키스를 했을 때 눈 녹듯 사라졌다. 그리고 우리의 입술이 마침내 떨어졌을 때 그가 속삭였다. '어쩌면 우리가 함께 더 많은 시간을 보낼 수 있지 않을까?'

나는 동의할 수밖에 없었다. 엔조 아카르디가 하는 그런 요청을 거절할 수 있는 여자는 없었다.

우긴 건, 난 항상 엔조를 좀 바람둥이 같다고 생각했었다는 거다. 그런데 첫 키스를 한 이후로 그는 오직 나만 바라봤다. 우리의 관계는 빠르게 발전했지만, 모든 게 아주 자연스럽게 느껴졌다. 몇 주 만에 우리는 매일 밤을 함께 보냈고 얼마 지나지 않아 같이 살기로 결정했다. 우리 둘은 서로 죽이 잘 맞았다. 대학에 다니며 엔조와 사귀었던 시절, 그 시기가 내 인생에서 가장 행복했던 순간이었다.

그 모든 게 무너져 내렸던 날을 나는 여전히 기억한다.

그날 우리는 엔조가 우리 아파트 앞 길모퉁이에서 주워온 소파에 앉아 있었다. 소파는 상태가 썩 괜찮았고 사용에 문제가 없었다. 뭔지 모를 얼룩이 하나 있었지만 우리는 그걸 그냥 쿠션으로 덮어 놓았다. 엔조는 내 어깨에다 자신의 근육질 팔을 걸치고 있었고, 우리는 영화 〈대부 2〉를 보고 있었다. 내가 〈대부〉 3부작을 보지 않았다는 사실을 최근에야 알게 된 그가 소스라치게 놀랐기 때문에 보게 된 영화였다. '명작이야, 밀리!' 남자친구가 로버트 드니로보다 훨씬 더 섹시하다고 생각하며 그의 품에 꼭 안겨 행복해했던 게 기억난다.

그러던 중 그의 전화기가 울렸다.

이어진 대화는 전부 이탈리아어로 이루어졌고, 나는 귀를 쫑긋 세우며 한두 단어라도 알아들으려 애를 썼다. '말라타'. 그가 계속 반복해서 말하는 단어였다. 결국 나는 그 단어를 검색해서 뜻을 알아냈다.

'아프다.'

전화를 끊은 후 그는 스트레스를 받거나 화가 났을 때 가끔 사용하는 무거운 억양으로 내게 상황을 설명했다. 그의 어머니가 뇌졸중으로 쓰러져 병원에 입원했다는 것이다. 아버지도 여동생도 이미 세상을 떠났기에 어머니에게 남은 가족은 이제 그뿐이라서 시칠리아로 돌아가야만 한다고 했다. 나는 혼란스러웠다. 그는 내게 항상 고향에는 절대 돌아갈 수 없다고 말했기 때문이었다. 고향을 떠나오기 전에 그는 권력 있는 남자를 두들겨 패서 반쯤 죽여놓는 바람에, 지금 그의 목엔 현상금까지 걸려 있다고 했었다.

'고향엔 돌아갈 수 없다고 했잖아.' 내가 그에게 상기시켰다. '그곳에는 네가 돌아가면 널 죽이려고 들 나쁜 사람들이 있다고 했

잖아. 그렇게 말하지 않았어?'
'응, 맞아.' 그가 말했다. '하지만 이제는 괜찮아. 그 나쁜 놈들은… 다른 나쁜 놈들이 처리했어.'
내가 뭐라 말할 수 있었겠는가? 남자친구에게 막 뇌졸중으로 쓰러진 어머니를 보러 가면 안 된다고 말할 수는 없었다. 그래서 나는 그에게 행운을 빌어주었고, 그는 다음날 어머니를 만나러 가기 위해 비행기를 탔다. 내가 공항까지 동행했고, 남자친구는 보안 검색대를 통과하기 전에 5분 넘게 내게 키스했다. 그는 내게 '곧' 돌아오겠다고 약속했다.
나는 그가 다시는 돌아오지 않을 거라는 생각은 하지 못했다.
그는 분명 돌아올 생각이었다고 나는 확신한다. 그가 일부러 거짓말하지는 않았을 것이다. 처음에 우리는 매일 밤 전화 통화를 했고, 그리고 통화 내용은 가끔씩 꽤 뜨거워지기도 했다. 그는 전화기에다 대고 아주 많이 나를 그리워한다고, 우리가 곧 다시 함께할 수 있을 거라고 속삭였다. 하지만 어머니의 병환이 길어지면서 그가 어머니 곁을 떠날 수 없다는 게 점점 더 분명해졌다. 그렇다고 어머니를 데리고 미국으로 올 수도 없었다.
내가 그를 만지지도 못하고 얼굴도 보지 못하는 사이 일 년이 지나갔다. 마침내 나는 그에게 직설적으로 질문을 던졌다. '사실대로 말해줘. 언제 돌아오는 거야?'
그는 긴 한숨을 내쉬었다. '나도 몰라. 난 어머니를 떠날 수가 없어, 밀리.'
'난 널 영원히 기다릴 순 없어.' 내가 말했다.
'알아.' 그는 슬퍼하며 말했다. '네가 그럴 수밖에 없다는 거, 난

이해해.'

그리고 그걸로 끝이었다. 그게 마지막이었다. 그렇게 우리의 관계는 끝났다. 그래서 몇 달 후 브록이 데이트 신청을 했을 때 내게는 거절할 이유가 없었다.

엔조와 함께하던 때의 내 삶은 일종의 흥미진진한 모험이었지만, 이제 나는 내게 불가능하다고 생각했던 완벽하고 평범한 삶을 향해 나아가고 있다. 브록은 24시간 안에 위조 여권을 만들 수 있는 사람들을 모른다. 내가 브록에게 그와 같은 부탁을 하는 상황을 상상해 보자면, 아마도 그는 심각하게 충격을 받은 채 나를 뚫어져라 쳐다볼 것이다.

엔조는 모든 일에 있어서 도움을 줄 만한 사람을 알았다. 내가 도움을 요청했을 때 엔조가 항상 하는 말이 바로 이 말이었다. '내가 아는 사람이 한 명 있어.'

그리고 지금 나는 가장 평범한 일을 수행하는 중이다. 장을 보러 가는 일. 하지만 더글러스가 내게 사 오라고 시킨 품목 목록에는 평범한 게 하나도 없었다. 더글러스는 아침에 그 목록을 문자로 보내 나를 '보물찾기' 게임에 참가시켰다.

'불수귤나무'

'소용돌이 모양의 소엽'

'쿠카멜론'

'금당꽈리'

신께 맹세컨대, 이 이름들은 그가 머릿속에서 지어낸 게 분명했다. 쿠카멜론? 이런 이름이 실재한다고? 누가 봐도 분명 지어낸 이름처럼 보일 것이다.

나는 보물찾기 목록을 손에 쥐고서 재킷을 챙겨 계단을 내려갔다. 쿠카멜론을 찾는 데 시간이 얼마나 걸릴지, 심지어 쿠카멜론이 무엇인지 알아내는 데 시간이 얼마나 걸릴지 몰랐고, 그래서 시간적 여유를 조금 가져야만 했다.

1층으로 내려가자마자 바로 아래층에 사는 남자와 정면으로 부딪칠 뻔했다. 왼쪽 눈썹 위에 흉터가 있는 바로 그 남자다. 그를 보는 순간 나는 본능적으로 몸이 움츠러들었다.

"안녕하세요." 그가 나를 보며 싱긋 웃었다. 왼쪽 두 번째 앞니가 금니로 되어 있어서 어렸을 때 내가 가장 좋아했던 영화 〈나 홀로 집에〉에 나오는 조 페시를 떠올리게 했다. "바쁜가 보네요?"

"네." 나는 미안해하는 미소를 지어 보였다. "죄송해요."

"괜찮아요." 그의 미소가 환해졌다. "그건 그렇고, 난 제이비어라고 해요."

"만나서 반가워요." 나는 내 이름은 밝히는 걸 일부러 피하면서 말했다.

"밀리, 맞죠?"

이런, 내 작전은 실패였다. 속이 울렁거리는 기분이 들었다. 그 남자는 내가 어디에 사는지 정확히 알고 있을 뿐만 아니라 어떻게 알았는지는 몰라도 내 이름까지 알고 있었다. 어쩌면 내 성도 알고 있을지도 모른다. 물론 우편함만 봐도 내 이름을 쉽게 알아낼 수 있었을 것이다. 그래도 영 찜찜했다.

나는 여전히 누군가가 나를 지켜보고 있다는 느낌을 받았다. 내 머릿속에서 만들어낸 망상일지도 모르지만, 지금 이 순간만큼은 망상이라는 확신이 서지 않았다. 제이비어는 나에 대해 너무 많이 알고 있었다. 혹시 그가 나를…?

제발, 지금은 그런 가능성까지 생각하고 싶지 않았다. 사우스 브롱크스 거리를 걷는 것만으로도 충분히 무서운데, 아래층 남자가 나를 스토킹하는 건 아닌지까지 걱정하고 다니는 건 너무 버거운 일이었다. 어쩌면 브록의 동거 제안을 받아들이는 게 좋을지도 몰랐다. 어퍼웨스트사이드로 이사하면 아마도 제이비어가 나를 그냥 내버려둘 것이다. 그러지 않으면, 그는 정장 차림에 모자를 쓴 도어맨을 상대해야 한다. 도어맨들은 그를 절대 그냥 지나가게 놔두지 않을 것이다.

"오늘 뭐 할 거예요?" 제이비어가 물었다.

"그냥 식료품 좀 사려고요."

"아, 그래요? 같이 가줄까요?"

"아뇨, 됐어요."

제이비어는 더 할 말이 있는 것 같았지만 나는 그에게 말할 기회를 주지 않았다. 나는 그를 지나쳐 문밖으로 나갔다. 브록과 함께 살든 아니든, 조만간 이사해야 할지도 모르겠다. 나는 제이비어라는 남자가 내 주변에 있는 게 불편했다. 그가 '아니오'라는 대답을 어떻게 받아들일지 알 수 없었다. 그게 나를 불안하게 했다.

11

개릭 부부의 펜트하우스에 도착했을 때, 내 팔에는 식료품으로 가득 찬 종이백 네 개가 걸려 있었다. 아파트 빌딩 근처까지는 그 종이백들을 들고 곡예라도 하듯 용케 이동했지만, 마지막 블록에 다다라서는 거의 바닥에다 떨어뜨릴 뻔했다. 하지만 다행히도 쿠카멜론을 포함한 이런저런 것들을 가지고 펜트하우스 안에 무사히 도착했다. 쿠카멜론은 실재하는 것이었고, 스페인 식료품점에서 구할 수 있었다.

고맙게도, 엘리베이터 문이 열리면 바로 안으로 들어갈 수 있어서 문손잡이를 조작할 필요가 없었다. 나는 단숨에 주방으로 가고 싶었지만, 중간에 종이백들을 모두 바닥에다 내려놓고 잠시 쉬어야 했다. 행여 쿠카멜론을 떨어뜨려 그것들이 부서지면, 나는 바닥에 주저앉아 울어버릴 것 같았다.

거실에 서서 어떻게 하면 식료품들을 주방으로 잘 옮길 수 있을까 고민하고 있던 그때, 어떤 소리가 들려왔다.

고함치는 소리.

고함 소리가 뭉개져서 들렸다. 뭐라고 하는지 알아들을 수는 없었지만, 위층에 있는 누군가가 맹렬하게 고함치는 소리였다. 나는 식료품들을 내버려둔 채 계단 가까이 다가가 무슨 일이 벌어지고 있는지 들어보려 했다. 바로 그때 뭔가가 박살 나는 소리가 들렸다.

유리 깨지는 소리 같았다.

나는 손으로 계단 난간을 잡은 채 계단을 올라가 모든 것이 괜찮은지 확인할 준비를 했다. 하지만 한 발짝 내딛기도 전에 위층 문이 쾅 하고 닫혔다. 그다음에는 점점 커지는 발걸음 소리가 계단에서 들려왔고, 나는 한 걸음 뒤로 물러났다.

"밀리." 더글러스는 마지막 계단에서 걸음을 멈췄다.

그는 드레스 셔츠를 입고 있었고, 넥타이가 목을 너무 꽉 조이는 것처럼 얼굴이 발그레했다. 하지만 넥타이는 그의 목에 느슨하게 묶여 있을 뿐이었다. 그는 오른손에 선물 가방을 들고 있었다. "여기서 뭐 하고 있어요?"

"전…" 나는 식료품이 든 종이백 네 개가 있는 쪽을 슬쩍 보았다. "식료품을 샀어요. 수납해 두려던 참이었고요."

그가 눈을 가늘게 떴다. "그럼 왜 주방에 있지 않은 거죠?"

나는 소심한 미소를 지어 보였다. "뭔가 깨지는 소리를 들었어요. 걱정돼서…"

말을 하면서 나는 그의 고급 드레스 셔츠가 찢어져 있는 것을 발견했다. 그건 솔기가 풀려나오면서 벌어지거나 한 것이 아니었다. 가슴 주머니 바로 위쪽 부분이 거칠게 찢겨 있었다.

"별일 아니에요." 그가 짧게 말했다. "식료품은 내가 치울게요. 인제 그만 가요."

"알겠습니다…."

나는 셔츠가 찢어진 곳에서 눈을 뗄 수가 없었다. 무슨 일이 있었던 거지? 더글러스는 회사의 CEO였다. 힘든 노동을 하는 게 아니었다. 조금 전 손님방에서 무슨 일이 벌어진 걸까?

"그리고…." 그는 오른손에 들고 있던 선물 가방을 내밀었다. "이거 좀 반품해줘요. 웬디가 원하지 않더군요."

나는 작은 분홍색 선물 가방을 건네받았다. 보드라운 천 안쪽을 슬쩍 들여다보았다. "네, 알겠습니다. 영수증은 안에 있나요?"

"없어요, 선물이었거든요."

"그럼… 영수증 없이는 반품이 어려울 수도 있어요. 어디서 사신 거예요?"

더글러스가 이를 앙다물었다. "모르겠네요. 비서가 고른 거라. 영수증은 이메일로 보내줄게요."

"비서가 골랐다면 그분이 돌려주는 게 일이 더 간단하지 않을까요?"

그는 나를 보며 고개를 옆으로 까닥했다. "날 위해 심부름하는 게 당신 일 아닌가요?"

나는 본능적으로 고개가 뒤로 젖혀졌다. 더글러스가 이토록 무례하게 말한 건 내가 이곳에서 일하기 시작한 이래 처음이었다.

나는 그가 스트레스를 받고 산만하긴 하지만 충분히 좋은 사람이라고 내내 생각해 왔다. 이제 더글러스에게 다른 면이 있음을 깨달았다.

그렇지만 누구에게나 또 다른 면은 있는 법이다.

더글러스 개릭이 나를 쳐다보고 있었다. 그는 내가 떠나길 바라고 있었지만, 내 모든 감각이 여기 있어야 한다고 말하고 있었다. 위층으로 올라가 모든 게 괜찮은지 확인해야 한다고.

그런데 그때 더글러스가 나와 계단 사이 공간으로 걸어 들어왔다. 그는 가슴 위로 팔짱을 끼고서 나를 향해 무성한 눈썹을 치켜세웠다. 나는 그 남자를 제치고 지나갈 수 없었다. 설령 제치고 지나간다고 해도, 손님방 문을 두드리면 웬디 개릭이 아무 일도 없다며 나를 안심시킬 것 같은 느낌이 들었다.

결국, 내가 할 수 있는 일은 아파트를 나오는 것 외에는 아무것도 없었다.

12

나는 지하철역에서 아파트 건물까지 다섯 블록을 걸어가면서 다시 한번 더 목 뒷덜미 쪽이 찌릿하다는 느낌을 받았다.

호화로운 맨해튼 거리에서 그런 기분을 느꼈을 때는 내가 편집증 환자인 것 같은 기분이 들었다. 하지만 해가 이미 하늘에서 종적을 감춘 지금의 사우스 브롱크스에서라면 편집증이 아니라 당연한 것이었다. 나는 시선을 끌 만한 옷을 입지 않았다. 적어도 한 사이즈는 큰 청바지를 입었고, 한때는 흰색이었던 회색 나이키 운동화를 신었으며, 스타일리시하기보다는 품이 넉넉하고 어둠에 녹아들 수 있는 어두운 색 계열의 코트를 입었다. 그렇지만 나는 누가 봐도 여자였다. 금발 머리를 비니로 가리고 커다란 코트를 입긴 했어도, 길 건너편에서 봐도 한눈에 여자라는 걸 알아볼 수 있을 것이다.

그래서 나는 속도를 높였다. 그리고 주머니에 넣어둔 호신용 스프레이를 꽉 감싸 쥐었다. 하지만 아파트 건물 안으로 들어가 문을 닫을 때까지 그 찌르르한 느낌은 사라지지 않았다.

이상한 일이었다. 내 아파트 안에 있을 때는 그런 찌릿한 느낌이 없었다. 펜트하우스에서 청소할 때도 그런 느낌이 없었다. 야외에 있을 때, 누군가가 정말로 나를 지켜보고 있을 수 있는 때만 그런 느낌을 받았다. 그래서 그 느낌이 진짜라는 생각이 드는 거였다.

아니면 내가 미쳐가고 있는 건지도 모른다.

브록이 오늘 밤 자기 집에 오겠냐고 문자 메시지를 보내왔지만 거절했다. 나는 너무 피곤했다.

우편함에서 청구서 몇 통을 꺼내면서 브록에 관한 생각을 머릿속에서 밀어냈다. 어떻게 이렇게 청구서가 많을 수가 있지? 나는 아주 적은 돈으로 겨우 살아가고 있는데 말이다. 내가 우편물을 핸드백에다 쑤셔 넣고 있는데 건물 입구의 자물쇠가 돌아가는 소리가 났다. 잠시 후 차가운 공기가 쏟아져 들어오고, 왼쪽 눈썹 위에 흉터가 있는 남자가 안으로 박차고 들어왔다.

제이비어. 그가 내게 알려준 이름이었다.

"안녕하세요." 그가 지나치다 싶을 정도로 유쾌하게 말했다. "잘 지내요?"

"잘 지내요." 나는 딱딱하게 대꾸했다.

나는 뒤돌아서서 계단 쪽으로 향했고, 그가 뒤처져서 자기의 우편함을 확인하길 바랐다. 하지만 운이 따라주지 않는다. 제이비어는 서둘러 내 뒤를 바짝 쫓아와 한 걸음 뒤에 있으려고 애썼다.

"밤에 할 일 있어요?" 그가 물었다.

"아니요." 나는 2층으로 올라가는 계단을 달리듯 오르며 대답했다. 2층에 도착해야 제이비어에게 작별 인사를 할 수 있을 것이다.

"우리집으로 와요." 그가 말했다. "같이 영화나 보죠."

"바빠요."

"에이, 아니잖아요. 좀 전에 오늘 밤 아무 일도 없다고 했으면서."

나는 이를 앙다물었다. "피곤해서요. 그냥 샤워하고 잘 거예요."

제이비어는 나를 보며 싱긋 웃었다. 계단의 희미한 천장 조명에 그의 하나뿐인 금니가 반짝 빛을 냈다. "샤워랑 잠을 같이할 사람 필요해요?"

나는 그를 외면했다. "아뇨, 됐어요."

우리는 2층 층계참에 도착했고, 나는 제이비어가 제 갈 길을 가길 바랐다. 하지만 그는 내 옆에서 계단을 계속 올랐다. 나는 속이 뒤틀렸다. 주머니 안으로 손을 뻗어 호신용 스프레이를 찾았다.

"왜 안 돼요?" 그가 나를 압박했다. "설마, 늘 여기로 찾아오는 말쑥한 부잣집 애를 진짜로 좋아하는 건 아니죠. 당신에겐 진짜 남자가 필요해요."

이번엔 그의 말을 무시했다. 잠시 후면 내 아파트에 도착할 것이다. 거기까지만 가면 된다.

"밀리?"

다섯 걸음만 더. 다섯 계단만 더 오르면 이 개자식을 떼어낼 수 있을 것이다. 네 걸음, 세 걸음, 두 걸음….

그 순간 한 손이 내 팔을 움켜쥐었고, 손가락들이 내 살을 파고 들었다.

나는 내 아파트에 도착하지 못할 것이다.

13

“야.” 제이비어의 두툼한 손이 내 팔을 꽉 움켜쥐었다. “야!”

나는 몸을 꿈틀댔다. 하지만 그의 손아귀 힘은 바이스처럼 단단했다. 그는 겉으로 보이는 것보다 더 힘이 셌다. 나는 비명을 지르려고 입을 뗐지만, 그는 어떤 소리가 나기도 전에 손바닥으로 내 입을 막았다. 내 뒤통수가 벽에 부딪혔고, 치아들이 충격을 받아 덜컹거렸다.

“인제 할 말이 있나 보지?” 그는 나를 보며 비웃었다. “좀 전에는 날 깔보더니. 안 그래?”

나는 몸을 떨며 그를 밀쳐내려 했지만, 그는 온몸으로 나를 짓누르며 바짝 몸을 밀착시켰다. 바지 너머로 그의 성기가 부풀어 오르는 게 느껴졌다. 그는 자신의 갈라진 입술을 핥아댔다. “안으로 들어가서 재미 좀 보자고, 알았지?”

하지만 그는 잘못된 팔을 잡는 실수를 저질렀다. 나는 호신용 스프레이를 꺼내 눈을 감은 채 그의 얼굴에다 뿌려댔다. 그가 비명을 지르자, 나는 뿌리는 걸 멈추고 최대한 세게 그를 밀쳤다.

나는 이 아파트 건물 계단이 너무 가파르다며 항상 불평해 왔지만, 제이비어가 계단에서 굴러떨어지는 이 순간만큼은 그게 아주 마음에 들었다. 뭔가가 깨지는 소리가 들리더니 그다음엔 쿵 하는 소리와 함께 그가 바닥에 처박혔다. 그러고는 소리가 잠잠해졌다.

나는 잠시 계단 위에 멈춰 서서 아래층에 널브러져 있는 그를 내려다보았다. 죽었나? 내가 그를 죽인 걸까?

나는 아래층으로 달려 내려가 허리를 굽혀 자세히 들여다봤다. 내 오른손에는 여전히 스프레이 캔이 들려 있었다. 그의 가슴이 여전히 들썩이고 있었다. 그리고 작게 신음소리가 났다. 아직 살아있다. 심지어 완전히 의식을 잃은 것도 아니었다.

아쉬웠다. 목이 부러져 마땅한 놈이 있다면 바로 이 새끼였다.

아니, 죽지 않은 게 나은 건지도 몰랐다.

나는 충동적으로 발을 뒤로 뺀 다음 그의 갈비뼈를 최대한 세게 걷어찼다. 그는 이번에는 더 큰 신음을 냈다. 확실히 아직 살아 있었다. 나는 한 번 더 걷어찼다. 그리고 마무리로 세 번째로 걷어찼다. 내 스니커즈 운동화 끝이 그의 갈비뼈에 박힐 때마다 나도 모르게 입꼬리가 올라갔다.

나는 다음 계단을 내려다보았다. 그는 첫 번째 계단에서 살아남았다. 두 번째 계단에서 굴러떨어지면 어떻게 될지 궁금했다. 아니면 세 번째는? 그는 그렇게 무거워 보이지도 않았다. 굴려서 떨어뜨리는 건 생각보다 쉬울 것 같았다.

안 돼, 내가 지금 무슨 생각을 하는 거야?

그럴 수 없다. 난 감옥에서 10년을 보냈다. 거기로 다시 돌아가는 건 사양이다.

나는 휴대전화를 꺼내서 119에 전화를 걸었다. 나는 나를 위한 정의를 실현할 생각이었다. 그리고 그건 이 남자를 죽여서 이뤄지는 게 아니었다.

14

한 시간 후, 우리 아파트 건물 앞에는 경찰차와 구급차가 멈춰 서 있었다. 이 동네에서 경찰차를 보는 게 드문 일은 아니었지만, 이번에는 경광등이 번쩍이고 있었다.

나는 경찰이 제이비어를 바로 감옥으로 데려가길 바랐다. 하지만 그는 팔이 부러진 데다 뇌진탕을 일으켰고, 갈비뼈가 몇 개 나간 상태였다. 경찰이 이곳에 도착했을 즈음 그는 조금씩 정신을 차리기 시작했고, 심지어 일어서려고도 했다. 경찰이 때마침 도착해서 다행이었다. 안 그랬으면 나는 그를 기절시킬 다른 방법을 찾아야 했을 것이다.

나는 이웃 중 누구도 나를 도와주러 나오지 않았다는 사실에 분노가 일었다. 브록이 키티 제노비스 사건을 두고 뭐라고 하든 간에, 분명한 건 내 아파트 복도에서 한 남자가 나를 강간하려 했고, 단 한 사람도 나를 도와주지 않았다는 거다. 사람들은 도대체 왜 이러는 걸까? 나로서는 이해가 안 갔다.

한 여성 경찰관이 내게 몇 가지 질문을 한 다음, 집에서 기다리려 달라고 해서 지금 그렇게 하고 있는 중이었다. 브록에게 전화해서 한 이웃이 나를 공격했다는 사실을 알렸지만 내가 어떻게 그 순간을 모면했는지는 대충 얼버무렸다. 브록이 오더라도 나는 제이비어의 부러진 팔을 치료하는 대로 그를 감옥에 처넣을 수 있도록 공식 진술을 마치기 전에는 아무 데도 가지 않을 것이다. 나는 그 개자식이 수술이 필요한 상태이길 간절히 바랐다.

창밖으로 구급차가 떠나가는 모습이 보였다. 경찰이 집으로 돌아가 있으라고 한 뒤로 나는 내내 창가에 서서 모든 걸 지켜보고 있었다. 경찰은 이웃 몇몇과 이야기를 나눴고, 구급차가 떠나기 전까지 제이비어와도 한참이나 이야기를 나눴다. 경찰 몇 명은 여전히 건물 앞에 남아 이야기를 나누고 있었다. 도대체 무슨 이야기를 그렇게 하는 건지 도무지 알 수 없었다. 한 남자가 바로 내 집 문 앞에 나를 공격했다. 너무나도 명확하고 단순한 사건 아닌가?

이야기를 나누던 경찰 중 한 명이 내 아파트 창문을 가리켰다.

곧바로 다른 경찰 하나가 건물 안으로 들어왔고, 나는 창문에서 한 발 물러나 땀에 젖은 손을 청바지에 문질렀다. 제이비어가 움켜쥐었던 팔에는 아직도 붉은 자국이 그대로 남아 있었고, 벽에 부딪혔던 뒤통수도 여전히 욱신거렸다. 하지만 제이비어가 나보다 훨씬 상태가 안 좋았다.

그는 마땅히 받아야 할 대가를 받은 거다.

노크 소리가 들리자 나는 문을 확 열어젖혔다. 30대 정도로 보이는 경찰이 문 앞에 서 있었다. 턱에는 수염이 많이 나 있었고 약간 지루하다는 듯한 표정을 하고 있었다. 마치 오늘 밤에만 계단에서 여성을 강간하려 한 남자들을 다섯 명째 상대하는 사람 같았다.

"안녕하세요." 그가 말했다. "빌헬미나 캘러웨이 양인가요?"

나는 내 이름과 성이 동시에 거론되는 것에 움찔했다. "네, 맞아요."

"저는 스카보 경관입니다. 좀 들어가도 될까요?"

내가 감옥에 있었을 때, 그곳 여자들은 경찰이 집에 들어가도 되겠냐고 물으면 거절할 권리가 있다고 이구동성으로 말했었다. '그 개자식들을 절대 집안으로 들이지 마.' 하지만 이번엔 나를 조사하러 온 게 아니었다. 나는 타협했다. 경찰관을 집 안으로 들이긴 했지만, 자리에 앉지는 않았다.

그는 나를 처음에 조사했던 경찰과는 다른 사람이었다. 그 경찰은 여자였고 나를 안아주기까지 했었다. 이 남자는 나를 안아줄 것 같지 않았다. 물론 안아주길 바라지도 않지만.

"오늘 밤 당신과 제이비어 씨 사이에 무슨 일이 있었던 건지 확인이 필요해서요." 스카보가 말했다.

"알겠어요." 난방이 제대로 되고 있었는데도, 갑자기 한기가 들었다. 나는 두 팔로 몸을 감싸며 물었다. "뭘 알고 싶으세요?"

스카보가 나를 위아래로 훑어보았다. "오늘 밤 사건이 벌어진 때에 입고 있던 옷이 그거였나요?"

나는 그가 무슨 말을 하는 건지 몰랐다. 내 옷차림이 부적절하다고 말하는 것만 같았다. 나는 티셔츠에 아까 입었던 것과 같은 청바지를 입고 있었다. 티셔츠가 약간 딱 맞긴 했어도 시선을 끌 만한 옷은 아니었다. 그는 그게 무슨 문제라도 된다는 양 굴었다.
"네, 하지만 위에 코트를 입고 있었어요."

"그렇군요." 스카보는 내 말을 믿지 못하겠다는 표정을 지었다. 마치 내가 헐렁한 청바지에 낡은 티셔츠 차림으로 제이비어를 유혹이라도 했다는 듯이. "그럼 정확히 무슨 일이 있었는지 말해주시죠."

같은 이야기를 반복하는 게 벌써 세 번째였다. 이번에는 훨씬 수월했다. 그가 나를 붙잡았던 장면을 설명할 때도 목소리가 떨리지 않았다. 나는 증거로 손목을 들어 붉은 자국을 보여주었지만, 스카보는 별 감흥이 없어 보였다.

"그게 다예요?" 그가 물었다. "그냥 당신 팔을 잡았다고요?"

"아니요." 나는 분노에 차 주먹을 꽉 쥐었다. "말했잖아요. 그가 날 붙잡고 온몸으로 밀어붙였다고요."

"그러니까… 어떻게 말인가요?"

"자기 몸을 내 몸에다 들이밀었어요!"

그는 미간을 찡그렸다. "혹시 당신이 오해한 건 아닐까요? 그냥 친근하게 굴려고 했던 걸 수도 있잖아요."

나는 그를 노려보았다.

"그게 말이죠, 밀리 양." 스카보는 내 시선을 맞받았다. "제이비어 씨 말로는, 그저 친근하게 대화를 나누고 있었는데 당신이 순간 돌변했다던데요. 당신이 호신용 스프레이를 뿌리고 계단 아래로 밀어버렸다고요."

"지금 장난해요?" 스카보 경관에게 스프레이를 뿌리고 계단 아래로 밀어버리고 싶은 게 지금 내 심정이었다. "그건 전혀 사실이 아니에요! 진심으로 그렇게 믿는 거예요? 그 남자 편을 드시겠다는 건가요?"

"이웃 중 한 사람이 당신이 쓰러진 그 사람 옆에 서 있다가 갈비뼈를 반복해서 걷어차는 것을 목격했습니다. 무서워서 밖으로 나올 수가 없었다더군요."

나는 입을 뗐지만, 끽끽거리는 소리만 나올 뿐이었다.

"제이비어 씨는 갈비뼈가 두어 군데 부러진 것 같습니다." 경관은 계속 말했다. "그리고 그가 바닥에 쓰러져 의식을 잃었을 때 당신이 그의 갈비뼈를 발로 걷어차는 것을 본 목격자가 있습니다. 그걸 내가 어떻게 받아들여야 할지 말해줘요."

제이비어의 갈비뼈를 걷어차지 말았어야 했지데, 그건 너무 참기 어려운 유혹이었다. 그러기가 어려웠다. "난 그냥 화가 났던 것뿐이에요."

"왜 화가 났죠? 제이비어 씨는 당신이 그에게 작업을 걸어도 그가 반응하지 않자 당신이 그를 공격했다고 하던데요."

누군가 불시에 내 배를, 아니 갈비뼈를 한 대 때린 것 같았다. "내가 작업을 걸었다고요?"

스카보가 눈썹을 치켜세웠다. "그리고 당신에겐 전과가 있어요, 안 그래요, 밀리 양? 폭력적인 행동을 한 전력이 있죠?"

"이건 말도 안 돼요." 나는 숨을 헐떡였다. "그 남자가 날 공격했어요. 내가 방어하지 않았다면…."

"근데 상황을 보자면 말이죠." 그가 말했다. "그가 당신을 공격했다는 건 당신 주장일 뿐이고, 그가 바닥에 쓰러져 있을 때 당신이 그를 발로 걷어차는 걸 목격한 목격자가 있어요. 그리고 뼈가 부러진 것도 그 남자고요."

다리가 후들거렸다. 앉아서 대화를 나눌 걸 그랬다는 생각이 불현듯 들었다. "저 체포되는 건가요?"

"제이비어 씨는 당신을 고소할지 말지를 아직 결정하지 않았습니다." 스카보는 나를 공격한 남자가 반드시 고소를 진행해야 한다고 생각하는 듯한 표정을 지었다. 지금 당장 내 손에다 수갑을 채우고 싶다는 듯한 표정이었다. "그러니 그가 결정을 내릴 때까진 어디 멀리 가지 마세요."

나는 이 남자 경관이 너무 싫었다. 그 여자 경관은, 날 안아주며 제이비어가 다시는 나를 해치지 못할 거라고 말했던 그 경관은 어떻게 된 거지? 그 사람은 어디로 간 거지?

얘기를 마치고 나는 스카보 경관을 문 쪽으로 안내했다. 문을 열자 그곳에는 브룩이 서 있었다. 하늘색 드레스 셔츠와 베이지색 슬랙스를 입고 손으로 노크하려는 자세를 하고 있었다. 스카보는 그를 보고 히죽 웃기만 할 뿐 아무 말도 하지 않았다. 브룩은 경관에게 뭔가 물어보고 싶어 하는 것 같았지만, 다행스럽게도 스카보는 서둘러 자리를 뜨려는 것처럼 보였다.

나는 겨우 침착함을 유지하며 브룩을 아파트 안으로 들이고 문을 잠갔다. 그러고 나서야 눈물이 차올랐다. 하지만 슬픔의 눈물이 아니었다. 분노의 눈물이었다. 어떻게 감히 나한테 그런 식으로 말할 수 있는 거지? 내가 사는 곳에서 내가 공격을 받았는데 나를 공격한 그놈이 피해자라고?

"밀리" 브록이 나를 두 팔로 안았다. "맙소사, 괜찮아? 최대한 빨리 왔어."

나는 몸을 빼내며 말없이 고개를 끄덕였다. 말을 하면 눈물을 주체할 수 없을 것 같았다. 그리고 왠지 브록 앞에서 울고 싶지 않았다.

"그 개자식이 감옥에 오래 있으면 좋겠어." 그가 말했다.

그에게 무슨 일이 있었는지 말해야 했다. 그 경관이 나한테 한 말을. 하지만 그러려면 그 이유를 설명해야 했다. 내 폭력 전과를 설명해야 했다. 내가 감옥에서 보낸 전력을. 왜 아무도 날 믿지 않는지에 대한 그 모든 이유를.

엔조가 있었다면 상황은 완전히 달랐을 것이다. 엔조에게는 모든 걸 말할 수 있었을 테고, 그는 이해해 주었을 것이다. 물론 엔조가 제이비어 마린을 맨손으로 갈기갈기 찢어버릴지도 모르지만, 나는 그래도 상관없었다. 오히려 좋았을 것이다. 하지만 브록은, 그런 일을 그가 한다고 상상하는 것만으로도 웃음이 나올 지경이었다. 하지만 긍정적인 면을 보자면, 제이비어가 정말로 나를 폭행으로 고소하면 브록이 내 변호를 해줄 수 있었다. 그래, 그건 우리 관계에도 정말 좋은 계기가 될 것이다.

"여기서 자는 건 말도 안 돼." 브록이 말했다. 나는 이번만큼은 그의 말에 전적으로 동의했다. "우리 집으로 가자."

내 어깨가 축 처졌다. "알았어."

"그리고 당분간은 우리 집에 있는 게 좋겠어." 그는 그렇게 말하다가 내 표정을 보고는 재빨리 덧붙였다. "같이 살자는 건 아니야. 그래도 일주일 정도 갈아입을 옷은 챙겨. 딴 데 살만한 곳도 찾아봐야지."

지금은 그와 말다툼할 기운조차 없었다. 그리고 그의 말이 옳았다. 제이비어가 이 곳으로 다시 돌아온다면, 나는 더 이상 여기서 살 수가 없을 것이다. 새로 집을 구해야만 했다. 하지만 개릭 부부에게 받는 돈으로는 이 아파트 월세를 겨우 감당할 정도였다. 브롱크스에서 더 나쁜 동네로 이사해야 할까?

어쨌든, 그건 나중에 생각할 문제다. 지금은 짐을 싸는 게 먼저였다.

15

개릭 부부의 안방은 아주 컸다. 맹세컨대, 내가 말을 하면 분명 메아리가 울릴 것이다.

나는 빨래를 정리하는 중이었다. 두 사람이 옷 대부분을 드라이클리닝 맡길 줄 알았는데, 웬디가 방에서 거의 나오지 않는 것을 보면 그녀가 드라이클리닝이 필요한 옷을 자주 입을 것 같지는 않았다. 세탁물을 보면, 웬디는 주로 긴 잠옷을 입는 것 같았다.

지금 나는 옷깃에 레이스가 달린 우아한 흰색 잠옷을 들고 있었는데, 잠깐 봤던 웬디의 키에 비추어 볼 때 잠옷은 발목까지 내려올 것 같았다.

그리고 그때 그걸 발견했다.

잠옷의 옷깃에 얼룩이 있었다. 빨간색이 가미된 갈색의 불규칙한 얼룩. 그것은 이제는 천에 깊이 배어 있었다. 전에도 세탁할 때 이런 얼룩을 본 적이 있었다. 틀림없었다.

그것은 피였다.

게다가 피가 꽤 많이 묻어 있었다. 무슨 일이 있었기에 이렇게 피가 묻은 건지 생각하지 않으려 했지만, 눈을 감아봐도 좀처럼 생각이 멈추지 않았다.

나는 휴대전화가 울리는 소리에 다시 눈을 떴다. 청바지 주머니에서 휴대전화를 꺼내 보고서는 심장이 철렁 내려앉았다. 브롱크스 경찰서에서 걸려 전화였다. 좋은 소식이 아닐 거라는 예감이 들었다.

그래도 뭐, 경찰이 전화로 나를 체포하지는 않을 것이다.

"여보세요?" 나는 여객선 크기만 한 개릭 부부의 침대 한쪽에 앉으며 대답했다.

"빌헬미나 캘러웨이 양? 스카보 경관입니다."

그 이름을 듣자 속이 뒤틀리고 소름이 돋았다. "네, 그런데요?"

"좋은 소식이 있습니다."

이 남자가 아직 사건을 담당하고 있다면 좋은 소식이 있을 리가 없었다. 하지만 어쩌면 낙관적으로 생각해야 하는 건지도 모른다. "그게 뭐죠?"

"제이비어 씨가 고소하지 않기로 했습니다."

그게 좋은 소식이라고? 나는 휴대전화를 너무 꽉 쥐어서 손가락이 얼얼할 지경이었다. "저는요? 저는 고소하고 싶어요."

"밀리 양, 당신이 그를 공격하는 것을 본 목격자가 있습니다." 그가 헛기침했다. "이런 결과면 운이 좋은 겁니다. 당신이 여전히 가석방 중이었다면 지금 당장 감옥으로 돌아갔을 겁니다. 그리고 당연하게도 그는 언제든 당신에게 민사 소송을 걸 수 있습니다."

나는 목에 차오른 덩어리를 삼켰다. "그래서 그는 지금 어디 있나요?"

"오늘 아침에 나갔습니다."

"아침에 유치장에서 나갔다고요?"

스카보가 한숨을 쉬었다. "아니요, 그는 체포된 적이 없습니다. 병원에서 나갔다는 얘깁니다."

그 말은 그가 오늘 우리 아파트 건물로 돌아온다는 뜻이었다. 그건 내가 다시는 거기로 돌아갈 수 없다는 뜻이기도 했다.

"잘 들어요, 아가씨." 스카보가 말했다. "당신은 이번에 운이 좋았어요. 하지만 당신은 정신과 상담을 받을 필요가 있어요. 분노를 조절하는 법을 배워야 합니다. 그렇지 않으면 다시 감옥으로 돌아가게 될 겁니다."

"조언해 줘서 고마워요." 나는 이를 악물며 말했다.

전화를 끊으며 고개를 들다 안방에 나만 있는 게 아님을 깨달았다. 더글러스 개릭이 방 반대편의 문간에 서 있었다. 그는 짙은 갈색 머리를 언제나처럼 뒤로 넘긴 채 아르마니 정장에 빨간색 넥타이를 매고 있었다.

그가 내가 한 대화를 얼마나 엿들었을지 궁금했다. 물론 스카보가 한 말의 마지막 문장만 들었다고 쳐도 나쁜 상황이었다.

"안녕하세요, 밀리 양." 그가 말했다.

나는 허둥지둥 일어나 휴대전화를 주머니에다 집어넣었다. "안녕하세요. 죄송합니다, 전… 빨래를 하던 중이었어요."

그는 내가 전화 통화를 하고 있었다는 사실을 지적하며 내 주장에 이의를 제기하는 일은 하지 않았다. 대신 그는 엄지손가락으로 빨간 넥타이를 느슨하게 풀며 방으로 걸어 들어왔다. 그러고는 재킷을 벗어서 서랍장 위에다 던졌다.

"그래요?" 그가 말했다.

나는 멍하니 그를 바라보았다.

"내 재킷을 그냥 서랍장 위에 놔둘 거예요?"

그가 내게 무엇을 원하는지를 깨닫는 데는 잠시 시간이 걸렸다. 옷장은 우리로부터 2미터 정도 떨어져 있었고, 그가 재킷을 직접 거는 게 그리 어려운 일도 아니었다. 하지만 그는 그러지 않고 내게 재킷 거는 일을 맡긴 거였다. 내가 할 일이니 당연하다고 할 만도 했지만, 그의 목소리에는 날 불안하게 만드는 어떤 기운이 느껴졌다. 그와 대화를 나누면 나눌수록 점점 더 그했다.

"정말 죄송해요." 나는 중얼거렸다. "제가 걸어 드릴게요."

더글러스 개릭이 재킷을 만지작거리는 나를 지켜보며 유심히 살폈다. 나는 며칠 전 그의 이름을 구글에서 검색해 봤다. 하지만 그에 대한 정보는 별로 없었고 제대로 된 사진도 없었다. 그는 지극히 사적인 사람인 것 같았다. 브록이 말한 대로 그가 코인스탁이라는 큰 회사의 최고경영자라는 사실만 알아낼 수 있었을 뿐이다. 그는 전국의 모든 은행에서 사용하는 소프트웨어를 개발한 IT 천재였다. 브록은 그가 좋은 사람 같다고 했지만, 비즈니스적인 교류만으로는 사람을 잘 알 수 없다. 더글러스는 필요할 때 매력을 발산하는 데 능숙한 사람인 것만 같았다.

"결혼했어요?" 더글러스가 내게 물었다.

나는 재킷을 옷걸이에 반쯤 건 상태에서 그가 한 질문에 얼어붙였다. "아뇨…."

그의 입술 한쪽 귀퉁이가 실룩였다. "남자친구는요?"

"네, 있어요." 나는 짤막하게 대답했다.

그는 내 대답에 아무 말도 하지 않았지만, 눈으로 나를 훑어보았다. 그러곤 내가 몸을 움찔대기 시작할 때까지 멈추지 않았다. 그가 얼마나 잘생겼는지는 중요하지 않았다. 그가 나를 그런 식으로 쳐다보는 게 달갑지 않았다. 우리가 처음 만났을 때, 나는 그가 의도가 없는 담백한 시선을 던진다는 점이 인상적이었다. 하지만 그건 그냥 보여주기용이었던 것 같다. 그가 계속 나를 그렇게 쳐다본다면….

뭐, 그렇다 한들, 내가 할 수 있는 일이 별로 없지 싶었다. 경찰이 방금 한 남자를 폭행한 혐의를 내게 제기했으니 더더욱 그랬다.

내가 말로 그의 시선을 내 얼굴 쪽으로 되돌리려던 순간, 그의 시선이 마침내 킹사이즈 침대 위에 놓인 하얀 잠옷으로 이동하더니 고정되었다. 그는 옷깃에 묻은 핏자국을 바라보고 있었다. 내 상상일 수도 있었지만, 날카롭게 숨을 들이쉬는 소리가 분명히 들렸다.

"그럼." 나는 잠옷을 내려다보다가 더글러스를 쳐다보았다. "전 실례하겠습니다. 천에 묻은 토마토소스 얼룩을 지우는 방법을 찾아봐야겠네요."

그는 잠깐 나를 쳐다보았고, 그런 다음에는 고맙게도 고개를 끄덕여 동의를 표했다. "좋아요. 그렇게 해요."

하지만 인터넷 검색은 필요 없었다. 나는 천에 묻은 피 얼룩을 지우는 방법은 이미 잘 알고 있었다.

16

브록과 나는 함께 저녁을 먹었다. 하지만 나는 브록이 하는 말에 하나도 집중할 수가 없었다.

날씨가 따뜻해져서 우리는 이스트빌리지에 있는 아담한 중동식 레스토랑의 야외 테이블에 자리를 잡았다. 브록은 퇴근하고 바로 왔는지 일할 때 입는 멋진 정장을 입은 채였다, 나는 새로 산 선드레스를 입고 나왔다. 우리가 메인 요리를 먹는 동안 브록은 자신의 고객 중 한 명에 관해 이야기했고, 나는 멋진 남자친구와 오후를 보내는 게 행복하다고 느꼈다. 나는 항상 브록 같은 사람이 나 같은 사람한테 관심을 가진다는 게 놀랍다고 생각했고, 평소 같았으면 그가 하는 모든 말에 귀를 기울였을 것이다. 그는 특허법에 관해 이야기하고 있었고 솔직히 지루하긴 했지만, 오늘만큼은 그냥 내 머리가 대화에 집중하지 못했다.

다시금 목 뒷덜미가 찌릿하다는 느낌이 들었기 때문이었다. 누군가 날 지켜보기라도 하는 것처럼.

브록에게 레스토랑 안에서 식사하자고 할 걸 그랬다. 제이비어가 풀려난 관계로 나는 더 이상 안전하다는 느낌이 들지 않았다. 그가 왜 나를 노렸는지는 모르지만, 그가 나를 공격한 지 일주일이 지났고, 그의 두 눈이 나를 뚫어지게 쳐다보는 것 같은 느낌이 자주 들었다. 내가 하는 상상이라고 치부하고 싶었지만, 확신이 서지 않았다. 팔이 부러진 상태에서도, 심지어 다른 동네에서도 제이비어는 여전히 날 쫓아다닐 수 있었다.

"그렇지 않아, 밀리?" 브록이 말했다.

나는 멍하니 그를 쳐다보았다. 나는 오른손으로 포크를 들고 양고기 한 조각을 찔렀지만 적어도 10분 동안은 한 입도 먹지 않았던 것 같았다. "응?" 나는 어설프게 대답했다.

브록이 두 눈썹을 오므렸고, 눈썹 사이의 조그마한 공간에 잔주름이 졌다. 평소에는 그게 귀엽게 느껴졌었는데 지금은 짜증을 불러일으켰다. "괜찮아?"

"응." 나는 거짓말을 했다.

그는 내 대답을 의심 없이 받아들였다. 나는 브록이, 특히나 변호사로서, 매우 신뢰가 간다는 것을 알게 되었다. 다른 사람 같았으면 내 과거에 대해 캐물었을 텐데 그는 그러지 않았다. 모든 것을 다 말하지 않아도 되니 안심이 되었지만, 가끔은 그가 내게 압박을 가해주면 좋겠다는 생각이 들기도 했다. 그에게 모든 비밀을 숨기는 데 지쳤기 때문이었다.

브록과 내가 처음 만난 건, 내가 잠시 법 쪽 진로에 관심을 가졌던 시기였다. 물론 내 과거 때문에 그 길이 쉽지 않을 거라는 걸 깨닫는 데는 그리 오래 걸리지 않았다. 학교에서 내가 브록을 그림자처럼 따라다니며 그가 하는 일을 지켜볼 기회를 마련해 주었다. 그 첫날 브록은 약간 쑥스러운 목소리로 이렇게 말했다. '제가 하는 일은 그다지 흥미롭지 않을 거예요.' 나는 법정에 가는 것을 상상했지만 그가 하는 일은 대부분 서류 작업이었다. 그리고 나는 그걸 옆에서 지켜봤다.

'미안해요.' 함께한 일주일의 마지막 날에 그가 말했다. '뭔가 다른 걸 기대했을 텐데.'

'괜찮아요.' 내가 말했다. '어차피 변호사가 되고 싶었던 건 아니니까요.'

'내가 보상해 줄게요. 같이 저녁 먹어요.'

나중에 브록은 그 일주일 내내 내게 데이트 신청할 방법을 생각 중이었다고 털어놨다. 사실 나는 거의 거절할 뻔했다. 엔조가 미국으로 돌아올 생각이 없다고 말한 이후로 나는 여전히 스스로에게 연민을 느끼고 있었고, 두 번 다시 상처받고 싶지 않았다. 그런데 문득, 아름다운 이탈리아 여자들이 전 남자친구에게 작업 거는 장면을 떠올랐고, 나도 좀 즐기면서 살아보자는 생각이 들었다.

브록은 좋은 남자친구였다. 나는 매주 그의 치명적인 결점을 찾았지만, 그는 여전히 절망스러울 정도로 완벽했다. 그리고 제이비어가 폭행 혐의로 기소되지 않았다는 사실을 알았을 때 그는 제대로 화가 난 표정이었다. 그는 나와 함께 경찰서에 가서 사건 담당자와 이야기를 하자고 제안했다. 그건 아주 분명한 이유로 내가 거절할 수밖에 없는 제안이었다.

그러고 나서 그는 그 일을 그냥 흘려보냈다. 나는 일주일 내내 그 일에 관한 생각을 멈출 수 없었지만, 브록은 이미 털어낸 듯했다. 물론 나에게 다른 살 곳을 찾아야 한다는 당연한 소리를 계속하긴 했지만.

"너 좀 창백해 보여." 브록이 말했다.

나는 목 뒷덜미를 문지르고 뒤를 돌아보았다. 제이비어와 얼굴이 마주칠 거라고 확신했지만 거기엔 아무도 없었다. 적어도 내 눈에는 그가 보이지 않았다. 하지만 그는 분명히 저기 어딘가에 있다.

"우리 같이 살자." 내가 불쑥 말했다.

브록은 말을 하다 중간에 멈췄다. 그의 입가에는 타히니 소스가 아주 조그맣게 묻어 있었다. "뭐라고?"

"내 생각엔 이제 준비가 된 것 같아." 나는 말했다. 그건 또 다른 거짓말이었다. 브록과 함께 살 준비가 되어 있다고 느끼지 않았지만, 사우스 브롱크스에 있는 내 아파트로 돌아갈 생각도 전혀 없었다. 그 동네 다른 곳으로 이사한다고 해서 내가 안전하다고 느낄지 어떨지 확실치 않았다. 심지어 이곳에서도 안전한 건지 확신이 없었지만, 사우스 브롱크스는 확실히 안전하지 않았다.

어쨌든 지금은 그렇게 말하는 게 맞았다. 브록의 얼굴에 환한 미소가 번졌다. "오케이. 난 좋아." 그는 테이블을 너머로 내 손을 잡았다. "사랑해, 밀리."

나는 그에게 같은 말을 돌려주어야 할 중요한 시점에 이르렀다는 사실을 알고서 입을 뗐다. 하지만 그 순간 목 뒤편에서 느껴지는 찌릿한 느낌을 참을 수가 없었다. 나는 몇 미터 떨어진 곳에 서서 나를 쳐다보고 있는 제이비어를 볼 수 있을 거라고 확신하며 고개를 한 번 더 홱 뒤로 돌렸다.

나는 거리를 훑어보며 눈을 가늘게 떴다. 그 자식 대체 어디 있는 거야?

하지만 제이비어는 어디에도 보이지 않았다. 대신 전혀 예상하지 못했던 사람이 눈에 들어왔다.

바로 더글러스 개릭이었다.

17

더글러스 개릭이 내 뒤쪽에 있었다.

그는 건널목을 건너고 있었다. 신호등이 빨간불인데도 그는 건널목으로 뛰어들었고, 노란색 택시가 경적을 세게 울렸다. 나는 심장이 두근거리는 가운데 그를 잠시 지켜보았다. 나는 그동안 나를 미행한 사람이 제이비어가 아닐까 생각했는데, 지금은 확신이 들지 않았다. 처음부터 더글러스였던 걸까?

"잠깐만." 내가 브록에게 말했다. "금방 돌아올게."

"무슨…."

나는 브록의 답을 듣지도 않고 더글러스를 뒤쫓아 거리로 내달았다. 그 바람에 파란색 세단이 브레이크를 세게 밟았다. 운전자가 욕설을 퍼부었지만 나는 무시하고 계속 걸었다.

더글러스가 이스트빌리지에서 뭘 하는 거지? 그는 어퍼웨스트사이드에 살았고 근무지는 월스트리트였다.

그런데 지금 그의 관심사는 내가 아닌 것 같았다. 흥미롭게도 그는 혼자가 아니었다. 금발 머리에 수수한 갈색 핸드백을 오른쪽 어깨에 걸치고 있는 여성과 함께 걷고 있었다.

무슨 일이 벌어지고 있는 거지? 왜 날 지켜보고 있었던 걸까? 그리고 저 여자는 대체 누구일까? 아내인 웬디를 제대로 본 적은 없었지만, 사진은 본 적이 있었다. 저 여자가 웬디가 아닌 건 분명했다.

나는 그를 한 블록 정도 더 따라갔다. 내 착각일 수도 있지만, 그들을 따라 2번가를 걷는 동안 그들은 내가 뒤에 있다는 것을 전혀 눈치채지 못한 것 같았다. 여자가 언성을 높이고 있었지만, 무슨 말을 하는지는 잘 들리지 않았다. 뭐라고 하는지 가까이 다가가서 듣고 싶었지만, 들키고 싶지는 않았다.

미행이 길어질수록 마음이 초조해졌다. 레스토랑에 혼자 남겨진 브록은 아마도 내가 제정신이 아니라고 생각할 것이다. 제발 브록이 매주 부모님과 하는 전화 통화에서 이 작은 사건을 언급하지 않았으면 좋겠다.

다행히도, 더글러스와 여자는 작은 갈색 건물 앞에서 걸음을 멈췄다. 내가 사는 건물과 마찬가지로 이 건물에는 도어맨이 없었다. 여자는 핸드백을 뒤져서 꺼낸 열쇠로 문을 열고 안으로 들어갔다. 나는 그들이 건물 안으로 사라지기 직전에야 겨우 그 여자의 얼굴을 제대로 볼 수 있었다.

무슨 일이 벌어지고 있는지는 불을 보듯 뻔했다. 더글러스에게는 이 건물에 사는, 숨겨둔 내연녀가 있었다. 아직 이른 시간이니,

집에 돌아가서 웬디에게 늦게까지 일했다고 둘러대겠지.

그런데 저 두 사람은 왜 다투고 있었을까?

물론 상상하기가 어렵지는 않다. 내연녀가 더글러스가 유부남인 걸 알고 있다면, 그가 아내를 떠나지 않은 것에 화가 났을 수 있다. 그 여자는 적어도 서른은 넘어 보였고, 그저 즐기려고 남자를 만나는 가벼운 사람처럼 보이지도 않았다. 어쩌면 그녀는 더글러스가 웬디를 버리고 대신 자신과 결혼하길 바라고 있는지도 모른다.

내가 여전히 갈색 건물을 바라보며 다음 행동을 고민하고 있을 때 주머니 속에서 전화벨이 울렸다. 휴대전화 화면에 뜬 브록의 이름을 보자 골치가 아파왔다. 휴대전화를 레스토랑에 두고 왔으면 좋았을 텐데. 하지만 지금 상황에서 전화를 안 받을 수는 없었다. 나에게 사랑을 고백한, 그리고 앞으로 함께 살기로 한 브록을 레스토랑에 홀로 남겨둔 채 나는 미친 사람처럼 자리에서 벌떡 일어나 어딘가로 사라져 버렸다.

"밀리?" 전화기 건너편에서 당황한 목소리가 들려왔다. "무슨 일이야? 지금 어디야?"

"나… 예전에 알던 친구를 봤거든." 내가 말했다. "너무 오랜만이라 같이 얘기 좀 나누고 싶었어"

"그래…." 그는 마지못해 내 억지스러운 핑계를 받아들이는 것 같았다. "다시 돌아올 거야?"

나는 갈색 건물을 마지막으로 한 번 더 바라보며 대답했다. "응. 몇 분 후면 도착할 거야."

"몇 분 후?"

더글러스 개릭이 저 건물 안에서 무슨 일을 꾸미고 있든, 여기서서 건물만 쳐다보고 있어서는 알 도리가 없다. 브록에게 뭐라고 해명할지 고민하면서 레스토랑으로 발걸음을 돌렸다. 갑자기 뛰쳐나간 이유에 대해 더 합리적인 해명이 필요했다. 그렇다고 사실대로 말하면 정말 미친 사람처럼 보일 것이다.

"지금 돌아가는 중이야. 곧 도착해."

"괜찮아? 혹시 무슨 일 있는 거야?"

"아무것도 아니야. 그냥 친구를 만난 거야." 나는 레스토랑을 향해 발걸음을 재촉하며 대답했다.

"자기 안색이 안 좋아 보였어."

"괜찮아. 난 그저…." 나는 정말 괜찮다고 얘기하려다 말을 멈췄다.

가슴을 철렁 내려앉게 하는 무언가가 내 눈에 들어왔기 때문이었다.

오른쪽 전조등에 금이 간 검은색 마쓰다 세단. 분명 내 아파트 근처에서, 개릭 부부의 펜트하우스 근처에서 본 적이 있는 바로 그 차다.

나는 시선을 내려 번호판을 봤다. 58F321. 전에 본 번호판이 무엇인지 기억해 보려고 머릿속을 헤집었다. 왜 적어두지 않았을까? 그땐 기억해 낼 수 있을 거라고 확신했었다.

하지만 저 오른쪽에 금이 간 전조등. 그건 너무나도 익숙해 보였다.

"밀리?" 내 휴대전화에서 브록의 목소리가 들려왔다. "밀리? 듣고 있어?"

나는 그 차를 응시했다. 나는 그동안 날 미행하는 사람이 제이비어라고 생각했었다. 그런데 지금 저 검은색 마쓰다는 더글러스의 내연녀가 사는 건물 옆에 주차되어 있다. 저 차가 나를 따라다닌 그 차라고 확신할 수는 없지만, 내기를 걸라면 나는 그 차가 맞다는 쪽에 걸 것이다. 억만장자가 몰 만한 차는 아니지만, 눈에 띄지 않으려는 목적이라면 충분히 가능한 얘기다.

그런데 더글러스가 날 미행하는 이유가 뭘까? 게다가 내가 시선을 느끼기 시작한 건 그의 집에서 일하기 전이었다. 그렇다면… 더글러스는 내가 일을 시작하기 전부터 이미 나를 미행하고 있었다는 의미다.

서늘한 기운이 등골을 타고 흘렀다. 대체 무슨 일이 벌어지고 있는 거지?

18

오늘 나는 이사를 위해 짐을 싸고 있다.

사실, 여전히 브록과 함께 사는 것이 썩 내키지 않지만, 제이비어가 여전히 그 아파트에 살고 있다면 나는 거기서 더는 살 수 없었다. 게다가 어퍼웨스트사이드에 있는 브록의 방 두 개짜리 아파트에서 지내는 건 아주 힘든 일은 아닐 것이다. 그곳은 펜트하우스는 아니지만 멋진 아파트였다. 현관이 화재 비상구 역할을 겸하지도 않았고 여름에는 에어컨을 켤 수 있다. 에어컨이라니! 그건 럭셔리함의 절정이었다.

브록은 자신의 아우디로 나를 사우스 브롱크스까지 데려다 주었다. 아우디가 트렁크 공간이 넓은 건 아니었지만, 다행히 내겐 짐이 많지 않았다. 이 아파트의 좋은 점 중 하나는 가구가 대부분 옵션이라서 내 소유가 아니라는 것이다. 트렁크와 뒷좌석에 들어가지 않는 물건은 그냥 두고 가기로 했다.

"우리가 함께 살게 돼서 정말 기뻐. 정말 멋질 거야." 내 아파트에 거의 도착했을 때 브록이 내게 말했다.

"응" 웃으며 대답했지만 내 표정은 마치 플라스틱처럼 딱딱하고 어색했다.

내가 어떻게 이럴 수가 있지? 과거를 털어놓지도 않고 함께 사는 건 브록에게 불공평한 일이다. 그리고 뒤늦게 진실을 알게 된 그가 나를 길거리로 쫓아내는 상황이 오는 것은 내게도 유쾌하지 않은 일이 될 것이다.

나는 여전히 개릭 부부를 위해 일하고 있었다. 생각하면 할수록 더글러스가 나를 지켜보고 있었다는 확신이 점점 옅어졌다. 그는 내연녀와 이야기를 나누는데 정신이 팔려서 내게는 관심이 없는 것 같았다. 내가 너무 앞서나간 걸지도 모른다. 직장 상사가 바람을 피운다고 해서 수입 좋은 직장을 그만둘 이유는 없었다. 특히나 나처럼 새 직장을 구하기 어려운 사람에게는 더더욱. 브록과 함께 살기로 했지만, 그에게 의존해서 살 수는 없다. 항상 쫓겨날 경우를 대비해 나만의 수입이 필요했다.

빨간불에 차가 멈추자, 브록이 손을 뻗어 내 무릎 위에 올려놓았다. 그는 영화배우처럼 잘생긴 얼굴로 나를 보며 미소 지었다. 하지만 내 머릿속에는 이게 잘못된 일이라는 생각뿐이었다. 그는 자신이 얼마나 끔찍한 실수를 저지르고 있는지 전혀 몰랐다. 그리고 제발 그 손 좀 내 무릎에서 치워줬으면 좋겠다.

그날 레스토랑에서의 일 이후로 그는 나에게 사랑한다고 말하지 않았다. 하지만 그가 그 말을 하고 싶어 한다는 건 느껴졌다.

지금까지 사랑한다는 말을 두 번 말했지만, 나는 한 번도 대답하지 않았다. 그가 다시 사랑한다고 말한다면 이제는 대답을 해줘야 한다. 아니면…. 아니, 우리 관계를 계속 유지하려면 나는 사랑한다고 말해야 했다. 선택의 여지가 없었다.

"어?" 내가 사는 아파트가 있는 골목으로 들어선 순간 브록이 드디어 그 손을 내 무릎에서 치우며 말했다. "무슨 일이지?"

내가 사는 아파트 앞에 경광등을 켠 경찰차가 주차되어 있었다. 나는 이 부근에서는 흔한 장면이라는 말은 굳이 하지 않았다. 혹시 나 때문에 온 건가, 하는 생각에 속이 울렁거렸다. 어쩌면 제이비어가 마음을 바꿔 나를 고소한 걸지도 모른다.

그럼 나 체포되는 걸까?

"브록." 내가 다급하게 말했다. "좋은 타이밍이 아닌 것 같아. 다음에 다시 오자."

그가 코를 찡그렸다. "내일 또 여기 오고 싶진 않아. 걱정하지 마, 별일 아닐 거야."

내가 거의 공황 상태 직전까지 왔을 때, 건물 현관문이 벌컥 열렸고 경찰관이 수갑을 찬 남자를 끌고 나왔다. 다행히 나 때문에 온 건 아닌 것 같았다. 아마도 마약 단속일 것이다.

그런데 그 남자의 왼쪽 눈썹 위에 난 흉터가 내 눈에 들어왔다. 수갑을 차고 끌려 나온 건 바로 제이비어였다.

"내 말 믿어줘! 그 마약들은… 난 본 적도 없는 물건들이야. 내 게 아니라고!" 제이비어가 경찰들을 향해 소리쳤다.

경찰관은 어이없다는 듯 눈을 굴리며 말했다. "그래, 그래. 우리가 헤로인을 찾아내면 다들 그렇게 말하더라."

제이비어의 눈에는 공포가 가득 차올랐다. 그는 어리석게도 경찰을 뿌리치고 거리를 내달리기 시작했다. 물론 그는 얼마 가지 못하고 경찰에게 따라잡혔고, 나는 그가 바닥에 내동댕이쳐지는 모습을 지켜보았다.

그건 요 몇 달 사이에 본 것 중에 최고의 쇼였다.

눈앞에서 펼쳐지는 장면에 브록의 눈이 휘둥그레졌다. "세상에…, 네가 여길 떠나게 돼서 정말 다행이야."

"저 사람이야." 나는 숨을 내쉬며 말했다. "날 공격했던 사람."

"와… 마약쟁이 폭력범이라니. 뭐, 놀랍진 않네."

내가 제이비어와 마주쳤던 때는 그가 마약을 하고 있다는 느낌은 없었다. 그는 항상 말짱해 보였다. 하지만 경찰이 그의 아파트에서 마약을 찾았고, 그게 체포될 정도의 양이었다면 그는 당분간 이곳에는 돌아오지 못할 것이다.

"이사 안 해도 될 것 같아." 내가 불쑥 말했다.

브록의 입이 떡하니 벌어졌다. "뭐라고?"

"저 남자는 더 이상 이 건물에 없을 거야." 내가 설명했다. "그러니 내가 여길 떠날 필요가 없어졌어."

브록이 아랫입술을 삐죽 내밀었다. "이해가 안 돼. 나랑 같이 살고 싶지 않은 거야?"

아주 까다로운 질문이었다. 그래, 넓은 공간과 에어컨, 빈집털이범들을 막을 수 있는 도어맨이 있으면 좋을 것이다. 하지만 그게 남자친구와 함께 살아야 할 타당한 이유는 아니다.

"아니, 같이 살고 싶어." 내가 말했다. "언젠가는 말이야. 하지만… 아직은 아니야."

"알겠어." 그의 말투는 얼음장처럼 차가웠다.

"정말 미안해." 내가 손을 뻗어 그의 손을 꽉 쥐었지만, 그는 손에 힘을 주지 않았다. "난 그냥 나만의 공간이 필요한 사람이야. 그게 다야."

그의 파란 두 눈이 내 눈을 응시했다. "정말 그게 다야?"

내 생각에 브록의 부모님은 아들이 동거할 여자라면 그게 누가 됐건 신원 조회를 하는 타입일 것이다. 어쩌면 이미 했을지도 모를 일이다. 하지만 그들이 조사한 건 '밀리 캘러웨이'였을 가능성이 크다. 하지만 내 이름이 실은 '빌헬미나'라는 게 밝혀지는 것도 시간문제였다. 그러고 나면 브록은 모든 걸 알게 될 것이다.

그 전에 내가 먼저 모든 걸 털어놓아야만 한다.

하지만 그 망할 제이비어가 감옥에 가는 바람에, 나에게는 짧은 유예 기간이 주어진 셈이었다.

19

오늘 개릭 부부의 펜트하우스는 아주 고요했다.

손님방에서 소리가 들리긴 했지만, 그건 울음소리나 비명 같은 수상한 소리는 아니었다. 그냥 누군가가 거기 있다는 걸 알 수 있게 해주는 소리였다.

나는 더글러스가 잠옷에서 핏자국을 발견한 후 나를 해고할 구실을 찾을 거라고 생각했지만, 아직 그런 일은 일어나지 않았다. 돈이 궁한 나로서는 다행스러운 일이다. 브록이 여전히 동거하자는 눈치를 줬지만, 지금껏 어떻게든 외면하고 있었다.

며칠이 지난 지금 생각해 보니, 그 잠옷에 있던 핏자국이 어떤 불길한 일을 암시하는 거라고 확신하기가 어려웠다. 옷에 핏자국이 생기는 데는 여러 가지 이유가 있을 수 있었다. 나는 코피를 쏟는 아이들을 많이 다뤄봤기 때문에 선불리 결론을 내리지 않기로 했다. 그래서 그 핏자국에 관한 의심은 내 머릿속에서 지우기로 했다.

2층의 다른 방들을 정리한 다음 욕실로 갔다. 욕실은 대부분 깨끗했다. 두 사람만 살고 있다는 걸 생각하면 딱히 청소할 사람이 필요해 보이지도 않았다. 그렇다고 이 집 부부의 생각에 토를 달 생각은 없다. 돈을 받고 청소하는 게 내 일이니 이미 깨끗하더라도 다시 청소하면 그만이었다.

그런데 오늘은 전에 본 적 없는 무언가가 있었다. 방금 아랫배를 한 대 얻어맞은 것 같은 기분이 들게 하는 무언가가.

세면대에 피 묻은 손자국이 선명하게 찍혀있었다.

정확히는 손의 절반 정도였다. 누군가가 피가 잔뜩 묻은 손으로 싱크대를 움켜쥐었던 것 같았다.

내 시선이 바닥으로 내려갔다. 처음 들어올 때는 보지 못했지만, 지금은 리놀륨 타일 위에 작은 핏방울들이 떨어져 있는 게 보였다.

나는 진홍색 방울들의 흔적을 따라 욕실 밖으로 나갔다.

복도에 불이 꺼져 있어서 아까는 눈치채지 못했지만, 지금은 카펫 위에서 작은 핏자국들이 하나의 길처럼 이어져 있는 게 보였다. 그리고 그 길은 손님방 문 앞에서 끝이 났다.

나는 문을 두드리면 안 된다. 내가 처음 이곳에서 일하기 시작했을 때 더글러스가 분명히 말했었다. 그리고 내가 문을 노크했을 때마다 웬디 개릭은 나를 반기지 않았다.

하지만 나는 키티 제노비스를 다시금 떠올렸다. 어떻게 문으로 이어지는 피의 흔적을 보고도 자초지종을 알아보지 않을 수 있을까?

나는 손을 들어 문을 두드렸다.

분명 조금 전까지 안에서 소리가 들렸었는데, 문 반대편이 갑자기 조용해졌다. 들어오라는 말도 들어오지 말라는 말도 없었다. 나는 다시 노크했다.

"웬디 사모님?" 불러도 대답이 없었다.

나는 답답해서 이를 악물었다. 안에서 무슨 일이 벌어지고 있는지는 모르지만, 나는 그녀가 피를 흘리며 죽어가고 있지 않다는 걸 확인하기 전에는 자리를 뜨지 않을 작정이었다. 시신이 있는 집에서는 청소하지 않는다는 게 내 청소 원칙이다.

그러면 안 되는 걸 알면서도 나는 문손잡이에다 손을 가져다 댔다. 하지만 문손잡이는 꼼짝도 하지 않았다. 잠겨있었다.

"웬디 사모님. 욕실에 피가 흥건한 걸 봤어요."

여전히 대답이 없었다.

"저기, 사모님, 문을 안 여시면 경찰을 불러야 할 것 같아요."

그러자 그녀가 반응을 보였다. 문 뒤에서 뭔가 서두르는 듯한 소리가 나더니 약간 목이 잠긴 것 같은 목소리가 들려왔다. "나 여기 있어요. 난 괜찮으니까 경찰은 부르지 말아요."

"정말이세요?"

"네, 정말이에요. 제발… 다른 일 봐요. 난 잠을 좀 자고 싶어요."

나는 그냥 자리를 뜰 수도 있었지만, 욕실에 흥건한 피를 보고 난 다음이라 그럴 수 없었다. 단순히 피가 있다는 게 문제가 아니라, 그 피를 흘린 사람이 그걸 치울 수 없는 상태라는 게 더 큰 문제였다.

"사모님, 얼굴 좀 보여주세요." 내가 말했다. "문 좀 열어봐요."

"괜찮다고 했잖아요. 이가 부러져서 피가 좀 났을 뿐이에요."

"잠깐만, 딱 2초만 문 좀 열어주세요. 그럼 전 딴 일 보러 갈게요. 사모님이 문을 열기 전에는 어디에도 안 갈 겁니다."

문 뒤편에서는 또 한 번 긴 침묵이 흘렀다. 기다리는 동안 내 눈은 욕실에서부터 시작되는 핏방울들의 흔적을 쫓았다. 그냥 그녀가 털을 깎다가 칼에 베였을 수도 있었다. 어쩌면 정말 이가 부러졌을지도 모른다.

하지만 다른 안 좋은 일이 있었을 수도 있다.

결국 문손잡이에서 딸깍하는 소리가 났다. 문의 잠금장치가 풀렸다. 그리고 아주 천천히 문이 열렸다.

그리고 나는 비명을 지르지 않으려고 손으로 내 입을 막아야만 했다.

20

"세상에, 웬디 사모님." 나는 속삭이듯 말했다.

"말했잖아요, 난 괜찮아요." 그녀가 말했다. "겉으로 보이는 것만큼 나쁜 상황은 아니에요."

나는 평생 나쁜 일들을 많이 봐왔다. 하지만 웬디 개릭의 얼굴은 앞으로 몇 년 동안 나를 괴롭힐 장면 중 하나였다. 누군가에게 맞은 게 분명했다. 한 번의 폭행으로는 보이지 않았다. 그녀의 얼굴을 덮고 있는 멍들은 모두 제각각이었다. 왼쪽 광대뼈에 생긴 멍은 새로 생긴 것 같았지만, 다른 멍들은 노르스름하게 변해 훨씬 전에 맞아서 생긴 것처럼 보였다.

좀 전에 웬디는 이가 부러져서 피가 난 거라고 했었다. 이렇게 맞았으면 충분히 이가 부러질 수도 있겠다는 생각이 들었다.

"복용하는 약 때문에 그래요." 그녀가 말했다. "혈액 희석제를 복용하고 있어요. 그래서 넘어지면 쉽게 멍이 들어요."

거울을 들여다본 적이 없는 걸까? 정말 이 모든 게 넘어져서 생긴 일이라고 말하면 내가 믿을 거라고 생각하는 걸까?

그녀는 꽃무늬가 들어간 분홍색 잠옷을 입고 있었고, 잠옷 앞쪽에는 피가 묻어 있었다. 내가 이 집에서 피 묻은 잠옷을 본 게 이번이 처음도 아니었다.

"병원에 가봐야 해요." 내가 겨우 말했다.

"병원요?" 그녀가 움찔했다. "거기 가서 뭘 하라는 거죠?"

"어디 부러진 곳이라도 있는지 확인해 봐야죠."

"아뇨. 난 괜찮아요."

"그리고… 신고해야죠." 내가 덧붙였다.

웬디 개릭은 시커멓게 멍이 든 눈으로 조용히 나를 바라봤다. 그녀는 숨을 들이쉬다 얼굴을 찡그렸다. 혹시 갈비뼈가 부러진 건 아닌가 하는 의심이 들었다. 충분히 그럴만한 상황이었다.

"내 말 잘 들어요, 밀리." 그녀가 낮은 목소리로 말했다. "당신은 지금 당신이 처한 상황을 전혀 몰라요. 이 일에 휘말리면 안 돼요. 날 그냥 내버려둬요."

"웬디…."

"진심이에요." 그녀의 멍든 눈이 점점 더 커졌고, 나는 처음으로 거기서 진짜 두려움을 볼 수 있었다. "당신 자신을 위해서 이 문을 닫고 여기서 당장 나가요."

"하지만—"

"밀리, 당신은 이 집에서 나가야 해요." 이제 그녀의 목소리에는 끔찍한 긴박함이 묻어났다. "당신은 아무것도 몰라요. 그냥… 떠나요."

나는 대꾸하려고 입을 뗐지만, 무슨 말을 하기도 전에 그녀가 내 앞에서 문을 쾅 닫아버렸다.

메시지는 분명했다. 이 집에서 무슨 일이 일어나고 있든지 간에 웬디는 내 도움을 원하지 않았다. 내가 이 일에 휘말리지 않고 떠나기를 바랐다.

하지만 불행히도 나는 그러지 못하는 성격이었다.

21

2007년, 평균 티켓 가격이 100달러에 달하는 콘서트를 매진시킨 조슈아 벨이라는 유명 바이올리니스트가 거리의 악사로 변신했다. 그는 청바지에 야구 모자를 쓴 채 워싱턴 DC의 한 지하철역에 서서, 수십억 원짜리 수제 바이올린으로 콘서트에서 연주한 것과 똑같은 곡을 연주했다.

"멈춰서서 그의 연주를 듣는 사람은 거의 없었습니다." 킨드레드 교수는 학생들로 가득 찬 강의실을 향해 설명했다. "사실, 가끔 아이들이 발걸음을 멈추고 듣고 싶어 했지만, 부모들은 아이들을 잡아끌고 가던 길을 갔죠. 이 남자는 보스턴에서 콘서트를 매진시켰던 사람입니다. 하지만 그날 바이올린 케이스에 1달러짜리 지폐를 넣어줄 만큼 오래 발걸음을 멈춘 사람은 50명 정도에 불과했습니다. 이런 현상을 어떻게 설명할 수 있을까요?"

망설임 끝에 맨 앞줄에 있던 한 여학생이 손을 들었다. 항상 질문에 적극적으로 대답하는 학생이었다. "특별하지 않은 평범한 환경에서는 아름다움을 인식하는 게 쉽지 않기 때문입니다."

나는 매일 지하철을 타고 브롱크스에서 시내로 출근했다. 지하철을 기다리는 동안 악기를 연주하는 사람들을 자주 보았다. 내가 사는 아파트 바로 옆 지하철역에서는 소변 냄새가 났고, 나는 그 이유 같은 건 생각하고 싶지 않았다. 하지만 지하철을 기다리는 동안 누군가가 악기를 연주한다면, 그건 나쁠 게 없을 것 같다.

나는 걸음을 멈추고 조슈아 벨의 연주를 들었을 것이다. 단 1달러가 아쉬운 처지임에도 그의 바이올린 케이스에다 1달러를 넣었을지도 모른다.

"좋아요." 킨드레드 교수가 말했다. "다른 요인은 없을까요?"

나는 잠시 망설이다가 손을 들었다. 나는 보통 수업 시간 중에 벌어지는 토론에는 참여하지 않았다. 그건 내가 이 강의실에서 교수님을 제외하고 가장 나이가 많은 사람보다 10살 정도 많았기 때문이었다. 하지만 지금 질문에는 아무도 대답하지 않을 것 같았다.

"아무도 그를 돕고 싶어 하지 않았습니다." 내가 말했다.

킨드레드 교수는 고개를 끄덕이며 턱수염을 쓰다듬었다.

"그게 무슨 뜻이죠?"

"음…. 돈이 들어 있는 바이올린 케이스를 내놓은 걸 보고 사람들은 그가 금전적인 도움을 바란다고 생각했을 거예요. 그래서 사람들은 그를 돕고 싶지 않았기 때문에 그를 무시한 거죠. 멈춰 서서 연주를 들으면, 그를 도와줘야 한다고 느꼈을 테니까요."

"아." 교수는 고개를 끄덕였다. "그게 이유라면 인류에 대해 좋게 말할 수가 없겠네요. 어려운 처지에 있는 사람을 돕고 싶지 않다는 이유로 아무도 아름다운 음악을 즐기지 않는다면 말이죠."

교수가 여전히 나를 쳐다보고 있었기 때문에 나는 뭔가 말해야 할 것 같았다. "적어도 50명이 가던 길을 멈췄잖아요. 그건 대단한 거죠."

"정말 그래요." 그가 말했다. "그건 대단한 겁니다."

어쨌거나 나는 도와줬을 것이다. 나는 항상 돕는다. 나는 절대로 그냥 지나칠 수가 없다. 심지어 꼭 지나쳐야만 하는 때에도.

강의가 끝나고 강의실 건물 밖으로 나가는데 낯익은 얼굴이 길을 따라 내려오는 게 보였다. 그 사람이 어린 딸이 나를 계속 엄마라고 부르자 나를 해고했던 앰버 디그로라는 사실을 알고서 나는 조금 놀랐다. 하지만 나는 딸랑이를 갖고 노는 어린 올리브가 탄 유모차를 밀고 있는 그녀의 모습을 보고서 더 놀랐다.

내가 앰버 부부네 집에서 일할 당시에 앰버는 올리브와 산책하는 데는 전혀 관심이 없었다. 그러니 이렇게 산책을 나온 건 두 사람 모두에게 좋은 일이었다.

어색한 만남을 피하려고 모퉁이 쪽으로 돌아서려는 찰나 앰버가 나를 발견했고, 그녀는 손까지 치켜들며 아주 반갑게 인사했다. 분명히 그녀는 나를 해고했던 일을 잊은 모양이었다.

"밀리!" 그녀가 소리쳤다. "세상에, 이렇게 만나다니 너무 반갑다!"

정말인지 의심스러웠다. 우리가 마지막으로 봤을 때, 그러니까 앰버가 나를 해고할 때 했던 말은 전혀 그렇지 않았으니까.

"안녕하세요, 앰버 씨." 나는 체념하며 공손한 태도로 대화에 임했다.

앰버는 미끄러지듯 내 옆으로 와 멈춰 섰다. 그러고는 유모차 손잡이에서 손을 떼고서는 윤기 나는 딸기색 금발 머리를 매만졌다. 오늘 앰버의 패션 코드는 가죽이었다. 그녀는 가죽 바지에 무릎까지 올라오는 가죽 부츠를 신고 연한 갈색 가죽 트렌치코트를 입고 있었다.

"어떻게 지내?" 그녀는 내가 그녀에게 해고당한 사람이 아니라 우연히 만난 운 나쁜 친구라도 되는 양 고개를 옆으로 까닥하며 물었다. "별문제 없이 잘 지내지?"

"물론이죠." 나는 이를 앙다물며 대답했다. "아주 잘 지내요."

"지금은 어디에서 일해?"

나는 지금 일하고 있는 곳에 대해 말하기가 꺼려졌다. 그녀는 나를 너무나도 황당한 이유로 해고한 사람이었다. 내가 앰버를 신뢰할 이유는 전혀 없었다. "아직 구직 중이에요."

"전에 길에서 널 봤어." 그녀가 말했다. "86번가에 있는 오래된 건물로 들어가고 있던데. 더글러스 개릭이 거기 살지 않나?"

나는 그녀가 그런 정보를 갖고 있다는 사실에 깜짝 놀라 몸이 얼어붙었다. 하지만 부자들 세계에서는 모두가 서로 다 아는 사이인 것 같았다. "네, 지금은 더글러스 씨 부부를 위해 일하고 있어요."

"아, 그런 거였어?"

앰버의 입가에 번진 미소가 불안하게 느껴졌다. 그녀의 말은 정확히 뭘 암시하는 걸까? "네…."

그녀가 내게 윙크하며 말했다. "분명 최대한 잘 이용해 먹고 있는 거겠지?"

그녀의 말투가 마음에 들지 않았지만, 앰버와 더 길게 이야기를 나누고 싶지 않았다. 나는 더 이상 앰버에게 고용된 가정부가 아니니까. 하지만 침이 묻은 턱이 반짝반짝 빛을 내는 어린 올리브에게는 인사를 건네고 싶었다. 한동안 못 봤는데, 그 나이대의 아기들은 금방금방 변하는 편이다. 어쩌면 올리브가 나를 기억하지 못할 수도 있었다.

"안녕, 올리브!" 내가 명랑한 목소리로 말했다.

올리브가 입에서 딸랑이를 빼더니 커다란 파란 눈을 들어 나를 쳐다보았다. "엄마!" 그녀는 기쁨에 겨워 소리를 질렀다.

앰버의 얼굴이 백지장처럼 허옇게 변했다. "아니야! 이 여자는 네 엄마가 아니야! 내가 엄마라니까!"

"엄마!" 올리브가 나를 향해 통통한 팔을 뻗었다. "엄마!"

내가 들어 올려 품에 안아주지 않자, 올리브는 흐느끼기 시작했다. 앰버가 나를 쏘아보며 날카롭게 말했다. "당신 때문에 애가 또 헷갈려 하잖아!"

그 말을 남긴 채, 앰버는 몸을 홱 돌려 잽싸게 길을 따라 사라졌다. 그러는 중에도 올리브는 계속해서 "엄마!"하고 울부짖었다. 나는 순간 피식 웃음이 났다. 결국, 올리브는 나를 기억하고 있었던 거다.

앰버가 멀어지는 모습을 지켜보고 있는데 휴대전화가 울리기 시작했다. 단숨에 기분 좋은 느낌이 사라졌다. 전화를 건 사람은 두 사람 중 하나일 가능성이 컸다. 아내를 괴롭혔다는 이유로 나를 해고하려는 더글러스이거나, 아니면 브록일 것이다. 후자가 나에게는 더 최악이었다.

내가 갑작스럽게 동거하고 싶지 않다고 말한 이후로 나와 내 남자친구의 관계는 확실히 냉랭해졌다. 내겐 나만의 공간이 필요하고, 제이비어는 당분간 감방에 갇혀있을 테니 안전하다고 브록에게 반복해서 설명했지만, 그는 여전히 이해하지 못했다. 나는 조만간 관계를 진전시키지 않으면 우리 관계가 끝날 것 같다는 나쁜 예감에 사로잡혔다.

휴대전화 화면을 보니, 더글러스나 브록이 아닌 내가 모르는 번호였다.

"여보세요?" 내가 말했다.

"빌헬미나 캘러웨이 씨 되시나요?"

나는 상대방이 내 자동차 보증이 곧 만료된다고 말할지, 아니면 주절주절 외국어를 늘어놓을지 궁금해하며 잠시 뜸을 들였다.
"네…."

"안녕하세요! '잡매치'의 리사입니다!"

어깨에서 힘이 빠져나갔다. 잡매치는 내가 가사도우미 일을 구하려고 구직 광고를 게재할 때 사용했던 서비스다. "아…, 안녕하세요, 리사 씨."

"신용카드 건으로 이메일을 몇 번 보냈는데 회신이 없으시더라고요. 그래서 전화드렸어요." 리사는 낭랑한 목소리로 말했다.

"제 신용카드요?"

"네. 고객님의 아메리칸 익스프레스 카드가 승인이 거부되어서요."

나는 자신의 어리석음에 고개를 절레절레 흔들었다. "정말 죄송해요. 그 카드는 없앴어요. 마스터카드를 사용하려고요. 근데 광고가 더는 필요 없게 됐어요."

"음…." 리사가 말했다. "제가 전화를 드린 건, 결제가 한 번도 이뤄지지 않아서 광고가 실제로 게재된 적이 없다는 걸 알려드리기 위해서예요."

나는 1번가 대로 한가운데서 걸음을 우뚝 멈췄다. "잠깐만요." 내가 말했다. "제 가사도우미 구직 광고가 게재된 적이 없다고요?"

"네, 유감스럽게도요. 결제가 승인된 적이 없거든요. 말씀드렸듯이 저희가 계속 연락을 시도했지만…."

하지만 나는 더 이상 상대방의 말을 듣고 있지 않았다. 어떻게 된 일인지 이해가 되지 않았다. "확실해요?" 내가 불쑥 말했다. "제 광고가 온라인상에 전혀 게재되지 않았다고요? 단 하루도요?"

"네, 단 하루도요." 리사가 확인해 주었다.

나는 두어 달 전에 일자리를 찾고 있던 때를 떠올렸다. 대부분은 내가 구인 광고를 보고 먼저 연락을 해서 면접을 봤었다. 그런데 유일하게 나에게 먼저 연락을 해온 사람이 있었다.

바로 더글러스 개릭이었다.

22

한 가지 확실한 것은, 내가 이 일을 반드시 파헤칠 거라는 것이다.

더글러스 개릭이 나에게 직접 전화를 걸었었다. 나는 그때를 생생하게 기억한다. 전화를 받자, 그는 청소, 세탁, 간단한 요리, 잡다한 심부름을 해줄 가사도우미를 찾고 있다고 했다. 기억하기로는 그가 광고에 대해 언급하지는 않았다. 하지만 그때는 당연히 구직 광고를 보고 연락한 거라고만 생각했다. 그 외에 다른 이유가 있을 리 없었으니까.

광고가 아니라면 내 전화번호를 대체 어떻게 안 걸까?

나는 이 모든 상황이 역겨웠다. 제이비어가 감옥에 들어가 있는데도 불구하고 누군가가 나를 지켜보고 있다는 느낌이 계속 들었다. 그리고 더글러스가 내연녀와 함께 들어갔던 건물 밖에 주차되어 있던 검은색 마쓰다 세단도 마음에 걸렸다.

구직 광고가 나가지 않았는데도 불구하고 어찌 된 일인지 더글러스는 내 번호를 알고 있었다.

그는 내가 누군지 알고 있었다.

나는 피자 가게 앞 길거리에 서 있었다. 토마토소스와 기름, 녹은 치즈가 어우러진 고소한 냄새가 내 콧속을 파고들었지만, 내 속은 메스껍기만 했다. 나는 주변을 빠르게 훑어보며 수상한 낌새가 없는지 살폈다.

더글러스도, 제이비어도 없었다.

하지만 누군가 있었다. 분명 누군가 날 주시하고 있었다.

나는 다시 휴대전화를 꺼냈다. 휴대전화에는 오늘 밤에 청소하러 올 건지를 확인하는 더글러스의 메시지가 도착해있었다. 나는 그곳이 여전히 얼룩 하나 없이 깨끗할 거라고 확신했다. 보통은 문자로 답장을 보냈지만, 이번에는 바로 통화 버튼을 눌렀다.

통화 연결음이 울리기 시작한 순간, 바로 내 뒤에서 전화벨 소리가 울렸다. 가슴이 철렁 내려앉았다.

나는 홱 뒤를 돌아봤다. 벨 소리는 근처에 있던 한 10대 여자애의 휴대전화에서 나는 것이었다. 여자애는 전화기에 대고 "세상에 맙소사!"라고 외치며 내 옆을 지나갔다. 깜짝이야. 나는 놀라서 심장이 콩닥거렸다.

"여보세요? 밀리?"

내 전화기 너머로 더글러스의 목소리가 들렸다. 그는 내 바로 뒤에 서 있지 않았다. 그가 어디에 있건 지금 내가 있는 번화한 거리보다 훨씬 조용했다.

"아, 안녕하세요."

"무슨 일 있어요? 오늘 밤에 청소하러 오는 거죠?"

"네…." 나는 무슨 말을 할지 미리 생각해 보지도 않고 충동적으로 전화를 건 자신을 저주했다. "제가 이력서를 작성 중이었는데요, 물어볼 게 하나 있어서요."

"설마 우릴 떠나려는 건 아니죠? 그건 아니길 바라요." 그가 농담조로 말했지만, 지금은 그게 순수하게 농담으로 들리지가 않았다.

"아니요, 그건 아니에요. 그냥 일거리를 좀 더 구하고 싶은데 저에 대해 어떻게 알게 된 건지 궁금해서요. 저한테 전화했을 때 제 전화번호는 어떻게 아셨어요?"

그는 잠시 생각에 잠겼다. "실은, 웬디가 당신 전화번호를 알려줬어요."

"웬디요? 그러니까 웬디 사모님이요?"

"아는 사람 중에 또 웬디가 있어요?" 그는 나지막이 웃었다. "웬디의 한 친구가 당신 전화번호를 건네주면서 당신이 일을 정말 잘한다고 했다더군요."

"어떤 친구인지는 말했었나요?"

"아니요." 이제 그의 목소리에는 약간 방어적인 느낌이 묻어났다.

"정보는 이만하면 충분한 거 같네요. 이 일로 웬디를 귀찮게 하지 말아요."

"물론이죠." 내가 말했다. "알려 주셔서 감사합니다. 그리고 오늘 밤 꼭 갈게요."

나는 오늘 밤 그 펜트하우스에 갈 것이다. 하지만 내가 이 일에 대해 웬디에게 캐묻지 않을 거라고 생각한다면, 그건 오산이다.

23

그날 저녁, 나는 드라이클리닝을 한 세탁물을 한가득 안고서 펜트하우스에 도착했다. 모두 더글러스 개릭의 옷이었다. 정장 네 벌을 세탁소에서 받아서 가져왔는데, 한 벌 가격이 아마도 내 1년치 벌이보다 비쌀지도 모른다. 솔직히 이것들을 팔면 꽤 큰 돈을 벌지도 모르지만, 나는 이미 더글러스가 두려웠고 그를 화나게 만드는 건 피하고 싶었다.

하지만 오늘 내가 하려는 일은 분명 그를 화나게 할 것이다.

드라이클리닝 된 옷들을 팔에 걸치고 거실에 들어섰을 때, 집 안은 매우 조용했다. 웬디는 위층에 있을 테고, 더글러스는 야근 중이거나 아니면 내연녀와 함께 있을 것이다. 나는 옷들을 들고 2층으로 올라갔다. 내 스니커즈가 계단을 밟을 때마다 둔탁한 소리가 펜트하우스 전체에 울려 퍼졌다. 나는 이 집보다 훨씬 큰 집에서도 일을 해봤지만 이렇게 울림이 큰 집은 여기가 처음이었다. 나는 이런 울림이 건물의 연식과 관련이 있는 건지 궁금했다.

손님방 문이 닫혀 있는 건 놀랍지 않았다. 나는 드라이클리닝된 옷을 안방으로 가지고 갔다. 더글러스의 정장들을 옷걸이에 걸면서도, 내 마음은 손님방에 갇힌 여자에게로 향했다. 오늘은 그녀와 제대로 이야기를 나누리라 굳게 마음먹었다.

그래서 나는 정장들을 옷장에 걸자마자 복도를 따라 손님방으로 조용히 걸어 내려갔다.

복도의 조명은 켜지지 않았다. 한번은 불이 켜지지 않는 문제에 대해 더글러스에게 물었었는데, 그는 일종의 배선 문제라고만 했다. 그는 수리하겠다는 말을 흐리멍덩하게 중얼거렸지만, 내가 여태껏 여기서 일하는 동안 조명은 작동하지 않았다. 이렇게 오래된 건물에서 조명도 들어오지 않으니 으스스한 느낌이 들었다.

나는 손님방 앞에 멈춰 섰다. 발아래의 카펫은 깨끗했다. 내가 욕실의 피를 모두 닦아내고 과산화수소로 카펫의 얼룩을 제거한 결과였다. 웬디의 피가 카펫에 흘렀다는 흔적은 전혀 없었다. 그리고 더글러스는 내가 피에 대해 알고 있다는 사실을 몰랐다.

문을 두드리려고 손을 들어 올린 순간 오싹한 기분이 들었다. 지난번에 웬디가 했던 경고를 떠올리지 않을 수 없었다.

'당신 자신을 위해서 이 문을 닫고 여기서 당장 나가요.'

아니, 난 절대 그냥 지나치지 않는 사람이다. 마음을 추스르고 나는 주먹으로 문을 두드렸다.

문을 열라고 또 한 번 간곡하게 호소할 만반의 준비를 하고 있는데, 예상과 달리 문 뒤에서 발소리가 들리더니 잠시 후 문이 열렸다. 나는 다시 한번 웬디의 멍든 얼굴을 마주했다. 며칠 전보다는 조금 나아지긴 했다.

"무슨 일이죠?" 그녀의 목소리에는 체념의 기색이 역력했다.

내 시선은 그녀의 옅은 노란색 잠옷으로 내려갔다. 다행히 이번에는 피가 묻어 있지 않았다. "예쁜 잠옷이네요. 전 항상 뉴욕 메츠 티셔츠를 입고 자거든요."

"그 말을 하려고 날 깨운 거예요?"

"아니요…. 아니에요. 사실 물어볼 게 있어서요."

웬디는 불안한 듯 슬리퍼를 신은 발을 번갈아 짚으며 서 있었다. 전에는 신경 쓰지 않았지만, 그녀는 믿을 수 없을 만큼 말라 있었다. 병 때문일 수도 있겠지만, 나는 그렇게까지나 마른 여자를 지금껏 본 적이 없었다. 쇄골은 아플 만큼 선명하게 튀어나와 있었고, 잠옷 소매를 잡고 있는 손은 푸르스름한 핏줄이 도드라져 보일 정도로 말랐다. 깡마른 얼굴 때문에 그녀의 눈은 유독 커 보였다. "원하는 게 뭐죠?"

"제 전화번호를 어떻게 알았는지 알고 싶어서요."

그녀가 적갈색 머리카락을 만지작거렸다. 그리고 나는 그녀의 손목에 걸려 있는 팔찌를 알아보았다. 더글러스가 최근에 그녀에게 선물로 준 팔찌였다. "무슨 말이에요?"

"사장님께 여쭤보니, 사모님께서 제 전화번호를 줬다고 하셔서요. 제 전화번호는 어떻게 아신 거예요?"

"당신이 광고를 낸 거 아니었어요? 그래서 번호를 알았던 거겠죠." 그녀는 긴 한숨을 내쉬었다. "그럼 난 다시 자러 갈게요. 아주 긴 하루였어요."

"실은, 제 광고가 게재된 적이 없다는 사실을 알았어요. 그래서 여쭈어보는 건데, 제 전화번호 어떻게 아셨어요?"

웬디가 머리를 굴리고 있는 게 뻔히 보였다. 나는 웬디가 또 다른 거짓말을 만들어 내지 못하게 그녀의 생각을 차단했다. "사실대로 말해주세요."

"제발요. 난 이러고 싶지 않아요. 그냥 내버려둬요." 웬디가 고개를 떨구고 말했다.

"말해주세요." 나는 이를 앙다물며 말했다.

"당신은 왜 내가 하라는 대로 하지 않는 거죠?" 그녀가 두 팔을 위로 번쩍 들었다. "좋아요. 진저 하웰에게서 당신 전화번호를 받았어요."

그 순간 나는 누군가에게 불시에 한 대 얻어맞은 것 같은 기분이었다. 진저 하웰. 분명 내가 아는 이름이었다. 하지만 그녀를 본 건 몇 년 전이 마지막이었다.

정확히는 2년 전이었다. 엔조가 이탈리아로 떠나기 전에 내가 마지막으로 그와 함께 도움을 준 여자 중 한 명이었다. 우리는 그녀가 괴물 같은 남편과 이혼할 수 있도록 그때그때 상황에 맞춰 일해줄 수 있는 변호사를 구해주었다. 그녀의 남편은 끝까지 온 힘을 다해 싸웠고, 우리는 새 여권과 신분증을 발급받기 직전의 상황까지 내몰렸다. 하지만 결국 그녀의 남편은 그녀를 놓아주었다.

그녀가 잘 지내고 있기를 바랬다. 진저는 좋은 사람 같아 보였다. 남편에게 그런 취급을 당할 이유가 전혀 없는 여자였다.

하지만 웬디가 진저에게서 내 얘기를 들었다면….

"왜 남편분한테 제게 전화하라고 한 거예요, 웬디? 진짜 이유를 말해주세요."

그녀는 여전히 나를 쳐다보지 않고 카펫을 내려다보고 있었다. "난 당신이 이유를 안다고 생각하는데요."

머릿속 어딘가에서 둔탁한 울림이 퍼졌다. 처음 이 집에 발을 들였을 때부터 뭔가 이상하다는 느낌은 들었었다. 하지만 웬디에게 손을 내밀어 보려 할 때마다 그녀는 나를 피했었다.

"손목이 부러졌어요." 그녀가 씁쓸하게 말했다. "그가 날 밀쳐서 부러진 건데, 병원에 갔을 때 그는 진료실을 떠나지 않았어요. 난 의사에게 빙판길에 미끄러져 넘어졌다고 말할 수밖에 없었죠. 그래서 내가 가사도우미를 구하는 걸 그가 허락했어요. 그 사람은 원래 아무도 이 집에 들이지 않거든요. 절대로요."

나는 주먹을 쥐며 말했다. "왜 아무 말도 안 했어요?"

"당신을 부른 건 멍청한 생각이었으니까요." 충혈된 그녀의 두 눈에 눈물이 차올랐다. "난 너무 절박했어요. 하지만 당신을 보는 순간, 이 계획은 끝이라는 걸 알았어요. 당신은 더글러스가 어떤 사람인지 몰라요. 그에게서 벗어나는 건 불가능해요."

"그건 아니에요." 내가 말했다.

그녀는 고개를 뒤로 젖히며 씁쓸한 웃음을 터뜨렸다. "그건 당신이 아무것도 몰라서 하는 말이에요. 더글러스는 어디에나 있어요. 모든 걸 보고 있어요."

나는 길거리에서 누군가가 나를 지켜보고 있다는 느낌을 받았던 수많은 순간들이 떠올랐다. "…지금도요? 지금 이 대화도 듣고 있는 건가요?"

"난… 나도 모르겠어요." 그녀는 불안한 듯 복도를 두리번거렸다. "집 안에서 카메라를 찾지는 못했지만 절대 없다는 보장은 없어요. 더글러스는 우리가 상상할 수 없는 기술에 접근할 수 있어요. 그 사람은 천재예요." 그녀는 이번에는 서글픈 표정을 지었다. "예전에는 그런 게 매력이었는데."

"그래도 시도해 볼 가치는 있어요."

그녀의 멍든 뺨이 살짝 붉어졌다. "당신은 이해 못 해요. 그는 나를 찾으려고 가진 돈을 얼마든지 쓸 거예요."

그녀의 말이 옳았다. 더글러스는 돈이 많았다. 그런 남편에게서 도망치는 건 어려울 것이다. 나는 그가 '어디까지 할 수 있는' 사람인지 몰랐다. 그래서 내가 그녀를 도울 수 있을지조차도 확신할 수 없었다. 특히 지금의 나에겐 엔조가 갖고 있던 자원도 인맥도 없었다. 엔조와 함께 일하던 그 시절과는 달랐다. 그래서 나는 그런 식의 삶을 포기하고 대학 학위 취득에 집중해 법을 어기지 않는 방법으로 여자들을 돕겠다고 다짐한 거였다. 하지만 내 몸의 모든 세포가 이 여자를 도와야 한다고 외치고 있었다. 그것도 지금 당장.

나라면 지하철에서 도움이 필요한 한 남자를 그냥 지나치지 않을 것이다. 내 집 창문 밖에서 칼에 찔려 죽어가는 여자도 외면하지 않을 것이다. 내 코앞에서 그런 일이 벌어지는 것을 용납할 수 없다.

"돈 좀 있어요?" 내가 물었다. "현금 말이에요."

그녀는 머뭇거리며 고개를 끄덕였다. "보석을 조금씩 팔고 있어요. 보석은 많아요. 남편이 나를 때릴 때마다 새롭고 값비싼 것을 사주니까요. 그가 찾지 못할 만한 곳에 모아둔 돈이 있어요. 그리 오래 버티지는 못하겠지만, 당분간은 괜찮을 거예요."

내 마음은 다급해졌다. "혹시 도와줄 수 있는 친구는 없어요? 더글러스가 모르는 친구요. 고등학교나 대학교 동창이라든가…."

"제발 그만해요." 그녀가 쉰 목소리로 말했다. "내가 무슨 말을 하려는지 당신은 이해하지 못하고 있어요. 더글러스는 매우 위험해요. 이 남자를 과소평가하지 말아요. 날 도와주려고 해도 소용없을 테고… 당신은 후회하게 될 거예요. 내 말 믿어요."

"하지만, 웬디—"

"난 못해요, 알았죠?"

그녀는 자신의 왼쪽 손목에 찬 팔찌를 내려다보았다. 나는 더글러스가 내게 그 팔찌를 보여줬을 때 얼마나 득의양양했는지를 떠올렸다. 그녀는 떨리는 손으로 팔찌 잠금쇠를 풀고 가녀린 손목에서 팔찌를 뺐다.

"난 그가 주는 선물이 혐오스러워요." 그녀의 목소리에는 증오로 가득 차 있었다. "쳐다보기도 싫은데, 그는 내가 항상 그것들을 착용하길 바라죠."

그녀는 팔찌를 꽉 쥐더니 내 손을 붙잡아 억지로 쥐여주었다. "이걸 내 눈앞에서 치워줘요. 이제 쳐다보기도 싫어요. 그가 물어보면… 그냥 잃어버렸다고 할 거예요."

나는 손을 벌려 작은 팔찌를 보았다. 거기에 그녀의 피가 묻어 있는 건 아닌지 궁금했다. "받을 수 없어요, 웬디."

"그럼 갖다버려요. 집 안에 두고 싶지 않아요. 특히나 그가 글을 새긴 다음부터는 더더욱이요."

나는 팔찌를 얼굴 가까이 가져와 거기 새겨진 작은 글씨를 자세히 들여다봤다.

W에게, 당신은 영원히 내 거야, 사랑을 담아 D가

"영원히 그의 거". 그녀는 씁쓸하게 말했다. "그의 재산."

그 메시지의 뜻은 분명했다.

"내가 도와줄게요." 내가 그녀의 손목을 잡으며 말했다. 그 손목이 부러졌다는 사실을 잊은 채로. 그녀가 움찔하자 나는 손목을 놓아주었다. "무슨 일이든 할게요. 난 당신 남편이 두렵지 않아요. 우리가 해결할 방법을 찾을 수 있을 거예요."

그 순간, 나는 그녀의 눈에서 잠깐 스쳐 지나가는 감정이 보였다. 망설임. 그리고… 희망. 그녀는 절박했다.

"안 돼요." 그녀가 단호하게 말했다. "이제 그만 나가줘요."

내가 다른 말을 꺼내기도 전에 그녀는 내 얼굴 앞에서 문을 쾅 닫았다.

웬디 개릭은 남편에게서 절대적인 공포를 느끼고 있었다. 나 역시도 그 남자가 두려웠다. 하지만 나는 수년간의 경험을 통해 공포에 지배당하지 않는 법을 익혔다. 나는 제이비어를 무너뜨렸다. 더글러스만큼이나 강력한 남자들도 쓰러뜨려 봤다. 웬디가 뭐라고 하든 상관없다. 나는 그를 상대할 생각이다.

24

자전거가 나를 치어 죽일 뻔할 때마다 5센트씩 받았다면, 나는 개릭 부부를 위해 일할 필요가 없었을 것이다. 지금도 개릭 부부의 아파트로 가기 위해 길을 건너다가, 헬멧도 안 쓰고 휴대전화를 귀에 댄 채 달리던 자전거에 치여 병원 신세를 질 뻔했다. 헬멧을 안 쓴 사람들은 꼭 휴대전화로 통화를 하고 있었다. 꼭 그래야 한다는 규칙이라도 있는 것처럼 말이다.

내가 빌딩 입구에 도착하기 직전에 핸드백 안에서 휴대전화가 울렸다. 나는 음성사서함으로 넘어가게 그냥 둘까, 고민하며 망설였다. 그러다 핸드백을 뒤져 휴대전화를 꺼냈다. 화면에 브록의 이름이 떠 있었다. 음성사서함으로 넘어가게 두고 싶은 마음이 더욱 커졌다. 왜 내가 그와 '동거할 수 없는지'를 두고 더 이상 그와 대화를 나누고 싶지 않았다. 아니, 그의 표현을 빌리자면, 내가 왜 그와 '동거하지 않으려 하는지'를 두고 더 이상 이야기하고 싶지 않았다.

결국 한숨을 내쉬며 휴대전화의 녹색 버튼을 눌러 전화를 받았다.

"안녕, 밀리. 오늘 저녁 같이하는 거 어때?"

"아마 오늘 밤늦게까지 개릭 부부 집에 있을 것 같아." 그건 완전 거짓말은 아니었다.

"아."

나는 얼마나 많은 저녁 식사 초대를 거절하면 그가 물어보는 걸 그만둘까 궁금해졌다. 그러면서도 나는 그가 묻는 걸 그만두는 것도 원하지 않았다. 아직 사랑한다고 말할 수는 없었지만, 나는 브록을 많이 좋아했다. 그를 잃고 싶지 않았다.

"있잖아. 내일부터 며칠간 더글러스가 집을 비우니까 내가 요리할 필요가 없어. 내일 같이 저녁 먹으면 어떨까?"

"좋아." 그의 목소리가 조금 이상하게 들렸다. "그리고 우리 저녁 먹으면서 얘기 좀 해야 할 것 같아."

"좋은 얘기는 아닌 것 같은데."

"난 그냥…." 그는 헛기침했다. "밀리, 난 널 많이 좋아해. 내가 너한테 어떤 사람인지 이야기를 좀 해야 할 것 같아."

"아주 좋은 사람이야."

"정말 그래?"

나는 무슨 말을 해야 할지 몰랐다. 하지만 그의 말이 옳았다. 브록과 나는 대화를 좀 해야 했다. 빠를수록 차라리 나으리라. 조만간 내 과거에 대한 모든 걸 브록에게 솔직하게 털어놓아야 했다. 그래야 그가 우리 관계를 계속 이어갈지 말지 결정할 수 있을 것이다. 나는 내가 10년 동안 감옥에 있었다는 사실에, 그가 겁을 집어먹고 도망가지 않을 만큼 괜찮은 사람이라고 생각하고 싶었다. 하지만 내가 그에게 그 말을 할 때 그가 지을 표정을 계속해서 상상하게 된다. 그리고 그건 행복한 표정이 아니었다.

"알았어." 내가 말했다. "이야기 좀 해."

"7시에 내 아파트에서 만날까?"

"좋아."

잠시 침묵이 흘렀다. 그가 또다시 사랑한다고 말할까 봐 살짝 겁이 났다. 그때 그가 입을 열었다. "내일 봐."

전화를 끊고 잠시 휴대전화 화면을 내려다보았다. 지금 당장 다시 전화해서 모든 걸 털어놓는 건 어떨까? 반창고를 망설임 없이 확 하고 바로 뜯어버리듯. 그러면 최소한 이 꺼림칙하고 불안한 감정을 내일까지 끌고 가지 않아도 된다.

아니, 그럴 수 없어. 내일 말해야 해.

나는 무거운 마음으로 펜트하우스가 있는 아파트 건물로 향했다. 도어맨이 달려와 문을 열어주며 나를 향해 윙크를 보냈다.

문득, 뭔가 좀 이상하다는 생각이 들었다. 그 남자는 나보다 적어도 서른 살은 많았다. 나한테 작업을 걸려는 건가? 잠시 그가 내게 윙크한 적이 있는지 떠올려 보려고 했지만, 그냥 그만두었다. 소름 끼치는 도어맨은 내가 당면한 문제들에 비하면 너무 사소한 일이었다.

20층에서 엘리베이터가 멈추고 펜트하우스로 통하는 문이 열리자마자, 나는 깜짝 놀라 펄쩍 뛸 뻔했다. 지난 몇 달 동안 이곳에 왔지만, 이런 광경은 한 번도 본 적이 없었다. 입이 떡 벌어질 정도로 놀라웠다.

웬디가 펜트하우스 엘리베이터 문 앞에 서 있었다. 그녀가 손님방에서 나와 있었다. 그리고 커다란 초록색 눈으로 나를 쳐다보고 있었다.

"우리 얘기 좀 해요." 그녀가 말했다.

25

웬디가 내 팔을 잡고 소파 쪽으로 이끌었다. 마른 몸에 비해 힘이 꽤 셌다. 하지만 이상하게도 전혀 놀랍지 않았다.

내가 소파에 앉자, 그녀는 뼈만 앙상한 무릎 위로 잠옷을 가지런히 펴며 내 옆에 앉았다. 얼굴의 멍은 훨씬 나아 보였지만 눈은 지난번에 봤을 때처럼 충혈되어 있었다.

"날 돕겠다고 한 거 진심이에요?"

"물론 진심이죠!"

작디작은 미소가 그녀의 입가에 걸렸다. 그 순간 웬디가 정말 예쁘다는 걸 깨달았다. 야위고 지친 몸과 얼굴 가득한 멍들 때문에 그 사실을 미처 알아보지 못했었다. "당신이 한 조언을 받아들이기로 했어요."

"제 조언이요?"

"당신이 떠난 후에 자살할 생각도 했어요."

나는 놀라서 말했다. "그건 제가 한 조언이 아닌데요."

"알아요." 그녀가 재빨리 대답했다. "하지만 모든 것이 너무 절망적으로 느껴졌어요. 더글러스에게 당신을 고용하라고 했을 때, 그건 이 끔찍한 상황에서 벗어날 수 있는 마지막 구명보트와도 같았어요. 그런데 당신을 보내고 나니까, 더글러스에게서 절대 벗어날 수 없을 것 같았어요. 그래서 욕실로 가서… 손목을 그어버릴까 생각했어요."

"세상에, 웬디…."

"하지만 그러지 않았어요." 그녀는 단호한 표정을 지었다. "왜냐하면 이번만큼은 완전히 혼자라는 느낌이 들지는 않았거든요. 당신이 더글러스가 모르는 옛날 친구가 없냐고 물었잖아요. 대학교 때 친구 피오나가 생각났어요. 정말 친한 친구였는데, 오랫동안 연락이 끊어진 상태였어요. SNS에서도 연락한 적이 없었죠."

나는 그녀를 보며 눈썹을 치켜세웠다. "그래서 그녀를 찾아볼 생각인 건가요?"

"이미 찾아봤어요." 평소 창백한 웬디의 뺨이 분홍빛으로 물들었다. "다른 대학 때 친구에게 피오나 번호를 받았어요. 물론 절대 비밀로 해달라고 했고요. 그리고 오늘 아침 피오나와 몇 시간 동안 통화를 했어요. 피오나는 뉴욕주 북부 포츠담 외곽에서 농장을 하고 있는데, 유선 전화 하나를 빼면 거의 세상과 단절된 채 살고 있었어요. 피오나는 내 사정을 듣고 내가 원하는 만큼 자기 집에서 함께 지내도 된다고 했어요."

그녀의 적극적인 행동은 박수받을 만했지만, 그것만으로 문제가 해결되는 건 아니었다. 설령 더글러스가 그곳을 찾아내지는 못한다고 해도, 웬디가 뉴욕주 북부 외딴 농장에 영원히 숨어 지낼 수는 없었다. 새로운 신분증이나 사회보장번호가 없다면 일자리를 구할 방법도 없을 터였다. 이런 게 바로 예전에 엔조가 도움을 주던 분야였다. 더글러스가 자신이 가진 자원을 활용한다면, 웬디가 실명을 사용하는 즉시 그녀를 찾아낼 수 있을 것이다. 나는 엄청나게 부유하고 힘 있는 사람, 다시 말해 돈으로 사람을 매수하는 방법을 아는 사람을 상대할 때는 경찰을 찾아가 봐야 별 소용이 없다는 걸 경험을 통해 알고 있었다.

"이게 영구적인 해결책이 아니라는 건 알아요." 그녀는 고개를 끄덕이며 말했다. "그래도 괜찮아요. 그곳에 머물면서 다음 계획을 세울 수만 있다면요. 숨어 있는 동안 제도적인 도움을 줄 변호사를 찾을 수 있을지도 모르죠. 아니면 완전히 새출발할 수 있도록 도와줄 사람을 찾을 수도 있고요." 그녀는 떨리는 숨을 몰아쉬었다. "중요한 건 이제 그 사람과 같이 살지 않아도 된다는 거예요. 그리고 그가 나를 더 이상 건드릴 수 없다는 거죠."

"좋은 생각이에요, 웬디." 비록 수입이 매우 좋은 직장을 잃게 될 상황이었지만 그 말은 진심이었다. 저번에 그녀가 내게 억지로 준 팔찌가 있으니, 그걸 전당포에 맡기면 한 달 치 월세는 감당할 수 있을 것이다. 게다가 내일 브록과 이야기를 나누고 나면 결국 우리는 함께 살게 될 수도 있다. 물론 완전히 끝날 수도 있지만.

"그런데 말이에요," 웬디는 조심스럽게 입을 열었다. "당신 도움이 좀 필요해요."

"물론이죠! 필요한 건 뭐든지 말해요."

"좀 큰 부탁이에요." 그녀가 말했다. "하지만 보상은 할 게요."

"뭐든지요."

"차로 날 좀 태워다 줘요." 그녀가 옷깃을 잡아당기며 손을 살짝 떨었다. "내일 더글러스가 출장 간 사이에 떠날 생각이에요. 나라 반대편인 서부에 있을 테니, 내가 사라진 걸 눈치채더라도 당장은 어떻게 할 수 없을 거예요."

"알겠어요…."

"피오나는 하루 종일 농장을 비워둘 수가 없어요. 내가 올버니까지 오면 거기로 데리러 올 수 있데요. 그래서 올버니까지는 태워다 줄 사람이 필요해요. 차를 빌리고 싶지만, 그러려면 신분증을 제시해야 하고—"

"할게요." 내가 그녀의 말을 끊었다. "제가 차를 빌려서 올버니까지 태워다 줄게요."

"고마워요, 밀리." 그녀가 내 손을 꽉 잡았다. "약속할게요, 돈은 현금으로 줄게요. 정말 정말 고마워요."

"돈은 걱정 안 해도 돼요." 물론 속으로는 돈 걱정을 한가득 하고 있으면서도 나는 그렇게 말했다. "나보다 당신이 더 필요할 거예요." 웬디가 두 팔로 나를 껴안았고, 그제야 그녀의 몸이 얼마나 연약한지 비로소 느껴졌다. 내가 조금만 세게 안아도 그녀의 몸이 으스러질 것만 같았다.

그녀가 몸을 뒤로 뺐을 때 눈에는 눈물이 그렁그렁했다. "날 도와주면 당신도 위험해질 수 있어요."

"알아요."

"아니요, 몰라요." 그녀는 살짝 갈라진 입술을 혀로 핥았다. "더글러스는 매우 위험한 사람이고, 장담컨대 그는 나를 찾아내서 데려오기 위해 무슨 짓이든 할 거예요. 무슨 짓이든지요."

"전 두렵지 않아요." 나는 그녀에게 말했다.

하지만 머릿속에서는 또 다른 목소리가 속삭였다. 더글러스 개릭을 두려워해야 한다고, 그를 과소평가해서는 안 된다고.

26

다음 날 아침, 나는 차를 빌렸다.

내가 그럴 필요 없다고 말했음에도 불구하고, 웬디는 렌터카를 빌리는 데 필요한 현금을 내게 건넸다. 하지만 나는 내 신용카드로 렌터카를 빌릴 생각이었다. 나는 렌터카가 어떤 식으로든 웬디와 연결되는 것을 원치 않았다.

물론 더글러스 개릭이 내가 자기 아내의 실종에 개입되어 있다고 의심할 가능성은 충분히 있었다. 하지만 나는 절대로 그녀에 관한 정보를 그에게 넘기지 않을 것이다. 설령 그가 나를 고문한다고 해도. 솔직히, 나는 그가 그런 일을 능히 벌일 수 있다고 생각한다. 아내의 얼굴에다 그런 짓을 하는 남자는 무슨 짓이든 할 수 있다.

"안녕하세요, 해피 렌터카에 오신 것을 환영합니다." 접수대의 여자 직원이 반갑게 인사를 건넸다. 그녀는 직접 차를 빌릴 수 있을 정도의 나이도 되어 보이지 않았다.

"무엇을 도와드릴까요?"

"인터넷으로 회색 포드 포커스를 예약했어요." 내가 대답했다.

여자 직원이 내가 말한 정보를 컴퓨터에 입력하는 동안 나는 박자를 맞춰가며 손가락으로 책상을 톡톡 두드렸다. 접수대 앞에서 있는 동안 목 뒷덜미가 찌릿한 느낌을 지울 수 없었다. 또다시 누군가가 나를 지켜보고 있기라도 한 것처럼.

나는 뒤를 돌아봤다. 매장 전면은 바닥부터 천장까지 모두 통유리로 되어 있어서 누구든 쉽게 안을 들여다볼 수 있었다. 나는 분명 유리에다 얼굴을 대고 나를 빤히 쳐다보는 남자가 있을 거라고 거의 확신하다시피 했다. 하지만 아무도 없었다.

갑자기 온몸에 소름이 돋았다. 랜들 부인 말로는 제이비어는 감옥에 있었다. 보석으로 나올 상태도 아니었고, 방도 빼버렸다고 했다. 그런데도 왜 여전히 누군가가 나를 지켜보는 것 같은 느낌이 드는 걸까? 이번이 처음이 아니었다. 제이비어가 체포된 이후로도 이런 느낌이 든 게 적어도 예닐곱 번은 되었다.

제이비어가 아니라면 이렇게 오랫동안 나를 지켜본 건 대체 누굴까? 만약 도시 곳곳에서 나를 미행한 사람이 더글러스 개릭이라면? 그건 아닐 것이다. 그의 집에서 일하기 전부터 이미 누군가의 시선을 느꼈으니까. 하지만 가능성을 완전히 배제할 수도 없었다. 그 야외 레스토랑에서 그를 본 건 분명하니까.

더글러스가 우리가 꾸미고 있는 일을 속속들이 알고 있다면 어떻게 되는 거지? 그가 지금 어딘가에서 나를 지켜보고 있다면?

"차가 준비되었습니다." 여자 직원이 말했다. "빨간색 현대자동차입니다."

"아니요." 내가 바로 대답했다. "난 회색 포드 포커스를 예약했어요." 눈에 띄지 않게 움직이는 게 가장 중요했다. 이건 내가 엔조에게 배운 원칙이다.

"뭐라고 말씀드려야 할지 모르겠네요. 여기 빨간색 현대라고 적혀 있거든요. 지금 저희 재고에는 회색 포드 포커스가 없습니다."

"믿을 수가 없네요. 예약을 했는데, 예약한 물건이 없다니요?"

그녀는 어깨를 으쓱하며 난감한 표정을 지었다. 이런 일이 일어난 게 처음도 아니었다. 예약한 물건을 주지도 않을 거면서 예약은 대체 왜 받는 걸까? "빨간색은 안 돼요. 혹시 회색 현대차는 없나요?"

그녀는 고개를 저었다. "지금 세단이 거의 없어요. 회색 혼다 CRV라면 빌려드릴 수는 있습니다."

빨간 세단과 SUV 중에 뭐가 더 눈에 띄는 건지 잠시 고민하다가 빨간색 현대차로 선택했다.

이번 여행은 웬디를 도시 밖으로 데려가는 게 목적이었지만, 나 역시 이 도시를 빨리 벗어나고 싶었다.

27

교통 체증을 고려하면 목적지까지는 차로 약 다섯 시간 정도 걸렸다. 적어도 내 내비게이션이 알려준 정보에 따르면 그랬다.

우리의 계획은 올버니에 가까워지면 고속도로 옆에 있는 저렴한 모텔을 찾는 거였다. 내가 웬디를 모텔에다 내려주면 그녀는 하룻밤을 거기서 보낼 것이고, 다음 날 아침 피오나가 그녀를 데리러 올 예정이었다. 그녀는 몇 주 동안 입을 옷과 몇 달을 버틸 수 있는 충분한 현금을 챙겼다.

더글러스는 그녀를 절대 찾지 못할 것이다.

빌딩에서 한 블록 떨어진 곳에다 고통스러울 정도로 눈에 잘 띄는 빨간색 현대차를 주차해 두었다. 그렇게 해야 계속 내게 윙크하는 도어맨이 더글러스에게 그의 아내가 가사도우미와 함께 빨간색 세단을 타고 떠났다고 보고하지 않을 것이다. 차가 우스꽝스러울 정도로 빨간색이어서 마치 빌어먹을 소방차를 운전하는 것만 같았다. 하지만 그건 지금 내가 어떻게 할 수 있는 문제가 아니었다.

차 안에서 웬디가 나타나기를 기다리는 동안 내 휴대전화 화면에 더글러스가 보낸 문자 메시지가 떴다.

[오늘 밤에 오는 거죠?]

더글러스는 자기가 없는 동안 청소를 해달라고 부탁했고, 나는 그렇게 하기로 했다. 그가 이곳 도시를 벗어나 있음에도 불구하고 내 청소 일정을 계속 모니터링하고 확인하고 있다는 사실에 나는 딱히 놀라지 않았다. 그가 곧 집에 돌아와 아내가 사라졌다는 사실을 알게 될 걸 생각하면 솔직히 조금 불안해졌다. 하지만 아무 일 없는 척하기 위해 짧게 답장을 보냈다.

[갈게요.]

물론 나는 그의 집에 가지 않을 것이다. 대신 그의 아내를 안전한 곳으로 데려가고 있을 것이다.

렌터카 업체에서의 혼란과 앞으로 있을 긴 운전으로 인한 짜증에도 불구하고 나는 혼자 속으로 흐뭇해했다. 웬디가 드디어 더글러스를 떠난다. 나는 이런 순간에 큰 보람을 느꼈다. 그래서 사회복지학 학위를 받기로 결심한 거였다. 내가 원하는 건 이런 사람들을 도우면서 평생을 보내는 것이다.

짐보따리 두 개를 들고 길을 내려오는 웬디의 모습이 백미러를 통해 보였다. 웬디는 선글라스를 쓰고 머리를 포니테일로 묶었고, 모자가 달린 편안한 운동복 상의와 청바지를 입고 있었다.

나는 그녀가 짐을 트렁크에 넣는 걸 돕기 위해 차 밖으로 나왔다. 그녀는 나를 보며 환한 미소를 지어 보였다. "청바지가 얼마나 편한지 잊고 있었어요." 그녀가 말했다.

"원래 청바지 안 입어요?"

"더글러스가 싫어해요." 그녀는 코를 찡그려 보였다. "그래서 청바지만 가져왔어요!"

나는 그녀의 짐을 트렁크에 넣으며 웃음을 터트렸다. 둘 다 차에 올라탔고, 나는 내비게이션을 켠 다음 차를 출발시켰다. 운전대를 잡은 건 오랜만이었지만 다시 운전하게 되니 기분이 좋았다. 물론 시내에서 운전하는 건 스트레스를 많이 받는 일이지만, 고속도로에 올라타면 적어도 출퇴근 시간대 교통 체증과 맞닥뜨리기 전까지는 순항하게 될 것이다.

"더글러스가 의심하거나 그러진 않았죠?" 나는 웬디에게 물었다.

그녀는 선글라스를 콧대 위로 밀어 올렸다. "그런 것 같지 않아요. 더글러스가 떠나기 전에 인사하러 들어왔었는데 나는 그냥 침대에서 자는 척했어요." 그녀는 손목시계를 내려다보았다. "그는 지금쯤 로스앤젤레스행 비행기를 타고 있을 거예요."

"잘됐네요."

그녀는 선글라스를 눈 위로 들어 올리고는 나를 쳐다보았다. "이 일에 대해 아무에게도 말하지 않았죠?"

"안 했어요. 단 한 사람에게도."

그녀는 안심하는 표정이었다. "빨리 여기서 벗어나고 싶어요. 어젯밤에 잠도 제대로 못 잤어요."

"걱정하지 마세요. 저는 차를 정말 빠르게 몰거든요. 눈 깜짝할 사이에 모텔에 도착할 거예요."

하지만 그렇게 말하는 순간 나는 빨간불에 급정거했고, 간신히 보행자를 치지 않았다. 보행자는 가운뎃손가락을 들어 보이며 욕을 했다. 그래, 빨리 도착하는 것도 중요하지만 더욱 중요한 건 무사히 도착하는 것이다.

신호가 바뀌기를 기다리며 백미러를 들여다보았다. 그런데 뒤에 있는 차 한 대가 내 눈에 들어왔다. 검은색 세단이었다.

그리고 오른쪽 전조등에 금이 가 있었다.

아니 왼쪽인가? 항상 거울을 보면 좌우가 헷갈리기에 목을 뒤로 돌려 살펴보았다. 아니, 확실히 오른쪽 전조등에 금이 가 있었다.

차 전면 그릴에는 마쓰다 로고가 보였다. 가슴이 철렁 내려앉았다. 오른쪽 전조등에 금이 간 검은색 마쓰다 세단이었다. 지난 몇 달 동안 여러 번 보았던 바로 그 차다.

나는 차량 번호판을 확인해 보려 애썼지만, 뭔가가 또렷하게 보이기도 전에 뒤에서 경적이 울렸다. 알았어, 알았다고. 누군가 총을 꺼내서 나를 쏘기 전에 차를 출발시켜야만 했다.

"괜찮아요?" 웬디가 선글라스 위쪽으로 이마를 찌푸리고 있었다. "무슨 일이에요?"

나는 그녀에게 어디까지 말해야 할지 고민했다. 운전하는 동안 내가 자동차 번호판을 제대로 볼 수 있는 방법은 없을 것이고, 또 웬디는 이미 극도로 긴장하고 있었다. 누군가가 나를 미행하고 있는 것 같다고 말해서 그녀를 놀라게 하고 싶지 않았다.

특히나 그 누군가가 그녀의 남편이라면 더더욱.

따라붙은 사람이 꼭 더글러스라는 법도 없었다. 랜들 부인의 말에도 불구하고, 제이비어 마린이 감옥에서 나왔고 그래서 지금 나를 괴롭히고 있을 가능성도 충분히 있었다.

하지만 그건 말이 안 된다. 감옥에 있든 아니든 제이비어는 지금 자기만의 문제로 머리가 아플 게 분명했다. 나를 따라 맨해튼까지 온다거나, 심지어 올버니까지 따라와 시간을 낭비하고 있지는 않을 것이다.

고속도로로 향하는 동안 나는 나름 창의성을 발휘해 운전하려고 애를 썼다. 차선을 변경할 때는 마쓰다를 줄곧 주시했는데, 그 차가 나와 함께 차선을 변경하는지 확인하기 위해서였다. 항상 그러는 건 아니었지만, 매번 거울을 볼 때마다 마쓰다가 내 뒤에 있었다. 그리고 어느 순간 번호판의 처음 세 글자를 알아볼 수 있었다. 58F.

나를 따라다니던 차의 번호판 글자와 똑같았다.

"밀리!" 나는 옆에 있던 초록색 SUV와 거의 부딪칠 뻔했고, 웬디는 놀라서 헉하고 숨을 들이쉬었다.

"제발 속도 좀 줄여요! 난 사고에 휘말리고 싶지 않아요."

"미안해요." 나는 작게 중얼거렸다. "운전대를 잡은 지가 좀 돼서 그래요."

맨해튼 동쪽 강변을 따라 달리는 고속도로에 다다랐을 때, 나는 슬쩍 백미러를 살폈다. 검은색 마쓰다는 바로 뒤를 계속 따라오고 있었다. 고속도로로 들어가면 저 차가 나를 따라오기 훨씬 쉬워질 거였다. 아직 출퇴근 시간대 교통 체증이 없어서 차선이 텅 비어 있을 것이다.

하지만 그 건 내가 빨리 달려서 그 차를 따돌릴 수도 있다는 뜻이기도 했다.

고속도로에 올라타는 순간 나는 가속 페달에다 발을 올리고 내달릴 준비를 했다. 저 낡은 마쓰다가 시속 130킬로를 낼 수 있는지 보자고. 그리고 나는 다시 백미러를 확인했다.

마쓰다가 보이지 않았다. 나를 따라 고속도로로 진입하지 않은 것이다.

나는 안도감과 혼란스러움을 동시에 느끼며 한숨을 내쉬었다. 나는 그 차가 나를 따라오고 있다고 확신했었다. 티끌만큼의 의심도 없었다. 하지만 그건 그저 우연이었다. 아무도 나를 따라오고 있지 않았다.

모든 일이 잘 풀릴 것이다.

28

"맥도날드에 들렀다 가요." 웬디가 제안했다.

웬디는 패스트푸드를 먹는다는 생각에 지나치게 흥분했다. 식단의 절반쯤이 이미 패스트푸드인 나는 그다지 흥분되지 않았지만, 웬디는 더글러스에게 먹는 걸 엄격히 통제당했었다. 나로서는 그녀가 너무 마른 데다, 기름기 있는 음식을 너무 오래 안 먹은 탓에 맥도날드의 프렌치프라이를 먹고 그녀가 죽는 건 아닌지 솔직히 조금 무서웠다.

다행히 고속도로 옆으로 맥도날드 로고가 눈에 띄게 표시된 표지판이 보였다. 나는 다음 출구에서 고속도로를 빠져나왔다. 그리고 이참에 기름도 보충해야 했다.

내가 맥도날드 주차장에 차를 세우자, 웬디의 눈이 반짝반짝 빛났다. 그녀가 차 문을 열자, 음식 튀기는 냄새가 코를 찔렀다.

웬디를 따라 차에서 내리려는데 전화벨이 울렸다. 나는 휴대전화를 집어 들었고, 화면에 뜬 브록이라는 이름을 보자 가슴이 철렁 내려앉았다.

이런, 나는 웬디를 구하는 데 정신이 팔려서 그와의 저녁 약속을 취소하는 걸 까맣게 잊고 있었다. 어떻게 이런 짓을 또 그에게 할 수 있는 거지? 나는 브록을 정말 좋아한다. 그런데 나는 자꾸 우리 관계를 어렵게 만들었다.

가끔은 내가 일부러 그러는 건 아닌지 의심스러웠다. 그래야 내가 나에 대한 진실을 그에게 말하기 전에 그가 나를 차버릴 테니까.

"먼저 가요." 내가 소리쳤다. "가게 안에서 봐요."

금방 끝날 만한 통화가 아니었다. 아니면 반대로 아주 빨리 끝날 수도 있었다.

웬디가 차에서 내리자마자 나는 전화를 받았다. 당연히 브록은 화가 난 듯한 목소리로 물었다. "어디야? 7시에 여기 오는 줄 알았는데."

"그게." 내가 말했다. "계획이 좀 바뀌었어."

"알았어. 그럼, 언제쯤 도착해?"

나는 이제 곧 모퉁이만 돌면 도착한다고 말하고 싶었지만, 현실은 몇 시간 거리만큼이나 떨어져 있었다. 그리고 그에게 간단히 상황을 설명할 수도 없었다. "오늘 밤엔 못 갈 것 같아."

"왜?"

그에게 사실대로 말할 수 있다면 얼마나 좋을까. 누군가와 지금의 일을 공유한다면 내 마음이 놓일 거다. 하지만 나는 웬디에게 비밀을 지키겠다고 맹세했다. "할 일이 있어. 공부를 좀 해야 해."

"진짜로?" 브록은 화가 난 게 분명했다. "밀리, 오늘 밤에 우리 약속이 있었잖아. 그런데 나한테 말도 없이 나타나지 않은 것도 모자라서 말도 안 되는 핑계를 대는 거야?"

왜 그게 말도 안 되는 핑계라는 건지 이해가 안 됐다. 오늘 밤에 내가 정말 공부해야 하는 상황일 수도 있는 거 아닌가? "내 말 좀 들어봐, 브록…."

"아니, 너나 내 말 들어." 그가 으르렁거리듯 말했다. "그동안 참아왔지만 이제 내 인내심도 바닥이야. 네가 나에 대해 어떻게 생각하는지, 그리고 우리 관계가 어디로 가는 건지 난 알아야겠어. 난 우리 관계를 진전시킬 마음의 준비가 다 되어 있고, 또 내가 시간을 낭비하고 있지 않다는 걸 알고 싶어."

브록은 정말로 정착할 준비가 다 되어 있었다. 그게 그의 약한 심장 때문일 수도 있고, 아니면 많은 사람들이 서른 즈음에 느끼는 말로 설명하기 힘든 어떤 갈망 때문일 수도 있다. 확실한 건 그가 장난으로 이 관계를 이어가고 있는 건 아니라는 것이다. 나도 그를 진지하게 받아들일지 아니면 놓아줄지 결정을 내려야 했다. 그게 옳은 일이었다.

"넌 시간 낭비하는 게 아니야." 내가 전화기에다 대고 중얼거렸다. "약속할게. 지금 나한테 닥친 일이 좀 정신이 없지만, 맹세컨대 난 정말로 널 마음에 두고 있어."

"정말이야? 가끔은 정말 그런 건지 확신이 안 들어."

나는 그가 뭘 원하는지 알았다. 그리고 내게는 두 가지 선택지가 있다는 것도. 그가 듣고 싶어 하는 말을 해주거나 아니면 우리가 헤어지거나.

하지만 나는 그와 헤어지고 싶지 않았다. 내가 지금 하려고 하는 말이 온전한 진심이 아니라고 해도, 브룩은 정말 좋은 사람이다. 그와 함께하는 삶은 내가 항상 원하던 거였다. 그리고 나는 그를 잃고 싶지 않았다.

"난 정말로 널 마음에 두고 있어." 나는 심호흡을 하고 말했다. "난… 널 사랑해."

남자친구에게서 투지가 빠져나가는 소리가 내 귀에 들리는 것만 같았다. "나도 사랑해, 밀리. 정말 사랑해."

"그리고 우리 진지한 얘기 좀 해." 나는 그에게 내 모든 걸 말해야 했다. 조만간. 더는 일어나고 말 일을 기다리고만 있을 수는 없었다. 모든 걸 털어놓고서 그래도 그가 여전히 나와 함께하고 싶은지 확인해야 했다. "일이 정리되는 대로. 다음 주에. 괜찮지?"

"알았어." 브룩이 말했다. 그가 지금 당장에는 내가 뭐라고 하든 동의하리란 걸 나는 알았다. "그리고 혹시 공부가 끝나게 되면 내일 저녁 같이 먹을 수 있어? 그다음엔 우리 집에서 같이 자고."

우리는 항상 그의 집에서 밤을 보냈다. 솔직히 그의 집이 더 좋고 훨씬 편한 건 사실이니까. 근데 왜 내 집에 갈아입을 옷과 심장약 한 병을 항상 놔두는 건지 모르겠다. "그래. 그러자."

"사랑해, 밀리."

어느새 우리가 전화 통화를 마무리할 때 하는 인사말이 정해졌다. "나도 사랑해."

전화를 끊고서도 여전히 마음이 편치 않았다. 당장 남자친구가 떠나지는 않았지만, 그게 얼마나 더 오래 갈 수 있을까? 그는 나를 사랑한다고 말하지만, 가끔은 그가 내가 어떤 사람인지 거의 모른다는 느낌이 들었다.

하지만 어쩌면 모든 게 괜찮을지도 몰랐다. 그가 나에 대한 진실을 알고 나서도 여전히 나를 사랑할지도 모른다. 그리고 우리는 교외에 집을 사고, 거기서 아이들을 키우며 평범하고 완벽한 삶을 함께할 수 있을지도 모른다.

하지만 나는 그런 일이 내게 절대 일어나지 않을 것만 같았다. 나는 평범하거나 완벽했던 적이 한 번도 없었고, 그런 내 인생에서 나를 이해해 준 남자는 단 한 사람뿐이었다.

29

모든 조건이 완벽했더라면, 서너 시간이면 도착했을 것이다. 하지만 교통 체증 때문에 결국 다섯 시간이 넘게 걸렸고, 거기에 맥도날드에 들르는 바람에 30분이 더 걸렸다. 그래도 그럴만한 가치가 있었던 건, 웬디가 쿼터파운드 햄버거와 미디엄 사이즈 프렌치 프라이를 게걸스레 먹어 치웠기 때문이었다. 지금은 밤 9시가 지난 시간인지라 돌아갈 때는 아마 세 시간이면 충분할 것이다.

올버니에 가까워졌을 때, 나는 고속도로를 빠져나와 한 모텔에 차를 세웠다. 그곳은 정확히 우리가 찾던 그런 모텔이었다. 깜빡이는 네온사인 간판에 딱 봐도 저렴해 보이는 곳이었다. 객실들은 외부에 문이 달려있어서 웬디는 로비를 거치지 않고도 곧장 방으로 갈 수 있었다. 나는 한산한 주차장에 차를 세웠다.

"자." 내가 말했다. "도착했네요."

"네…." 웬디와 나는 이동하는 동안 거의 말을 하지 않고 조용히 음악을 들으며 왔었다. 그런데 지금 웬디의 눈에는 불안감이 가득했다. "밀리, 어쩌면 이건 실수일지도 몰라요."

"실수 아니에요. 당신은 분명 옳은 일을 하는 거예요."

"그는 나보다 똑똑한 사람이에요." 그녀는 두 손을 꽉 쥐며 말했다. "더글러스는 천재고 돈도 엄청 많아요. 그가 날 찾아낼 거예요. 모든 모텔을 조사할 거고, 모텔 프런트에 있는 남자는 아마 나에 대한 모든 걸 그에게 말할 거예요."

"아뇨, 안 그럴 거예요." 내가 단호하게 말했다. "제 이름으로 방을 예약할 거니까요, 알겠죠? 아무도 당신을 보지 못할 거예요."

웬디는 여전히 공황 발작 직전의 표정을 하고 있었지만, 심호흡을 몇 번 하고는 마침내 고개를 끄덕였다. "알겠어요, 당신 말이 맞는 거 같아요."

웬디가 핸드백에서 현금을 꺼내 내게 건넸고, 나는 차에서 내려 모텔 프런트로 갔다. 프런트에서 일하는 20대 초반의 남성은 덥수룩한 수염에 오른손에는 휴대전화를 들고 있었는데, 야간 근무를 하게 돼서 그런지 그다지 유쾌한 표정은 아니었다.

"안녕하세요." 내가 말했다. "방을 예약하고 싶은데요."

그는 휴대전화에서 고개를 들지 않았다. "사진이 들어간 신분증 주세요."

이럴 줄 알았기 때문에 웬디가 직접 방을 예약하지 못 하게 했던 것이다. 내 운전면허증을 건네는 순간에는 어딘가 불안한 마음이 들었다. 아마도 내 면허증은 이 모텔 컴퓨터의 하드디스크에만 저장될 것이다. 하지만 그가 웬디가 생각하는 것만큼 똑똑하다면, 혹시라도 이 퍼즐 조각들을 맞춰낼 수도 있을지도 몰랐다.

그렇게 되면 나는 심각한 위험에 처할 수도 있다.

다행히도 그는 별말 없이 현금을 받았고 우리는 이곳에서 흔적을 남기지 않고 무사히 통과할 수 있을 것 같았다.

"207호실입니다." 남자가 뒤에 걸려 있던 열쇠를 하나 집어서 내밀었다. 정말 옛날 방식 그대로였다.

"건물 뒤쪽이에요."

"좋네요." 내가 말했다.

그가 윙크를 하며 말했다. "그걸 원할 거라고 생각했죠."

나는 속으로 신음했다. 물론 이 남자가 늦은 밤에 혼자서 방을 구하는 여자인 나를 전혀 기억 못 할 가능성은 없겠지만, 나로서는 그 기억이 너무 강하지 않기만을 바랐다.

나는 모텔 방 열쇠를 들고 차로 되돌아갔다. 야구 모자를 눌러 쓴 웬디가 조수석에서 내렸다. 가까운 시일 내에 머리를 자르고 염색하는 게 좋을 것이다. 하지만 지금 당장은 야구 모자로도 충분했다.

"정말 고마워요." 웬디가 눈물이 그렁그렁한 채 말했다. "당신이 내 목숨을 구해줬어요, 밀리."

"대단한 일도 아닌데요, 뭐."

그녀는 나를 응시했다. "우리 둘 다 알잖아요, 그게 사실이 아니라는 걸."

나는 그녀가 트렁크에서 가방을 꺼내는 것을 도와주었고, 우리는 잠시 한적한 주차장에 서서 서로를 바라보았다. 내가 웬디를 다시 볼 수 있을지 어떨지 알 수 없었다. 나는 그러지 않길 바랐다. 왜냐하면 내가 그녀를 다시 보게 된다면 이 모든 계획이 실패했다는 뜻이 되니까.

“고마워요.” 그녀가 다시 한번 말했다. 그리고 내가 전혀 예상 못 하는 사이 그녀는 나를 팔로 감싸안았다.

나는 다시 한번 그녀의 몸이 얼마나 연약한지를 실감하며 놀랐다. 그녀가 앞으로 몇 년 동안 맥도날드를 많이 먹기를 바랐다.

“행운을 빌어요.” 내가 말했다.

“조심해요.” 그녀가 쉰 목소리로 말했다. “더글러스는 나를 찾으러 올 거고, 그는 하나도 남김없이 일일이 조사할 거예요.”

“전 그를 상대할 수 있어요. 확실해요.”

웬디는 내 말을 믿지 않는 표정이었지만, 차 트렁크에서 짐가방들을 꺼내 들었다. 나는 그녀가 모텔 뒤편에 있는 207호실 방향으로 걸어가는 것을 지켜보았다. 웬디가 시야에서 사라지자 조용히 운전석에 올라 차를 돌려 집으로 향했다.

30

시내로 돌아왔을 때는 자정이 거의 다 되어 있었다.

처음 출발할 때와는 대조적으로 거리는 한산했고, 초록색 신호에 천천히 출발해도 경적을 울리는 사람이 없었다. 수요일 밤 자정에는 아무도 밖을 돌아다니지 않았다.

해피렌터카는 자정 이후에 차량을 반납하면 하루치 요금을 추가로 부과하기 때문에 때맞춰 렌터카 사무실에 도착해야 했다. 자정까지 5분을 남기고 주차장에 도착했다. 나는 렌터카 직원들이 괜히 나를 힘들게 하지 않기를 바랐다.

렌터카 카운터에는 세 시간 전 모텔에 있던 남자 직원만큼이나 의기양양하고 열정적으로 보이는 한 남자가 있었다. 나는 카운터에 현대차 열쇠를 내려놓고서는 그를 향해 밀었다.

"자정 전이에요." 내가 그에게 알려주었다. "그러니 하루 빌린 거예요."

나는 어떤 논쟁이 벌어지리라 예상했지만, 남자는 그저 어깨를 으쓱하더니 열쇠를 받았다. "알겠습니다." 그가 말했다.

나는 하품을 했다. 거의 여덟 시간 동안 꼬박 운전한 피로가 이제야 느껴지기 시작했다. 얼른 침대에 눕고 싶었다. 다행히 내일은 수업이 없어서 늦잠을 잘 수 있다. 그리고 분명 내 청소일도 더는 없을 것이다.

하지만 다시 거리로 나서는 순간, 이 시간에 차를 반납한 것이 현명한 선택인지 의문이 들었다. 이제 사우스 브롱크스로 돌아가야 하는데 내게는 차가 없었다. 나 하나쯤은 스스로 보호할 수 있다는 자신감이 있었지만, 이 시간에 지하철을 타는 게 좋은 생각인지 확신이 서지 않았다. 주말이라면 모르겠지만, 수요일 밤이라면 강도들과 강간범들 그리고 나만 전철 칸에 있을 것이다.

그렇다고 택시를 부를 수도 없었다. 내게는 더 이상 직장도 없었다.

해피렌터카에서 한 블록 떨어진 길모퉁이에 서서 선택지를 고민하고 있는데, 전조등 불빛이 거리를 비추었다. 나는 때마침 고개를 돌려 내 쪽으로 다가오는 차 한 대를 발견했다. 전면 그릴에 마쓰다 로고가 있는 검은색 세단이었다.

그리고 금이 간 오른쪽 전조등.

나는 번호판을 제대로 보기도 전에 그 차가 지난 몇 달 동안 나를 따라다녔던 차라는 것을 알 수 있었다. 오늘 오후에 웬디를 차에 태우고 운전할 때 내 뒤에 있던 바로 그 차였다. 그리고 이제 그들은 혼자 있는 나를 발견했다. 한적한 길모퉁이에서. 한밤

중에.

마쓰다가 길가에 멈춰 섰다. 내 눈에는 운전석에 앉은 남자의 실루엣만 간신히 보일 뿐이었다. 엔진 시동은 꺼졌지만, 전조등은 내가 얼굴을 돌려야 할 정도로 환하게 내가 있는 쪽을 비췄다.

그리고 그 순간, 차 문이 벌컥 열렸다.

31

나는 싸워보지도 않고 당할 생각은 없었다.

나는 호신용 스프레이를 찾아 핸드백을 미친 듯이 뒤졌다. 스프레이 액은 제이비어에게 처음으로 뿌린 후 아직 조금 남아 있었다. 더글러스라면 내게서 어떤 정보도 빼내지 못할 것이다. 그리고 제이비어라면 다시금 자빠트릴 수 있었다. 나는 두렵지 않았다.

하지만 남자가 차에서 내릴 때 내 심장은 격렬하게 방망이질했다.

내 손가락들이 호신용 스프레이에 가닿았다. 나는 노즐에다 손가락을 가져다 댄 채 스프레이를 꺼냈다. "가까이 오지 마!" 나는 어두운 그림자를 향해 식식거리는 소리를 냈다.

그림자가 천천히 손을 공중으로 들어 올렸다. 익숙한 목소리가 말했다. "쏘지 마, 밀리."

나는 그 목소리를 바로 알아챘다. 한순간 따뜻한 기운이 밀물처럼 밀려왔고 나도 모르게 얼굴에 미소가 피어올랐다. 나는 호신용 스프레이를 아래로 내리곤 여전히 두 손을 공중으로 올린 채 서 있는 남자에게로 내달았다.

"엔조!" 나는 그를 안으며 외쳤다. "세상에!"

그도 나를 끌어안았다. 나는 잠시 전 남자친구의 따뜻한 품에 안겨 오로지 순수한 기쁨만을 느꼈다. 그가 나를 그렇게 안아줄 때면 언제나 깊은 안전감을 느꼈다. 언제 다시 그의 품에 그렇게 안길 수 있을지 알 수 없었다. 그런데 지금, 그가 여기 있었다. 그의 넓은 어깨, 짙은 검은색 머리카락, 날카로운 눈빛. 그리고 내가 가장 좋아하는 그의 미소. 나를 바라보며 짓는 그 미소는, 마치 내가 그에게 대단한 존재라도 되는 것처럼 느끼게 만들었다.

"밀리." 그가 내 머리칼에다 대고 속삭였다. "돌아오게 돼서 너무 기뻐."

"언제 돌아왔어?"

그는 잠깐 머뭇거렸다. "석 달 조금 넘었어."

아름다운 재회를 위한 배경 음악이 있었다면, 이 순간 그 음악이 뚝 멈췄을 것이다. 나는 입을 딱 벌린 채 엔조에게서 떨어졌다. "석 달 전이라고?"

지난 몇 달 동안 나는 누군가가 나를 미행하고 지켜보는 듯한 느낌을 받았다. 그게 제이비어나 더글러스라고 생각했지만 둘 다 아무런 관련이 없었다. 처음부터 엔조였다. 엔조가 오른쪽 전조등이 금이 간 검은색 마쓰다의 소유자였다. 나는 그를 보자 너무 흥분해서 뻔한 사실을 외면하고 있었다.

"날 스토킹한 게 너였어!" 나는 그의 팔을 찰싹 때렸다. "믿을 수가 없네! 대체 왜 그랬어?"

"스토킹이 아니야." 그는 턱에 힘을 주었다. 그런 그의 섹시함이 내 집중력을 흐트러지게 했지만, 나는 넘어가지 않으려고 노력했다. 지금 나는 이 남자에게 화를 내는 중이니까. "스토킹이 아니라 보디가드야."

"보디가드?" 나는 가슴 위로 팔짱을 꼈다. "그건 변명거리로는 좀 약한데. 왜 그냥 나한테로 바로 와서 인사하지 않았어? 석 달 동안 날 따라다닐 거 없이?"

"왜냐하면…." 그는 까만 눈을 내리깔며 말했다. "네가 나한테 엄청 화가 나 있을 줄 알았어. 내가 네가 원할 때 돌아오지 않아서."

"맞아. 화가 많이 났었어. 언제 돌아오냐고 물었는데 넌 대답도 안 해줬잖아."

"하지만, 밀리, 난 그럴 수가 없었어. 우리 엄마는… 난 엄마의 전부였고 엄마는 너무 아팠어. 어떻게 엄마를 떠날 수 있었겠어?"

"지금은 엄마를 떠났네, 뭘." 내가 지적했다.

"그래." 그는 얼굴을 찡그렸다. "돌아가셨으니까."

순식간에 내가 나쁜 사람이 된 것 같았다. "그건 정말 유감이야, 엔조."

그는 잠시 조용해졌다. "그래."

"내가…." 나는 목 안에 생겨난 작은 덩어리를 삼켰다. "나한테 말했으면 내가 네 곁에 있어 주었을 텐데. 그런데 넌 그냥… 나와의 연락을 끊어 버렸어! 그건 너도 알잖아."

"난 돌아올 수가 없었어." 그는 이를 악물었다. "내가 네게 말한 건 그게 전부야. 더 이상 널 사랑하지 않는다고 말한 적 없어." 그가 나를 쏘아보았다. "우리 관계를 끝내고 싶었던 사람은 바로 너야. 브로콜린지 뭔지 하는 놈과 사귀기 시작한 건 너라고."

나는 눈을 굴렸다. "그 사람 이름은 브록이야."

"내 말은, 우리 관계를 정리하고 앞으로 나아가고 싶어 한 게 너였다는 거야. 내가 아니라. 난 여전히… 난 널 사랑하기를 멈춘 적이 없어."

나는 코웃음을 쳤다. "아, 그거네. 나랑 헤어진 이후로 네가 다른 여자와 사귀지 않았다는 걸 내가 믿길 바라는 거네."

"사귄 적 없어. 다른 여자는 없었어."

그의 눈이 내 눈과 마주쳤다. 그는 진심이었다. 엔조는 적어도 내게 거짓말을 할 사람이 아니다. 하지만 내 생각이 틀렸을 수도 있다. 나는 그가 스토커 짓을 할 사람이라고 생각한 적이 없었으니까.

"그런 식으로 날 따라다니지 말았어야지." 내가 단호하게 말했다. "그거 소름 끼쳤어. 다시 돌아왔다고 나한테 말했어야지."

"그래야 나한테 꺼지라고 말할 수 있으니까?" 그는 검은 눈썹을 위로 치켜세웠다. "어쨌든, 내가 앞서 말했듯이, 난 보디가드야. 네겐 보디가드가 필요해."

"필요 없어, 진짜로. 내 몸은 내가 알아서 챙길 수 있어."

이제 엔조가 코웃음 칠 차례였다. "아, 그러셔? 넌 사우스 브롱크스의 그 끔찍한 동네에 살고 있잖아. 그런데도 그렇게 생각해?

장담컨대, 내가 보디가드가 되어 네 뒤에 있지 않았다면, 네가 전철역에서 아파트까지 무사히 도착하지 못했을 날이 적어도 한 번은 있었어."

목 뒷덜미의 모든 털이 일어섰다. 그 말이 사실일까? 정말로 내가 모르는 사이에 어딘가 어둠 속에 숨어서 나를 노리던 위험을 그가 먼저 알아채고 막아준 걸까?

"네가 말한 것처럼, 나한테는 남자친구가 있어." 내가 조용히 말했다. "그리고 필요하면 그가 날 보호해 줄 수 있어. 여하튼 고마워."

"그가 제이비어 마린에게서 널 지켜준 것처럼?"

엔조의 입에서 그 남자의 이름이 나오자 나는 얼굴을 한 방 얻어맞은 것 같았다. "무슨 뜻이야 그게?"

어둠 속에서도 주먹을 불끈 쥐고 있는 엔조의 두 손이 보였다. "그 자식이… 널 공격했어. 아파트 안에서 벌어진 일이라 난 그를 막을 수가 없었어. 그리고 경찰은 놈을 그냥 풀어줬어. 아무 처벌도 없이. 그리고 네 남자친구 브로콜리는…."

내 얼굴이 화끈거렸다. "브록이야."

"미안해. 그래 브록." 그의 목소리는 분노로 물들어 있었다. "브록은 아무것도 하지 않았어. 아무것도. 자기 여자친구를 공격한 남자가 여전히 밖을 돌아다니는데도 신경도 안 써. 그는 그냥 외면했어! 하지만 난— 난 달라." 그는 주먹으로 가슴을 쳤다. "그래서 나는 그 남자가 마땅히 받아야 할 벌을 받게, 다시는 널 괴롭히지 못하게 만들었어."

갑자기 머릿속이 빙빙 돌았다. 나는 경찰이 발견한 마약이 자기

게 아니라고 고래고래 소리치며 수갑을 찬 채 건물 밖으로 끌려 나오던 제이비어를 떠올렸다. 랜들 부인은 그가 마약을 거래한다는 사실에 모두가 놀랐다고 말했었다. "그럼 네가…."

그는 어깨를 으쓱했다. "아는 사람이 한 명 있어."

엔조 덕분에 제이비어가 감옥에 갇혀 있는 거였다. 그가 아니었다면 그 남자는 여전히 거리를 활보하고 있었을 것이다. 엔조 말이 맞았다. 브록은 아무것도 하지 않았다.

갑자기 머릿속이 엉망진창이 되었다.

"가자." 그는 마쓰다를 향해 손을 내저었다. "내가 집까지 태워다 줄게. 그동안 내가 싫은지 아닌지 다시 생각해 봐."

괜찮은 생각이었다.

나는 조용히 조수석에 탔다. 차에서는 엔조 냄새가 났다. 그가 항상 풍기는 숲에서 나는 것 같은 향기. 나는 눈을 감고 과거를 회상했다. 왜 그가 떠나야만 했을까? 왜 이제야 다시 나타나서 상황을 복잡하게 만드는 걸까? 그는 너무 큰 잘못을 저질렀다. 난 그를 그냥 용서할 수가 없었다.

아니… 용서해도 되지 않을까?

"그래서." 시내로 차가 움직이기 시작할 때 그가 말했다. "오늘은 어딜 가느라 그렇게 급하게 운전한 거야?"

나는 청바지에서 삐져나온 실밥을 만지작거리며 말했다. "마치 모르는 것처럼 말하네."

"내가 모든 걸 아는 건 아니야, 밀리." 그는 내 쪽을 흘긋 쳐다보았다. 그의 얼굴은 그림자에 일부 가려져 있었다. "말해줘."

나는 지금까지 있었던 일들을 말하기 시작했다.

32

나는 그에게 모든 것을 말해주었다. 더글러스의 학대와 웬디의 탈출에 관한 모든 것을.

나는 웬디에게 아무에게도 말하지 않겠다고 약속했지만, 엔조는 아무나가 아니다. 우리는 웬디와 같은 여성들을 돕는 일을 함께 해왔다. 이 세상에서 이런 이야기를 믿고 털어놓을 단 한 사람이 있다면, 바로 엔조였다.

내가 사는 아파트에 거의 도착해서야 이야기가 끝났다. 엔조는 별다른 말을 하지 않았다. 엔조는 늘 그랬다. 나는 엔조만큼 집중해서 들어주는 사람을 본 적이 없다. 내 말을 진지하게 들어주는 건 좋았지만, 동시에 그가 무슨 생각을 하는지 도통 알 수 없어서 답답하기도 했다.

"그렇게 된 거야." 나는 웬디를 모텔에 내려주고 운전해서 시내로 돌아온 상황을 설명한 후 말했다. "이제 웬디는 안전해."

엔조가 침묵 끝에 입을 열었다. "어쩌면."

"어쩌면이 아니야. 그녀는 정말 안전해."

"그 남자, 더글러스 개릭이라는 사람 말이야." 그가 말했다. "그는 힘 있고 위험한 인물이야. 이렇게 쉽게 끝날 것 같지가 않아."

"내가 네 도움 없이 해냈기 때문에 그렇게 말하는 거잖아. 넌 내가 너 없이 이런 일을 해낼 수 없다고 생각하니까."

그는 아파트 건물 앞 도로에 차를 세웠다. 길은—한 모퉁이에서 아마도 담배가 아닐 무언가를 피우고 있는 한 남자를 제외하고는—완전히 조용하고 어두웠다. 이곳 거리만 두고 보면 엔조가 왜 나를 보호해야 한다고 느꼈는지 알 것 같다. 하지만 나는 여전히 그럴 필요가 없다고 생각했다.

그는 고개를 돌려 내 눈을 들여다보았다. "난 네가 무엇이든 할 수 있다고 믿어." 그가 조용히 말했다. "하지만, 밀리, 내 말은… 조심하라는 거야."

"웬디는 충분히 조심하고 있어."

"아니." 그의 까만 눈이 나를 뚫어지게 쳐다보았다. "네가 조심하란 말이야. 그녀는 떠났지만, 넌 아직 여기 있잖아."

나는 그가 무슨 말을 하는 건지 이해했다. 내가 자기 아내의 실종에 연루되었다는 사실을 더글러스가 알게 된다면 그는 나를 심하게 괴롭힐지도 모른다. 하지만 나는 그와 맞설 준비가 되어 있다. 그보다 더 나쁜 놈들을 상대하고 끝내는 승리했던 경험이 내게는 있었다.

"조심할게." 나는 그에게 말했다. "내 걱정하는 건 더 이상 네가 할 일이 아니야. 그러니 날 보호해 줄 필요 없어."

"그럼 누가 보호해 줘? 브로콜리?"

내 얼굴에 열이 후끈 올랐다. "사실, 두 사람 다 날 보호해 줄 필요 없어. 그 자식이 아파트 건물 안에서 나를 공격했을 때 나는 자신을 아주 잘 보호했어. 그러니 내 걱정은 하지 마. 네가 걱정해야 할 게 있다면 그건 더글러스 개릭의 안전이야. 바로 나로부터의 안전."

"음." 그가 말했다. "그것도 포함이지."

우리는 잠시 서로를 바라보았다. 나는 그가 나를 떠나 이탈리아로 돌아가지 않았더라면, 그럼 나와 함께 웬디를 도와줄 수 있었을 것이다. 그가 좀 더 일찍 내게 망설임을 털어놓았더라면 우리가 함께 방법을 찾을 수도 있었을 것이다. 웬디가 더 많은 선택권을 가질 수 있도록, 그녀에게 새 신분증 구해줄 수도 있었을 것이다.

그리고 오늘 밤 브로콜리… 아니, 브록이 아닌 그와 함께 집으로 가고 있었을 것이다.

"그만 가야겠어." 내가 말했다.

그는 천천히 고개를 끄덕였다. "알았어."

나는 차에서 내리고 싶지 않다는 마음을 누르며 안전벨트를 풀었다. "이제 나 그만 따라다녀."

"알았어."

"진심이야." 나는 그를 노려보았다. "난 지금 다른 사람을 만나고 있어. 넌 지금 나를 스토킹하는 거야. 그건 소름 끼치고 불필요한 일이니까 그만둬. 안 그러면… 경찰을 부르든지 할 거야."

"알았다고." 그는 가슴에 손을 얹었다. 그는 재킷 안에 얇은 티셔츠를 입고 있었는데, 슬프게도 그 티셔츠 아래에 있는 근육이 훤히 다 보였다. "약속할게. 더 이상 지켜보지 않을게."

"좋아."

나는 더 이상 누군가가 나를 지켜보고 있는 것 같은 소름 끼치는 느낌을 받지 않을 것이다. 전조등에 금이 간 검은색 마쓰다에 관한 미스터리가 공식적으로 해결되었고, 그 차는 더 이상 나를 괴롭히지 않을 것이다. 안도감이 들어야 했지만 실은 그렇지 않았다. 오히려 더 불안한 기분이 들었다. 내게 수호천사가 있었는데, 나는 그걸 몰랐던 거였다.

"뭐 어쨌든…." 나는 조수석 쪽 문을 열었다. "이제 작별이네."

차에서 내리려고 하는데 엔조의 손이 내 팔을 잡았다. 고개를 돌려 그를 바라보자, 그는 짙은 두 눈썹을 찌푸리며 말했다. "내 전화번호는 아직 그대로야. 내가 필요하면 전화해. 바로 갈게."

나는 억지로 미소를 지어 보이려 애썼지만, 잘되지 않았다. "난 너 필요 없어. 넌… 다른 여자친구나 찾아봐. 진심이야."

그는 내 팔을 놓으며 말했다. "전화해. 기다릴게."

엔조는 내가 자기에게 전화할 거라고 아주 강하게 확신하는 것처럼 보였다. 미치고 팔짝 뛸 일이었다. 그가 나에 대해 한 가지 알아야 할 것이 있는데, 그건 나에게 나 자신을 지킬 능력 정도는 충분히 있다는 것이다. 가끔은 그게 지나쳐서 문제였다.

하지만 3층까지 계단을 올라가는 동안, 끔찍한 불안감이 가슴 한가운데서 밀고 올라왔다. 엔조의 말이 맞다면? 내가 더글러스 개릭을 과소평가한 거라면? 어쨌든 그는 내 눈으로 본 것만으로도 정말 끔찍한 인간이었다. 게다가 엄청나게 부자이기도 했다.

웬디가 그에게서 도망치는 게 그렇게 쉬울 리가 없었다. 엔조와 나는 폭력적인 배우자들로부터 도망치는 여자들을 도울 때 아주 치밀하게 계획을 세웠다. 하지만 그러다가도 가끔 발각되곤 했었다. 더글러스는 우리가 상대했던 다른 많은 남자보다 더 똑똑했다. 지금은 그가 나를 미행한 사람이 아니라는 것을 알게 되기는 했지만, 그에게는 아내를 감시하는 다른 방법들이 있을지도 몰랐다.

그가 오늘 우리가 계획한 일을 정확히 알고 있다면?

3층에 다다랐을 때 그런 생각이 무겁게 나를 짓눌렀다. 길거리와 마찬가지로 아파트 건물 3층은 완전히 고요했다. 엔조가 나와 한 약속을 어기고 밖에서 대기하고 있다고 한들 건물 안에 들어와 있는 나를 도울 수는 없었다.

나는 내 아파트의 닫힌 문을 응시했다. 내부에는 보조 잠금장치가 있지만 외출하고 있을 때는 그걸 잠글 수 없다. 문에 달린 자물쇠는 한심할 정도로 따기가 쉬웠다. 심지어 나도 딸 수 있을 것 같았다. 그래도 신경 쓰지 않았던 건 집 안에 훔쳐 갈 만한 물건이 없기 때문이었다.

누군가 내 아파트 안으로 들어오고 싶다면, 그건 너무 쉬운 일일 것이다.

문 열쇠는 내 오른손에 있었다. 하지만 나는 자물쇠에다 열쇠를 끼우기 걸 주저했다. 더글러스가 정말로 나보다 한발 앞서 있다면 어떻게 되는 거지? 그가 내 아파트 안에서 기다리고 있고, 무슨 수를 써서라도 내게 웬디의 위치를 알아낼 준비가 되어 있다면?

아마 엔조는 멀리 가지 않았을 것이다. 내 휴대전화에는 엔조의 전화번호가 저장되어 있었다. 삭제한 적이 없으니까. 그에게 전화해서 같이 아파트에 들어와 달라고, 안전한지 확인만 해 달라고 부탁할 수도 있었다.

도움은 필요 없다며 일장 연설을 늘어놓은 다음이니, 당연히 그런 부탁을 하는 건 내 자존심에 금이 가는 일이었다. 하지만 나는 살아오면서 그런 일을 많이 해봤다. 한 번 더 한다고 해서 달라질 건 없었다.

나는 열쇠를 주먹으로 꽉 쥐었다. 결정을 내려야 했다.

나는 성가신 의심을 떨쳐내고 열쇠를 자물쇠에 집어넣었다. 열쇠가 회전하는 동안 내 가슴은 쿵쾅댔다. 나는 문을 천천히 밀어서 열었다.

혹시나 무언가가 나를 덮칠지도 모른다. 호신용 스프레이를 미리 꺼내지 않은 나 자신을 원망했다. 하지만 안으로 들어가니 모든 게 조용했다. 아무도 나를 기다리고 있지 않았다. 아무도 나를 향해 달려들지 않았다. 아무도 없었다.

"누구 있어요?" 내가 물었다. 마치 침입자가 대답을 해줄 거라고 기대라도 하는 것처럼.

대답은 없었다. 내 아파트에는 나 혼자였다. 아직은 더글러스가 일의 전모를 알아내지 못한 것 같다.

나는 문을 잠그고 보조 잠금장치를 채웠다.

33

"있잖아." 브록이 팟타이 국수를 포크로 가득 집어 입에 넣으며 말했다. "우리 법률사무소에 파트타임 접수원 자리가 생겼어. 혹시 관심 있어?"

우리 둘은 브록이 사는 아파트의 작은 식탁에서 저녁을 먹고 있었다. 개릭 부부의 집에는 제대로 된 다이닝룸이 있지만, 뉴욕 아파트 대부분은 거실 옆에 간신히 마련된 자리에 아주 작은 식탁이 하나 있는 게 전부였다. 브록의 아파트는 맨해튼 기준으로는 큰 편이었다. 작은 아파트라면 따로 식사 공간도 없고, 내 아파트처럼 주방과 거실, 침실, 욕실이 모두 한 공간에 다닥다닥 붙어 있다.

그렇긴 해도 그는 마음만 먹으면 더 나은 삶을 살 수 있었다. 더글러스 개릭처럼 억만장자는 아니라도 그의 부모님은 부유했고 상류층에 속했다. 하지만 그는 부모님이 아무리 돈을 주려고 해도 받지 않으려 했다. '부모님은 내게 낚시하는 법을 가르쳐 줬어.' 그는 이렇게 말하는 것을 좋아했다. 그는 부모님이 아이비리그 대학과 로스쿨에 다니는 비용을 내준 것만으로도 충분하다고 생각했고, 이제 생계를 꾸리는 것, 즉 물고기를 잡는 것은 자신의 몫이라고 생각했다.

그런 면에서 나는 그가 존경스러웠다. 그는 정말 좋은 남자다. 그리고 지금은 '우리가 이야기해야만 하는 날'의 날짜를 정하라고 압박하지 않아서 고마울 따름이었다. 그래서 그러면 안 되는 건 알지만 지금 같은 상황이면 그 이야기를 무기한 연기할 수도 있을 것 같았다.

나는 새빨간 카레를 흰 쌀밥에 조금 더 섞었다. 나는 이 레스토랑에서 가져온 카레를 아주 좋아하는데, 카레의 매운맛이 언제나 아주 강하기 때문이었다. "비서 일 말이야?"

브록이 고개를 끄덕였다. "일 찾고 있잖아?"

웬디를 올버니에 데려다준 지 사흘이 지났다. 브록에게는 개릭 부부가 더 이상 나를 필요로 하지 않는다는 식으로 모호하게 말했다. 브록은 다른 일이 있다고 의심할 이유가 없었다. 더글러스 개릭은 내일 출장에서 돌아온다. 그 생각만 하면 속이 울렁거렸지만 나는 여전히 모든 게 잘 풀릴 거라고 믿었다.

어쨌든 나는 청소 일을 그만둘 방법을 찾아야 했다. 어쩌면 다음 주에 더글러스에게 문자 메시지를 보내 일정이 꽉 차서 더 이상 일할 수 없다고 통보하게 될 것이다. 그렇게 나는 비참한 실직자가 될 예정이라 정해진 근무시간과 엄청난 부수 혜택이 있는 일자리는 생각만으로도 훌륭했다.

"아주 좋은 거 같은데." 내가 말했다. "근데 접수원 일이 내 학교 일정과 맞을까?"

"말했듯이 파트타임이야." 그가 말했다. "사실 회사는 주말에도 일할 수 있는 사람을 찾고 있으니까, 너한테 완벽하게 맞을 거야."

완벽할 것이다. 정말로 완벽할 것이다. 브록은 자기 회사가 보수가 좋다고 말했었다. 그러면 나는 맨해튼의 신경질적인 부부들을 위해 일할 필요가 없을 것이다.

물론 브록의 회사에서 나를 고용할 생각이라면 신원 조회를 할 것이다. 그리고 그들이 내 과거를 알게 되면 브록도 알게 될 것이다. 회사의 누군가가 브록을 질책하는 건 상상만 해도 끔찍했다. '브록, 네 여자친구한테 전과가 있던데?'

나는 그의 반응을 상상해 보았다. 그의 평소 여유로운 미소가 얼굴에서 사라질 것이다. '네? 무슨 말씀이세요?' 그리고 그가 퇴근하고 집에 돌아왔을 때 우리가 나눌 대화는… 아, 싫다….

미칠 지경이었다. 나는 비밀을 충분히 오래 숨겨왔다. 그리고 내가 엔조에게 그를 '남자친구'라고 말했다는 건 내가 그를 진지하게 생각한다는 뜻이었다. 그건 완전히 솔직해져야 한다는 것을 뜻했다.

"그리고." 브록이 말했다. "다음 달에 부모님이 결혼식을 위해 근처에 오실 거야. 그래서 난…." 그는 어색한 미소를 지어 보였다. "다 모두 함께 저녁을 먹었으면 좋겠어."

"부모님?" 나는 입안에 든 음식을 꿀꺽 삼켰다.

"부모님께 널 소개하고 싶어." 그는 작은 테이블을 가로질러 자기 손을 내 손 위에 포갰다. "내가 사랑하는 여자를 소개해 주고 싶어."

만약 우리가 '사랑해'라고 말하기 경쟁이라도 하고 있었다면, 브록이 10대 1로 나를 압도했을 것이다.

일이 통제 불능 상태로 빠지고 있었다. 더 이상 대화를 미룰 수 없었다. 그에게 모든 걸 말해야 한다. 지금 당장.

"저기, 브록." 나는 포크를 내려놓았다. "너한테 할 말이 있어."

그는 눈썹을 찡그렸다. "응?"

"그게…."

"별로 좋은 게 아닌 것 같은데."

"아니, 그게…." 나는 침을 삼키려 했지만, 목이 너무 건조했다. 물잔으로 손을 뻗었지만, 매운 카레를 먹으면서 다 마셔버려 남은 물이 없었다. "물 좀 더 가져올게."

물잔을 들고 서둘러 주방으로 향하는 나를 브록이 쳐다보고 있었다. 나는 이번 한 번만은 물이 조금 천천히 쏟아지기를 바라며 정수 필터 아래로 물잔을 집어넣었다. 잔에다 물을 채우는 동안 주머니 속에 든 휴대전화가 윙윙거렸다.

웬디의 이름이 휴대전화 화면에 떠 있었다. 나는 우리의 탈출 계획에 문제가 생겨서 그녀가 내 도움이 필요한 상황이 벌어질 것에 대비해 웬디의 휴대전화 번호를 저장해 두었었다. 하지만 웬디는 펜트하우스에 휴대전화를 두고 갔었다. 그런데 왜 지금 전화가 걸려 온 거지?

나는 브록이 듣지 못하도록 목소리를 낮춰 전화를 받았다. 그가 이 일에 관해 단 한마디도 듣지 않는 게 좋다고 생각했다. "웬다." 내가 속삭였다. "무슨 일이에요?"

잠시 전화기 반대편에서는 침묵만이 흘렀다. 그러고 나서는 조용한 흐느낌이 들려왔다. "되돌아왔어요. 그가 날 다시 데려왔어요."

"오 세상에…."

"밀리." 그녀의 목소리가 갈라졌다. "제발 여기로 와줄래요?"

펜트하우스는 브록의 아파트에서 걸어서 15분 정도 거리라 20분 내로 도착할 수 있었다. 하지만 나는 조금 전 내 남자친구에게 오늘 밤 내내 계속될 수도 있는, 진지한 대화를 하자며 먼저 말을 꺼냈었다.

지금 당장은 그에게 웬디만큼 내가 절실히 필요하지는 않다.

"곧 갈게요." 나는 그녀에게 약속했다.

나는 주방에 물잔을 내버려두고 다시 테이블이 있는 곳으로 걸어갔다. 브록은 내가 식탁에서 일어난 이후로 팟타이 국수에 거의 손도 대지 않은 것처럼 보였다. "무슨 이야긴데?" 그가 물었다.

"저기." 내가 말했다. "좀 급한 일이 생겼어. 나… 나 지금 나가봐야 해."

"지금?"

"정말 미안해." 내가 말했다. "우리 내일 밤에 얘기하자. 내가 약속할게."

브록의 아랫입술이 삐죽 튀어나왔다. "밀리…."

"약속할게." 나는 눈빛으로 그에게 간청했다. "그리고… 나 네 부모님 만나고 싶어. 그러면 아주 좋을 것 같아."

마지막 말이 그를 달래주는 것 같았다. "우리 부모님을 만나는 게 긴장되겠지. 하지만, 넌 우리 엄마가 맘에 쏙 들 거야." 그가 말했다. "우리 엄마도 브루클린 출신이거든. 브루클린 대학교를 다니셨고, 또 너랑 억양이 같아."

"난 억양 같은 거 없어!"

"있어." 그는 나를 향해 싱긋 웃었다. "아주 약하게. 그거 귀여워."

"그래, 뭐…."

그는 테이블에서 일어나 내게 손을 뻗었다. 나는 펜트하우스로 당장 달려가고 싶어 안달이 났지만, 그가 나를 안아줄 때 가만히 있었다. "네가 알았으면 해." 그가 말했다. "나한테 너 자신에 관한 어떤 끔찍한 얘기를 해야 한다고 느끼더라도 다 괜찮다는 걸 말이야." 그가 말했다. "무슨 일이 있어도 난 널 사랑해."

나는 그의 푸른 눈을 바라보며 그가 진심이라는 걸 알 수 있었다. "곧 같이 얘기해." 나는 약속했다. "그리고… 나도 널 사랑해."

사랑한다는 말은 할 때마다 조금씩 더 말하기가 쉬워진다.

그는 내 입술에 키스했고, 나는 지금 나가지 않아도 된다면 정말로 좋겠다고 생각했다. 하지만 내겐 선택의 여지가 없었다.

34

엘리베이터의 기어가 평소보다 더 삐거덕거렸다.

나는 엘리베이터가 얼마나 오래되었을지 궁금했다. 1920년대 후반에 가정에서 엘리베이터가 처음 사용되었다는 글을 어디서 읽은 적이 있다. 그러니까 이 엘리베이터가 역사상 가장 오래된 엘리베이터 중 하나라고 해도 아직 100년이 채 안 되었다.

그럼에도 나는 이 오래된 기어들이 모두 녹슬어 멈추는 바람에 엘리베이터 안에 갇힌 채 평생을 보내게 될 것만 같은 불안감이 들고는 했다.

나는 시계를 흘끗 내려다보았다. 웬디가 내게 전화한 지 20분도 채 되지 않았다. 가는 중이라고 알려주려고 다시 전화를 걸었지만, 웬디는 전화를 받지 않았다. 20층에 올라가면 무슨 일이 벌어질지 나는 두려웠다.

마침내 엘리베이터가 멈추고 문이 활짝 열렸다. 해가 진 후라서 펜트하우스는 어둠에 잠겨있었다. 왜 아무도 불을 켜지 않았지? 무슨 일이 벌어지고 있는 거야?

"저기요?" 내가 소리쳤다.

그러다 끔찍한 생각이 떠올랐다.

더글러스가 여기 있으면 어떡하지? 웬디를 도와준 나를 벌주려고 그녀로 하여금 강제로 내게 전화하게 해서 나를 이리로 오게 한 거면 어떡하지? 그는 그런 짓을 벌이고도 남을 사람이었다.

나는 핸드백에서 호신용 스프레이를 찾기 위해 손을 더듬거렸다. 콤팩트 옆에 있던 것을 찾아내 오른손으로 꺼내 들었다.

"웬디?" 나는 새된 목소리로 외쳤다.

왼손으로는 휴대전화를 넣어둔 청바지 주머니로 손을 뻗었다. 경찰에 신고하고 싶지는 않았지만, 동시에 내가 이 펜트하우스에서 발견하게 될 게 끔찍하리라는 예감이 들었다.

나는 거실로 들어섰다. 조용하고 텅 빈 아파트에서 내 발소리는 총소리만큼이나 크게 들렸다. 카펫을 물들이고 있는 붉은 얼룩이 눈에 들어왔다. 내 심장이 우뚝 멈췄다. 그러고 나서 나는 소파에 널브러져 있는 사람을 발견했다.

"웬디!" 나는 소리쳤다.

이건 내가 생각했던 것보다 훨씬 더 심각한 상황이었다. 더글러스는 아내를 찾거나 복수를 하려는 게 아니었다. 그는 이미 아내를 찾았고 지금 그녀는 소파에 죽은 채로 누워 있다. 나는 그녀의 가슴께에 칼에 찢어진 상처가 있고 진한 파란색 드레스 앞부분이 진홍색으로 얼룩져 있을 거라 생각하며 그녀 쪽으로 달려갔다. 하지만 그런 건 하나도 보이지 않았다.

그녀가 눈을 떴다.

"웬디!" 나는 심장마비로 쓰러질 것만 같았다. 심장이 미친 듯이 불규칙한 리듬으로 뛰어서 브록이 먹는 심장약이 나한테 있었으면 좋겠다 싶었다.

"하느님 맙소사! 전 당신이—"

"죽은 줄 알았다고요?" 그녀가 소파에 똑바로 앉았다. 그러고 나자 나는 바닥에 진홍색으로 물든 것이 테이블 위에 엎어진 잔에서 쏟아진 레드와인이라는 것을 알아차렸다. 그녀가 씁쓸하게 웃으며 말했다. "그랬으면 좋았을 텐데요."

나는 그녀의 몸에서 상처나 피를 찾는 데 너무 집중한 나머지, 마지막 멍이 거의 사라진 왼쪽 뺨에 새 멍이 생겨난 것을 미처 눈치채지 못했다. 나는 그 멍을 보고 움찔했고, 그게 생겨난 이유를 상상만 할 뿐이었다.

"당신 얼굴이." 나는 숨을 들이쉬었다.

"최악은 그게 아니에요." 웬디는 소파에 몸을 기댔고, 움찔하며 갈비뼈를 움켜쥐었다. "그가 확실히 갈비뼈를 부러뜨렸네요."

"병원에 가야 돼요!"

"절대 안 돼요." 그녀가 나를 쏘아보았다. "하지만 얼음찜질은 도움이 되겠죠."

나는 주방으로 달려가 냉장고에 있는 아이스팩을 찾아냈다. 그러고는 마른행주로 아이스팩을 덮은 다음 그녀에게 가져다주었다. 그녀는 그걸 고맙게 받아 들고서는 어디에 놓을지 잠시 고민하다가 마침내 가슴에 올려놓았다.

“그가 날 기다리고 있었어요.” 그녀는 속삭이듯 작은 목소리로 말했다. “포츠담에 있는 피오나의 농장에 도착했을 때, 그는 이미 그곳에서 기다리고 있었어요. 그는 알고 있었어요.”

나는 고개를 저었다. 어떻게 그럴 수 있는지 이해가 안 갔다. 그가 언젠가는 피오나를 찾아낼 거라고 예상은 했지만, 그렇게나 빨리?

“어떻게 날 그렇게 빨리 찾아냈는지 모르겠어요.” 그녀는 두통을 떨쳐내려는 듯 눈을 감았다. “그가 언젠가는 날 찾아낼 수도 있을 거라 생각했지만, 그렇게 빨리 찾을 거라곤 생각 못 했어요. 내게 시간이 좀 더 있을 줄 알았어요….”

“그러게요….”

“밀리.” 그녀가 몸을 움직이는 바람에 얼음팩이 제자리에서 미끄러져 내렸다. “우리가 어디로 간다고 누구한테라도 말했어요?”

“절대로 아니에요!”

엔조에게 말했기 때문에 그 말은 사실이 아니었다.

하지만 엔조에게 말하는 건 아무에게도 말하지 않은 것과 마찬가지였다. 엔조는 이런 일에 대해 절대 입도 뻥긋 안 할 사람이다. 오히려 그녀를 보호하려고 들었을 것이다.

“그에게서 벗어날 수 있다고 생각한 내가 어리석었어요.” 그녀는 얼음팩을 조정했다. “이게 내 인생이에요. 내가 그냥… 받아들이면 내 인생이 더 쉬워질 거예요.”

“받아들이면 안 돼요.” 나는 손을 뻗어 그녀의 손을 꽉 잡았다. “웬디, 내가 도울게요. 남은 인생을 그를 참아내면서 보낼 필요는 없어요.”

"당신이 좋은 뜻으로 하는 말인 건 알지만…."

"아뇨." 내 턱이 움찔거렸다. "제 말 들어요. 제가 당신을 도와줄게요. 약속해요."

웬디는 아무 말도 하지 않았다. 그녀는 더 이상 나를 믿지 않는다. 하지만 나는 어떻게든 이 일을 바로잡을 것이다.

나는 웬디를 이렇게 다치게 하고도 더글러스 개릭이 아무런 처벌도 받지 않는 걸 두고 보지 않을 것이다.

35

나는 여전히 개릭 부부를 위해 일하고 있다.

나는 브록에게 그의 회사에서의 면접을 거절하고 개릭 부부를 위해 계속 일하기로 한 진짜 이유를 말할 수가 없었고, 결국 그들이 내가 필요하다는 결정에 이르렀다고만 말해주었다. 그는 더 이상 묻지 않았는데, 그건 내가 계속 그를 피했기 때문이었다.

다음에 그를 만나면 나는 내 과거에 대해 솔직하게 말해야 한다. 이제 때가 되었지만 그렇다고 해서 내가 두렵지 않은 건 아니어서, 지난 며칠은 편의적이게도 '바쁘게' 지냈다. 그에게 '곧' 모든 것을 설명해 주겠다고 약속했지만, 말 그대로 좋은 때라는 건 없었다. 어쩌면 영원히 없을지도 모른다.

하지만 그에게 말해야 한다. 그가 자기 부모님에게 나를 소개하기 전에 그는 진실을 알아야만 한다.

오늘 밤 나는 개릭 부부를 위해 저녁을 준비하고 있었다. 오븐에서 닭가슴살을 굽고 가스레인지에서는 감자를 삶고 있다. 감자는 부드러운 퓌레를 만들기 위해 믹서기에 돌릴 생각이다. 웬디도 그걸 먹는다는 사실을 몰랐다면 그 안에다 침이라도 뱉고 싶었다.

오븐을 확인하는 동안 웬디가 주방을 빼꼼 들여다보았다. 멍든 얼굴이 훨씬 나아 보였고, 걸음을 옮길 때는 더 이상 움찔하지 않았다. 그래서 나는 그녀가 낫고 있다고 생각했다.

"저녁 거의 다 됐어요." 내가 그녀에게 말했다.

그녀는 주방으로 통하는 문간에서 잠시 어정댔다. 그러다 마침내 그녀가 말했다. "밀리, 잠깐 얘기 좀 해요. 거실로 올 수 있겠어요?"

음식은 몇 분 정도 그냥 두고 가도 괜찮을 것 같았다. 그래서 나는 웬디를 따라 거실로 갔고, 그다음엔 거실 한구석에 있는 책상으로 다가갔다. 웬디의 표정이 이상했고, 나는 걱정이 밀려오는 것을 느꼈다. 며칠 전 나는 웬디가 처한 상황에서 벗어날 방법을 찾아주겠다고 약속했지만, 아직 그 약속을 지키지 못했다. 하지만 나는 꼭 그 약속을 지킬 것이다.

나는 엔조의 도움 없이 약속을 지킬 방법을 찾아보려고 애쓰는 중이었다.

"얼마 전 더글러스의 책장에서 뭔가를 발견했어요." 그녀가 내게 말했다. "한번 봐요."

그녀는 계단을 느릿느릿 올라 복도에 있는 책장으로 이동했고, 나는 호기심과 불안감이 뒤섞인 채로 그녀의 뒤를 따랐다. 그녀는 책장에서 사전으로 보이는 것을 꺼내 빈 선반 위에 내려놓았다. 그녀가 사전을 펼쳤을 때 나는 그것의 속이 파내져 완전히 비어 있다는 것을 알아차렸다.

그리고 그 안에는 총이 있었다.

나는 손으로 입을 막았다. "오, 맙소사. 그거 더글러스 거예요?"

그녀는 고개를 끄덕였다. "집 어딘가에 총이 있다는 건 알았지만 어디에 보관했는지는 몰랐어요."

"심지어 잠가놓지도 않았어요?"

"필요할 때 재빨리 꺼내려는 거겠죠." 웬디가 속이 비어 있는 책에서 총을 꺼냈다. 그녀는 한 번도 잡아본 적 없는 사람처럼 어색하게 총을 잡았다. "이게 탈출구예요."

"아니요, 아니에요." 나는 가슴에서 부풀어 오르는 공포를 억눌렀다. "아무리 절박해도 이건 아니에요."

나는 절박함 때문에 극단적인 행동을 한 경험은 많았다. 다시는 그런 길을 가지 않을 것이다. 그리고 그녀도 그런 길을 가면 안 됐다.

하지만 웬디는 내 말을 듣고 있지 않았다. 그녀는 총을 두 손에다 꽉 쥐고서는 방 건너편을 겨누었다. 손가락을 방아쇠에 올리지 않지만, 그녀의 의도는 분명했다.

"제발 그러지 말아요." 내가 그녀에게 간청했다.

"장전도 되어 있어요." 그녀가 말했다. "확인하는 방법을 찾아봤어요. 총알 다섯 발이 들어 있어요."

나는 고개를 가로젓는 걸 멈출 수가 없었다. "웬디, 이러면 안 돼요. 제가 약속할게요."

남편의 주먹에 맞은 왼쪽 광대뼈가 여전히 보라색인 채로 그녀는 고개를 돌려 나를 바라보았다. "나한테 이것밖에 방법이 없어요."

"남은 인생을 감옥에서 보내고 싶어요?"

"난 이미 감옥에 있어요."

"제 말 좀 들어보세요." 나는 최대한 부드럽게 그녀의 손에서 총을 빼앗아서 책상 위에 내려놓았다. "이러면 안 돼요. 다른 방법이 있어요."

"난 더 이상 당신을 믿지 않아요."

나는 웬디가 더글러스의 얼굴에 총을 겨누는 모습을 상상했다. 조금 전 총을 잡던 모습을 생각해 보면 그녀는 어쩌면 아주 가까운 거리에서도 목표물을 놓칠 것처럼 보였다. "이걸 어떻게 쏘는지 알기나 하세요?"

웬디는 어깨를 으쓱했다. "죽이고 싶은 사람을 조준한 다음 방아쇠를 당기면 되는 거겠죠. 그게 로켓 같은 복잡한 기술은 아니잖아요."

"그렇게까지 단순하진 않아요."

웬디의 눈이 커졌다. "밀리, 총 쏴본 적 있어요?"

나는 조금 길게 머뭇거렸다. 그렇다, 나는 총을 쏴본 경험이 조금 있었다. 엔조가 익혀두면 좋은 기술이라고 확신했기 때문에 우리 둘은 사격장에 몇 번 갔었다. 우리는 총기 안전 교육도 받고 자격증도 땄다. 하지만 나는 사격장 밖에서는 한 번도 총을 쏴본 적이 없었다. "그런 셈이죠."

웬디는 의미심장한 표정을 지었다. "밀리…."

"안 돼요." 나는 총을 집어 가짜 사전에다 다시 집어넣고 뚜껑을 닫았다. "그런 일은 없을 거예요."

"하지만—"

웬디가 무슨 말을 하려던 순간 엘리베이터 문이 열리는 소리가 났고, 그녀는 더 이상 말하지 않았다. 나는 재빨리 사전을 집어 원래 있던 선반에 다시 밀어 넣었고, 웬디는 손님방으로 다시 뛰어 들어갔다. 나는 내가 무슨 일을 하고 있었는지 더글러스가 알아채지 못하게 서둘러 계단을 내려갔다.

더글러스가 거실로 들어오다 계단을 내려오는 나를 보고 약간 놀란 표정을 지었다. 그는 짙고 까만 눈썹을 위로 치켜세웠다. "저녁 준비 중인 줄 알았는데요?"

"네, 준비 중이에요." 내가 대답했다. "지금 오븐 안에 있습니다."

"그렇군요…." 그의 깊고 우묵한 두 눈이 주의 깊게 내 얼굴을 살폈다. "그럼, 저녁은 뭐예요?"

"구운 닭가슴살, 감자 퓌레, 삶은 당근이에요." 비록 오늘 메뉴는 더글러스가 직접 세심하게 고른 것이었지만, 나는 공손하게 대답했다.

더글러스는 잠시 생각에 잠겼다. "아내 접시에는 감자를 올려놓지 말아요. 배탈이 나거든요."

"네…."

"그리고 닭고기는 반만 줘요." 그가 덧붙였다. "아내는 몸이 좋지 않아서 많이 먹을 수 없을 것 같아요."

웬디가 먹지 못할 감자에서 물기를 빼며 나는 웬디가 왜 그렇게 고통스러울 정도로 말랐는지를 최종적으로 이해했다. 매일 밤 웬디에게 음식을 가져다주는 사람이 더글러스였다. 그는 웬디의 입에 들어가는 모든 음식을 하나하나 통제했다.

무엇보다도 그는 체계적으로 그녀를 굶기고 있었다. 그건 그녀를 통제하고, 약하게 만들고, 영혼을 죽이는 또 다른 방법이었다.

웬디 말이 맞는다. 이제 그만 끝이 나야 했다.

좋은 점이라면, 이제 내가 감자 퓌레에 편안하게 침을 뱉을 수 있다는 거였다.

36

나는 침대로 들어가면서도 여전히 사전 속에 숨겨져 있던 그 총을 생각했다.

웬디가 내게 그 총을 보여줬을 때 그녀가 내비친 눈빛은 그 뜻이 분명했다. 그녀는 진심이었다. 궁지에 몰려 죽거나 죽이거나 둘 중 하나라는 마음이 된 거다. 이때, 사람은 어리석은 실수를 저지르게 된다.

조만간 나는 엔조에게 전화를 걸어야 한다. 그가 나보다 그녀를 더 잘 도와줄 것이다. 하지만 지금 전화를 할 수는 없었다. 자정이 다 된 시간에 전화해서 내가 그를 원한다는 오해를 하게 하고 싶지는 않았다.

비록 올버니에 다녀온 그날 밤부터 그에 대해 생각이 멈추지 않았지만 말이다.

나는 그가 그렇게 내 앞에서 사라져 버린 일에 대해 여전히 화가 나 있었지만, 그가 그 차에서 나왔을 때 느꼈던 순수한 기쁨은 부정할 수 없었다. 브록에게 그런 감정을 느낀 적은 단 한 번도 없었고 앞으로도 없을 것 같다는 생각이 이제야 들었다.

하지만 그건 브록에게 공평하지가 않은 처사였다. 내 남자친구는 장점이 많다. 무엇보다도 그는 내가 어려운 처지에 있을 때 절대로 나를 저버리지 않을 든든한 사람이다. 그건 내가 확실히 알았다.

그런데도 나는 웬디에게 벌어지고 있는 일을 그에게 말하지 못했다. 그는 즉시 경찰에 신고하고 개입하지 말라고 반응할 것이다. 변호사가 하는 전형적인 생각이다.

귀가 간지럽기라도 한 건지, 브록이 보낸 문자 메시지가 내 휴대전화에 떴다.

【사랑해.】

나는 이를 앙다물었다. 세상에, 이 남자는 나한테 사랑한다고 몇 번이나 말해야 성이 차는 거지? 그는 내가 답 메시지를 보내주길 바라고 있겠지만, 지금 나는 그럴 수가 없다. 나는 '사랑해'라는 말 대신 키스하는 표정으로 사진을 찍어 보냈다. 그는 즉시 답장을 보내왔다.

【귀여워. 네가 여기 나랑 같이 있었으면 좋겠어.】

맙소사. 사실상 그가 내게 하는 모든 말이, 내가 그와 동거하기 위해 이사하지 않았다는 사실에 대한 죄책감을 일깨우는 것이었다.

나는 좌절감에 휴대전화를 옆으로 던져버렸다. 양치질하려고 일어나려는데 전화벨이 울리기 시작했다. 브록일 것이다. 아마도 그는 나보고 자기 집으로 올 수 있냐고 물어볼 것이고 그러면 나는 정중하게 거절할 것이다.

하지만 전화를 건 사람은 브록이 아니라 더글러스였다.

더글러스가 왜 한밤중에 전화한 거지?

나는 심장이 두근대는 가운데 잠시 휴대전화를 응시했다. 더글러스가 한밤중에 전화할 이유가 전혀 없었다. 음성사서함으로 넘어가게 둘까, 생각했지만, 그러는 대신 화면 버튼을 옆으로 쓸어서 전화를 받았다.

"밀리." 그의 목소리는 약간 짧게 끊어지듯 들렸다. "자는 걸 깨운 건 아니죠?"

"아니에요…."

"잘됐네요." 그가 말했다. "이렇게 늦게 전화해서 미안하지만 지금 말하는 게 좋을 것 같아서요. 다음 주부터 나오지 않아도 되요."

"절… 해고한다는 말씀인가요?"

"글쎄요." 그가 말했다. "정확히 말하자면 해고는 아니에요. 당신을 놔주는 거에 가깝죠. 웬디는 상태가 나아진 것 같고, 그리고 집에서 다시 사생활을 누리고 싶다고 하는군요."

"아…."

"당신이 제대로 일을 하지 않은 건 아니에요." 세상에, 고마워라. "부부에겐 사생활이 필요하잖아요. 무슨 말인지 알겠어요?"

나는 그가 하는 말의 뜻을 분명하게 이해했다. 그는 내가 웬디와 대화하거나 그녀를 돕는 것을 원치 않았다.

"이해하죠, 밀리?" 그가 나를 압박하듯 물었다.

"물론이죠." 나는 이를 앙다물며 대답했다. "물론 이해해요."

"좋아요." 그의 어조가 밝아졌다. "그리고 우리 부부를 위해 당신이 해준 모든 것에 대한 감사의 표시로 메츠 경기 티켓 두 장을 주고 싶어요. 좋아하죠? 그렇죠?"

"네." 내가 느리게 말했다. "메츠 좋아해요…."

"좋아요! 그럼, 모든 게 해결됐네요."

"네—에에."

"좋은 밤 보내요, 밀리. 잘 자요."

전화를 끊고서도 내 안에는 불안한 느낌이 계속 남아 있었다. 그와 한 대화 중 뭔가가, 정확히 뭔지 짚어낼 수 없는 무언가가 나를 성가시게 했다. 나는 다시 침대에 누웠고, 그때 내가 잘 때 입는 특대 사이즈 티셔츠를 내려다보았다.

메츠 티셔츠였다.

나는 눈을 들어 건너편 창문을 바라보았다. 늘 그렇듯, 블라인드는 닫혀 있었다. 나는 창문으로 달려가 블라인드 사이로 손가락을 집어넣어 밖을 내다보았다. 밖은 칠흑같이 어두웠다. 불길하게 밖에 서 있는 남자는 한 명도 없었다. 누구도 쌍안경으로 내 창문을 쳐다보고 있지 않았다.

그냥 우연일지도 모른다. 뉴욕 출신이라면 대부분 뉴욕 메츠를 좋아할 것이다.

하지만 그런 게 아니라는 생각이 들었다. 메츠 티켓을 준다고 했을 때 그의 어투에 뭔가가 있었다. '메츠 경기 티켓 두 장을 주고 싶어요. 좋아하죠? 그렇죠?'

세상에, 그가 여기 있는 나를 볼 수 있는 거라면?

하지만 내가 메츠 티셔츠를 입고 자는 게 무슨 대단한 비밀은 아니었다. 어쩌면 내가 어느 한 시점에 그 옷을 입고서 문을 열었는지도 모를 일이었다. 그리고 내가 사귀었던 남자친구들 모두가 이 사실을 알았다. 비록 내 남자친구 목록에는 브록과 엔조 둘밖에 없긴 하지만.

그렇지만 내겐 다른 셔츠도 몇 개 더 있었다. 더글러스는 오늘 밤 내가 뭘 입고 있는지 알고 있었다.

나는 웬디에게 절대 포기하지 않겠다고 맹세했지만, 솔직히 아주 겁이 많이 나는 건 인정해야 했다. 블라인드는 닫혀 있었다. 나는 저녁에, 특히 옷을 갈아입을 때는 절대 블라인드를 열지 않는다.

휴대전화를 집어 들어 브록에게 메시지를 보내려고 하는데 손이 떨려왔다.

【우리 집으로 올래?】

항상 그렇듯이 그는 바로 대답했다.

【가능한 한 빨리 갈게.】

37

나는 세탁한 옷들을 다 개는 대로 브록을 만나 저녁을 먹으러 갈 것이다.

더글러스는 내게 문자 메시지를 보내 마지막 청소 시간을 정해 주었다. 이곳에서의 일이 끝나면 새 직장을 찾아야 하므로 나는 그가 거금의 팁을 주었으면 하고 바랐다. 딱히 큰 기대는 하지 않았지만.

나는 개릭 부부를 위해 일하는 것이 이번이 마지막이라는 게 기뻤다. 웬디를 포기한 건 아니지만 더는 이 집에 있고 싶지 않았다. 더글러스 개릭은 나를 소름 끼치게 하고, 그에게서 최대한 멀어지는 게 좋은 일이었다. 나는 밖에서 웬디를 돕기 위해 할 수 있는 건 뭐든 할 것이다.

오늘 밤, 또 다른 일이 내 마음을 무겁게 짓눌렀다. 이곳 펜트하우스에서의 일이 끝나자마자 나와 브록은 바로 그 '대화'를 할 것이다. 지난 몇 번의 만남 동안 우리는 진지한 대화를 조심스럽게 피했지만, 이제 그런 회피의 시간은 충분했다. 나는 브록의 아파트에서 그에게 모든 걸 털어놓을 것이다. 그야말로 '밀리에 관한 완벽 가이드'가 만들어질 것이다. 그대로 모든 게 끝날 수도 있고, 모든 게 괜찮을 수도 있었다. 어느 쪽인지 알아낼 방법은 단 한 가지뿐이었다.

더글러스의 옷은 대부분 세탁소에 맡겨 드라이클리닝을 하기 때문에 세탁물이라고 해봐야 적은 양의 셔츠, 속옷, 양말이 다였다. 그것들은 심지어 세탁기에 던져 넣을 때도 더러워 보이지 않았다. 옷을 분류해서 각각의 해당 서랍장에 수납하는 동안 나는 책장 속에 숨겨둔 총에 관한 생각을 멈출 수가 없었다.

나는 웬디에게 멍청한 짓은 하지 말라고 신신당부했다. 그녀가 그러겠다고 하긴 했지만, 나는 그녀를 완전히 믿지는 않았다. 그녀는 위태로웠다. 나는 두 손으로 총을 쥐고 있던 그녀의 멍든 얼굴에서 절망감을 읽을 수 있었다. 다음번에 더글러스가 그녀를 화나게 하면 그녀는 그를 쏴버릴지도 몰랐다.

나는 그 개자식이 총을 맞고 죽는 건 개의치 않는다. 하지만 그렇게 되면 그녀는 감옥에 갈 것이다. 그녀는 그가 자신을 학대한 증거를 남기기 위해 의사나 병원을 찾지 않았고, 설령 그런 기록들이 있다 해도 그것만으로는 충분치 않을 수 있었다.

나는 내일 엔조에게 전화하기로 마음을 정했다. 내가 이 상황에서 완전히 손을 떼고 그에게 문제를 해결하도록 맡기는 것이 가장 좋은 방법일지도 모른다. 비록 내가 엔조와 헤어졌더라도 엔조는 기꺼이 웬디를 도와줄 것이다. 그가 그러리라는 걸 나는 안다.

빨래 개는 일을 막 끝냈을 때, 복도 저편에서 요란한 소리가 들렸다. 전에도 여기서 그런 소리를 들은 적이 있었다. 나는 그게 웬디가 다친 소리라는 걸 알아차렸다.

나는 무슨 일인지 보려고 안방에서 나왔다. 언제나 그렇듯 손님방은 문이 굳게 닫혀 있었다. 하지만 안에서 흘러나오는 더글러스의 목소리를 들을 수 있었다.

"방금 신용카드로 청구된 내용을 봤어!" 그의 목소리가 복도를 따라가며 울렸다. "이게 뭐야? 라치폴라에서 점심값으로 80달러를?"

나는 그가 그녀에게 그런 식으로 말하는 건 처음 들었다. 내가 집에 있는 걸 모르는 것 같았다. 나한테 일찍 가라고 말했으니, 내가 이미 나갔다고 생각하고서 자기 아내에게 저런 폭언을 하는 게 분명했다.

"미… 미안해요." 웬디는 제정신이 아닌 것처럼 들렸다. "친구 지젤을 만나서 점심을 먹었는데, 지젤이 일자리를 알아보는 중인지라 내가 점심값을 내겠다고 했어요."

"누가 집을 나가도 된다고 했어?"

"네?"

"누가 집을 나가도 된다고 했냐고, 웬디?"

"난… 난 그냥… 미안해요, 늘 집 안에 있는 게 너무 힘들어서…."

"누군가가 당신을 볼 수도 있었어!" 그가 소리쳤다. "사람들이 당신 얼굴을 봤을 수도 있는데, 그랬으면 그들이 나에 대해 어떻게 생각하겠어?"

"미… 미안해요, 난…."

"미안하겠지. 당신은 아무 생각도 안 해, 그렇지? 당신은 사람들이 날 괴물이라고 생각하길 바라는 거야, 그렇지?"

"아뇨, 그건 사실이 아니에요. 맹세해요."

방안에서는 긴 침묵이 흘렀다. 싸움이 끝난 걸까? 벌컥 문을 열고 안으로 들어가야 하나, 아니면 경찰을 불러야 하나? 하지만 경찰을 부를 수는 없다. 웬디가 그건 안 된다고 내게 말했었다.

뉴욕 경찰국에 아는 친구라도 한 명 있었으면 좋았을 것을….

나는 그들의 말을 듣기 위해 귀를 쫑긋 세운 채 최대한 손님방 가까이 다가갔다. 내가 문을 두드리려는 순간 더글러스가 다시 말하기 시작했고, 이번에는 더 화가 난 목소리였다.

"그 레스토랑은 당신과 친구가 가기엔 너무 로맨틱하지 않나?" 그가 말했다.

"뭐라고요? 아니에요! 그렇지 않아요… 로맨틱하지 않아요…."

"웬디, 난 당신이 거짓말을 하면 항상 알아챌 수 있어. 당신이랑 진짜로 그 비싼 점심을 먹은 사람이 누구야?"

"말했잖아요! 지젤이었어요."

"그렇게 말했지. 이제 내게 진실을 말해. 당신을 뉴욕주 북부까지 태워다 준 그 남자였어?"

나는 방 쪽으로 좀 더 가까이 다가갔다. 웬디는 흐느끼고 있었다.

"지젤이었어요." 그녀는 훌쩍이며 말했다.

"그건 헛소리야." 그가 식식댔다. "내 행실 나쁜 아내가 다른 남자와 시내를 돌아다니는 건 용납할 수 없어! 그건 굴욕적이야."

그때 방 안에서 뭔가 소름 끼치는, 충돌하는 소리가 들렸다. 웬디가 비명을 질렀다.

그가 그녀를 해치는 걸 그냥 보고만 있을 수는 없었다. 뭐라도 해야 했다. 그런데 갑자기 방이 적막같이 조용해졌다.

그리고 방 안에서는 끅끅거리는 소리가 들려왔다.

목이 졸리는 것 같은 소리였다.

더 이상 지체할 시간이 없었다. 그 방에서 무슨 일이 일어나고 있든 나는 그걸 막아야만 했다.

그리고 그 순간 나는 총을 떠올렸다.

38

나는 총이 어디에 있는지 정확히 기억했다.

나는 책장으로 달려가 사전을 꺼냈다. 총은 웬디가 내게 보여주었을 때 있었던 그 파내어진 자리에 그대로 들어 있었다. 나는 살짝 떨리는 손으로 총을 집어 들었다.

손에 쥔 리볼버 권총을 바라보면서 내가 큰 실수를 저지르고 있는 건 아닌지 하는 의문이 들었다. 손님방에서 끔찍한 일이 벌어지고 있긴 하지만, 총을 가져간다고 해서 상황이 나아질지 어떨지 몰랐다. 누군가 총에 맞기라도 하면 상황이 순식간에 나빠질 수도 있었다.

하지만 나는 더글러스를 쏘진 않을 것이다. 그건 선택지가 아니다. 내 의도는 그저 그를 겁주는 것이다. 결국, 총보다 더 무서운 건 없으니까. 나는 상황을 종료시키기 위해 놀라움이라는 요소의 힘을 빌리고 싶었다.

리볼버를 손에 쥔 채 서둘러 어두운 복도를 따라 손님방으로 내려갔다. 싸움은 멈췄고, 방 안은 쥐 죽은 듯 고요했다. 그리고 왠지 그게 그 무엇보다도 가장 무서웠다.

나는 노크를 해야 하나 고민하다 문손잡이를 돌려보기로 했다. 손쉽게 돌아갔다. 문을 밀어 열려는 순간 내 머릿속 어딘가에서 목소리가 들렸다.

총 내려놔, 밀리. 총 없이 상황을 종료시켜. 넌 끔찍한 실수를 하고 있어.

하지만 너무 늦었다.

나는 그대로 손님방 문을 밀고 들어갔다. 눈 앞에 펼쳐진 광경에 숨이 멎을 것 같았다. 더글러스와 웬디. 그는 웬디를 벽에다 밀어붙인 채 두 손으로 그녀의 목을 쥐고 있었고, 웬디의 얼굴은 파랗게 변해가고 있었다. 웬디는 비명을 지르려 입을 벌린 채였지만 아무 소리도 나오지 않았다.

세상에, 그가 그녀를 죽이려 하고 있다.

나는 그가 그녀의 목을 조를지 맨손으로 목을 부러뜨릴지 몰랐지만, 지금 당장 뭔가를 해야 했다. 그냥 거기 서서 그런 일이 일어나도록 내버려둘 수는 없었다. 하지만 나는 과거의 실수로부터 교훈을 얻었다. 내게 총이 있었지만, 그를 죽일 생각은 없었다. 위협으로 충분할 것이다. 그리고 경찰에 내가 본 것을 말할 것이다.

'넌 할 수 있어, 밀리. 그를 해치지 마. 그냥 그가 그녀를 놔주게 해.'

"더글러스!" 나는 그를 보고 소리쳤다. "웬디를 놔줘요!"

나는 그가 거짓된 사과와 해명을 늘어놓으며 그녀에게서 물러나길 기대했다. 하지만 어쩐 일인지 그의 손은 꿈쩍도 하지 않았다. 웬디는 또다시 숨 넘어가는 소리를 냈다.

나는 총을 들어 더글러스의 가슴을 겨누었다.

"진짜예요." 내 목소리가 떨렸다. "안 놔주면 쏠 거예요."

하지만 왜 그런지 더글러스는 내 말을 듣지 않고 있었다.

그의 눈빛은 사나웠고, 지금 당장 여기서 상황을 끝내겠다는 결심을 한 것만 같았다. 더글러스를 할퀴던 웬디의 손은 움직임을 멈췄고, 그녀의 몸은 축 늘어졌다. 협상의 시간은 이미 지나갔다. 앞으로 몇 초 안에 내가 뭔가를 하지 않으면 그는 웬디를 죽일 것이다.

"진짜예요." 나는 소리쳤다. "놓아주지 않으면 쏴버릴 거야!"

하지만 그는 그녀를 놔주지 않았다. 그는 계속 목을 누르고 있었다.

이제 내겐 선택의 여지가 없었다. 이 상황에서 내가 할 수 있는 건 단 한 가지뿐이었다.

나는 방아쇠를 당겼다.

39

더글러스는 총소리가 아파트 전체에 울려 퍼진 지 몇 초 후 바닥으로 푹 쓰러졌다. 총소리는 예상보다 커서 분명 이웃들이 들었을 것 같았다. 아니, 못 들었을 수도 있다. 이런 펜트하우스에는 벽과 천장이 방음 처리되어 있고 아래층 바닥이 완충 역할을 한다.

더글러스의 손이 웬디의 목에서 미끄러져 내렸다. 웬디는 무릎을 꿇었고, 기침과 울음을 터뜨리며 목을 움켜쥐었다. 그녀의 남편은 몸을 움직이지 못한 채 그녀 옆의 바닥에 누워 있었다. 잠시 후, 진홍색 웅덩이가 그녀 남편의 몸 아래 푹신한 카펫 위에서 퍼져나갔다.

오, 안 돼

다시 이러면 안 돼.

총이 내 손에서 떨어져 쿵 하는 소리와 함께 바닥에 떨어졌다. 나는 온몸이 완전히 얼어붙는 느낌이었다. 더글러스 개릭은 전혀 움직이지 않았고, 그의 몸 아래의 웅덩이는 계속 커져만 갔다. 나는 그의 어깨를 쏠 생각이었다. 그를 죽이지는 않고 그저 상처를 입혀서 강제로 웬디에게서 손을 떼게 하려고 했다.

보아하니, 나는 명중시키지 못했다.

웬디는 눈물이 고인 눈을 비벼댔다. 기적적으로도 그녀는 여전히 의식이 있었다. 그녀는 남편 옆에서 무릎을 꿇고 남편의 목, 경동맥 위에 손을 얹었다. 그녀는 잠시 손을 그곳에 대고 있다가 나를 올려다보았다. "맥박이 없어요."

오, 맙소사.

"죽었어요." 그녀가 쉰 목소리로 속삭였다. "진짜로 죽었어요."

"죽일 생각은 아니었어요." 나는 더듬거리듯 말했다. "전… 전 그냥 그가 당신에게서 손을 떼게 하려고 그랬어요. 전 절대로—"

"고마워요." 웬디가 말했다. "내 목숨을 구해줘서 고마워요. 그럴 줄 알았어요."

우리는 잠시 서로를 바라보았다. 내가 웬디의 목숨을 구했다. 나는 그 사실을 기억해야만 했다. 경찰이 여기로 오면 나는 그 점을 설명해야 할 것이다.

"당신은 이 집에서 나가야 해요." 웬디는 후들거리는 두 다리로 자리에서 일어섰다. "우리가… 우리가 총에서 지문을 닦아내면 돼요. 그럼 문제없을 거예요, 안 그래요? 그럼요, 그럼요, 분명 그럴 거예요, 확신해요. 난 두어 시간 동안은 경찰에 전화하지 않을 거예요…. 아! 내가 더글러스를 침입자라고 오해하고 의도치 않게 총을 쐈다고 말하면 되겠네요. 이건 다 사고였다고요, 그렇죠? 그들은 그렇게 믿을 거예요. 분명 그럴 거예요."

그녀의 말은 아주 빨랐다. 그녀는 공황 상태였다. 나로서는 혐의를 벗고 싶은 마음이었지만, 그녀의 이야기에는 큰 구멍이 있었다. "하지만 더글러스가 이 빌딩에 들어올 때 도어맨이 봤어요."

그녀는 고개를 저었다. "아니요, 못 봤어요. 거주자 중 몇몇은 뒷문으로 출입할 수 있는데 더글러스는 항상 그쪽으로 들어와요."

"거기엔 카메라가 없어요?"

"네, 없어요."

"엘리베이터에 있는 카메라는요?"

"그거요?" 그녀는 코웃음을 쳤다. "그건 그냥 장식용이에요. 하나는 5년 전에 고장 났고 다른 하나 역시 최소 2년 동안 작동하지 않았어요."

이런 설명이 정말 통할 수 있을까? 나는 방금 더글러스 개릭을 냉정하게 총으로 쐈다. 아무런 처벌도 받지 않고 빠져나갈 수 있을까? 물론 그런 일이 처음 있는 일은 아니다.

"당장 여기서 나가요." 그녀는 피 웅덩이를 조심스럽게 피하면서 더글러스의 시신 위로 넘어왔다. "내가 책임질게요. 이건 내 책임이에요. 당신을 끌어들인 건 나였어요. 난 당신을 끌고 내려가지 않을 거예요. 나갈 수 있을 때 여기서 나가요."

"웬디…."

"가요!" 그녀의 눈빛은 더글러스의 손이 그녀의 목을 죄었을 때처럼 사나워 보였다. "제발요, 밀리. 이게 유일한 방법이에요."

"알았어요." 내가 조용히 말했다. "하지만… 제가 필요하면…."

그녀는 손을 뻗어 내 팔을 꽉 잡았다. "내 말 믿어요, 당신은 할 만큼 했어요." 그녀는 잠시 머뭇거리더니 말을 이었다. "우리 문자 메시지를 모두 삭제해야 해요. 내가 보낸 것들, 그리고 더글러스가 보낸 것들도요. 혹시 모르니까요."

아주 좋은 생각이었다. 웬디와 나는 경찰이 이 살인 사건의 조사를 시작하게 됐을 때 그들이 알지 못했으면 하는 몇 가지 사항에 대해 논의했다. 그리고 오늘이 내가 마지막으로 일한 날임을 알려주는, 나와 더글러스 사이에 오간 문자 메시지를 경찰이 보지 않는 게 좋을 것 같았다. 나는 내 핸드백을 집어 들었고, 손이 너무나도 떨려서 어떻게 할 수가 없었지만, 겨우 개릭 부부와 나눈 대화를 내 휴대전화에서 삭제했다.

"나한테 연락하지 마요." 그녀가 말했다. "이 일은 내가 알아서 할게요, 밀리. 걱정하지 마요."

나는 입을 떼려다 다시 입을 다물었다. 소용없는 일이었다. 웬디는 이미 혼자 뒤집어쓰겠다고 결정했고, 그렇게 하는 게 내게도 가장 이익이 되는 일이었다. 나는 다시는 이곳에 발을 들여놓을 일이 없으리라고 생각하며 펜트하우스에 작별을 고했다. 방을 나설 때 마지막으로 본 것은 더글러스의 시신 옆에 서서 지켜보고 있는 웬디였다.

그녀는 미소 짓고 있었다.

40

지하철을 타고 집으로 돌아오는 내내 나는 떨림이 멈추지 않았다.

지하철에 탄 모든 사람이 나를 미쳤다고 생각했을 것이다. 지하철이 붐비는데도 브롱크스에 도착할 때까지 아무도 내 양옆에 앉지 않았다. 나는 지하철을 타고 있는 내내 내 몸을 꼭 껴안은 채 앞뒤로 흔들고 있었다.

내가 그를 죽였다니, 믿을 수가 없었다. 고의가 아니었다.

아니, 그건 공정치 못한 말이다. 내가 그 남자의 가슴을 쐈다. 그 사람이 죽길 원하지 않았다고 하면 그건 거짓말일 것이다. 하지만 이건 내가 사전 안의 그 총을 봤을 때 원했던 상황 전개가 전혀 아니었다.

하지만 괜찮을 것이다. 전에도 이런 일을 겪어봤으니까. 웬디는 자기가 만들어 낸 이야기를 할 거고, 경찰은 내가 연루된 걸 전혀 모를 것이다.

이제 나는 내가 사람을, 또다시, 죽였다는 사실만 감당하면 되는 거였다.

내가 지하철역에서 나오자마자 전화벨이 울렸고 부재중 전화로 넘어갔다. 전화한 사람이 웬디일 거라 예상하며 핸드백에서 휴대전화를 꺼냈지만, 화면에는 부재중 전화 표시 여러 개와 브록의 음성 메시지가 표시되어 있었다.

오, 안돼. 우리는 오늘 저녁에 같이 밥을 먹기로 했었다. 그리고 밤에 진지한 이야기를 하기로 했었다. 음, 이제 더는 그런 일이 없을 것만 같다.

나는 전화를 걸어야 한다는 것을 알지만 그러고 싶지 않아 잠시 휴대전화에 표시된 브록의 이름을 내려다보았다. 마침내 그의 이름을 눌렀다. 브록은 바로 전화를 받았다.

"밀리?" 분노와 걱정이 뒤섞인 목소리였다. "어디야?"

"나…." 전화를 걸기 전에 그럴듯한 핑계를 생각할 시간을 가졌더라면 좋았을 텐데. "나 몸이 안 좋아."

"오, 정말?" 그는 회의적인 목소리였다. "정확히 어디가 안 좋은데?"

"나… 장염이야." 그가 아무 말도 하지 않자, 나는 몇 가지 디테일로 내 이야기를 윤색하기로 마음먹었다. "갑자기 아프더라고. 끔찍한 기분이야. 있잖아, 나 계속 토하고 있어. 그리고 그게… 음, 양쪽으로 나오고 있어. 오늘 밤은 집에 있어야 할 것 같아."

나는 그가 내 거짓된 이야기를 믿어주지 않을 거라고 생각하며 마음의 준비를 했지만, 의외로 그의 목소리는 누그러졌다. “자기 목소리가 안 좋네.”

“응….”

“내가 가볼 수 있는데.” 그가 제안했다. "치킨 수프 좀 갖다줄까? 등도 좀 주물러 주고?"

내게는 세상에서 가장 다정한 남자친구가 있었다. 그는 정말 좋은 남자다. 그리고 이 일이 지나가는 대로 그에게 반드시 보상해 줄 것이다. 나는 그를 정말 사랑한다. 나는 그렇게 생각한다.

“아니, 괜찮아. 고마워.” 나는 전화기에 대고 숨을 내쉬었다. “그냥 혼자 있으면서 회복하고 싶어. 다음에 그렇게 해줘, 그럴 수 있지?”

“물론이지.” 그가 말했다. “얼른 낫기나 해.”

전화를 끊고 나니 다른 무엇보다 브록을 대하는 내 태도에 죄책감이 들었다. 하지만 브록을 이 난장판으로 끌어들이고 싶지 않았다. 이 일에 관해 이야기할 수 있는 유일한 사람은 엔조뿐이고, 그건 여러 가지 이유로 좋지 않은 생각이었다. 그냥 집에 가서 아무 생각도 하지 않는 게 내가 할 일일 것이다. 곧 이 모든 게 지나갈 것이다.

41

나는 트럭에 치인 것 같은 느낌과 함께 잠에서 깨어났다. 오른쪽 관자놀이가 불끈불끈 널을 뛰었다.

간밤에 나는 잠을 이루지 못했다. 이리저리 뒤척였고, 잠이 들기 시작할 때마다 펜트하우스의 바닥에 누워 있는 더글러스의 시신이 보였다. 결국 나는 비척대며 화장실로 가 그곳에 보관해 둔 수면제 한 알을 먹었다. 그러고는 꿈으로 가득한 잠에 빠져들었고, 더글러스의 싸늘한 눈동자가 나를 쳐다보는 꿈에 시달렸다.

나는 새집처럼 뭉쳐진 내 머리카락에 손가락들을 꽂고서는 침대에서 몸을 뒤척였다. 관자놀이의 불끈거림이 심해졌고, 현관문에서 두들기는 소리가 들린다는 것을 깨닫는 데는 잠시 시간이 걸렸다.

누군가가 문 앞에 있었다.

나는 침대에서 기어 나와 실내복을 몸에다 감았다. "가요!" 나는 문 두드림이 멈추길 바라며 빽 하고 소리쳤다. 하지만 문 앞에 있는 사람은 집요했다.

나는 작은 구멍을 통해 밖을 내다봤다. 트렌치코트 안에 깔끔한 흰색 셔츠와 검은색 넥타이를 맨 한 남자가 서 있었다.

"누구세요?" 내가 소리쳤다.

"뉴욕 경찰국의 라미레즈 형사입니다." 남자가 한껏 낮춘 목소리로 대답했다.

오, 안 돼.

하지만, 그래, 당황할 이유가 없다. 내 직장 상사가 죽었으니 당연히 그들은 몇 가지 질문을 하고 싶어 할 것이다. 걱정할 게 없었다.

나는 자물쇠를 풀고 문을 열었다. 그는 내 명시적인 허락 없이는 안으로 들어올 수 없고, 나는 그걸 허락할 생각도 없었다. 내가 숨길 게 있어서 그러는 게 아니었다. 하지만 앞일을 누가 알겠는가.

"밀리 캘러웨이 양?" 그가 놀랄 정도로 굵고 낮은 목소리로 물었다. 그는 눈 밑의 처진 살갗과 짧게 자른 머리의 흰머리 비율로 보아 대충 50대 초반으로 보였다.

"안녕하세요." 내가 조심스럽게 인사를 건넸다.

"몇 가지 질문 좀 해도 될까 해서요." 그가 말했다.

나는 무표정한 얼굴을 만들기 위해 최선을 다했다. "뭐에 대해서요?"

그는 머뭇거리며 내 얼굴을 살폈다. "더글러스 개릭이라는 사람을 아세요?"

"네…." 안다는 걸 인정한다고 해서 나쁠 건 없다. 내가 개릭 부부를 위해 일했다는 걸 증명하는 건 아주 쉬울 테니까.

"그가 어젯밤에 살해당했어요."

"아!" 나는 놀란 것처럼 보이려고 애쓰며 입을 손으로 막았다. "끔찍하네요."

"경찰서로 와서 몇 가지 질문에 답해 주시면 좋겠습니다."

라미레즈 형사의 얼굴은 가면이었다. 일직선으로 다물어진 그의 입술은 아무것도 드러내지 않고 있었다. 그런데 경찰서로 와달라고? 그건 심각한 일처럼 보였다. 하지만 그는 수갑을 꺼내거나 내 권리를 읽어주지 않았다. 더글러스가 워낙에 부유하고 중요한 인물이므로 경찰이 사건을 특별히 심각하게 받아들이는 것뿐이리라고 나는 굳게 믿었다.

"언제 가야 하는 건가요?"

"지금요." 그가 망설임 없이 대답했다. "내 차로 같이 가면 됩니다."

"꼭… 그래야 하나요?"

체포되는 게 아니라면 그와 함께 경찰서로 꼭 가야 할 의무는 없었다. 나는 내 권리를 너무 잘 알았다. 하지만 그가 무슨 말을 하는지 듣고 싶었다.

"꼭 그래야 하는 건 아닙니다." 그가 대답했다. "하지만 같이 가 줄 것을 강력히 권고합니다. 어떤 식으로든 우린 이야기를 나누게 될 겁니다."

나는 속이 울렁거렸다. 일이 내 고용주에 대한 가벼운 질문 몇 개로 끝나지 않을 성싶었다. "변호사를 불러야겠어요." 내가 말했다.

라미레즈는 내 눈을 계속 주시했다. "그럴 필요는 없다고 생각하지만, 그렇게 하는 건 당신의 권리입니다."

경찰이 내게 어떤 질문을 할지는 몰랐지만, 라미레즈 형사가 뭐라고 하든 변호사 없이 경찰서에 있는 게 기껍지 않았다. 안타깝게도 지금 당장 전화할 수 있을 만큼 잘 아는 변호사는 한 명뿐이었다. 그리고 이번 전화 통화는 힘들고 어려운 대화가 될 것이다.

라미레즈는 내가 휴대전화를 꺼내 브록의 전화번호를 선택하고 통화 버튼을 누르는 동안 기다렸다. 지금쯤이면 그는 이미 출근했을 것이다. 하지만 그는 벨이 몇 번 울리자마자 바로 전화를 받았다. 브록은 하루의 대부분을 책상에서 보냈고, 법정에 있는 경우는 거의 없었다.

"안녕, 밀리." 그가 말했다. "컨디션 괜찮아?"

"음." 내가 대답했다. "괜찮지 않아…."

"장염이 더 심해졌어?"

"뭐라고?"

브록은 전화기 반대편에서 잠시 침묵했다. "어젯밤에 나한테 장염이라고 했었잖아."

아, 맞다. 나는 어젯밤 그의 아파트에 가지 않았을 때 했던 거짓말을 잊고 있었다. "그래, 그건 좋아졌어. 그런데 다른 일이 있어서 네 도움이 필요해. 중요한 일이야."

"당연하지. 무슨 도움이 필요한데?"

"그래서, 음…." 나는 라미레즈가 내 말을 듣지 못하도록 목소리를 낮췄다. "내 옛 직장 상사 더글러스 개릭 알지? 그 사람이 … 어젯밤에 살해당했대."

"세상에." 브록이 헉하고 숨을 참았다. "밀리, 끔찍한 일이네. 누가 그랬는지 알아?"

"아니, 근데…." 나는 나를 지켜보고 있는 라미레즈를 흘끗 쳐다보았다. "경찰이 나한테 경찰서로 가서 이야기를 좀 하자고 하네."

"네가 뭔가 중요한 걸 알고 있다고 생각하는 거야?"

"그런 것 같아. 난 정말 모르는데. 어쨌든… 변호사와 함께 있으면 덜 불안할 것 같아서." 나는 헛기침했다. "그러니까, 네가 말이야."

"그래, 당연하지." 나는 전화기 안으로 손을 뻗어 그를 꼭 안아주고 싶었다. "몇 가지 일만 마무리하고 바로 갈게. 별일 없을 거야."

브록에게 라미레즈 형사가 알려준 경찰서 주소를 불러주면서, 어젯밤에 브록과 하려던 그 얘기를 곧 나눌 수밖에 없을 것 같다는 생각이 들었다.

42

맨해튼에 있는 경찰서에 도착했을 때 나는 극도로 초조했다. 라미레즈 형사는 경찰서로 향하는 차 안에서 대화를 시도했지만, 나는 대부분 단음절로 무뚝뚝하게 대답하거나 툴툴거렸다. 그가 날씨에 관해 이야기할 때조차도 정보를 캐내려는 것 같다는 느낌이 들었고, 그래서 나는 아무 말도 하고 싶지 않았다.

그런데 경찰서에 도착하니 이미 브록이 나를 기다리고 있었다. 그는 회색 정장에 파란색 넥타이를 매고 있었다. 넥타이 때문인지 그의 눈이 더 파랗게 보였다. 내가 형사와 함께 경찰서로 들어오는 모습을 보고는 조금도 걱정하는 기색 없이 미소를 지어 보였다. 아마도 그의 미소는 얼마 지나지 않아 다른 것으로 바뀔 것이다.

"저기 내 변호사가 있네요." 내가 라미레즈에게 말했다. "질문을 받기 전에 변호사와 따로 얘기하고 싶어요."

라미레즈가 고개를 짧게 끄덕였다. "두 사람만 방에서 얘기할 수 있게 해줄게요. 당신이 말할 준비가 되면 내가 질문하는 걸로 하죠."

그는 나를 플라스틱으로 된 탁자와 의자 몇 개가 놓인 작고 네모난 방으로 데려갔다. 취조실을 보는 것만으로도 가슴이 답답해져 왔다. 특히 브록이 나를 이 방 안에 혼자 남겨두었을 때는 더더욱 그랬다. 브록은 밖에서 뭔가를 하느라 바쁜 것처럼 보였다.

나는 그들이 브록에게 무슨 말을 하는 건지 궁금했다.

나는 취조실에서 거의 40분을 혼자 있었고, 공포감은 점점 커져만 갔다. 브록의 낯익은 얼굴이 문 앞에 나타났을 때 나는 거의 눈물을 흘릴 뻔했다.

"왜 이렇게 오래 걸렸어?" 나는 소리쳤다.

브록의 얼굴은 살짝 고민스러워하는 표정을 하고 있었다. 그리고 내 맞은편 의자에 앉을 때는 그의 태도가 조금 경직된 것처럼 보였다. 그의 눈썹 사이는 깊이 패어 있었다.

"밀리." 그가 조심스럽게 입을 열었다. "밖에서 형사랑 이야기를 좀 나눴어. 그 사람이 많은 걸 말해주진 않더라. 근데 이건 그냥 형식적인 조사가 아니야. 넌 지금 유력한 용의자야."

나는 그를 멍하니 바라보았다. 그럴 리가 없는데? 웬디는 경찰에게 자기가 더글러스를 쏘았다고 했다. 경찰이 그녀의 진술을 의심하는 건가? 이건 단순한 사건이어야 했다.

그게 아니라면….

"네 아파트에 대한 압수수색 영장이 나왔어." 그가 내게 말했다. 수색 영장? "그리고 지금 네 아파트에 수색팀이 가 있고."

경찰이 내 아파트를 수색한다고? 경찰이 뭘 찾는 건지 나는 몰랐다. 거기에는 의심할 만한 물건이 단 하나도 없었다. 다행히 어젯밤에 내 옷에 피가 묻지는 않았다. 내 눈으로 확인했다.

"왜 네가 그를 죽였다고 생각하는 걸까?" 브록은 고개를 저었다. "도무지 이해가 안 돼."

바로 지금이야. 그에게 내 과거에 대해 말해야 한다. 그가 나를 변호하려면 내 과거를 알아야 한다. 그렇지 않으면 그는 바보처럼 보일 것이다. "있잖아." 내가 그에게 말했다. "네가 나에 대해 꼭 알아야 할 게 있어."

그는 나를 보며 눈썹을 치켜올린 채 내가 말하길 기다렸다.

이건 너무 힘든 일이다. 나는 진작 그에게 말하지 못한 나 자신을 저주했다. 하지만 막상 지금 말하려고 하니 왜 내가 그렇게 오랫동안 이 이야기를 하는 걸 미뤄왔는지 깨달았다. "저기 있잖아, 나한테…, 그러니까 수감 전과가 있어."

"너한테 뭐가 있다고?" 그는 턱이 곧 아래로 빠져서 떨어질 것 같은 표정을 지었다. "수감 전과? 감옥에 갔다 온 걸 말하는 거야?"

"응. 수감이란 말이 대충 그런 의미야."

"뭐 때문에?"

지금이 어려운 대목이었다. "살인이었어."

브록은 곧 쓰러질 것 같은 표정을 지었다. 나는 그의 심장이 괜찮기를 바랐다. "살인이라고?"

"정당방위였어." 내가 말했다. 하지만 그건 완전한 진실은 아니었다. "한 남자가 내 친구를 공격했고 내가 그를 저지했어. 그때 당시 난 10대였어."

그가 나를 쳐다보았다. "정당방위 때문에 감옥에 가진 않아."

"어떤 사람들은 그래."

그가 내 말을 믿지 않는 게 표정에서 보였다. 하지만 나는 내 친구를 강간하려 했던 남학생에 대해 자세히 설명하지 않았다. 그를 막기 위해 내가 해야만 했던 일에 대해서도.

"그래서 대학 졸업을 못 했던 거구나." 그는 혼잣말처럼 중얼거렸다. "난 네가 대기만성형이라고만 생각했었는데."

"미안해." 나는 시선을 낮췄다. "미리 말했어야 했는데."

"그럴 생각이 있었어?"

"미안해." 내가 다시 말했다. "하지만 무서웠어. 사실을 말하면 네가 날 보는 시선이… 지금 네가 날 보듯 볼 것만 같았어."

브록은 손으로 머리카락을 훑어댔다. "맙소사, 밀리. 난 그냥… 네가 나한테 말하기 싫은 게 있다는 건 알았지만, 하지만 이건 상상조차…."

"그래." 나는 한숨을 쉬었다.

"그래." 그는 파란색 넥타이를 느슨하게 풀었다. "좋아, 네게 전과 기록이 있어. 그건 잠시 제쳐두고, 왜 경찰이 네가 더글러스 개릭을 죽였다고 생각하는 거야?"

웬디가 경찰에 무슨 말을 했는지 몰랐으므로 나는 그 질문에 대답할 수가 없었다. 내가 브록에게 말하는 건 모두 기밀일 테지만, 그럼에도 불구하고 나는 그에게 어젯밤에 무슨 일이 있었는지 말할 수가 없었다. "전혀 모르겠어."

그는 조심스럽게 고개를 갸웃거렸다. “넌 어젯밤에 몸이 아프다고 나한테 말했잖아. 몸이 아파서 일찍 아파트에서 나왔어?”

“뭐, 할 일을 끝내긴 했어.” 나는 도어맨이 내가 언제 아파트에서 나갔는지를 확인해 줄 수 있다는 점을 생각하며 조심스럽게 말했다. “하지만 몸이 좋지 않아서 바로 집으로 갔어. 우리가 전화 통화를 했을 때는 내가 이미 집에 거의 도착했을 때였어. 더글러스… 그는 내가 아파트를 나섰을 때 거기 있지도 않았어.”

“알았어.” 브록이 턱을 문질렀다. “저 사람들은 단지 네 전과 기록 때문에 널 힘들게 하는 것뿐이야. 다 잘 해결될 거야.”

나는 그가 내 말을 믿어주길 바랐다.

43

알고 보니, 라미레즈는 나와 곧장 이야기를 나눌 수 없는 상황이었고, 나는 그게 나를 무너뜨리기 위한 일종의 전술이라고 생각했다. 브록은 회사에서 온 전화를 받아야 해서 나를 취조실에 혼자 남겨두었다. 나는 이후 한 시간 동안 옥죄어 오는 공포감을 느끼며 조용히 시간을 보냈다.

라미레즈가 드디어 나와 이야기를 나누기 위해 취조실 안으로 들어왔을 때 나는 경찰서에서 2시간 넘게 대기하고 있었다. 브록이 바로 뒤에서 따라 들어왔다. 브록은 내 옆에 앉았고, 탁자 아래에서 내 손을 재빨리 꽉 쥐었다. 내 전과 기록을 알고 있음에도 불구하고 그가 나를 완전히 미워하지 않는다는 사실은 위안거리였다. 시간이 아직 얼마 지나지 않긴 했지만도.

"기다려줘서 고맙습니다, 밀리 캘러웨이 양." 형사가 말했다. 그는 여전히 무표정했다. "더글러스 개릭 씨와 관련해서 몇 가지 질문할 게 있습니다."

"좋아요." 내가 말했다. 대화가 녹음되고 있었기 때문에 나는 어조를 차분하고 신중하게 유지했다.

"어젯밤에 어디 있었습니까?" 라미레즈가 내게 물었다.

"더글러스 씨의 펜트하우스에 가서 가벼운 청소와 빨래를 했고, 그러고는 집에 갔어요."

"펜트하우스에서 몇 시에 나왔습니까?"

"6시 반쯤요." 내가 대답했다.

"그리고 거기 있는 동안 더글러스 씨와 이야기를 나누었나요?"

나는 웬디가 내게 한 말을 기억하며 고개를 가로저었다. 우리 두 사람이 이야기를 잘 맞추어야 한다. 그러면 우리는 괜찮을 것이다. "아뇨."

라미레즈는 내 대답에 놀란 표정이었다. "더글러스 씨가 어젯밤에 아파트에서 보자고 하지 않았습니까?"

나는 혼란스러워 눈을 깜빡였다. "아니요…."

"밀리 양." 형사의 눈이 나를 응시하는 동안 그의 눈빛이 점점 어두워지는 것 같았다. "더글러스 개릭 씨와는 어떤 관계인가요?"

"관계요?" 나는 인상을 찌푸리고 있는 브록을 바라보았다. "그는 내 고용주입니다. 음, 그와 그의 아내 웬디가 고용주인 거죠."

"그와 성적인 관계를 맺었습니까?"

나는 거의 숨이 막힐 뻔했다. "아니요!"

"단 한 번도요?"

나는 손을 뻗어 형사의 멱살을 쥐고 흔들고 싶었다. 하지만 다행히도 브록이 끼어들었다. "밀리 양이 당신 질문에 답했습니다. 그녀는 순전히 업무적인 관계 외에 더글러스 씨와 어떤 종류의 관계도 맺고 있지 않습니다."

라미레즈 형사가 탁자 위 자기 옆에 놓아둔 폴더를 집어 들었다. 그는 스테이플러로 고정한 서류 뭉치를 꺼냈다. 그러고는 그것이 탁자를 가로지르게끔 밀어서 내게 건넸다. "더글러스 씨의 서랍장에서 대포폰을 발견했습니다. 대포폰과 당신 휴대전화 사이에 주고받은 문자 메시지입니다."

나는 서류를 집어 들고 훑어보기 시작했고, 브록은 내 어깨 너머로 쳐다보았다. 나는 문자 메시지를 알아보았다. 지난 몇 달 동안 더글러스가 내 근무시간을 확인하기 위해 보내온 것과 같은 메시지였다. 하지만 그것들은 문맥을 벗어나면 다른 의미로 받아들여지는 것 같았다.

【오늘 밤에 오는 거죠?】

【이따 밤에 봐요.】

【오늘 밤에 와요.】

게다가 식료품과 빨래에 관한 문자 메시지가 모두 사라지고 없었다. 모든 메시지가 둘 사이의 만남을 계획하는 내용인 것처럼 보였다. 문자 메시지를 읽던 브록의 눈이 휘둥그레졌다.

"네, 이것들은 나와 더글러스 씨가 주고받은 문자 메시지가 맞아요." 내가 말했다. "하지만 모두 업무 관련 문자 메시지였어요."

"더글러스 씨가 대포폰으로 업무 관련 문자를 보냈다고요?"

나는 이를 악물었다. "대포폰인 줄 몰랐어요. 그걸 제가 어떻게 알겠어요."
"알겠습니다." 라미레즈가 말했다.
"게다가 다른 메시지도 있었어요." 내가 덧붙였다. "대부분 식료품과 빨래에 관한 것들이었고요. 여기엔 없는데… 삭제된 것 같네요."
"본인 휴대전화에 메시지가 있나요?"
"아니요…." 웬디가 문자 메시지들을 삭제하라고 말했었다. "메시지를 전부 지웠어요."
"왜요?"
"안 할 이유가 없죠." 나는 어색하게 웃으며 말했다. "형사님은 문자 메시지를 전부 저장하세요?"
아마도 그는 그럴 것이다. 아마 10년 전의 문자 메시지도 휴대전화에 그대로 저장되어 있을 것이다. 솔직히 말해서, 웬디가 얘기하지 않았다면 나도 그 문자 메시지들을 절대 삭제하지 않았을 것이다.
"또한 자정 무렵에 당신 전화번호로 건 전화가 있었어요." 그가 말했다. "단순히 고용주라면 자정에 전화할 일이 있나요?"
"그런 일이 딱 한 번 있었어요." 나는 설득력 없이 들리게 대답했다.
나는 내가 하는 말이 얼마나 허술하게 들리는지 잘 알았다. 더글러스가 왜 대포폰으로 나에게 문자 메시지를 보냈을까? 이해가 가지 않았다. 나는 최악의 순간에 이상하게 침묵하고 있는 브록을 쳐다보았다.
"그리고 또…." 라미레즈가 폴더를 다시 열었다. 또 뭐지? "이거 알아보겠어요?"

거칠게 인쇄된 팔찌 사진이었다. 더글러스가 웬디의 눈에 멍이 생기게 한 다음에 준 팔찌와 같은 것임을 알 수 있었다. "네, 알아요." 내가 말했다. "웬디의 팔찌네요."

라미레즈가 눈썹을 치켜세웠다. "그럼 왜 우리가 당신 아파트 보석함에서 이걸 발견했을까요?"

"웬디가… 나한테 줬어요."

그의 눈썹이 헤어 라인에 더 가까이 올라갔다. "웬디 개릭이 당신에게 만 달러짜리 다이아몬드 팔찌를 줬다고요?

만 달러라고? 그 팔찌가 그렇게 비싼 거였어? 내 형편없는 보석함에 만 달러짜리 물건이 들어 있었다고?

"남편이 준 선물이라고 했어요." 내가 말했다.

"각인은요?" 그는 폴더에서 또 다른 사진을 꺼내 내게 건네주었다. "이거 알아보겠어요?"

웬디의 팔찌에 새겨져 있던 각인을 확대해서 찍어놓은 사진이었다, 브록과 나는 선명하게 읽을 수 있었다.

'W에게, 당신은 영원히 내 거야, 사랑을 담아 D가'

"네. 맞아요." 내가 말했다. "W에게. 웬디Wendy에게."

라미레즈가 사진을 톡톡 두드렸다. "당신 본명이 W로 시작하지 않나요? 빌헬미나Wilhelmina?"

"난…." 갑자기 입이 말라왔다. 나는 브록이 형사가 하는 질문이 향하는 길에 끼어들어 항의하길 기다렸지만, 그는 여전히 침묵하며 내 대답을 기다렸다. "난 항상 밀리라는 이름을 써요."

"하지만 당신 본명은 빌헬미나죠?"

"네…."

"그리고…." 뭐가 또 있어? 어떻게 더 있을 수가 있지? 하지만 그는 다시 한번 그 망할 폴더로 손을 뻗었다. 그는 또 다른 인쇄된 사진을 꺼냈다. "이거 더글러스 씨가 선물한 건가요?"

나는 그가 손으로 건넨 사진을 받았다. 더글러스가 내게 반품하라고 했던 그 드레스였다. 하지만 그는 영수증도 주지 않았고 어디서 샀는지 알려주지도 않았다. 모든 일이 바쁘게 돌아가는 동안 나는 그 드레스를 까맣게 잊어버리고 있었다. 그래서 그것은 내 침실 옷장에 있는 선물 백 안에 그대로 있었다.

"아니요." 나는 낮은 목소리로 말했다. 나는 이미 이야기가 어디로 향하는 건지 알고 있었다. "더글러스 씨가 그 드레스를 반품하라고 했어요."

"그렇다면 왜 그게 한 달이 넘도록 당신 방에 있었던 거죠?"

"그가… 그가 나한테 영수증을 안 줬어요."

나는 브록을 쳐다볼 수도 없었다. 그가 머릿속으로 무슨 생각을 하고 있는지는 오직 신만이 알 것이다. 나는 이 모든 것이 끔찍한 오해라는 점을 그에게 확신시켜주고 싶었지만, 형사가 취조실에 있는 상황에서 그와 그런 대화를 나눌 수는 없었다.

"저기요." 내가 말했다. "난 반품하려고 했어요. 영수증에 대해 그에게 물었고 그가 갖다주겠다고 했었어요. 그러곤 우리 둘 다 잊어버렸던 거예요."

"밀리 양." 라미레즈가 말했다. "그 드레스가 오스카 드 라 렌타에서 6천 달러에 구매된 걸 몰랐어요? 정말로 그가 그걸 그냥 반품하는 걸 잊었을 거라고 생각해요?"

세상에….

나는 용기를 내어 브록을 잠깐 쳐다보았다. 그는 생기 없는 표정을 하고 있었고 내내 고개를 아주 조금씩 젓고 있었다. 나는 그를 경찰서로 불러내 내 변호사 역할을 하게 했지만, 그는 전혀 그런 쓸모가 없음을 여실히 증명하고 있었다.

"그리고 또." 라미레즈가 덧붙였다. 분명 내가 개릭 부부에게서 받은 다른 물건은 없었다. 그 폴더에서 그가 더 이상 꺼낼 수 있는 것은 아무것도 없었다. "지난주에 더글러스 개릭과 모텔에서 하룻밤을 보냈나요?"

"아니요!" 나는 소리쳤다.

그는 헛기침했다. "그러니까 지난 수요일에 올버니에 있는 모텔에 체크인하고 숙박비를 현금으로 내지 않았나요? 더글러스 씨는 거기서 사업 관련 미팅을 하고 있었거든요."

나는 입을 벌렸지만, 아무 소리도 나오지 않았다.

"지난주 수요일?" 브록이 새된 소리로 외쳤다. "그날 저녁은 우리가 만나기로 했었다가 네가 날 바람맞힌 날이잖아! 거기 있었던 거야?"

나는 거짓말할 수가 없었다. 모텔 점원에게 내 운전면허증을 보여줬었다. "그래, 올버니에 있는 모텔 방을 빌린 건 맞아. 하지만 네가 생각하는 그런 게 아니야."

라미레즈가 팔짱을 꼈다. "말해 보세요."

나는 무슨 말을 해야 할지 몰랐다. 나는 웬디의 비밀을 누설하고 싶지 않았다. 개릭 부부의 결혼 생활에 문제가 있었다는 사실이 알려지면 웬디에게 살인 혐의가 씌워질 수 있었다. 나는 이 사건의 혐의를 벗고 싶었지만, 웬디가 혐의를 받는 것 역시 원하지 않았다.

"그냥 하룻밤 정도 바람을 쐬고 싶었을 뿐이에요." 나는 어설프게 대답했다.

"그래서 올버니의 아무 모텔에 가서 하룻밤을 보냈단 말인가요?"

"나는 더글러스 개릭과 바람을 피운 게 아니에요." 나는 브록과 라미레즈 사이를 바라보았지만 둘 다 믿을 수 없다는 표정이었다. "맹세해요. 설사 내가 그와 바람을 피웠다고 해도 그게 내가 그를 죽였다는 걸 의미하진 않아요!"

"그는 어젯밤에 당신과 헤어졌어요." 라미레즈는 놀라운 이야기를 폭로라도 하듯 말하며 내게 시선을 고정했다. "당신은 그에게 화가 났고, 분노에 차 그의 총으로 그를 쐈어요."

"아니에요…." 나는 입이 바짝 마르는 느낌이었다. "그건 사실이 아니에요. 당신은 아무것도 몰라요."

라미레즈는 책상 위에 놓인 사진들을 보며 고개를 끄덕였다. "당신도 왜 의심스러워 보이는지는 이해하겠죠."

"하지만 사실이 아니에요!" 나는 소리쳤다. "난 더글러스 개릭과 바람을 피운 적이 없어요. 이건 말도 안 돼요."

형사는 이번에는 아무 말도 하지 않았다. 그는 그저 나를 쳐다볼 뿐이었다.

"난 그의 몸에 손조차 대본 적이 없어요." 내가 말했다. "정말이에요! 웬디 개릭에게 물어보세요. 그녀가 내가 하는 모든 말을 확인시켜 줄 거예요. 그녀에게 물어봐요!"

"밀리 양." 라미레즈 형사가 말했다. "우리에게 당신과 자기 남편과의 불륜에 대해 말해준 사람이 바로 웬디 개릭입니다."

"뭐라고요?"

"그녀는 어제 더글러스 씨가 모든 것을 털어놓았고 모든 걸 끝낼 생각으로 당신을 집으로 불러들였다고 말했습니다." 그가 말했다. "하지만 그녀가 집에 도착했을 때는 남편이 총에 맞아 죽은 채 바닥에 누워있는 것을 발견했다더군요."

아니야… 그녀가 그런 말을 할 리가… 그녀를 위해 내가 한 일이 있는데….

"그리고." 그가 말했다. "총에 당신 지문이 묻어 있었어요."

44

심문은 거기서부터 내리막길로 치달았다.

나는 진실에 가까운 이야기를 얼기설기 조합해 내려고 애썼다. 내가 더글러스 개릭을 그의 집에서 총으로 쏴 죽이는 것으로 끝나지 않는 버전의 이야기였다. 나는 더글러스 개릭이 웬디에게 학대를 가한 사실과 내가 웬디를 돕기 위해 한 노력을 설명했다. 웬디가 내게 총을 보여주었다는 것도, 그래서 그때 내 지문이 묻었을 거라고 라미레즈에게 말했다. 그렇지만 총에 웬디의 지문이 없는 이유를 설명하기는 어려웠다. 표정을 보건대, 형사는 내 말을 하나도 믿지 않는 것 같았다.

나는 횡설수설하는 내 이야기가 끝나면 라미레즈가 내게 내 권리를 읽어주고 나를 구치소로 데려갈 거라고 확신했다. 하지만 그는 고개를 저었다. "금방 돌아올게요." 그가 내게 말했다. "아무

데도 가지 말아요."

그는 자리에서 일어나 방을 나갔고, 문은 그의 등 뒤에서 울리는 소리와 함께 쾅 하고 닫혔다. 그래서 취조실에는 나와 브록만이 남게 되었다.

브록은 흐릿한 유리알 같은 눈으로 플라스틱 탁자를 내려다보고 있었다. 그는 내 변호사로서 이곳 경찰서에 있어야 했지만 20분 동안 한마디도 하지 않았다. 이렇게 될 줄 알았더라면 브록에게 경찰서로 와 달라고 부탁하지 않았을 것이다.

"브록?" 내가 말했다.

그는 천천히 시선을 위로 향했다.

"괜찮아?" 나는 부드럽게 말했다.

"아니." 그는 날 향해 끓어오를 듯 뜨거운 표정을 지어 보였다. "조금 전 이야기 뭐야, 밀리? 진짜야?"

"브록." 나는 간신히 소리 내어 말했다. "설마 나를 의심하는 건—"

"의심하냐고?" 그가 나에게 쏘아붙였다. "몇 시간 전까지만 해도 난 네가 살인죄로 감옥에 갇혀 있었다는 사실조차 몰랐어. 그리고 지금에야 나는 네가 고용주인 그 부자 개자식과 바람을 피웠다는 걸 알게—"

"난 바람피우지 않았어!" 나는 냅다 소리를 질렀다. "난 절대 널 두고 바람피우지 않아!"

"그럼 지난 수요일 밤에 대체 뭐 했어?" 그가 말했다. "어젯밤에는 뭐 했어? 그리고 저녁 먹기로 해놓고 날 바람맞힌 다른 모든 날에는? 이 모든 게 얼마나 의심스러워 보이는지는 너도 알겠지.

특히나 너에게는. 그… 한 번 사람을 죽인 전력이 있으니까."

사실 한 번은 아니었다. 하지만 그런 정보를 내놓는 게 나에게 도움이 되지는 않을 것 같았다. "말했잖아, 웬디를 도우려 한 거라고."

"자기 남편과 바람을 피웠고, 살해까지 했다면서 널 고발한 그 여자를 네가 도우려 했다고?"

그래, 그가 하는 말을 듣고 보니…. "왜 그녀가 형사에게 그런 말을 했는지 모르겠어. 당황해서 그랬을 수도 있지. 하지만 날 믿어줘, 그는 그녀를 학대했어. 내 눈으로 직접 봤어."

"밀리." 브록은 잘생긴 이목구비로 고통스러운 표정을 지으며 나를 응시했다. "어젯밤에 내가 너한테 전화했었고, 네 목소리는 정말이지 어떤 일 때문에 낭패를 본 사람처럼 들렸어. 분명 넌 배탈이 난 게 아니었어. 그건 거짓말이었어."

"그래." 나는 인정했다. "그건 거짓말이었어."

"밀리." 내 이름을 부르는 그의 목소리가 갈라졌다. "네가 더글러스 개릭을 죽였어?"

라미레즈 형사가 나에게 씌운 혐의는 거의 모든 내용이 사실이 아니었다. 하지만 한 가지는 절대적으로 사실이었다. 내가 더글러스 개릭을 총으로 쐈다. 내가 그를 죽였다. 다른 모든 것을 부인하더라도 그 사실은 변하지 않는다.

"맙소사." 브록이 중얼거렸다. "밀리, 믿어 지지가 않네. 난 네가 그런 일을 하리라곤…."

"하지만 네가 생각하는 그런 게 아니야." 내가 말했다.

브록이 일어서자 플라스틱 의자가 취조실의 딱딱한 바닥에 긁

히며 크게 소리를 냈다. “난 널 변호할 수 없어, 밀리. 그건 적절하지도 않고…. 난 못 해.”

심문이 이뤄지는 내내 내 남자친구는 아주 쓸모없는 존재였지만, 그가 나를 버릴 거라는 생각은 나를 더 무섭게 했다. “나 변호사 선임할 돈 없는 거 너도 알잖아….”

“그럼 국선 변호사를 이용해.” 그가 말했다. “아니면 돈을 빌리거나, 아니면… 어쨌든 나는 안 돼. 미안해.”

“그럼, 다 끝난 거네.” 고개를 들어 그를 쳐다보는데 내 턱이 떨렸다. “너는 나랑 헤어지는 거고.”

“그렇겠지?” 그는 고개를 저었다. “솔직히 말해서, 난 이제 네가 누군지도 모르겠어.” 그는 머리카락을 손으로 헝클어뜨리더니 신경질적으로 쥐어뜯었다. “이게 현실이라는 게 믿기지 않아. 정말로. 난 널 우리 부모님께 소개하고 싶었어. 우린 정말 잘 될 거라고….”

그가 말을 끝내지 않아도 알 수 있었다. 브록은 우리 둘이 결혼해서 아이를 낳고 함께 늙어가는 미래를 상상했을 것이다. 우리 관계가 경찰서에서 내가 살인 혐의로 조사를 받으며 끝날 줄은 상상조차 못 했을 거다.

그러니 그가 나를 떠나는 걸 탓할 순 없었다. 하지만 그가 문을 닫고 나가자마자, 나는 그대로 무너져서 울음을 터뜨렸다.

45

진짜 기적은 그 후에 찾아왔다. 라미레즈 형사는 나를 체포하지 않았다. 그가 내게 집에 가도 좋다는 소식을 전했을 때 나는 믿기지 않아서 "확실해요?"라고 되물었다. 분명 체포될 줄 알았는데, 그는 내게 도시를 떠나지 말라는 경고만 하고 풀어주었다. 애초에 돈도 차도 없어서 어디로 떠날 수도 없었다.

경찰서를 나서자마자, 본능적으로 휴대전화를 집어 들었지만, 정작 전화할 사람이 없었다. 평소 같았으면 브록에게 전화를 걸어 내가 풀려났다는 사실을 알렸을 테지만, 이젠 그가 신경 쓰지 않을 거라는 느낌이 들었다.

물론 나를 걱정해 줄 사람이 한 명 있긴 했다.

바로 엔조였다.

엔조는 분명 나를 도와줄 것이다. 내가 전화하면 의심 없이 내가 하는 말을 그대로 믿어줄 것이다. 하지만 그에게 다시 기대도 될지 확신이 서지 않았다. 게다가 그의 도움은 필요 없다고 그렇게 큰소리쳤는데, 겨우 일주일 만에 다시 도움을 요청하는 건 너무 염치가 없어다.

혼자서도 할 수 있다. 체포된 것도 아니니까. 어쩌면 일이 다 잘 풀릴지도 모른다.

잠깐 고민한 후, 웬디의 전화번호를 눌렀다. 지금 웬디에게 전화하는 게 적절한 일인지는 모르겠지만, 나는 대답이 필요했다. 어젯밤에 분명 둘이 말을 맞췄는데, 형사가 얘기한 내용은 우리가 합의한 것과 전혀 달랐다. 물론 형사가 내게 겁을 줘서 자백하도록 만들거나 웬디를 끌어들이려고 이야기를 지어낸 것인지도 모를 일이었다. 그 형사라면 충분히 그러고도 남을 것이다.

당연하게도, 전화는 곧바로 음성사서함으로 연결되었다.

그냥 집으로 돌아가는 게 나을 것 같다. 당장 내일이라도 다시 체포될지도 모르고, 그 뒤로 영영 집에 돌아가지 못할 수도 있다. 보석금을 낼 형편도 아니니까.

나는 전철을 타고 브롱크스에 있는 내 아파트로 돌아갔다. 오늘 있었던 일들을 생각하면 발을 내디디는 것조차 버거웠다. 아파트 건물 앞에 서서 가방 안을 뒤졌지만, 한참을 찾아도 열쇠가 보이지 않았다. 잃어버렸다고 생각하고 포기하려는 찰나에 가방 바닥에 끼어 있는 열쇠가 손에 닿았다.

"밀리!"

건물에 안으로 들어가기가 무섭게, 집주인인 랜들 부인이 1층에 있는 자기 아파트에서 한달음에 뛰쳐나왔다. 허리선이 없는 헐렁한 원피스 차림이었다. 잔뜩 찌푸려진 표정에 아랫입술은 삐죽 튀어나와 있었다.

"경찰이 찾아왔었어!" 랜들 부인이 날카롭게 소리쳤다. "나더러 네 아파트 문을 열라고 했어! 수색을 해야 한다면서! 영장을 보여주길래, 어쩔 수 없이 열어줬지!"

"알아요…. 정말 죄송해요."

랜들 부인은 눈을 가늘게 뜨고 나를 노려봤다. "마약이라도 숨겨둔 거야?"

"아뇨! 절대 아니에요!" 그냥 사람을 하나 죽였을 뿐이죠.

"내 건물에서 더 이상 문제가 생기는 거 보고 싶지 않아." 그녀가 단호하게 말했다. "넌 문제를 일으키는 애야. 너 때문에 경찰이 두 번이나 찾아왔어! 일주일 줄 테니까 방 빼."

"일주일이요? 하지만 랜들 부인—"

"일주일 뒤엔 자물쇠 바꿀 거야." 랜들 부인이 낮게 쏘아붙였다. "네가 이 근처에서 얼쩡거리는 모습 안 보고 싶어. 네가 네 아파트에서 무슨 짓을 하든 내 알 바는 아니고."

나는 가슴이 철렁 내려앉았다. 이 상황에서 새 아파트를 구하는 게 과연 가능할까? 차라리 체포되는 게 나았을 것 같다. 그러면 적어도 먹고 자는 건 걱정이 없을 테니까.

나는 계단을 힘겹게 올라 내 집으로 향했다. 집이 엉망이 되어 있을 거라고 예상하기는 했지만, 생각보다 더 심했다. 집을 수색한 경찰관들은 물건을 제자리에 돌려놓으려는 시도조차 하지 않았다. 이걸 다 치우려면 밤을 새워도 부족할 것 같았다.

나는 지쳐서 소파에 털썩 주저앉았다. 지금은 집을 정리할 기운이 없었다. 내일 하든가, 아니면 영원히 안 하든가 둘 중 하나였다. 어차피 감옥에 갈 거라면 정리가 무슨 의미가 있겠는가.

대신 나는 리모컨을 집어 싸구려 텔레비전을 켰다. 아마도 마지막 자유의 밤을 이렇게 보내게 될 것 같다.

불행하게도 텔레비전은 뉴스 채널에 맞춰져 있었고, 마침 더글러스 개릭 살인 사건에 대한 뉴스가 크게 보도되고 있었다. 금발의 뉴스 캐스터가 경찰이 '요주의 인물'을 조사 중이라는 소식을 전했다.

와! 내가 뉴스에 나왔다. 내가 바로 '요주의 인물'이었다.

그러다 화면이 바뀌어 웬디의 인터뷰 영상으로 넘어갔다. 웬디의 눈은 충혈되고 부어 있었다. 얼굴의 멍은 완전히 사라진 것처럼 보였는데, 아마도 화장으로 가린 것 같았다. 웬디가 카메라를 보며 입을 열었다.

"제 남편 더글러스는 정말 대단한 사람이었어요." 놀랍게도 그녀의 목소리는 평소와 다르게 강하고 흔들림이 없었다. "남편은 다정하고 똑똑한 사람이었고, 우린 곧 아이도 낳을 계획이었어요. 이런 식으로 목숨을 잃어서는 안 되는 사람이었어요. 이건 너무 불공평해요…." 그녀는 감정이 북받쳐 말을 멈췄다. "죄… 죄송해합니다…."

대체 이게 무슨 소리지?

어떻게 웬디가 더글러스에게 그런 짓을 당하고도 저런 말을 할 수가 있지? 죽은 사람을 나쁘게 말하고 싶지 않은 건 이해하지만, 웬디는 그를 무슨 성자라도 되는 양 말하고 있었다. 그가 그녀의 목을 졸라 죽이기 직전에 내가 그를 죽였다. 왜 그녀는 기자에게 그걸 말하지 않는 거지?

화면이 다시 금발의 뉴스 캐스터로 바뀌었다. 그녀는 맑고 푸른 눈으로 카메라를 응시했다. "이제 막 저희와 함께하고 계신다면, 오늘의 톱뉴스는 코인스탁의 CEO이자 억만장자인 더글러스 개릭이 잔인하게 살해된 사건입니다. 그는 어젯밤 어퍼웨스트사이드의 자택에서 가슴에 치명적인 총상을 입은 채 발견되었습니다."

화면에 '더글러스 개릭, 코인스탁 CEO'라는 자막과 함께 40대 남성의 사진이 나타났다. 나는 화면을 뚫어져라 쳐다봤다. 짙은 머리와 부드러운 갈색 눈, 이중턱 그리고 미소 지으며 눈가에 잡힌 주름. 더글러스 개릭의 사진을 쳐다보면서 나는 믿기 힘든 사실을 깨달았다.

나는 이 남자를 단 한 번도 본 적이 없었다.

화면 속의 남자는 내가 펜트하우스에서 알고 지낸 남자와 닮긴 했지만, 전혀 다른 사람이었다. 멀리서 보면 언뜻 착각할지도 모르지만 절대 같은 사람이 아니다. 완전히 다른 사람이었다.

화면 속 저 남자가 더글러스 개릭이라면….

어젯밤에 내가 죽인 사람은 대체 누구지?

제2부

46

웬디

당신은 분명 나를 끔찍한 인간이라고 생각할 것이다.

더글러스가 비록 나한테 손찌검을 한 적은 없지만, 그렇다고 해도 그는 정말 형편없는 남편이었다. 그는 나를 모욕하고 내 삶을 비참하게 만들었다. 그가 나와 이혼만 해줬다면 나는 행복했을 것이다.

이 일이 살인으로 끝날 필요는 없었다. 그건 전적으로 그의 책임이었다.

밀리? 안타깝게도 그녀는 불행한 피해자다. 하지만 그녀는 당신이 생각하는 것만큼 착한 여자가 아니다. 그녀가 감옥에서 평생 썩는다면 그건 공공의 이익을 위해서도 좋은 일일 것이다.

내 이야기를 다 듣고 나서도 당신은 여전히 내가 끔찍한 인간이라고 생각할지도 모른다. 더글러스가 죽을 만큼 나쁜 사람은 아니었다고 생각할 수도 있다. 감옥에 가서 평생 썩어야 할 사람이 나라고 생각할 수도 있다.

솔직히, 나는 그런 건 전혀 신경 쓰지 않는다.

—✦—

《남편을 죽이고도 무사히 살아남는 법 – 웬디 개릭의 안내서》

1단계: 독신에 세상 물정 모르고 더럽게 부자인 남자 만나기

4년 전

나는 현대미술이 도통 이해가 가지 않는다.

친구 알리사가 내게 이 갤러리 전시회의 초대장을 보내왔는데, 내 눈에는 전시회가 너무 이상했다. 나는 회화 그림을 아름다운 예술 작품으로 감상하는 데 익숙했다. 하지만 이건? 이게 뭔지 나는 도통 모르겠다 싶었다.

전시회의 제목은 간단했다. '의복'. 그리고 전시된 것은 정확히 그냥 옷이었다. 조각조각 자르고, 코듀로이와 새틴, 비단, 폴리에스테르를 이어붙여서 재구성한, 벽에 걸려 있는 옷. 정말 말도 안 되는 일이었다. 언제부터 아이들이 학교에서 미술과 공예 시간에 만든 것처럼 보이는 게 예술이 된 거지?

지금 내가 보고 있는 작품의 제목은 '양말'이었다. 적절한 이름이었다. 내 키만큼이나 큰 거대한 프레임에 다양한 모양과 크기의 양말들이 구석구석 채워져 있었다.

난 그저… 이해가 안 갔다.

"제 양말에 구멍이 났어요." 내 등 뒤에서 한 남성의 목소리가 들려왔다. "제가 이것 중 하나를 가져가도 작품에는 아무 문제가 없겠죠?"

나는 고개를 돌려 목소리의 주인공을 확인했다. 나는 그가 바로 더글러스 개릭임을 알아차렸다. 전시회가 열리기 전에 나는 알리사가 준 희귀한 사진을 유심히 살펴보았었는데, 그의 단정하지 않은 갈색 머리, 옅은 미소와 함께 드러나는 눈가의 주름, 그리고 삐뚜름한 왼쪽 앞니를 기억해 두었었다. 그는 월마트에서 구매했을 것 같은 값싼 흰색 드레스 셔츠를 입고 있었고, 단추가 하나 잘못 채워져 있었다. 아니, 잠깐만, 그는 모든 단추를 잘못 채운 채였다. 단추가 죄다 한 칸씩 어긋나 있었다. 그리고 면도가 절실히 필요해 보였다.

당신은 이 사람이 미국에서 가장 부유한 사람 중 한 명이라고는 상상도 못 할 것이다.

"어떻게 사람들이 그걸 모를 수가 있겠어요." 내 가슴이 널뛰기를 하고 있는데도 나는 멋있게 들리려고 애쓰며 대답했다.

그는 나를 향해 웃으며 손을 내밀었다. 내가 본 사진에서는 거의 눈에 띄지 않았지만 실제로 보니 그에게는 이중 턱이 있었다. 그렇다고 식이요법과 운동으로 해결되지 못할 정도는 아니었다.

"더그 개릭입니다."

나는 그의 손을 잡았다. 그의 손은 따뜻했고, 그리고 마치 우리의 두 손이 서로 들어맞도록 설계라도 된 것처럼 그의 손이 내 손을 폭 감쌌다. "웬디 파머예요."

"만나서 반가워요, 웬디 파머." 그의 갈색 눈이 내 눈과 마주쳤다.

"저도요, 개릭 씨."

"그런데…." 그는 닳은 로퍼의 뒤꿈치로 몸의 중심을 옮겼다. "전시회 옷은 어떻게 생각하세요?"

나는 전시실을 둘러보며 여러 옷을 중심으로 한 예술 작품들을 훑어보았다. 내가 더글러스 개릭에 대해 조금 알아본 바로는, 진실성을 높게 평가하는 사람일 것 같았다. "사실 난 잘 이해가 안 가요. 접착제랑 옷 한 상자만 있으면 나도 이런 작품들을 직접 만들 수 있을 것 같아요."

더글러스가 얼굴을 찡그렸다. "하지만 그게 말하고자 하는 바가 아닐까요? 작가는 현상 유지에 도전하고, 전통 예술에 대한 비판을 제시하며, 가장 평범한 사물도 감정을 불러일으키는 무언가로 변할 수 있다는 것을 보여주고 싶은 거죠."

"오." 젠장, 이제 나는 뭔가 지적인 말을 생각해 내야 했다. "음, 질감과 색상의 상호작용이—"

나는 더글러스의 입가에 능글맞은 미소가 묻어나는 것을 보고 말을 멈췄다. 그는 잠시 그러고 있다가 웃음을 터뜨렸다. "허튼 소리 좀 해봤는데, 제가 무슨 말을 하는지 아는 것처럼 들리던가요?"

"조금은요." 내가 멋쩍어하며 인정했다.

"제가 이 갤러리의 어떤 점을 좋아하는지 아세요?" 그가 말했다. "음식이요." 그는 손가락 끝에다 입을 맞췄다. "음식이 훌륭해요. 그 전채요리를 위해서라면 양말들을 걸어둔 벽 몇 개를 흔쾌히 쳐다볼 수 있어요."

"네." 나는 중얼거렸다. 이곳에 온 이후로 나는 아무것도 먹지 못했다. 이 도나 카란 드레스는 내 몸에 꼭 맞았다. 내 가슴과 배, 엉덩이를 골고루 잡아주고 있다. 칵테일 소스를 곁들인 새우를 마구 먹어대기 시작하면 보기 흉하게 불룩해질 수 있었다.

그는 내가 빈손이라는 걸 알고 말했다. "제가 가장 좋아하는 몇 가지를 갖다줄게요. 절 한번 믿어보세요."

나는 그를 향해 미소 지었다. "흥미롭네요."

"꼼짝 말고 있어요, 웬디 파머."

더글러스는 내게 윙크를 하더니 요리 테이블로 달려갔다. 그는 접시를 집어 들고 불안할 정도로 많은 음식을 쌓기 시작했다. 세상에. 접시에 저걸 다 올릴 생각인가? 나는 아침이나 점심을 많이 먹지 않는데, 더더군다나 여기 오기 전에 이미 샐러드를 먹었다. 저 남자는 나한테 무슨 짓을 하려는 거지?

그가 접시에 담은 많고도 많은 음식 때문에 나는 거의 패닉 상태였다. 그래도 작은 접시니까 괜찮겠지. 내일 저녁은 조금만 먹어야겠다.

"여기요." 그는 서둘러 내게로 돌아와 자신이 채집한 음식을 보여주었다. "이게 제가 제일 좋아하는 거예요. 버섯 타르트부터 먹어봐요."

나는 접시를 잡고서는 한 입 먹었다. 천국의 맛이었다. 어림짐작건대 한입에 약 500칼로리는 들어있을 것 같았다. 더글러스가 이중 턱을 갖고 있는 게 너무도 당연했다. 하지만 그는 신경 쓰지 않았다. 그는 여자도 아니고 또 엄청나게 부자니까.

"자, 그럼." 그가 말했다. "저기 '바지'라는 제목의 작품이 있습니다. 우리가 뭘 보게 될지 짐작해 볼 수 있겠어요?"

그는 내 드레스가 가슴골을 인상적으로 드러냄에도 불구하고 내 눈에다 시선을 고정하며 싱긋 웃었다. 오늘 밤 더글러스 개릭을 유혹하기 위해 이곳 전시회에 왔을 때 나는 이런 남자를 예상하지 못했다.

일이 내가 예상한 것보다 훨씬 더 쉬울 것 같았다.

47

2단계: 더럽게 부자인 그 남자와 결혼하기

3년 전

더글러스는 정말 사람을 미치게 만들 때가 있다.

그는 나를 고문했다. 자신의 직업과 개인적 부를 고려해 겉으로는 좋은 사람인 척하지만, 사실 그는 가학적인 사람이었다. 그가 왜 이런 식으로 행동하는지 설명해 줄 다른 이유는 없었다.

"뭐 하는 짓이야?" 나는 그에게 쏘아붙였다.

적어도 그는 멋쩍어하는 것처럼 보일 정도의 체면은 있었다. 당연히 그래야지! 이 남자가 사각팬티만 입고 거실에 앉아 있는 것만으로도 충분히 나쁜 일이었다. 더욱이 우리는 러랜드 재스퍼의 집에서 열리는 파티에 한 시간 안에 도착해야 하는데, 그는 전혀 준비가 되어 있지 않았다. 나는 우리가 적당히 늦은 시간에 파티에 도착할 수 있도록 완벽하게 시간을 지켜가며 준비했는데, 그는 트레이닝복과 티셔츠 차림으로 주방에 서서 버터나이프로 누텔라를 병째 떠먹고 있었다.

나는 이 미친 짓을 견딜 수가 없는 심정이었다.

"배가 고팠어." 그는 주방 조리대 위에 버터나이프를 내려놓았고, 대리석 표면에는 짙은 갈색 얼룩이 묻었다.

"더글러스." 나는 인내심이 급격히 줄어드는 목소리로 말했다. "우리 10분 후에 나가야 해. 근데 자기는 심지어 옷도 안 입고 있잖아."

"어디 가는데?"

그는 나를 고문하는 중이다. 일부러 그러는 것이다. 나는 이런 행동이 의도적이지 않다는 걸 상상도 할 수 없었다. 그 어떤 사람도 그만치 눈치가 없을 수는 없으니까. "러랜드의 집에 가야지! 파티가 바로 오늘 밤이야!"

"아, 맞다." 그는 신음 소리를 내며 관자놀이를 문질렀다. "근데 우리 거기 꼭 가야 해? 우린 러랜드랑 그녀의 남편 싫어하잖아. 자기랑 나 둘 다 그렇게 말하지 않았었나? 게다가 이름이 러랜드가 뭐야? 분명 그 여자가 그냥 지어낸 이름일 거야."

모든 면에서 그의 말이 맞았다. 하지만 그렇다고 해서 우리가 이 파티를 건너뛸 수 있는 건 아니었다. 모두가 파티에 올 것이다. 그리고 나는 완벽하게 스타일링하고 부분 염색한 적갈색 머리에 새 프라다 드레스를 입은 내 모습을, 튀어나온 배를 가려주는 아르마니 정장을 입은 잘생기고 엄청나게 부유한 약혼자의 팔에 매달려 있을 내 모습을 그들에게 보여주고 싶었다. 내가 그에게 아르마니 정장을 골라준 것은 배를 가리고자 하는 명백한 목적에서였다. 그는 나를 만나기 전에는 배의 윤곽이 드러나는 싸구려 정장을 입고 다니곤 했다.

"꼭 가야 해." 나는 이를 악물며 말했다. "그 얘기는 더 이상 듣고 싶지 않아. 지금 당장 옷 갈아입어."

"하지만 웬디." 더글러스가 내 팔을 잡고 자기 쪽으로 가까이 끌어당겼다. 그의 입에서 헤이즐넛 냄새가 났다. "봐봐, 파티는 정말 정말 지루할 거야. 그냥… 뭐가 좋을까, 영화 보러 가는 거 어때? 우리 둘만 말이야. 우리 처음 사귀었을 때처럼? 새 〈어벤져스〉 영화 어때?"

더글러스를 처음 만나기 전에 내가 깨닫지 못한 게 있다면, 그건 그가 절망적인 너드라는 사실이었다. 그는 심지어 그런 점을 숨기려 들지도 않았다. 그가 원하는 거라곤 슈퍼히어로 영화를 본다거나 소파에 앉아 느긋하게 쉬면서 다리 위에 노트북을 올려놓고 누텔라를 병째 먹는 것뿐이었다. 그가 코인스탁의 최고경영자가 될 수 있었던 유일한 이유는 그가 미국의 모든 은행이 사용하는 기술 한 가지를 발명한 엄청난 천재였기 때문이었다.

"우린 이 파티에 갈 거야." 내가 한 백번쯤 말한 것 같았다. 분명히 말하건대, 이 남자는 내 말을 전혀 듣고 있지 않았다. "이제 옷 입어. 빨리, 빨리."

"알았어, 알았다고."

그는 몸을 앞으로 기울여 내게 누텔라 묻은 입으로 키스하려고 했지만, 프라다를 입고 있었던 나는 한 걸음 물러나서 손을 들어 그를 제지했다. "옷 갈아입고 나서 키스해도 돼." 내가 말했다.

더글러스는 누텔라 병을 수납장에 다시 넣어두고는 터벅터벅 걸어서 터무니없이 작은 거실로 향했다. 이 아파트는 모든 게 수치 그 자체였다. 방이 세 개뿐이었고, 그나마도 하나는 더글러스의 사무실용이어서 방이 두 개밖에 없는 거나 마찬가지였다. 결혼하는 대로 우리는 대대적인 업그레이드를 단행할 것이고, 교외에 있는 나의 꿈의 집도 구할 계획이다. 사실 그건 더글러스의 꿈의 집이었다. 내 꿈은 교외에서 사는 게 아니다.

언젠가 우리가 살 집을 생각할 때마다 나는 미소가 지어졌다. 나는 정비공이었던 아버지와 어린이집에서 최저임금도 간신히 받으며 일하던 어머니 밑에서 자랐다. 우리는 작은 집에서 살았는데, 여덟 살 때까지도 이불에 오줌을 싸던 여동생과 같이 방을 써야 했다. 나는 죽어라 공부해서 장학금을 받고 명문 사립 고등학교에 진학했는데, 거기서는 옷차림이 촌스럽다는 이유로 늘 놀림감이었다.

당시에 내가 원했던 건 단 하나였다. 내 얄미운 반 친구 매들린 에드먼드슨이 입고 다니는 것과 같은 고급 브랜드 청바지 한 벌이었다. 그리고 가능하다면 여기저기 해진 물려받은 외투 말고, 제대로 된 겨울 코트 하나만 있었으면 했다.

나는 대학에 들어가면 내가 처한 상황을 바꿀 수 있을 거라 생각했지만, 일은 내 바람대로 되지 않았다. 내가 부정행위자로 몰리는 끔찍한 사건이 발생했고, 그 일로 나는 3학년으로 진학할 수 없게 되었다. 학교에서 쫓겨나는 순간 내 모든 희망이 사라진 것 같았다.

나는 그들 모두가 지금의 내 모습을 보았으면 하고 바랐다.

그때 초인종 소리가 울렸다. "아마 조일 거야. 필요한 서류 몇 장 갖다주기로 했어. 잠깐이면 돼."

조 벤덱은 더글러스의 변호사이다. 더글러스가 부자가 된 이유 중 하나가 그이긴 하지만, 나는 그가 마음에 들지 않았다. 그 역시도 나에 대한 혐오감을 굳이 감추려고 하지 않았다. 더글러스가 그를 해고할 수 있는 위치에 있는 사람인 것이 나로서는 다행이었다.

하지만 그가 저녁 늦은 시간에 들르는 것은 좀 이상했다. 전례가 없는 건 아니지만, 그래도 흔한 일은 아니었다. 무슨 일로 온 걸까.

더글러스가 조와 이야기를 나누는 동안 나는 그들 가까이에서 대화를 엿들었다. 더글러스는 평소 사업 관련한 이야기를 내게 하지는 않지만, 나로서는 최대한 무슨 일이 벌어지고 있는지 아는 게 현명한 일이었다.

"이게 다야?" 더글러스의 목소리가 말했다.

"응." 조가 대답했다. "그리고 또 하나 줄 게 있어…."

서류 바스락거리는 소리가 들렸다. 더글러스가 봉투를 여는 중이었다.

"오, 조. 내가 이미 말했잖아. 이걸 그녀한테 내밀 순 없어…."

"더그, 해야 해. 네 결혼식이 이제 몇 주밖에 안 남았고, 혼전 계약서 없이 네가 그 여자와 결혼하는 건 있을 수 없는 일이야."

"왜 안 돼? 난 그녀를 믿어."

"그건 큰 실수야."

"이봐, 난 못해…. 이건 결혼이라는 단추를 처음부터 잘못 꿰는 것과 같아."

"자, 더그, 내가 법률 자문을 무료로 해줄게. 일이 잘못되면 네가 일해서 성취한 모든 것의 절반을 네 아내가 가져가게 될 거야. 이 문서가 널 보호하는 유일한 수단이야. 이 서류에 서명하지 않고 결혼하면 넌 완전히 호구가 될 거야."

"하지만—"

"하지만이란 말은 마. 그 여자가 이 서류에 서명하지 않으면 결혼하지 마. 그녀가 진정으로 널 사랑하고 너와 결혼 생활을 유지하는 데 관심이 있다면 이 계약서가 문제가 되지 않을 거야, 알겠지?"

나는 숨을 참으며 더글러스의 말을 기다렸다. 그가 조에게 꺼져버리라고 말하기를 기다렸다. 하지만 조는 그의 변호사일 뿐만 아니라 그의 가장 오래되고 가장 친한 친구이기도 했다.

"알았어." 더글러스가 말했다. "서류에 서명받을게."

48

"이건 대단히 관대한 거예요." 조 벤덱이 내게 알려주었다.

조는 거실에 있는 나와 더글러스를 내려다보고 서서 혼전 계약서 조항을 차근차근 설명해 주었다. 더글러스는 그날 밤 내게 혼전 계약서를 주지 않았다. 그는 며칠 더 말미를 가지면서 꽃과 티파니 다이아몬드 목걸이로 충격 완화를 시도했다. 하지만 충격 완화 효과는 그리 크지 않았다.

"혼전 계약서라는 개념이 마음에 안 들어." 나는 꾀죄죄한 청바지와 티셔츠를 입고서 내 옆에 앉아 있는 더글러스를 쳐다보았다. "자기, 우리 이거 꼭 해야 해?"

"이건 아주 관대한 조건이에요." 조가 다시 말했다. "이혼하면 천만 달러예요. 그 대신 그의 다른 자산은 가져갈 수 없어요."

"난 이 사람 재산을 원하지 않아요." 나는 더글러스의 무릎에다 손을 얹었다. 그의 청바지 천이 해진 느낌이 내 손 아래로 전해졌다. "난 그저 평화롭게 결혼하고 싶을 뿐이에요."

"그럼 서명해요." 조가 말했다. "그러고 나면 다시는 이 문제로 당신을 귀찮게 하지 않을 겁니다."

"난 그냥…." 나는 주머니에서 자수가 놓인 손수건을 꺼내 눈가를 톡톡 두드렸다. "더글러스, 난 자기가 날 믿는 줄 알았는데."

"오, 맙소사." 조가 중얼거렸다. "더그, 정말 이런 헛짓거리에 속아 넘어갈 셈이야?"

더글러스는 친구를 한번 쏘아보고 나서 내 어깨를 팔로 감쌌다. 그는 우는 여자한테 약하다. "웬디, 그런 게 전혀 아니야. 난 당신을 믿어. 그리고 당신을 정말 사랑해."

나는 눈물로 얼룩진 얼굴을 들어 그를 바라보았다. "나도 자기 사랑해."

"하지만." 그가 덧붙였다. "혼전 계약서 없이는 자기와 결혼할 수 없어. 미안해."

나는 더글러스의 갈색 눈동자를 보고 그의 말이 진심임을 알아차릴 수 있었다. 그건 조의 말에 그가 설득당했다는 뜻이었다. 그리고 조는 지금 쿨에이드를 마시고 있었다.

나는 내 앞에 있는 커피 테이블에 놓인 서류를 슬쩍 쳐다보았다. 그건 두께가 5센티미터나 되는 서류 더미였다. 하지만 조는 나를 위해 주요 쟁점들을 형광펜으로 강조해 두었다. 우리가 이혼하면 내가 천만 달러를 받을 수 있다는 내용이 분명히 적혀 있었다. 그건 더글러스가 가진 자산의 절반에는 한참 못 미치지만 그렇다고 무시할 금액도 아니었다. 이번 일이 잘 풀리지 않더라도 그 돈이면 남은 인생을 편안하게 지낼 수 있을 것이다.

그렇다고 이혼할 생각은 아니다. 더글러스와 나는 죽음이 우리를 갈라놓을 때까지 어쩌고저쩌고, 뭐 그렇게 사는 게 당연히 좋은 거 아닌가. 하지만 세상일은 모르는 법이다. 더글러스는 말하자면 '고쳐 써야 하는 사람'이고, 내가 원하는 만큼 제대로 고쳐지지 않을 수도 있으니까.

"알았어요." 내가 말했다. "서명할게요."

49

3단계: 잠깐 동안 결혼 생활 즐기기

2년 전

“세상에, 여기 미쳤네.”

더글러스는 이 펜트하우스 아파트를 사는 걸 주저했다. 그는 자기는 평생 그 조그만 방 세 개짜리 아파트에서 살아도 괜찮다고 생각하는 사람이었다. 물론 섬에 주택을 한 채 사 두긴 했지만, 나는 거기서 많은 시간을 보낼 생각이 없었다. 하지만 더글러스는 그 집을 꽤 마음에 들어 했다. 거기에는 방이 다섯 개나 있었는데 우리가 그 방들을 아이로 가득 채우게 될 거라고 짜증이 날 정도로 계속 떠들어댔다.

"이 펜트하우스는 오슨 데닝스가 가진 집보다 작아." 내가 지적했다.

부동산 중개인인 태미가 세차게 고개를 끄덕였다. "이건 중급 수준의 펜트하우스일 뿐이에요."

더글러스가 채광창을 바라보며 눈을 깜빡였다. "우리한테 펜트하우스가 왜 필요한지 전혀 모르겠어! 우리한테는 이미 주택 한 채가 있는데!"

나는 남편이 얼마나 인색한지 아파트를 구하러 다니기 전까지는 몰랐다. 그는 방이 네 개가 넘는 집은 너무 크다고 생각했다. 그리고 마치 롱아일랜드에서 모든 시간을 보낼 것처럼 섬에 있는 주택 이야기를 계속해서 꺼냈다. 오, 제발!

"내가 아파트를 가지고 있었던 건 회의 때문에 시내에 머물러야 할 때를 대비하기 위해서였어." 그는 내게 상기시켰다. "하지만 아파트는 우리가 살 곳이 아니야. 우리가 살 곳은 그 주택이지."

"우리가 왜 한 곳에서만 살아야 해?"

"우린 미치지 않았으니까?"

"많은 사람이 교외와 시내에 집을 하나씩 두고 살아요." 태미가 큰 소리로 말했다.

"우린 이미 시내에 집이 있어요!" 더글러스가 맞받아쳤다.

그의 인내심이 점점 줄어들고 있었다. 더글러스는 스태튼 아일랜드의 한 아파트에서 홀로 애를 키우는 어머니 밑에서 자랐다. 그는 너드 아이들을 위한, 시내에 있는 특수 공립 고등학교에 진학했고, 장학금과 아르바이트, 대출의 힘을 빌려 매사추세츠공과대학(MIT)을 졸업했다. 그는 돈에 익숙하지 않았다. 그는 돈으로 무엇을 해야 할지 몰랐다.

돈에 익숙지 않은 건 내가 그보다는 한 수 위였다. 내 아버지는 중고차만 몰았고 어머니는 쿠폰을 모았다. 언니를 위해 구입한 옷은 다른 세 명의 자식이 모두 돌려 입을 때까지 버리지 않았다. 모든 옷은 실타래처럼 늘어질 때까지 사용했다.

나는 그렇게 사는 게 싫었다. 침대에 누워 부자가 되면 어떤 느낌일까를 상상하곤 했다. 그런데 이제 부자가 되었다. 그동안 꿈꿔왔던 모든 걸 가지지 못할 이유가 무엇이란 말인가?

우리는 어린 시절을 가난하게 보냈지만, 이제 우리에겐 돈이 있다. 그러니 돈이 있는 것처럼 행동할 것이다.

"더글러스." 나는 손가락으로 그의 팔을 아래 방향으로 쓰다듬었다. "조금 사치스러운 것 같지만 여기가 내가 꿈에 그리던 아파트야. 난 이미 이 아파트와 사랑에 빠졌어."

"그리고." 태미가 말했다. "가격도 대폭 인하되었습니다."

"아무도 이 말도 안 되는 곳을 감당할 수 없어서겠죠." 더글러스가 투덜거렸지만, 그에게서 싸우려는 의지가 사라진 게 느껴졌다.

"제발, 자기야." 나는 그를 향해 눈을 동그랗게 뜨며 말했다. "아이들을 도시로 데려올 때 하룻밤 묵을 곳이 있으면 정말 좋을 것 같아."

이 말은 항상 효과를 발휘했다. 내 뜻대로 하고 싶을 때마다 나는 가상의 아이들 이야기를 꺼내기만 하면 되었다. 더글러스는 네 명을 원하지만, 아이를 쑥쑥 낳은 사람은 그가 아니었다.

"알았어." 그의 눈빛이 부드러워졌다. "뭐, 그래, 까짓거. 이것도 세금 공제나 뭐 그런 거에 해당하겠지?"

"당연하죠!" 크게 흥분한 태미가 재잘대듯 말했다.

"고마워, 자기야." 나는 남편에게 키스하기 위해 몸을 기울였다. 남편이 나를 품에 안을 때 나는 그가 처음 만났을 때보다 살이 더 쪘다는 걸 알 수 있었다. 그건 그가 나아가야 할 방향과는 정반대 지점이었다. 그걸 포함해서 더글러스는 앞으로 더 열심히 노력해야 했다. 더글러스는 여전히 고쳐야 할 데가 많은 미완성품이었다.

50

나는 내 친구 오드리와 점심 먹는 것을 아주 좋아한다. 그녀는 항상 최고의 가십거리를 갖고 있었다.

나는 항상 이런 삶을 꿈꿔왔다. 한낮에 친구와 함께 한가롭게, 시내의 가장 비싼 레스토랑에서 점심을 먹을 수 있는 그런 삶을. 가끔은 이게 꿈은 아닌지 내 팔을 꼬집어 보고 싶을 때도 있었다.

그러다 더글러스가 내 진을 다 빼놓을 때는 정말 그를 꼬집어 버리고 싶었다.

오드리는 대단한 가십거리가 있는 것처럼 보였다. 그녀는 자신보다 나이가 훨씬 많은 꽤 부유한 남자와 결혼했다. 하지만 더글러스만큼 부자는 아니었다. 그녀는 우리가 가진 펜트하우스 같은 집은 절대 살 수가 없었다.

"있잖아." 오드리가 라즈베리 색 입술을 톡톡 두드리며 내게 말했다. 이건 언제나 놀라운 가십거리의 시작을 알리는 신호였다. 나는 그녀가 어떻게 그런 이야기들을 다 듣는 건지 알 수가 없었다. 나는 나 자신에 관한 비밀은 절대 그녀에게 말하지 않을 것이다. "진저 하웰의 이혼이 확정됐어."

"오." 내가 말했다. "참 힘든 이혼이었네."

진저의 남편 카터는 더글러스와는 정반대에 있는 사람이었다. 그는 우리가 파티에 갈 때마다 진저에게서 눈을 떼지 않는 소유욕 강한 남자였다. 진저는 우리와 외출할 때마다 항상 남편에게 언제 집에서 나서는지, 무엇을 할 건지, 언제 돌아올 건지를 정확히 말해야 했다. 물론 그게 진저에게는 진이 빠지는 일이었을 테지만, 그녀의 남편이 그녀를 통제하는 방식이 내게는 섹시하게 느껴지기도 했다. 카터는 또한 내 남편과 달리 엄청나게 잘생겼고 몸매도 상당히 좋았다.

"음." 오드리는 양상추 잎을 야금야금 씹었다. "밀리의 도움을 받았데."

"밀리? 그게 누구야?"

오드리가 놀란 표정으로 나를 쳐다보았고, 내 뺨이 붉어졌다. 밀리가 우리 사교계에서 중요한 사람인데 내가 잊고 있었던 걸까? 하지만 오드리는 이렇게 말했다. "가사도우미야."

"그래…."

"그런데 평판이 좋아…." 오드리가 목소리를 한 톤 낮췄다. 이건 정말로 훌륭한 가십거리를 내게 들려주려고 한다는 것을 의미했다. "밀리는 남편과 문제가 있는 여자들을 도와줘. 그녀들을 대신해서 문제를 해결해 준데."

"문제를?"

내 머릿속에서는 더글러스의 나쁜 습관들이 적힌 긴 목록이 떠올랐다. 화장실을 쓸 때면 휴지를 반 통은 써버렸고, 내가 몇 번이나 그러지 말라고 했는데도 냉장고에서 꺼낸 음식을 용기째로 퍼먹었다. 고급 레스토랑에 가서도 식사 예절 같은 건 신경도 쓰지 않았다. 아무리 알려줘도 그는 아무렇게나 행동했다.

예전에는 내가 더글러스를 바꿀 수 있다고 생각했었다. 내가 도와주면 그도 나처럼 더 나은 사람이 될 수 있을 거라고. 하지만 그는 점점 더 나빠지고 있는 것만 같았다.

"나쁜 문제들 말이야." 오드리가 정확히 짚었다. "예를 들어, 진저의 남편은 학대를 일삼았어. 아내를 때렸고 심지어 팔을 부러뜨리기도 했어."

"저런!" 나는 놀라서 숨이 막혔다. 더글러스에게 그런 문제가 있는 건 아니었다. 더글러스는 절대 나를 때리지 않았다. 그는 그런 생각조차 하지 않을 것이다. "정말 끔찍하네."

그녀는 진지하게 고개를 끄덕였다. "그러니까 이 밀리라는 여자가 도움을 주는 거야. 무엇을 말하고 어떻게 행동해야 하는지 알려주고, 적절한 자원도 구해준다고. 그녀는 진저에게 훌륭한 변호사를 구해줬어. 심지어 몇몇 여자들은 감쪽같이 사라질 수 있게 도왔다고 들었어. 실종이 유일한 선택지인 여자들이었지."

"대단하네."

"그게 다가 아냐." 오드리는 양상추 잎을 씹다가 냅킨으로 입술을 톡톡 두드렸다. "탈출구가 없는 두어 번의 상황에서는 밀리가… 그러니까, 남자를… 처리했다고 들었어."

나는 손으로 입을 막았다. "그럴 수가…."

"진짜라니까!" 오드리는 그 사실을 내게 알려줄 수 있어서 기쁘다는 표정을 지어 보였다. "그 여자는 진짜 하드코어야. 정말이야. 위험해. 남자가 여자를 해치려는 건 본다면 그녀는 그걸 저지하기 위해 무슨 짓이든 할 거야. 자기 친구를 강간하려던 남자를 죽여서 감옥에 갔다 왔대."

"세상에…."

오드리는 샐러드를 한 입 더 먹은 후 접시를 옆으로 밀쳐냈다. "배가 너무 불러." 그녀는 작은 크기의 샐러드를 시켰는데도 절반도 먹지 않았다.

"웬디, 정말 아무것도 안 먹을 거야?"

나는 미모사 칵테일을 한 모금 마셨다. "아침을 엄청 많이 먹었어."

그녀는 나를 쳐다보며 눈을 가늘게 떴다. 아마도 우리가 함께한 지난 세 번의 점심 식사에서 내가 음식을 한 번도 주문하지 않았기 때문일 것이다. 대신에 나는 항상 음료를 마셨다.

"그나저나 넌, 임신하는 건 아직 운이 안 따르나 보네." 그녀가 말했다.

몇 달 전, 더글러스가 조만간 내가 임신하는 걸 크게 기대하고 있다는 사실을 의도치 않게 언급했었는데, 지금 생각하니 내 입이 저주스러웠다. 어쩌다 보니 말이 나와 버렸었다. 우리는 일 년 가까이 아기를 가지기 위해 노력해 왔지만 일은 뜻대로 풀리지 않았다.

"아직까진 그래." 내가 말했다.

"내가 훌륭한 불임 전문가를 알고 있어." 오드리가 말했다.

"로라도 그를 찾았었는데, 지금 그 결과를 봐."

친구 로라에게는 지금 쌍둥이 아들이 있는데, 지난번 길에서 그녀를 마주쳤을 때 아들 둘이 쉬지 않고 울어댔다. 그걸 생각하면 아직도 진절머리가 난다. "괜찮아. 우린 전통적인 방식을 선호하거든."

"그래, 근데 점점 나이가 들잖아." 그녀가 내게 사실을 상기시켰다.

"똑딱똑딱 시간은 흘러, 웬디."

"알았어. 그 불임 전문의 이름 나한테 알려줘."

휴대전화에 전문의의 번호를 입력해 두었다. 물론 전화할 생각은 없다. 하지만 더글러스가 물어보면 적어도 내가 뭔가 하고 있는 척은 할 수 있을 것이다.

51

4단계: 당신과 남편이 서로 전혀 안 맞는다는 사실 깨닫기

1년 전

더글러스는 우리의 롱아일랜드 주택 다이닝룸에 들어서다 두 벌의 식탁 세팅을 보고 우뚝 멈춰 섰다.

"나머지 저녁은 어디 있어?" 그가 물었다. "주방에 있어?"

"아니." 나는 무릎에 냅킨을 놓고서 이미 식탁에 앉아 있었다. "이게 우리 저녁이야. 블랑카가 샐러드를 만들었어."

더글러스는 독약 한 그릇을 대접받은 양 채소 접시를 바라보았다. "이게 다야? 이게 저녁 식사의 전부라고?"

나는 한숨을 쉬었고, 그리고 더글러스를 처음 만났을 때 그의 이중 턱을 본 순간을 떠올렸다. 그날 밤 나는 그 이중 턱이 사라질 수 있도록 그가 몸을 만들게 하겠다고 다짐했었다. 하지만 그는 지금 오히려 그날 밤보다 몸매가 더 엉망이었다. 솔직히 그는 신경도 안 쓰는 것 같았다.

"양상추와 토마토, 오이, 채 썬 당근이야." 내가 설명했다. "매일 샐러드를 먹는 게 내가 풍선처럼 살이 찌지 않는 비결이야. 당신도 그렇게 해 봐."

"웬디, 당신은 너무 말랐어!" 그가 지적했다. "당신은 양상추 잎이나 셀러리 줄기가 아닌 것을 먹는 걸 무서워하잖아."

나는 몸을 곧게 폈다. "난 그냥 건강을 유지하는 거야."

"걱정돼서 그래." 그는 불쾌한 샐러드 앞에 앉으며 얼굴을 찡그렸다. "당신은 아무것도 먹지 않잖아. 그러곤 어제 달리기를 한 후에 기절했고."

"기절한 거 아니야!"

"기절했어! 당신은 얼굴이 하얗게 질려서 소파에 앉아 있었고, 내가 아무리 흔들어도 깨어나질 않았잖아. 구급차를 부르려고 했다니까."

"피곤했던 거야. 아주 먼 거리를 달렸으니까." 나는 밝은 표정을 지어 보였다. "내일 나랑 같이 달리러 갈래?"

"됐어, 난 뒤처지지 않고 당신이랑 나란히 달릴 자신이 없어."

나는 고개를 옆으로 기울였다. "흠, 그렇담 우리 둘 중 누가 건강하지 않은 걸까?"

더글러스는 검은 머리를 긁적였다. "그리고 또 너무 마른 게 임신을 방해할 수도 있어. 너무 마른 게 임신에 안 좋다는 글을 내가 봤거든."

"그만 좀 해." 나는 신음했다. "항상 얘기가 거기로 돌아와야 하는 거지, 그렇지? 아직 임신이 안 된 것을 두고 내 탓을 하지 않는 대화를 우린 더 이상 할 수가 없는 거지?"

더글러스가 입을 열어 무언가를 말하려다가 마음을 고쳐먹는 것 같았다. "미안해, 당신 말이 맞아."

그는 눈앞에 놓인 샐러드 아래로 시선을 떨어뜨렸다. 그는 코를 찡그렸다. "드레싱 뿌려져 있는 거야?"

"무지방 비네그레트야."

"안 보이는데."

"무색이라 그래."

그는 아삭아삭한 양상추를 포크로 파헤치더니 몇 조각을 포크에다 꿰었다. 그는 그것을 입에다 밀어 넣고 씹었다. "이거 드레싱 뿌린 거 확실해? 집 밖에 있는 풀을 먹는 것 같아."

"블랑카에게 조금만 뿌리라고 했어. 그게 무지방이긴 해도 칼로리가 없는 건 아니야."

더글러스는 계속해서 채소를 씹었다. 한입 가득 든 것을 삼키자, 그의 목젖이 까닥거렸다. 다 먹은 후 그는 의자를 바닥에다 긁으며 자리에서 일어났다.

"어디 가?" 내가 물었다.

"KFC."

"뭐?" 나는 자리에서 일어섰다. "더글러스, 당신은 할 수 있어. 우리 이거 같이 해 보자, 응?"

"나랑 같이 갈래?" 그가 말했다.

"농담하는 거지?"

"데이트할 때는 같이 패스트푸드를 먹곤 했잖아." 그가 내게 상기시켰다. 그건 사실이었다. 비록 나는 그 끔찍한 기억을 잊으려 노력해 왔지만. "같이 가자. 드라이브 스루를 이용하는 거야. 재밌을 거야. 거기에 빵을 프라이드치킨으로 바꾼 햄버거가 있다고 들었어. 그거 먹어보고 싶지 않아? 아니면 적어도 어떻게 생겼는지 한번 보는 건 어때?"

내 패스트푸드의 나날들은 테크 억만장자와 결혼했을 때 끝났어야 했다. 나는 고개를 저었다. 더글러스는 슬픈 표정을 지었지만, 단념하지 않았다. 그는 프라이드치킨으로 만든 햄버거를 사기 위해 차를 타고 떠났다.

그 순간 나는 더 이상 남편을 존중하지 않는다는 것을, 그래서 더 이상 남편에게 충실할 수 없다는 것을 깨달았다.

52

결혼 생활이 파탄이 나고 있는 상황에서 나는 쇼핑을 통한 기분 전환이 필요하다고 생각했다. 다시 말해, 우리에게는 새 가구가 필요했다.

나는 도시로 다시 돌아올 날을 기다렸다. 섬에서는 괜찮은 가구를 찾기가 매우 어렵기 때문이었다. 더글러스는 나도 모르는 사이 자신의 가구 대부분을 아파트에서 펜트하우스로 옮겼는데, 그것들은 하나같이 끔찍했다. 대부분 생긴 게 '할인'이나 '창고'라는 단어가 들어간 상점에서 구매한 가구들 같았다. 나는 그것들을 쳐다보는 것조차 견딜 수 없었다.

나는 더글러스에게 집안의 가구는 서로 어울려야 하며, 클래식하고 오래된 가구는 서로 어울릴 뿐만 아니라 고딕 양식 건물의 장식과도 잘 어울린다는 점을 설명해 주려고 무던히도 애를 썼다.

더글러스는 나를 멍하니 쳐다보았는데, 내가 프로그래밍 언어나 클링온어* 같은 그가 가장 잘 이해하는 언어로 말하지 않은 게 이유인 것 같았다. 그러다 그는 결국 고개를 끄덕이더니 내게 원하는 건 뭐든 사라고 말했다.

그래서 나는 펜트하우스를 장식할 아름다운 골동품을 찾으러 나가다 우리 빌딩 로비에서 메리베스 시몬즈를 우연히 마주쳤다.

메리베스는 더글러스 회사의 접수원이었다. 몇 번 만난 적이 있었고, 충분히 유쾌한 사람이었다. 40대 초반의 나이에 금발 머리가 희끗희끗했고 얼굴은 단조로웠다. 그녀는 종아리를 최대한 넓적해 보이게 하기 딱 좋은 길이의 촌스러운 스커트를 입고 있었다. 처음 그녀를 봤을 때 나는 그녀가 나에게 위협이 되지 않는다고 판단했고, 두 번 다시 그녀를 생각하지 않았다.

"웬디!" 그녀가 소리쳤다. "오, 만나서 정말 반가워요."

그녀는 서류 파일을 손으로 움켜쥐고 있었는데, 거기에는 아마도 더글러스에게 전달할 믿을 수 없을 만큼 지루한 문서가 들어 있을 터였다. 그가 사무실에는 거의 나오지 않았기 때문에 그녀는 그를 위해 서류를 가져다주어야 했다. 그는 도시 곳곳에 흩어져 있는 커피숍이나 롱아일랜드에 있는 주택에서 일하는 것을 선호했다.

"더그 여기 있나요?" 그녀가 물었다.

"안타깝게도 없어요." 나는 시계를 흘끗 내려다보았다. "그리고 난 서류를 받아줄 시간이 없어요. 도어맨에게 맡겨요."

---

* 미국 SF 드라마 〈스타트렉〉에 등장하는 외계인 언어

메리베스의 미소에서 미세한 주춤거림이 보였지만, 그녀는 이내 고개를 끄덕였다. 더글러스는 그녀를 좋아했는데, 그녀의 성품이 착했기 때문이었다. 나는 그게 그녀가 당하고도 가만히 있는 사람임을 뜻하는 걸로 짐작했다. “물론이죠, 웬디. 어디 가세요?”

나는 그녀의 친근한 태도에 약간 당황스러웠지만, 내가 가난했을 때 엄청나게 부유한 사람들의 일상에 매료되곤 했던 기억이 떠올랐다. 그 당시 나는 지금의 나와 같은 사람들에 관한 기사를 읽곤 했었다. “가구 좀 사려고요.” 내가 그녀에게 말했다.

“가구요?” 그녀의 눈빛이 환해졌다. “제 남편 러셀이 가구점을 해요. 작은 가게지만 가구가 정말 훌륭해요. 그리고 당신에겐 할인도 해줄 거예요.” 그녀는 핸드백을 뒤지다 서류 파일을 떨어뜨릴 뻔했지만 결국에는 립스틱이 희미하게 묻은 흰색 직사각형 명함을 찾아냈다. “이게 그 사람 명함이에요. 제가 보냈다고 말씀하세요.”

나는 메리베스의 알 수 없는 가방에 들어있던 명함을 만지기가 꺼려져서 검지와 엄지손가락 사이로 명함을 받았다. “네, 봐서요.”

“그럼….” 그녀는 나를 향해 환하게 웃었다. “만나서 반가웠어요, 웬디.”

나는 그녀가 도어맨 쪽으로 가기 전에 불러 세웠다. “메리베스?”

그녀는 얼굴 전체에 기분 좋은 미소를 띠며 돌아보았다. “네?”

“날 웬디 사모님이라고 불러줘요.” 내가 그녀에게 말했다. “어쨌든 우린 친구가 아니잖아요. 난 당신 상사의 아내예요.”

메리베스는 입가에 띤 미소를 유지하려고 애를 썼다. “물론이죠. 죄송합니다, 웬디 사모님."

내가 못되게 구는 걸까? 하지만 내가 이 도시에서 가장 부유한 남자 중 한 명과 결혼한 건 그의 접수원에게 친근하게 이름으로 불리기 위해서가 아니었다.

53

나는 그저 내가 지구상에서 가장 끔찍한 여자가 아니라는 점을 증명할 목적으로 러셀 시몬즈의 가게에서 가구 한두 개쯤 사주기로 했다. 그 부부에게 돈 좀 써주는 건 어려운 일도 아니었다. 그리고 우리 아파트에 두기에는 물건이 너무 촌스럽다면 언제든 기부 물품으로 내놓으면 그만이었다.

매장이 협소하다는 건 놀랄 일이 아니었다. 나는 각지고 딱딱한 소파들을 기대했는데, 들어서는 순간 아름다운 서랍장이 내 눈에 들어왔다. 나는 잠시 걸음을 멈추고 정성스럽게 사포질하고 손때를 묻힌 멋진 오크 서랍장에 감탄했다. 화려하게 장식된 아름다운 거울도 서랍장과 자리를 함께하고 있었다. 나는 작은 열쇠 구멍이 있는 세 개의 서랍 중 하나를 손가락으로 살포시 더듬었다.

이건 내가 찾고 있던 그런 종류의 물건이었다. 나는 이걸 집에 꼭 두고 싶었다.

"아름다운 작품이죠, 안 그래요?"

나는 몸을 돌려 내 뒤편에서 들려오는 깊고 풍부한 목소리의 주인공을 확인했다. 잠시 나는 내가 남편을 보고 있다고 생각했다. 하지만 아니었다. 그 남자는 더글러스 개릭이 아니었다. 더글러스와 키가 거의 비슷했고, 체격도 더글러스가 운동을 좀 하면 비슷하게 될 수 있을 것 같았다. 머리는 깔끔하게 다듬어져 있었는데, 더글러스의 머리칼과 거의 같은 색이었다. 그는 가구점에서 일하면서도 깔끔한 흰색 드레스 셔츠에 전문가 솜씨처럼 능숙하게 매듭을 묶은 넥타이를 매고 있었다. 내가 현대미술 전시회에서 더글러스를 처음 만났을 때 그를 변화시켜서 만들어 내고 싶다고 생각했던 그런 남자의 모습이었다. 내 남편이 베타 버전에 불과하다면 그는 더글러스 2.0이었다.

"빈티지 작품입니다만, 제가 직접 복원했습니다."

"정말 훌륭하네요. 마음에 쏙 들어요."

그가 나를 보며 미소 짓자, 내 무릎이 살짝 떨렸다. "그건 흥정에 좋은 말은 아닙니다만."

"난 흥정에 관심 없어요." 내가 말했다. "나는 원하는 게 있으면 그걸 손에 넣기 위해 무슨 일이라도 할 거거든요."

내 말에 그의 눈에서는 희미한 기쁨이 내비쳤다. "전 러셀이라고 합니다." 그가 내게 손을 내밀었다. 내가 그 손을 잡자, 기분 좋은 따끔거림이 내 팔을 타고 올라왔다. "여긴 제 가게인데 전 오늘 이 서랍장을 당신에게 꼭 팔고 싶습니다. 당신 아파트에 잘 어울릴 겁니다."

러셀 시몬즈. 이 남자는 분명 메리베스의 남편이었다. 나는 왠지 몰라도 배가 나온 대머리를 예상했었다. 이런 남자일 줄은 생각도 못 했다.

"난 웬디 개릭이에요." 내가 그에게 말했다. "당신 아내인 메리베스가 내 남편 밑에서 일하고 있어요. 그녀가 여기 가보라고 권해줬고요."

그의 입가에 장난기 가득한 미소가 머물렀다. "그랬다니 정말 기쁩니다."

전부 둘러보기도 전에 나는 가게에 있는 가구의 절반 정도를 샀다. 러셀이 또 다른 복원된 고가구에 관해 이야기할 때마다 나는 그냥 그걸 살 수밖에 없었다. 그리고 내가 놀랍도록 높은 한도의 신용카드를 건네자, 그는 흠잡을 데 없이 깨끗한 흰색 명함을 꺼내더니 뒷면에다 10자리 숫자를 적어주었다.

"가구에 문제가 있으면 언제든 연락주세요." 그가 말했다.

나는 카드를 핸드백에다 밀어 넣었다. "꼭 그럴게요."

러셀이 내가 구매한 물건을 계산하는 동안, 나는 가구점에서 집으로 가져가고 싶은 물건이 하나 더 있다는 생각을 지울 수가 없었다. 그리고 나는 내가 원하는 것이 있을 때 그걸 갖기 위해서라면 무엇이든 할 것이다.

54

5단계: 다른 곳에서 행복을 찾기 위해 노력하기

6개월 전

나는 아무래도 사랑에 빠진 것 같다.

나는 더글러스와 사랑에 빠지려고 노력했다. 정말 그랬다. 시간이 지나면 정이 들 거라고 생각했었다. 그리고 내가 스스로 노력해서 변했던 것처럼, 그도 변할 수 있다고 믿었다. 더글러스는 자기 관리를 좀 하고, 간단한 시술을 받고, 삐뚤어진 치아만 교정해도 자기가 얼마나 멋진 남자가 될 수 있는지 몰랐다. 억만장자가 삐뚤빼뚤한 치아를 가진 채 돌아다니다니 믿을 수 없는 일이었다.

하지만 더글러스는 그런 것에는 전혀 관심이 없었다. 내가 원하는 남자가 되려는 의지도 없었다. 그는 그저 발전 없이 그 자리에 머물러 있고 싶어 했다.

반면에 러셀은….

우리가 성관계를 갖기 시작한 지 육 개월이나 지났지만, 나는 테이블 건너편에 있는 이 남자를 바라보는 걸 멈출 수가 없다. 옆머리는 짧게 윗머리는 살짝 말릴 정도로 자른 짙은 초콜릿색 머리에 눈썹은 짙고 강렬했다. 나는 단 한 번도 눈썹을 "강렬하다"라고 표현해 본 적이 없었는데, 그는 그 눈썹으로 주변을 장악할 수 있을 것만 같았다. 내가 그의 이목구비 중에서 가장 좋아하는 부분이었다. 하지만 솔직히 말하면 나는 그의 모든 것을 좋아했다.

그의 은행 잔고만 빼고.

웨이트리스가 만면에 미소를 머금은 채 우리 테이블로 다가왔다. 이렇게 비싼 레스토랑의 종업원들은 언제나 과하게 친절했다. 더글러스는 이런 곳을 싫어했다. '나한테 지나치게 호들갑을 떠는 게 싫어.'

"디저트 드시겠어요?" 웨이트리스가 물었다. "밀가루가 들어가지 않은 초콜릿케이크가 있습니다."

"아뇨, 괜찮아요." 러셀이 말했다.

나도 동의하며 고개를 끄덕였다. 우리는 절대 디저트를 먹지 않는다. 나처럼 러셀도 자기 관리에 철저했다. 그는 일주일에 몇 번씩 헬스장에 가는데, 그의 몸은 어쩔 도리가 없는 중년의 군살만 아주 조금 있을 뿐 온통 근육으로 조각되어 있었다. 안타깝게도 메리베스는 그의 이런 점을 높이 평가하지 않았다. 그녀는 몇 년 후면 노새처럼 백발이 될 텐데도 자신의 금발을 염색도 하지 않았다.

러셀이 내 손을 잡으려고 테이블을 가로질러 손을 뻗었다. 우리가 공공장소에 있고 둘 다 기혼이라는 점을 고려하면 그건 매우 부적절한 행동이었다. 하지만 우리는 지난 몇 주 동안의 격정에 찬 애정 행각을 거치며 우려하는 마음을 던져버리고 과감하게 행동했다. 내 마음의 아주 작은 부분에서는 차라리 발각되고 싶다는 생각이 들 정도였다. 인생에서 처음으로 사랑에 빠졌기 때문이었다.

더글러스가 이혼을 원한다면, 나는 천만 달러를 가지고 내 갈 길을 갈 것이다.

"출근 안 해도 되면 좋겠어." 그가 중얼댔다.

"좀 늦게 가도 되잖아?" 내가 제안했다.

러셀의 입가에 미소가 번졌다. 나는 그의 열성이 마음에 들었다. 더글러스는 우리가 결혼하고 얼마 지나지 않아 저런 모습이 사라졌다. 사실 결혼 전에도 침실에서 러셀만큼 능숙하지 않았다. 스태미나도 많이 부족했다.

한동안 우리는 호텔에서 밀회를 즐겼는데 최근에는 더글러스가 우리 펜트하우스에 거의 오질 않아서 러셀을 펜트하우스로 데리고 갔다. 아파트 건물에는 감시 카메라가 설치되지 않는 뒷문이 있었고, 거기로 드나들면 도어맨의 의심스러운 시선과 마주할 필요가 없었다.

"그럴 수가 없어." 그가 말했다. "요즘 매장이 너무 바빠."

“그래서 판매 사원을 고용하고 있는 거 아닌가?”

러셀은 보통은 매장에 판매 사원을 한 명만 두었다. 내가 물건들을 많이 구매하는 식으로 해서 매장을 위한 실질적인 자금줄 역할을 하고 있었기 때문에 판매 사원을 한 명 더 고용할 수 있을 텐데도 불구하고 그랬다. 하지만 따지고 보면, 나는 그곳에서 구매한 모든 아름다운 골동품이 마음에 들었다. 러셀은 흠잡을 데 없는 취향을 가지고 있었다. 그에게 돈이 있었다면 그는 돈을 어떻게 써야 할지 정말 잘 알았을 것이다.

“오늘 밤은 시간이 어때?” 그가 제안했다.

“메리베스는 어떡하고?”

아내 얘기가 나오면 언제나 그렇듯 그의 입술이 혐오감으로 비틀렸다. 그와 나는 배우자에 대한 서로의 혐오감을 통해 유대감을 형성했다. “또 야근한다고 말하면 돼.”

웨이트리스가 계산서를 들고 왔고, 나는 플래티넘 카드를 건넸다. 러셀이 돈에 쪼들리는 관계로 고급 레스토랑에 갈 때면 언제나 계산은 내가 했다. 하지만 나는 그게 신경 쓰이지 않았다. 내게는 돈이 충분히 있었으니까.

“오늘 밤 당신을 볼 때까지 나는 매초 매분을 손꼽아 기다릴 거야.” 러셀이 낮게 속삭였다. 그의 손이 테이블 아래에서 내 치맛자락을 따라 올라왔고 나는 숨이 조금 가빠지기 시작했다.

“러셀.” 나는 작게 키득거렸다. “여기선 안 돼. 주변에 사람들이 있잖아.”

“당신 옆에 있으면 나도 어쩔 수가 없어.”

“러셀….”

내 연인이 테이블 아래에서 하는 손장난으로 주는 즐거움은 웨이트리스가 헛기침하는 바람에 중단되었다. 그녀는 내 플래티넘 카드를 손에 쥐고 있었다. "정말 죄송하지만, 카드가 안 되는데요. 승인이 거절되었습니다."

나는 눈을 굴렸다. "카드 기계에 문제가 있는 것 같네요. 다시 해봐요."

"세 번이나 해봤습니다."

나는 한숨을 내쉬었다. 세상에, 이런 레스토랑의 직원들은 친절하지만 때로는 고통스러울 정도로 무능했다. 그들이 생계를 위해 이런 일을 하는 데는 다 이유가 있었다. 나는 지갑을 뒤져 비자 카드를 꺼냈다. "이걸로 해봐요."

잠시 후 웨이트리스가 두 번째 카드를 들고 돌아왔다. "이것 역시 거절됐습니다." 그녀가 내게 알려주었다. 그녀의 말투는 우리의 시중을 들 때만큼 친절하지 않았다. 그리고 옆 테이블에 있던 사람들이 우리 쪽을 쳐다보기 시작했다.

무슨 일인지 알 수가 없었다. 나는 망할 놈의 더글러스 개릭과 결혼했다. 내 신용 한도는 무제한이다. 분명 레스토랑 쪽 문제일 텐데, 하지만 다른 손님들은 문제가 없는 것처럼 보였다.

"내 카드로 해봐요." 러셀이 말했다. 그는 지갑에서 신용카드를 꺼내 건네주었다.

웨이트리스가 새 카드로 결제를 시도해 보려고 서둘러 자리를 뜨자, 나는 그에게 미안한 표정을 지어 보였다. "정말 미안해. 무슨 일인지 모르겠네."

"괜찮아." 그는 이런 레스토랑을 감당할 형편이 못 되는데도 그렇게 말했다. 그가 돈을 낼 줄 알았다면 우리는 이런 레스토랑에 오지 않았을 것이다. 하지만 지금 와서는 어쩔 수 없었다.

러셀의 신용카드는 문제없이 승인되었다. 내 카드에 뭔가 문제가 생겼다. 혹시 내가 모르는 사이에 우리 집 재정에 문제가 생긴 걸까? 우리 같은 사람들은 신용카드 빚이 없다. 하지만 사실 나는 우리 재정 상태에 대해 잘 알지 못했다. 그냥 별생각 없이 신용카드가 있으니까 쓰고 있었을 뿐이다.

오늘 밤 더글러스와 이 문제에 관해 얘기해봐야겠다.

55

더글러스에게 여러 번 전화를 걸었지만, 그는 전화를 받지 않았다. 그리고 또 여러 차례 문자 메시지를 보냈지만, 답 메시지 역시 오지 않았다.

나는 어떻게 된 일인지 몰랐다. 다른 매장에서 신용카드를 사용해 보려고 했지만, 또다시 거절당했다. 그러니까 그 레스토랑의 잘못이 아니었다.

나는 이유를 알아보려고 신용카드 회사에 전화했다. 그리고 그들은 내게 충격적인 말을 들려주었다. 내 신용카드가 취소되었다는 사실을. 모든 카드가.

결국 나는 더글러스와 이야기를 나누기 위해 롱아일랜드에 있는 우리 집으로 가기로 했다. 그는 골동품 가구로 가득한 멋진 아파트가 시내에 있는데도 롱아일랜드의 주택을 더 좋아했다. 조용한 게 좋다고 했다. 도시의 끊임없는 경적과 사이렌 소리 없이 잠들 수 있고 깨끗한 공기가 좋다고. 하지만 롱아일랜드는 고통스러울 정도로 지루했다. 거기서는 할 일도 없고 쇼핑할 만한 곳도 마땅치 않았다.

도착해 보니 집은 텅 비어 있었다. 더글러스가 거의 매일 밤 여기서 자는데도 나는 일주일 넘게 이곳에 오지 않았다는 사실을 깨달았다. 최근 들어 남편과 나는 사이가 더 멀어졌다. 성관계도 그저 임신을 시도하기 위해 한 달에 한 번 하는 정도였다.

집은 깨끗했다. 나는 집에 들어서면서 더러운 피자 상자들과 소파 위에 널브러진 양말들을 발견하리라고 예상했다. 하지만 거실은 뭐랄까… 그래, 아늑해 보였다. 더글러스는 내가 고른 흰색 소파를 없애고 낡아 보이는 쿠션들이 있는 짙은 파란색 소파로 교체했다. 소파에 앉아 그가 돌아오기를 기다리는 동안 나는 소파가 말도 못 하게 흉측하지만 그래도 편안하다는 것을 인정하지 않을 수 없었다.

9시가 다 되어서야 차고 문이 열리는 소리가 들렸다. 나는 소파에서 일어서기로 했다. 그와 내가 지금 나눌 대화는 일어나서 해야만 하는 종류의 것일 테니까. 나는 그런 점을 직감적으로 알아차렸다.

잠시 후 더글러스가 뒤편에서 집 안으로 들어왔다. 그의 머리는 평소보다 더 흐트러져 있었고 눈 밑으로 다크서클이 보였다. 넥타이는 목에 느슨하게 늘어져 있었다. 그는 거실에 있는 나를 보자마자 우뚝 걸음을 멈췄다.

"내 신용카드를 취소했던데." 나는 이를 악물며 말했다.

"당신을 여기로 오게 하려면 어떻게 해야 하는지 궁금했거든."

그는 이게 무슨 농담이라도 된다고 생각하는 걸까? "점심을 먹으려는데 카드 결제가 거부되었어. 나한텐 돈을 낼 방법이 없었다고. 그걸 알고서 하는 말이야?"

더글러스가 넥타이를 끝까지 풀고 거실로 들어섰다. "뭐? 러셀한테 신용카드가 있지 않았어?"

내 입이 딱 벌어졌다. "난…."

그는 넥타이를 소파에다 던졌다. "왜 그렇게 놀라는지 모르겠네. 당신이 다른 남자랑 시내를 돌아다니면서 놀아나는데 내가 모를 거라고 생각했어? 내 신용카드로 호텔 방값을 결제해도 내가 모를 거라고 생각한 거야? 당신은 내가 어느 정도로까지 멍청하다고 생각하는 거야?"

"미… 미안해." 나는 가슴이 방망이질했다. 나는 더글러스가 이런 말을 하는 걸 한 번도 들어본 적이 없었다. 하지만 한편으론 이런 대화를 나누게 되어 기쁘기도 했다. 나는 더글러스 개릭과의 결혼에 지쳤다. 우리가 모든 걸 솔직히 털어놓을 수 있게 되어 오히려 기뻤다. "일부러 그런 건 아니야."

"오, 이런. 그게 지금 당신이 생각해 낸 최선의 변명이야?" 그는 역겨운 표정으로 나를 쳐다보았다. "그리고 메리베스의 남편? 어떻게 그럴 수 있어, 웬디? 메리베스는 거의 가족이나 마찬가지야."

아마도 그에게는 가족 같은 존재였을 것이다. 나는 그녀의 남편과 잠자리를 갖기 전에도 그 여자를 좋아하지 않았다. 그리고 이제 그녀가 러셀에게 얼마나 부적절한 상대였는지 알게 되었으니 더더욱 그녀가 싫어졌다. "그 여자도 알아?"

그는 고개를 저었다. "그녀한테 그렇게까지 할 수는 없어. 망가질 거야." 그는 코웃음쳤다. "그렇다고 당신이 그런 걸 신경 쓰진 않겠지만."

"우리가 완벽한 결혼 생활을 하고 있는 건 아니잖아, 더글러스." 내가 지적했다. "그건 나만큼이나 당신도 잘 알잖아."

내 말에 더글러스의 기세가 조금 꺾였다. 그의 갈색 눈에 힘이 빠지며 부드러워졌다. 사실 더글러스는 성격적으로 좀 만만한 구석이 있었다. 그게 내가 그와 결혼한 이유였다. 내가 원하는 건 뭐든 다 들어줄 사람이라는 걸 처음부터 알고 있었다.

"우리 부부 상담을 받아봐야 할 것 같아." 그가 말했다. "많은 사람이 추천하는 상담사를 찾았어. 바쁘긴 하지만 나도 상담을 위한 시간을 낼게. 우리를 위해서."

나는 더글러스와 나란히 상담실에 앉아 있는 모습을 상상해봤다. 우리는 우리가 안고 있는 수많은 문제에 대해 이야기한 다음, 결국 서로 원하는 것이 완전히 다르다는 사실에 다다를 것이다. "잘 모르겠어…."

"웬디." 그가 내 쪽으로 성큼 다가와 손을 잡았다. 나는 바로 손을 빼려다가 잠시 내버려두기로 했다. "난 우리를 포기하고 싶지 않아. 당신은 내 아내야. 비록 우리가 임신이라는 문제에서 어려움을 겪고 있긴 하지만, 난 당신이 내 아이들의 엄마가 되길 원해."

나는 지금이 남편에게 솔직해져야 할 순간이라는 것을 깨달았다. 반창고를 단번에 뜯어내지 않으면 이 남자로부터 영원히 풀려나지 못할지도 모른다는 생각이 들었다. 그리고 우리가 함께한 시간을 생각하면 그는 진실을 알 자격이 있었다.

"사실." 내가 말했다. "난 아이를 가질 수 없어."

결국 손을 먼저 거둬들인 사람은 그였다. "뭐? 무슨 소리야?"

"여러 해 전에 감염 때문에 나팔관이 망가졌어." 내가 스물두 살이었을 때 일어난 일이었다. 골반 쪽에 심한 통증이 있었고, 의사들은 그 감염이 아무 증상 없이 퍼지다가 나팔관까지 올라가서야 문제를 일으킨 거라고 설명했다. 통증이 너무 심해서 복강경으로 감염된 부분을 제거하는 수술을 받았는데, 그때 의사들은 내가 자연 임신이 불가능할 거라고 했다. '보조 생식 기술을 통해 임신할 가능성이 아주 작게나마 있지만, 감염 정도가 심해서 그것도 극히 희박합니다.'

그 당시 그것은 정말 충격적인 소식이었다. 나는 내 불운을 저주했다. 비록 가난하게 자랐지만 나는 언젠가는 내 부모님처럼 아이들로 집을 가득 채우고 싶다는 꿈을 갖고 있었다. 그 소식을 듣고 나서 24시간 내내 울었다.

하지만 나는 몇 년이라는 시간이 흐르면서 그게 축복임을 깨달았다. 나는 많은 친구들이 아이들에게 매여있는 것을 봤고 아이들 때문에 은행 계좌가 어떻게 고갈되는지 지켜봤다. 나는 아이가 없는 것이 행운임을 깨달았다. 정말 그 감염은 내게 일어난 최고의 일이었다.

더글러스가 고개를 절레절레 흔들고 있었다. "이해가 안 돼. 지금껏 당신은 자기가 임신할 수 없다는 걸 알고 있었다는 거야?"

"그래, 맞아."

더글러스는 멍한 눈을 한 채 폭신한 소파에 털썩 주저앉았다.

"우린 그간 몇 년 동안 임신하려고 노력했어. 근데 당신은 단 한 마디도 안 했어. 그런 거짓말을 내게 하다니 믿을 수가 없어."

내가 그를 충격에 빠트리긴 했지만, 그게 최선이었다. 앞서 말했듯 반창고는 한 번에 떼야만 했다. "난 그게 당신이 듣고 싶어 하지 않은 말이라는 걸 알았으니까."

그는 약간 촉촉해진 눈으로 나를 올려다보았다. "그럼, 입양은 어때? 아니면…."

내가 가장 원하지 않는 건 다른 사람이 싸지른 버릇없는 아이를 돌보는 거였다. "난 아이는 원하지 않아, 더글러스. 한 번도 원한 적 없어. 내가 원하는 건 이 결혼 생활에서 벗어나는 거야."

"하지만…." 그의 아래턱이 떨렸다. 그에게는 여전히 이중 턱이 있었다. 결혼 생활 내내, 나는 그가 그 이중 턱을 없애도록 돕는 일에 있어서 아무런 진전을 이루지 못했다. 나는 그가 아직 미완성인 작품이라고 믿었지만, 아무런 진전이 없었다. "당신을 사랑해, 웬디. 당신은 날 사랑하지 않아?"

"더는 아니야." 내가 말했다. 그건 그를 사랑한 적 없었다고 말하는 것보다는 친절한 말이었다. "더는 당신과 함께하고 싶지 않아. 당신을 존중하지 않고, 우린 원하는 삶도 너무 달라. 헤어지는 게 나아."

내게 천만 달러가 생기면 그가 또 내 신용카드를 해지할까 봐 걱정할 필요가 없을 것이다. 나는 독립적인 삶을 살 것이다. 러셀은 아내를 떠날 수 있고 우리는 원하는 건 뭐든 할 수 있다.

"좋아." 더글러스가 힘겹게 일어섰다. "이 결혼 생활에서 벗어나고 싶다 이거지? 맘대로 해. 하지만 내 돈은 한 푼도 못 받을 거야."

안타깝게도, 그건 더글러스가 결정할 문제가 아니었다. 그는 나를 벌주고 싶어 하지만, 나는 내 권리를 알았다. "혼전 계약서에 천만 달러가 명시되어 있어. 그 이상은 요구하지 않을게."

"맞아." 그의 갈색 눈에서 멍한 듯한 눈빛은 사라졌고, 이제 날카로운 레이저 광선이 되어 내 얼굴에 집중했다. "우리가 이혼하면 당신은 천만 달러를 받게 되어 있지. 하지만 그 계약서에는 당신이 바람을 피웠다는 증거가 있으면 당신은 한 푼도 받지 못한다고 되어 있어."

나는 결혼식 전에 조가 건네준 두툼한 서류를 떠올렸다. 변호사에게 그 서류를 넘겨서 검토하게 하는 것도 고려했지만, 이혼하면 천만 달러를 받는다는 내용이 선명하게 적혀 있는 것을 내 눈으로 봤다. 변호사를 고용하기 위해 수중에도 없는 수천 달러를 낭비하고 싶지도 않았다.

"그 조항이 어디 있는지 보여줄 수 있어." 그의 입가에 미소가 번졌다. "178페이지에 있어. 어떻게 당신이 그걸 놓칠 수 있었는지 모르겠네."

나는 손으로 주먹을 꽉 쥐었다. "조가 날 속였어. 그는 언제나 당신이 날 못 믿게 하려고 들었어."

"아니, 혼전 계약서는 내 생각이었어. 불륜에 관한 조항도 그랬고." 더글러스가 셔츠의 맨 윗단추를 풀었다. "그의 아이디어인 것처럼 행동하라고 했지. 그래야 당신이 나한테 화내지 않을 테니까. 난 당신이 날 믿어주길 바랐어. 난 당신을 믿지 않았지만."

나는 점점 커지는 분노와 함께 남편을 노려보았다. "나한테 말도 하지 않고 아무거나 계약서에 집어넣으면 안 되지. 그건… 나를 속이는 거야."

그는 눈썹을 위로 치켜세웠다. "아, 당신이 임신이 불가능하다는 걸 내게 말하지 않았던 것처럼?"

가슴이 답답하고, 숨쉬기가 조금 힘들어졌다. 더글러스는 항상 여기 공기가 얼마나 좋은지 이야기했지만 나는 그걸 느끼지 못했다. "좋아. 근데 내가 바람피웠다는 걸 증명하려면 운이 많이 따라야 할 걸."

죽을 만큼 고통스럽겠지만, 나는 당분간 러셀을 만날 수 없을 것이다. 더글러스에게 내 불륜을 증명할 기회를 줄 수는 없으니까.

"오, 걱정 붙들어 매. 이미 사진이랑 동영상 다 준비되어 있으니까."

나는 숨이 턱 하고 막혔다. "날 감시하라고 탐정을 고용한 거야?"

그가 독기 서린 눈으로 나를 노려보았다. "우리 아파트에 카메라 몇 대만 몰래 설치하면 될 일이었어. 그게 그렇게 어려운 일인가?"

젠장. 러셀과 나는 그렇게 부주의하면 안 됐다. 내가 미리 알았더라면….

"예전 직장으로 돌아갈 수 있을지도 모르겠네." 더글러스가 배려라도 하듯 말했다. "무슨 일을 했었지? 메이시 백화점의 한 카운터에서 일하지 않았나? 그거 재밌을 것 같네."

나는 이 남자가 끔찍하게 싫었다. 지난 3년 동안 그에게 많은 감정을 느꼈지만, 내 인생에서 누군가를 향해 이렇게까지 증오심을 느낀 적은 없었다. 그래, 나는 그에게 완전히 솔직하지 못했다. 하지만 나를 무일푼으로 만들겠다고? 이 사람은 정말 잔인한 인간이다.

"그렇담 당신과 이혼 안 해." 내가 말했다. "난 이혼 서류에 서명하지 않을 거야. 당신은 당신 인생에서 날 지울 수 없을 거야."

"좋아." 그가 아주 침착하게 말했다. "하지만 당신 신용카드는 돌려주지 않을 거야. 은행 계좌도 전부 내 명의니까 당신이 더 이상 거기에 손댈 수 없어."

나는 더글러스에게 이런 면이 있을 줄은 몰랐다. 하지만 생각해 보면, 그 정도로 큰 회사의 CEO가 되려면 그 정도 배짱은 있어야 할 것이다.

"당신이 펜트하우스에서 지내는 건 괜찮아." 그가 덧붙였다. "당분간은. 하지만 몇 달 안에 매물로 내놓을 거야. 그러니 앞으로 어떻게 할지 결정해."

그 말을 남기고 그는 돌아서서 거실 밖으로 나갔다. 그의 넥타이는 여전히 소파에 놓여 있었다. 내 마음 한구석에서는 그 넥타이로 숨이 멎을 때까지 그의 목을 조르고 싶은 충동이 일었다.

나에게는 너무 달콤한 유혹이었다.

더글러스가 내 불륜 증거를 이용해서 나랑 이혼하게 되면 나는 아무것도 얻지 못한다. 하지만 그가 죽으면 유언장에 따라 나는 모든 것을 얻게 된다.

56

6단계: 남편을 죽어 마땅한 남자로 만드는 방법 알아내기

4개월 전

“더글러스가 펜트하우스를 곧 매물로 내놓겠다고 협박하고 있어.” 내가 러셀에게 말했다. “어떻게 해야 할지 모르겠어.”

우리는 안방에 있는 거대한 킹사이즈 침대에 함께 누워있었다. 나는 더글러스가 설치한 카메라들에 대해 알게 된 후 다시 이 아파트로 돌아오는 게 무서웠다. 그래서 전문가를 고용해 카메라들을 모조리 찾아내 없애버렸다. 이 아파트에서 살지 않기로 하는 건 선택지가 아니었다. 이곳은 더글러스의 집인 만큼이나 내 집이기도 했으므로. 더글러스가 이 아파트에서 몇 번이나 잤는지는 내 손가락으로 세고도 남을 정도였다. 그는 이 아파트를 좋아하지 않았다. 반면 러셀은 이 아파트에 완전히 매료되었다. 그는 나만큼이나 이 아파트를 좋아한다.

하지만 천만 달러를 손에 쥔다고 해도 나는 여기 머물 수 없을 것이다. 그 돈 없이는 말도 안 되는 꿈인 거고.

"그는 그러지 않을 거야." 러셀이 내 배를 손가락으로 쓰다듬었다. "아파트를 팔면 당신은 그와 함께 살아야 하잖아. 그런데 그는 그걸 원하지 않아."

나는 다 포기하고 싶은 심정이었다. "그가 원하는 게 뭔지 누가 알겠어? 그냥 날 벌주고 싶은 거지." 내가 임신을 두고 한 거짓말이 그를 벼랑 끝으로 몰고 간 게 분명했다. 그는 내가 지은 죄만큼 내가 고통받기를 원했다. "하지만 내가 뭘 할 수 있겠어?"

"어쨌든 당신은 그와 이혼할 수 있잖아." 그가 말했다. "그러면 당신은 나와 함께 할 수 있어. 난 메리베스와 헤어질 거야."

"하지만 우린 가난해질 거야!"

"아니, 안 그럴 거야." 그는 내 말에 기분이 상한 표정을 지었다. "나한테는 내 가게가 있어. 그리고 당신도 뭔가를 할 수 있고. 우린 가난하지 않을 거야."

나는 러셀과 내가 서로에게 천생연분인 것처럼 느꼈다. 이런 소리를 할 때만 빼고.

나는 지금 참고 기다리는 중이다. 내가 더글러스와 이혼하면 그걸로 끝이었다. 그러면 나는 그가 가진 돈에 대한 권리를 모두 잃게 된다. 그래서 매일 더글러스가 길을 걷다가 버스에 치이기를 간절히 바랐다. 도시에서는 드문 일이 아니었다. 한 번쯤은 내 남편에게도 그런 일이 일어날 수 있지 않을까?

"죽어만 준다면 좋을 텐데." 내가 말했다. "기름진 음식을 그렇게나 좋아하는 걸 보면 진작에 심장마비로 죽었어야 할 것 같은데."

"그는 겨우 42살이잖아."

"남자들은 40대에 심장마비로 죽는 경우가 많아." 내가 지적했다. "더글러스는 심장약도 복용하고 있어. 그런 일이 일어날 수도 있지."

"더글러스가 심장마비에 걸리기를 바라는 건 미래를 위한 확실한 계획이 아니야."

러셀은 나처럼 더글러스의 죽음에 대한 상상을 즐기지 않는 것 같았다. 그건 단지 그가 나만큼 더글러스를 알지 못하기 때문이었다.

"이 혼전 계약서 문제를 벗어날 방법이 있을 거야." 내가 말했다. "더글러스는 작악한 인간이야. 나를 그런 식으로 대접한 대가를 치러야 해. 아내를 그런 식으로 대하는 남편을 처벌할 방법이 분명 있을 거야. 내 돈줄을 자르고 집을 빼앗겠다고 협박하는 건…. 그건 학대나 다름없어."

그 말을 하는 순간 무언가가 내 뒤통수를 낚아채는 듯한 느낌이 들었다. 내 친구 오드리가 오래전에 나한테 들려준 이야기. 남편으로부터 부당한 대우를 받는 여자들을 도와주는 가사도우미에 관한 이야기.

'그 여자는 진짜 하드코어야. 정말이야. 위험해. 남자가 여자를 해치려는 건 본다면 그녀는 그걸 저지하기 위해 무슨 짓이든 할

거야.'

나는 눈을 감고 그 여자의 이름을 기억해 내려 애썼다. 그러다 마침내 생각이 났다.

'밀리.'

더글러스는 진저의 남편과는 다르다. 나에게 육체적인 학대를 가하지는 않았다. 그럼에도 그는 사악하고 교묘했다. 학대는 꼭 육체적인 것만을 의미하지 않는다. 남편이 나를 집에서 쫓아내고 무일푼이 되게 내버려두는 것도 뼈를 부러뜨리는 것만큼이나 학대이지 않은가?

그 가사도우미도 내 생각에 동의할까? 그건 알 수 없다. 설득이 좀 필요할지도 모른다.

하지만… 만약 그녀가 나를 끔찍하게 대하는 어떤 남자를 보고 그 남자가 내 남편이라고 믿는다면 어떨까? 물론 더글러스는 지금 나를 적극적으로 피하고 있기 때문에 그 남자가 실제 더글러스일 수는 없을 것이다. 그리고 더글러스는 내가 도발하더라도 절대로 나한테 손을 대지 않을 것이다. 하지만 밀리는 내 남편이 누군지 모른다. 더글러스는 온라인상에서 자기가 찍힌 사진들을 꼼꼼하게 삭제해 왔다. 밀리가 나를 때리는 남자를 본다면 그녀는 나를 도와주고 싶어 할 것이다. 남자의 행동이 용서받을 수 없는 거라면, 나로서는 그녀를 막을 수 없을지도 모른다.

천천히 내 머릿속에서 한 가지 계획이 만들어지고 있었다.

57

몇 주 전

나는 거울에 비친 내 모습을 보고 비명을 지를 뻔했다.

내 얼굴은 꽃처럼 피어나는 보라색 멍들이 노르스름하게 변해가는 다른 멍들과 섞여 악몽에서나 볼 것 같은 몰골이었다. 바라보는 것만으로도 고통스러웠다. 러셀은 내가 마지막으로 광대뼈 부분을 손보는 모습을 지켜보면서 깊은 인상을 받은 것처럼 보였다.

"당신은 마술사야, 웬디." 그가 내게 말했다. "진짜 같아."

나는 몇 시간을 들여 연습했다. 유튜브 영상도 여러 개 찾아봤고, 지금은 사실적으로 보이는 멍을 만드는 일에 있어 전문가가 다 되었다. 정말로 누군가가 나를 심하게 때린 것처럼 보였다.

나는 밀리가 이 걸작에 들어간 노력을 알아줬으면 하고 바랐다.

밀리는 우리의 작은 연극을 대부분 진짜라고 받아들이고 있는 것 같았다. 게다가 그녀는 훌륭한 요리사이자 살림꾼이었다. 심지어 내가 제일 좋아하는 쿠카멜론도 구해다 주었다. 그녀에게 일어날 일은 정말 유감이었다.

하지만 다른 방법이 없다.

"거의 완벽해." 내가 화장 도구들을 정리하면서 말했다. "딱 한 가지만 더하면 돼."

러셀이 눈썹을 치켜떴다. 그는 밀리가 온 이후로 더글러스 역을 완벽하게 소화해 내고 있었다. 믿기지 않는 일이었다. 러셀의 외모와 성격에다 더글러스의 부와 권력을 합치니 그야말로 이상적인 남자가 탄생했다. "정말? 내가 보기에는 꽤 완벽해 보이는데."

나는 거울에 비친 내 얼굴을 다시 한번 더 확인했다. 완벽한 것만으로는 충분하지 않았다. 완벽 그 이상이어야 했다. 밀리가 단 1초라도 이게 메이크업이라고 의심하면 게임은 끝이었다. 흠잡을 데가 없어야 했다.

"날 한 대 쳐." 내가 말했죠.

러셀은 고개를 뒤로 젖히며 웃음을 터트렸다. "그래. 그거 좋겠네."

"진심이야. 내 입술을 찢어놔. 진짜처럼 보여야 해."

러셀은 내가 진지하다는 것을 깨닫고서 얼굴에서 미소가 사라졌다. "정말?"

"밀리가 이게 메이크업이라고 의심하면 안 돼." 내가 그에게 말했다. "그리고 내가 가지고 있는 도구로는 입술이 찢어진 것처럼 보이게 할 수가 없어. 그러니 날 한 대 쳐."

러셀은 내게서 뒤로 한 걸음 물러나면서 겁에 질린 표정을 지었다. "난 당신 얼굴을 때리지 않을 거야."

"안 좋게 생각할 필욘 없어. 내가 하라고 시키는 거니까."

"난 평생 여자를 때려본 적이 없어." 그는 조금 괴로워 보였다. 그에게 우리 계획을 끝까지 실행할 배짱이 있을까 하는 의문이 들었다. 일이 마무리되기까지 그는 내 얼굴을 때리는 것보다 훨씬 더 심한 짓을 해야 할 것이다. "난 안 때릴 거야, 웬디."

"그래야만 해."

"안 할래. 난 못해."

나는 너무 답답해서 비명을 지르고 싶었다. 그는 이게 장난이라고 생각하는 걸까? 내 은행 계좌에는 혹시 모를 일에 대비해 모아둔 저축이 조금 있었고, 아울러 보석과 옷을 팔아서 만든 돈도 있었다. 하지만 나는 그 돈으로 생활비를 충당하고 매우 후하다고 할 수 있는 밀리의 월급을 지급하고 있었다. 더글러스가 밀리에게 선물한 것으로 경찰이 의심하게 될 드레스와 각인이 들어간 값비싼 팔찌를 구매하는 데도 돈을 썼다. 그리고 옷장은 청소용품들로 가득 채웠다. 알레르기가 심하다는 핑계를 댔지만, 사실은 밀리가 청소 용구를 들고 다니는 모습을 도어맨이 보지 못하게 하는 게 목적이었다.

어쨌든 돈은 그리 오래 가지 않을 터였다. 조만간 일을 매듭지어야만 한다.

그가 나를 때려야만 했다.

"당신은 한심해." 나는 그에게 쏘아붙였다. "날 위해 이런 작은 일도 못 하다니 믿을 수가 없어. 우리한테 부자가 될 기회가 있는데, 당신은 그걸 망치고 있잖아."

"웬디…."

나는 그를 비웃으며 말했다. "어쩐지 마흔 넘어서도 고작 가구나 파는 인생이더라니. 한심해."

"그만해, 웬디." 러셀이 이를 악물고 말했다.

그의 오른손이 꽉 쥔 주먹으로 변했다. 그는 자기 경력에 대해 민감했고, 나는 그걸 잘 알았다. 그는 항상 성공적인 사업가를 꿈꿨고, 어려움을 겪고 있는 골동품 가구점을 경영하는 일은 그 꿈과는 거리가 먼 것이었다. 나는 그가 훨씬 더 큰 일을 할 수 있도록 도울 수 있다. 그가 되고 싶어 했던 사람, 그가 마땅히 되어야 할 사람이 되도록 말이다.

그가 그냥 나를 때리기만 하면 되는 일이었다.

"당신은 완전 루저야." 내가 계속 밀어붙였다. "가게가 망하면 어떻게 할 건데? 맥도날드에 취직해서 감자튀김에 소금이나 뿌릴 거야?"

"그만! 그만해!"

"내가 그만하길 원해? 그럼 날 쳐!"

무슨 일이 벌어지는 건지 알기도 전에 내 얼굴 왼쪽에서 날카로운 통증이 터져 나왔다. 숨이 턱 막혔다. 나는 비틀거리며 뒷걸음질 치다 수건걸이를 붙잡고 간신히 몸을 지탱했다. 잠시 눈앞에 별들이 보였다.

"웬디!" 러셀의 절박한 외침이 혼란한 나를 깨웠다. "맙소사, 정말 미안해!"

그는 당장이라도 울 것 같았지만 내가 느끼는 아픔만큼 고통스러워 보이진 않았다. 그는 정말 세게 때렸다. 나는 그에게 그럴만한 배짱이 있을 거라곤 확신하지 못했다. 얼굴을 만져보니, 코에서 피가 흘러내리고 있었다.

"당신, 피 나." 그가 놀라서 말했다.

그는 키친타월 몇 장을 나에게 건넸고, 나는 코피를 최대한 멈춰보려고 애를 썼다. 몇 분쯤 지나자, 코피는 대충 멈춘 것 같았다.

고개를 들어 러셀을 보니 그의 강렬한 두 눈썹이 서로 모여있었다. "괜찮아? 정말 미안해."

욕실은 엉망진창이었다. 내 피가 바닥 전체에 뚝뚝 떨어져 있었다. 그리고 욕실 세면대 가장자리에는 피 묻은 손자국이 있었는데, 코피를 멈추게 하려고 필사적으로 코를 움켜쥐고 있던 손에서 묻어나온 것이었다.

이건 그야말로 완벽했다.

58

7단계: 개자식 죽이기

더글러스가 살해된 날 밤

엘리베이터가 움직일 때 나는 거친 금속 마찰음이 들려왔다. 더글러스가 집에 돌아왔다.

지금이 바로 그 순간이었다. 지금이 우리가 지난 몇 달 동안 노력해 온 이유였다. 밀리는 한 시간 전에 내 남편을 살해했다고 확신하고서는 몸을 떨며 이곳 아파트를 떠났다. 경찰이 그녀를 심문할 것이다. 그녀는 견디지 못하고 자신이 한 일을 자백할 것이다. 나는 그녀가 더글러스와 바람이 나서 그런 거라고 경찰들이 믿도록 만들기 위해 신중하게 증거들을 심어 놓았다. 나는 사건과 무

관해야만 했다.

이제 퍼즐의 한 조각만 남았다. 이번에는 더글러스를 진짜로 죽여야 했다.

러셀은 밀리가 사용했던, 공포탄이 들어가 있었던 총을 들고서 주방에서 기다리고 있었다. 이번에는 진짜 총알이 장전되어 있었다. 그는 준비가 되어 있었다.

엘리베이터 문이 열렸고, 나는 남편을 마지막으로 맞이하기 위해 복도를 따라 내려갔다. 나는 남편의 모습에 깜짝 놀라 잠시 걸음을 멈췄다. 그는 마지막으로 봤을 때보다 살이 많이 빠져 있었고 눈 밑으로는 보랏빛 다크서클이 보였다. 수염은 적어도 이틀 이상 안 깎은 것 같았다.

"몰골이 말이 아니네." 내가 불쑥 말했다.

더글러스가 날카롭게 고개를 들었다. "나도 반가워, 웬디."

"내 말은…." 나는 내 얼굴에서 머리카락 한 가닥을 떼어 넘겼다. 밀리가 아파트를 떠난 다음 나는 가짜 멍들을 만들어 낸 메이크업을 조심스럽게 지웠다. "내 말은, 당신이… 피곤해 보인단 뜻이야."

그는 길고 고통스러운 한숨을 내쉬었다. "새로운 소프트웨어 업데이트를 위해 밤낮없이 일했어. 그런데 당신이 나한테 한밤중에 전화해서 여기로 와달라고 애원했고."

"가지고 왔어?"

더글러스가 항상 들고 다니는 너덜너덜한 가죽 서류 가방을 들어 보였다. "여기 이혼 서류가 들어있어. 당신이 서명할 준비가 되어 있으면 좋겠네."

그런 건 아니었지만 그가 알 필요는 없었다.

나는 더글러스를 거실로 데리고 갔다. 나는 온몸을 긴장하며 러셀이 주방에서 나와 아주 가까이서 남편의 가슴에다 총을 쏘기만을 기다렸다. 우리가 거실로 들어서는 순간 그는 총을 쏴야 한다. 그래야 한다… 바로 지금.

젠장.

더글러스는 내 연인에게 살해당하지 않고 소파까지 무사히 도착했다. 나는 크게 실망했다. 그는 소파에 털썩 주저앉으며 쿠션에 기댔고, 서류 가방을 커피 테이블 위에 내려놓았다.

"빨리 끝내자고." 그가 투덜댔다.

아니, 아직은 아니야. 이혼 서류에 서명하려고 그를 여기로 불러들인 게 아니었다. 그건 내가 그를 이곳에 오게 하고 싶었던 이유와는 정반대되는 일이다. 하지만 러셀이 주방에서 나오지를 않았다. 그는 보이지도, 소리를 내지도 않았다. 뭘 하고 있는 거지?

"마실 것 좀 줄까?" 내가 물었다. 그가 거절할 것 같아 나는 재빨리 덧붙였다. "물 한 잔 갖다줄게."

더글러스가 뭐라고 대꾸하기도 전에 나는 그를 이혼 서류와 함께 소파에 남겨둔 채 주방으로 내달았다. 나는 머리끝까지 화가 났다. 지금 바로 이 순간까지 모든 것이 내가 계획한 대로 정확하게 진행됐다. 한 가지 일만 더 벌어지면 되는 거였다. 러셀이 더글러스를 죽여야 했다.

내가 주방에 들어갔을 때 러셀은 구석에서 움츠리고 있었다. 총은 조리대 위에 놓여 있었고, 그는 패닉에 빠진 것처럼 보였다. 가죽 장갑을 낀 채 조리대 끝을 움켜쥐고서 숨을 가쁘게 몰아쉬고 있었다. 얼굴은 종이처럼 창백했다.

"러셀!" 나는 그를 향해 낮게 소리를 냈다. "대체 뭘 기다리는 거야?"

그는 오늘 밤 엄청나게 비협조적이었다. 밀리가 오기도 전에 그는 이런저런 우려를 이야기하며 그만두겠다고 했다. '공포탄에 맞아도 안전할까? 브랜든 리도 그렇게 죽지 않았나? 그녀가 총이 아니라 칼로 날 찌르면 어떡해?'

마침내 나는 그가 내 목을 조르는 척하는 장면을 연출하게 하는 데 성공했다. 밀리가 공포탄이 들어간 총을 쏘고 러셀이 죽지 않았을 때, 가장 힘든 부분은 끝났다고 나는 생각했다. 지금 그가 폐로 공기를 빨아들이는 데 어려움을 겪고 있는 것만 빼면 말이다.

"못하겠어." 그가 숨을 죽였다. 그의 이마는 땀에 젖어 있고 강렬한 두 눈썹은 한데 모여있었다. "난 못 쏴, 웬디. 제발 나한테 총을 쏘게 하지 마."

지금 나랑 장난하는 건가? 우리는 몇 달 동안 이 장면을 함께 준비했다. 우리는 조심성을 최대한 발휘해 항상 뒷문으로 들어왔고 세심하고 정확하게 계획을 진행했다.

나는 밀리와 마주칠까 봐 아파트 밖으로 거의 나가지도 않았고, 더글러스가 아직 여기에 사는 것처럼 보이게 하는 데 온 힘을 쏟았다. 심지어 밀리가 세탁할 남자 옷도 여러 벌 구매했다. 첫날에는 어리석게도 그 옷을 모두 펼쳐놓는 걸 깜빡했었다. 그녀는 우리가 더러운 빨래를 개어 놓는 사이코패스라고 생각했을 것이다. 나는 이 모든 것을 계획하고 준비하느라 정말 많은 시간과 에

너지를 쏟았다.

그리고 이제 그가 그 모든 것을 망치려 하고 있었다.

"당신, 이렇게 한심하게 굴거야?" 나는 이를 악물었다. "도대체 뭐가 문제야? 처음부터 이게 계획이었잖아! 이렇게 해야 우리가 원하는 모든 걸 얻을 수 있어."

"난 이런 거 원하지 않아!" 그가 다급하게 속삭임였다. "난 그저 당신과 함께하고 싶어. 그리고 우린 여전히 그렇게 할 수 있어." 그는 주방을 가로질러 와서는 내 허리에다 손을 올리려고 했다. "내 말 들어, 이럴 필요 없어. 우린 지금 당장 떠날 수 있어. 당신은 더글러스를 떠나고 나는 메리베스를 떠나고, 그러면 우린 함께할 수 있어. 그를 죽일 필요는 없어."

"그럼 우린 아무것도 가진 게 없잖아." 나는 화가 나서 그의 포옹을 뿌리쳤다. 나는 러셀이 나와 같은 것을 원한다고 생각했는데, 지금은 그게 확실치가 않았다. 만약 그랬다면, 내 남편의 가슴에는 총알이 박혀 있을 것이다. "이 방법밖에 없어, 러셀."

"그러기 싫어." 그는 이제 훌쩍이며 말했다. "그를 죽이고 싶지 않아, 웬디. 제발 나한테 그러라고 하지 마. 부탁이야."

하느님 맙소사.

나는 주방에 너무 오래 있었다. 더글러스가 내가 왜 이렇게 오래 걸리는지 궁금해하며 알아보려고 이곳으로 올 것이다. 아니면 러셀이 당황하는 소리를 들었을지도 모른다. 내게는 러셀을 격려해 줄 시간이 없었다. 내가 직접 처리해야 했다.

나는 밀리가 주방을 청소할 때 사용하는 일회용 고무장갑을 싱크대 아래에서 꺼냈다. 장갑을 손에 끼운 다음 남편을 위해 마지막으로 물 한 잔을 따랐다. 나는 총을 집어 들었다. 잠시 망설이다 총을 카디건 주머니에다 집어넣었다. 주머니가 넉넉해서 총이 딱 들어갔다. 애초에 내가 이 일을 한 운명이었던 것처럼. 러셀이 일을 망치기 직전이라 결국 내가 나설 수밖에 없다.

거실에 돌아와 보니 더글러스가 소파에 앉아 이혼 서류 더미를 뒤적거리고 있었다. 그는 오랫동안 이혼 서류에 서명해 달라고 요청했지만 나는 계속 거절하고 있었다. 내가 서명하겠다고 하면 그가 이곳으로 오리라는 걸 나는 알았다.

아무것도 들고 있지 않은 손으로 카디건 주머니에 든 총을 만져보았다. 총 무게로 카디건이 살짝 늘어졌다. 기다릴 이유가 없었다. 지금 당장 총을 꺼내서 그를 쏴 죽일 수 있었다. 하지만 그러면 안 된다. 그의 얼굴을 보면서 쏴야 했다. 밀리가 쏜 것과 같도록.

그리고 다른 한편으로는 총을 쏠 때의 그의 얼굴을 보고 싶기도 했다. 그가 자신이 무슨 일을 저지른 건지 똑똑히 깨닫길 바랐다. 그는 내게서 모든 것을 빼앗아 나를 빈털터리로 만들려고 했다. 그는 이제 그에 걸맞은 대가를 치르게 될 것이다.

나는, 내가 고무장갑을 낀 것을 그가 눈치채기 전에 재빨리 물잔을 커피 테이블 위에 올려놓은 다음 손을 주머니에 다시 집어넣었다. 밀리가 식기들을 정리했으니 유리잔에는 그녀의 지문이 묻었을 것이다. 너무나도 완벽했다.

"여기 어디쯤 펜이 있을 텐데." 더글러스가 낡은 서류 가방 안을 뒤적거리며 중얼댔다. 잠시 후 그는 볼펜 하나를 꺼냈다. "여기 있네."

"그래." 내 손은 주머니에 있는 리볼버를 감싸 쥐었다. "당신이 말한 것처럼 빨리 끝내자고."

더글러스가 내게 서류를 내밀려다 말고 우뚝 동작을 멈췄다. 그의 어깨가 축 처졌다. "난 이러고 싶지 않아, 웬디."

나는 눈살을 찌푸렸다. "그게 무슨 뜻이야?"

"내 말은…." 그는 이혼 서류를 커피 테이블 위에다 올려놓았다. "사랑해, 웬디. 난 이혼하고 싶지 않아. 나 너무 힘들었어. 과거에 무슨 일이 있었든 상관없어…. 난 새롭게 시작하고 싶어. 우리 둘만 말이야."

그의 표정에는 희망이 담겨있었다. 나도 그의 생각이 매력적이라는 건 인정할 수밖에 없었다. 러셀과 내가 오늘 밤 일들을 철저히 계획하긴 했지만, 우리가 살인 혐의를 벗어날 수 있다는 보장은 없었다. 내 원래 계획은 더글러스와 평생을 함께하는 것이었고, 비록 내가 원하는 버전으로 그를 만드는 데는 실패했지만, 그렇다고 그가 또 완벽하게 싫은 건 아니었다. 그리고 무엇보다도, 우리는 돈이 있었다. 돈만 충분하다면 누구와도 행복할 수 있었다.

"그럴 수도…." 내가 말했다.

그의 입가에 미소가 번지고 눈 밑의 보라색 다크서클이 조금 밝아졌다. "난 그러면 정말 좋겠어. 완전히 새롭게 시작하고 싶어."

"어떤 식으로?"

"우선 이 모든 걸 없애고 싶어." 그는 넓은 아파트를 둘러보았다. "우리 둘만 살면 이 거대한 집도, 롱아일랜드에 있는 큰 저택도 필요 없어. 오히려 이 많은 돈이 우리 결혼 생활에 방해가 되고 있잖아. 우리는 너무 많은 걸 가졌어." 그는 쑥스러운 듯 웃었다. "내 재산 대부분을 자선 재단을 설립하는 데 쓰겠다고 조에게 얘기했어. 특히나 우리가 아이를 갖지 않는다면 이 돈으로 할 수 있는 좋은 일이 너무 많아. 정말이지, 우린 그렇게 많은 돈이 필요 없어. 당신도 함께하면 좋을 것 같아."

그가 지금 제정신인 걸까? 어떻게 내가 원하는 게 그런 거라고 생각할 수가 있지? "더글러스, 난 그런 걸 원하지 않아. 난 예전의 우리 삶으로 돌아가고 싶어."

"하지만 전에는 행복하지 않았잖아." 그의 얼굴이 어두워졌다. "당신은 바람을 피웠어. 우리 사이는 완전히 단절되어 있었어."

나는 이를 악물었다. "그래서 가난해지면 우리가 행복해질 거라고 생각하는 거야?"

"그건 아니지만…." 그는 무릎을 손으로 문질렀다. "우리가 가난해지는 건 아니야. 단지 더 이상 억만장자가 아닐 뿐이지. 난 그게 뭐가 문제인지 모르겠어. 아까 말했듯이 우리한테 이렇게 많은 돈이 필요한지도 모르겠고. 난 이 돈을 원하지 않아!"

그리고 그게 더글러스와 내가 결코 함께 행복할 수 없는 이유였다. 그는 이해하지 못했다. 그는 다른 여자애들이 비웃으며 쓰레기통에서 코트를 주웠냐고 묻는 게 어떤 기분인지 몰랐다. 아버지가 허리를 다쳐서 장애 판정을 받게 되었지만, 장애 수당으로는 전기세조차 내기 버거워서 어떤 날에는 손전등으로만 버텨야 했던 날들을 그는 모른다. 여동생은 그게 무슨 모험이라도 되는 양 굴었지만, 그건 절대 모험이 아니었다. 그건 그냥 아무것도 없는 처절하게 가난한 삶이었다.

더글러스는 그걸 이해하지 못한다. 그는 절대로 이해하지 못할 것이다. 내가 손전등 불빛 아래서 공부하며 꿈꿨던 돈이 드디어 손에 들어왔는데, 그걸 그냥 다 나눠주고 싶어 하다니! 나는 너무 화가 나서 손을 뻗어 아까 러셀이 내 목을 조르는 척했던 것처럼 그의 목을 조르고 싶었다. 이번에는 연기가 아닌 진짜로.

하지만 목을 조를 필요가 없었다.

내 주머니에 총이 있으니까.

총을 꺼내 남편의 가슴에다 겨누는 내 손은 놀랍게도 안정적이었다. 그의 약간 충혈된 눈이 커졌다. 그는 상황이 나쁘다는 것은 알고 있었지만, 이 정도일 줄은 몰랐을 것이다.

"웬디." 그가 쉰 목소리로 말했다. "지금 뭐 하는 거야?"

"알고 있을 텐데."

더글러스는 총구를 바라보며 움츠러들었다. 그는 아주 미세하게 고개를 저었다. 나는 그가 살려달라고 애원할거라고 생각했지만, 그는 그렇게 하지 않았다. 그의 눈에는 체념이 서려 있었다.

"당신… 나를 진심으로 사랑한 적이 있긴 했어?" 그가 마침내 입을 열었다.

그 질문에 대한 답은 그의 마음을 상하게 할 것이다. 일이 이렇게 되어버렸지만, 나는 그의 마지막 순간까지 망치고 싶지는 않았다. "그런 문제가 아니야." 나는 그저 그렇게만 말했다.

나는 한 번도 총을 쏴본 적이 없지만, 그건 언제나 별다른 설명이 필요한 일처럼 보이지 않았다. 나는 러셀이 총을 쏠 거라 생각했지만, 그는 여전히 주방에서 움츠리고 있었다. 그러니 내가 쏴야 했다.

총소리는 내가 생각한 것보다 훨씬 컸다. 총이 발사된 지 한참이 지난 후에도 거실 안에서 울려 퍼지는 듯한 강력한 굉음이 들렸다. 그 힘은 내 팔을 지나 어깨를 타고 목과 머리를 뒤흔들었다. 하지만 나는 손을 떨지 않았다.

총알이 더글러스의 가슴에 명중했다. 처음 쏜 것 치고는 아주 잘 쏜 거였다. 그가 죽기 직전, 그는 자신의 하얀 셔츠 위로 빠르게 번지는 피를 내려다보며 무슨 일이 일어날지 깨달았다. 하지만 곧 얼굴에서 핏기가 사라졌고, 그는 그대로 소파 위로 쓰러졌다. 그의 눈은 완전히 감기지 않은 채, 흰자위가 드러나 있었고 가슴은 더 이상 움직이지 않았다.

"미안해." 나는 부드럽게 말했다. "정말이야. 우리 사이가 잘 되길 바랐어."

러셀이 거실로 뛰어나오는 순간까지도 내 귀에서는 여전히 윙윙거리는 소리가 들렸다. 그가 가장 먼저 한 일은 손으로 입을 막는 것이었고, 나는 그가 바닥에다 토하지 않았으면 좋겠다고 생각했다. 그렇게 되면 일을 제대로 망칠 것이다.

"당신이 해냈어." 그가 숨을 헐떡이며 말했다. "당신이 해냈다니 믿을 수가 없어."

"내가 해냈어." 나는 소파에서 일어나 총을 커피 테이블 위에 툭 내려놓았다. 그러곤 손에서 고무장갑을 벗겨냈다. "그리고 당신은 감옥에 가고 싶지 않다면 지금 당장 여기서 나가는 게 좋겠어."

러셀은 여전히 호흡을 가다듬으려고 애쓰는 표정이었다. "당신 정말 이 모든 걸 밀리가 한 것으로 만들 수 있다고 생각해?"
"지켜봐."

제3부

59

밀리

머리가 너무 어지러웠다.

나는 텔레비전을 끄고 잠시 눈을 감았다. 내가 어퍼웨스트사이드 펜트하우스에서 사람을 총으로 쏴 죽인 지 하루밖에 안 됐지만, 방금 본 장면은 모든 것을 바꿔놓았다.

나는 더글러스 개릭을 떠올려 보려고 애썼다. 그의 매끈하게 뒤로 넘긴 머리와 움푹 들어간 갈색 눈, 두드러진 광대뼈가 선명하게 떠올랐다. 지난 몇 달간 나는 그를 수없이 많이 봤다. 그런데 텔레비전 뉴스에 나온 남자는 그가 아니었다.

아무래도 생각해도 그가 아니었다.

나는 휴대전화를 꺼내 인터넷 브라우저를 열었다. 전에도 더글러스 개릭을 검색해 본 적이 있었다. 그렇지만 그가 코인스탁의 CEO라는 기사만 있었지, 사진은 단 하나도 없었다. 그런데 이제는 수십 개의 링크가 화면을 가득 채우고 있었고, 어딜 눌러도 똑같은 더글러스 개릭의 얼굴 사진이 나왔다.

나는 내 휴대전화 화면 속 사진을 유심히 살폈다. 그 남자는 내가 아는 남자와 언뜻 닮았지만, 그가 아니었다. 사진 속 남자는 내가 아는 남자보다 적어도 10킬로그램 이상 살이 쪄 있었고 왼쪽 앞니가 삐뚤삐뚤한 것도 달랐다. 그리고 코, 입술, 약간의 이중턱 등 이목구비가 모두 조금씩 달랐다. 물론 어떤 사람들은 사진에서 실제와 다르게 보이기도 한다. 혹시 그가 사진에다 포토샵 수정을 너무 많이 한 걸까?

어쩌면 같은 사람일 수도 있었다. 같은 사람이어야만 한다, 그렇지 않은가? 그렇지 않으면 이 모든 게 말이 안 되니까.

세상에, 내가 미쳐가고 있는 것만 같았다.

어쩌면 정말 내가 미쳐가고 있는 건지도 몰랐다. 어쩌면 내가 더글러스 개릭과 비밀 연애를 하고 있었던 건지도 몰랐다. 그 형사는 분명 많은 증거를 가지고 있는 것처럼 보였다. 듣자 하니, 웬디 개릭도 그게 사실이라고 말했다.

하지만 나는 그 호텔에서 더글러스(또는 누군지는 몰라도 내가 더글러스라고 알고 있는 남자)와 하룻밤을 보낸 적이 없었다. 그리고 나는 그걸 증명할 수 있다. 왜냐하면 나는 웬디를 내려준 후 차를 몰고 도시로 돌아왔으니까. 그리고 내겐 목격자도 있었다.

엔조 아카르디.

엔조에게 연락하는 게 꺼려졌지만 다른 도리가 없었다. 남자친구가 나를 떠난 것은 전혀 놀랍지 않은 일이었지만, 그럼에도 가슴이 아팠다. 나는 지난 4년 동안 사람들이 내 과거를 알게 되면 나를 어떻게 생각할지 너무나도 두려워, 사람들과 가까워지는 게 무서웠다. 그리고 내 생각이 옳았다. 브록이 내 전과 기록을 알게 된 순간, 그는 사라져 버렸다. 그래서 나는 지금 여기 혼자, 내 편이 아무도 없는 채였다. 날 믿어주는 이가 아무도 없었다.

엔조만 빼고. 그는 나를 믿어줄 것이다.

만약 그가 날 믿어주지 않는다면, 그건 내가 정말 큰 곤경에 처했다는 것을 뜻했다.

휴대전화 연락처에서 언제나 나를 기다리고 있는 것만 같은 엔조의 이름을 찾았다. 나는 잠시 망설이다가 그의 이름을 눌렀다.

전화벨이 채 울리기도 전에 엔조가 전화를 받았다. 그의 익숙한 목소리에 나는 왈칵 눈물을 쏟을 뻔했다. “밀리?”

“엔조.” 내가 겨우 말했다. “나 큰일 났어.”

“그래, 뉴스 봤어. 네 고용주가 죽었던데.”

“그래서, 음….” 나는 손에다 대고 기침했다. “우리 집에 좀 와줄 수 있어?”

“오 분 안에 갈게.”

60

4분 후, 나는 엔조를 집 안으로 들이기 위해 문을 열었다.

"고마워." 그가 내 작은 아파트 안으로 들어올 때 내가 말했다. "나한텐… 달리 전화할 사람이 없었어."

"브로콜리가 도와주러 안 왔어?" 그가 코웃음치듯 말했다.

나는 시선을 아래로 떨어트렸다. "응. 우리 사이는 끝났어."

그의 안색이 어두워졌다. "미안해. 너 브로콜리 좋아했잖아."

그랬던가? 나는 그를 좋아했다. 하지만 사실 그가 나를 사랑한다고 말할 때마다 내 몸에서는 소름이 돋았었다. 사랑하는 연인이라면 그런 감정을 느끼면 안 되는 거였다. 브록은 완벽에 가까운 남자였지만, 나는 그와 완전히 사랑에 빠질 수 없었다. 사랑의 느낌은 언제나 일시적이었을 뿐이다. 나는 그가 다른 여자를 아주 행복하게 해줄 거라고 확신하지만, 그게 내가 될 수는 없었다.

"그건 괜찮아." 이윽고 내가 말했다. "지금 내겐 더 큰 문제가 있어."

엔조는 나를 따라 아파트로 들어와 낡은 접이식 소파에 함께 앉았다. 엔조와 내가 함께 살던 아파트에 있던 소파는 이것보다는 조금 상태가 나았다. 하지만 나는 그가 없어지면서 집세를 감당할 수 없어서 그 아파트를 포기해야 했다. 소파를 옮길 방법을 찾지 못해 그냥 버려두고 왔다. 나는 지금 그 생각은 하지 않으려 애썼다. 나를 도와주려고 하는 엔조에게 화를 낼 필요는 없으니까.

"경찰이 나에 대해 온갖 미친 소리를 하고 있어." 내가 그에게 말했다. "웬디가 내가 더글러스와 바람을 피웠다고 했대. 말도 안 되는 소리야, 경찰은 내가 그와 잠자리를 갖기 위해 그 아파트에 간 것처럼 사실을 왜곡하고 있어."

엔조가 천천히 고개를 끄덕였다. "그 사람들 위험하다고 내가 말했잖아."

"넌 더글러스 개릭이 위험하다고 했지."

"같은 거지."

"같은 게 아니야." 내가 말했다. "사실 방금 뉴스를 보다가 깨달은 게 있어. 나를 고용한 사람 말이야, 자신을 더글러스 개릭이라고 했던 그 사람은 뉴스에 나오는 그 남자가 아니야. 완전히 다른 사람이야."

엔조는 이제 날 미친 사람 보듯 쳐다보고 있었다.

"미친 소리처럼 들린다는 거 알아." 나는 인정했다. "내가 생각해도 이상하니까. 하지만 그 아파트에 있었던 남자는 분명 다른 남자였어. 확실해."

나는 생각하면 할수록 확신에 차게 되었다. 하지만 그가 더글러스가 아니라면 누구였을까? 그리고 그 남자가 집에 있는 동안 진짜 더글러스는 어디에 있었을까?

내가 죽인 남자는 누굴까?

"그렇담 내가 뭔가 흥미로운 걸 말해 볼게." 엔조가 천천히 말했다. "네가 개릭 부부에 대해 이야기했을 때, 그들을 조사해 봤어. 그리고 그거 알아? 맨해튼에 있는 그 펜트하우스는 그들의 주된 거주지로 등록되어 있지 않았어."

"뭐?"

"그렇다니까, 사실이야. 그 아파트는 세컨드 하우스야. 그들의 주된 거주지는 롱아일랜드에 있는 단독 주택이야. 주택이라기 보다는 저택에 더 가까워."

이제 조금 더 이해가 되기 시작했다. 진짜 더글러스 개릭이 사실은 롱아일랜드에 살았다면 다른 두 사람이 맨해튼 아파트에 사는 것처럼 보이게 하는 건 쉬웠을 것이다. 그리고 진짜 더글러스 개릭은 몰랐을 수도 있다.

"그러니까." 내가 물었다. "너 내 말 믿는 거지?"

엔조는 모욕당한 듯한 표정을 지었다. "물론 믿지!"

"하지만 네가 알아야 할 게 있어." 나는 땀에 젖은 손을 청바지에다 닦았다. "더글러스가 살해되던 날 밤, 나는 봤어…. 아니, 봤다고 생각했어. 그가 웬디를 목 졸라 죽이려는 걸. 누군지 모르겠지만 분명 그녀를 죽이려 하고 있었어. 그리고 그는 멈추지 않았어. 그래서 내가 총을 가져와서… 그를 쐈어. 멈추게 하려고."

나는 원래 잘 울지 않는 사람인데, 오늘만 두 번째로 눈물샘이 터질 것 같은 느낌이 들었다. 엔조가 내게 손을 뻗었고, 나는 그의 어깨에 기대어 흐느꼈다. 그는 한참 동안 나를 안아주며 실컷 울 수 있게 해주었다. 이윽고 내가 몸을 뒤로 빼고 나니 그의 티셔츠에는 축축한 얼룩이 남아 있었다.

"티셔츠 망쳐서 미안해." 내가 말했다.

그는 손을 내저었다. "그냥 콧물이 조금 묻은 건데 뭘. 별거 아니야."

나는 시선을 아래로 향했다. "나 어떻게 해야 할지 모르겠어. 경찰은 내가 더글러스 개릭을 죽였다고 생각해. 난 내가 그를 죽이지 않았다는 걸 알지만, 그날 밤 누군가를 총으로 쏜 건 맞아. 나 때문에 누군가가 죽었어."

"그건 확실하지 않아."

"내가 그랬다니까!"

"네가 누군가를 죽였다는 건 네 생각이지." 그가 따져보듯 말했다. "하지만 넌 그 남자를 총으로 쏜 후 바로 집으로 돌아갔어. 그가 죽었는지 확인했어? 숨을 안 쉬는 건? 맥박이 없는 건?"

"난… 웬디가 맥박이 없다고 했어."

"우리 웬디 말을 믿어야 할까?"

나는 눈을 껌벅였다. "피가 있었어, 엔조."

"진짜 피였을까? 가짜 피를 만드는 거 쉬워."

나는 간밤을 떠올리며 얼굴을 찡그렸다. 모든 게 너무 순식간에 일어났다. 총이 발사되었고, 더글러스가 바닥으로 쓰러졌고, 그다음엔 그의 몸 아래로 피가 퍼져나갔다. 하지만 내가 그에게로 가서 확인한 건 아니었다. 나는 구급대원이 아니니까. 그를 총으로 쏜 후 내가 가장 하고 싶었던 일은 최대한 빨리 그곳을 빠져나오는 거였다.

이 모든 게 진짜가 아닐 수도 있을까? 그리고 만약 진짜가 아니라면….

"그녀가 날 속였어." 나는 숨이 막혔다. "그녀가 날 까맣게 속였어."

그동안 나는 그녀를 불쌍하게 여겼고 그녀를 보호하려고 애썼다. 그 와중에 웬디는 내가 자기 남편과 바람을 피웠다고 여기저기 말하고 다녔던 거다. 길에서 우연히 만났던 앰버가 더글러스 얘기를 꺼내면서 묘한 웃음을 짓던 것도 그것 때문이었다. 도어맨도 그래서 나를 보면 계속해서 윙크 날렸던 거다. 더글러스가 도어맨이나 카메라가 없는 뒷문으로 들어왔기 때문에 내가 더글러스와 단둘이 있었던 적이 없었다는 사실을 아무도 몰랐다.

아니, 애초에 그 남자는 더글러스 개릭이 아니다. 나는 심지어 더글러스 개릭을 만난 적도 없었다. 나는 그 남자가 누군지도 모른다.

"웬디의 주택이 있는 곳이 어디야?" 나는 그에게 물었다. "그녀랑 얘기 좀 해야겠어."

"네가 거기 갈 수 있다고 생각해?" 그는 고개를 저었다. "웬디의 주택 주변에는 수많은 기자가 대기하고 있어. 그리고 그녀는 너랑 이야기하려고 하지 않을 거야. 네가 거기 가면 더 큰 문제가 생길 거야."

나는 그의 말이 맞다는 건 알지만, 너무 답답했다. 나에게 그런

짓거리를 했으니, 나는 그녀의 눈을 똑바로 보고 이유를 묻고 싶었다. 하지만 엔조가 옳았다. 거기로 차를 몰고 가봤자 좋을 게 없었다.

"자신을 더글러스 개릭이라고 소개했던 이 남자…." 엔조가 턱을 문질렀다. "우리가 그를 찾아낼 방법이 없을까? 어쩌면 웬디 개릭보다는 접근하기 쉬울 수도 있는데."

"몰라." 나는 주먹을 꽉 쥐었다. "내가 아는 건 그의 이름이 더글러스 개릭이 아니라는 것뿐이야. 그가 진짜 누군지는 전혀 몰라."

"그 사람 사진 있어?"

"아니, 없어."

"생각해 봐, 밀리. 뭔가 있을 거야. 그 사람만의 특징 같은 건?"

"없어. 그는 그냥 평범한 중년 백인 남자야."

"분명 뭔가 있을 거야…."

나는 눈을 감고 자신을 더글러스 개릭이라고 하는 남자의 이미지를 떠올려 보았다. 그에게는 전혀 특이한 점이 없었고, 그게 웬디가 그를 선택한 이유인지도 몰랐다. 그는 진짜 더글러스 개릭과 많이 닮아있었다.

하지만 엔조 말이 맞다. 분명 뭔가가 있을 것이다….

"잠깐만." 내가 말했다. "뭔가가 있어!"

엔조가 눈썹을 치켜올렸다. "뭔데?"

"그가 어떤 건물 안으로 들어가는 걸 본 적이 있어." 내가 기억을 떠올렸다. "그는 다른 여자와 함께 있었어. 금발 여자였어. 난 그 여자가 그가 바람피우는 여자라고 생각했었어. 어쩌면 그랬던 건지도 모르지. 근데… 거긴 아파트였어. 그가 거기 살거나 아니면 그 여자가 거기 살거나…"

"좋아." 엔조가 손가락 마디를 꺾어서 딱딱 소리를 냈다. "거기로 가서 그 남자나 그 여자를 찾아보자고. 그러면 진실을 알 수 있을 거야."

라미레즈 형사가 경찰서에서 나를 심문한 이후 처음으로 희망의 불씨를 느꼈다. 어쩌면 내가 지금의 상황에서 벗어나 내 자유를 온전히 누릴 가능성이 있을는지도 몰랐다.

61

엔조는 경찰이 수색한 후, 마치 허리케인이 휩쓸고 지나간 것처럼 엉망이 돼버린 내 아파트를 청소하는 걸 도왔다. 다행히 작은 아파트라서 청소에 그렇게 긴 시간이 걸리지 않았다. 무엇보다도 그가 나와 함께 있어 준 게 고마웠다. 혼자서 이 모든 것을 치워야 했다면 나는 너무나 우울했을 것이다.

"도와줘서 고마워." 방 여기저기에 흩어져 있는 옷들을 서랍장에다 도로 집어넣으면서 나는 고맙다는 말을 백 번도 넘게 한 것 같은 느낌이 들었다.

"괜찮아." 그가 말했다.

나는 세탁 바구니에다 셔츠를 던져 넣다 바구니가 어제처럼 가득 차 있지 않다는 점을 알아차렸다. 옷들을 뒤져보니 뭔가 빠진 것이 있었다.

경찰이 내가 어젯밤에 입었던 옷을 가져간 거였다.

나는 어젯밤 잠자리에 들기 전에 벗었던 셔츠와 청바지를 기억해 내려고 애쓰며 엄지손톱을 잘근 씹어댔다. 거기에 피는 묻어 있지 않았다. 내 생각에 그것만큼은 확실했다.

하지만 검사에서 발견될 수도 있는 미세한 입자들이 옷에 남아 있었다면? 그건 가능성이 있어 보였다. 엔조의 추리가 맞다면, 내가 그 아파트에 있는 동안에는 진짜 피가 전혀 없었을 수도 있다. 하지만 확실한 건 아니었다.

엔조는 서랍장에 옷을 집어넣느라 바빴다. 나는 그가 이곳에 나와 함께 있어 주는 게 고마웠지만, 마음 한구석에서는 그가 자기 집으로 돌아가길 바라는 마음이 작게나마 있었다. 그래야 내가 더 철저히 이 두려운 현실을 통감할 수 있을 것이므로.

나는 헛기침했다. "집에 가야 되면 가. 나 이제 괜찮아." 내가 그에게 말했다.

"아니야, 재밌어." 그는 바닥에 놓여 있는 레이스가 달린 핑크색 팬티를 들어 보였다. "이거 좋네. 신상이야?"

나는 손을 뻗어서 그의 손에서 팬티를 낚아챘다. 적어도 그는 딴생각할 수 있게 해주는 재주가 있는 사람이었다. "기억 안 나."

"그런 멋진 팬티를 보니 브로콜리가 왜 그렇게 널 좋아했는지 알 것 같네."

나는 그를 쏘아보았다. "엔조…."

"미안." 그는 고개를 숙였다. "난 그냥… 이해가 안 가서."

우린 한 시간도 넘게 브록에 관한 이야기를 하지 않은 채 청소를 했다. 그러니 그가 지금 브록 이야기를 꺼낸 게 놀랄 일은 아니었다. “뭐가 이해가 안 가는데?”

“그는 네가 좋아할 만한 타입이 아닌 것 같으니까.”

“그래, 음…….” 나는 철퍼덕 침대 위에 앉아 무릎 위에 갠 운동복 상의를 내려놓았다. “그는 좋은 사람이야. 내 말은, 그는 착했어. 성공한 변호사였고. 안 좋아할 이유가 없지.”

엔조는 바로 내 옆에 앉았다. “그가 좋은 사람이라면 지금 어디 있는 거야?”

부당한 지적은 아니었지만, 엔조는 전체 상황을 알지 못했다. “난 내 과거와 관련한 몇 가지를 그에게 숨겼어. 그는 상처받았어. 내가 누군지 모르겠다고 말했어. 그가 그렇게 느낀 건 이해할만해.”

“네가 누구인가 하는 건 우리가 십대 시절에 고민했던 그런 문제가 아니야.” 그의 까만 눈이 내 눈을 뚫어지게 바라보았다. “네가 누군지, 어떤 사람인지는 분명해. 너와 함께 시간을 보내면서 그걸 모른다면 그는 너와 함께할 자격이 없는 사람이야.”

엔조와 내가 완벽한 관계인 건 아니었지만, 그가 나를 이해한다는 걸 의심한 적은 없었다. 가끔은 나 자신보다 그가 나를 더 잘 이해하는 것 같았다. 그리고 내가 곤경에 처하면 그는 나를 돕기 위해 무엇이든 할 거라는 걸 나는 알았다.

“가끔 난 생각해….” 나는 아랫입술을 잘근 씹었다. “우린 서로에게 온전히 연결되질 못했어. 그리고 그건 어쩌면 내 잘못이었어. 내가 그에게서 무언가를 숨겼으니까 그랬던 거지. 어쨌든, 우리 사이는 끝났어.”

“확실해?”

브록이 취조실에서 나가며 나를 바라보던 표정이 기억났다. "응, 확실해."

"그럼." 그가 말했다. "내가 네게 키스해도 그가 내 코를 한 대 치지 않겠지?"

"응. 근데 내가 그럴지도 몰라."

그의 입술에서 미소가 번졌다. "위험을 감수해 볼게."

그는 내게 키스하려고 몸을 기울였고, 나는 거의 2년 동안 지금 이 순간을 기다려온 것 같은 느낌이 들었다. 나는 브록과 같이 사는 것을, 그에게 내 비밀을 말하기를 주저했던 이유를 이제야 알 것만 같았다. 브록에 대해서는 지금과 같은 느낌을 가져본 적이 없었기 때문이었다. 그 비슷한 느낌조차도 없었다.

그리고 엔조 말이 맞았다. 나는 그의 코를 쥐어박지 않았다.

62

우리는 아침 6시부터 갈색 건물 앞에 나와 있었다.

어제 늦게 잤기 때문에 이렇게나 일찍 침대에서 빠져나오기가 쉽지 않았다. 더욱이 나는 그 전날 밤에도 잠을 제대로 자지 못했다. 하지만 엔조는 건물을 드나드는 사람들을 놓치지 않으려면 아침 일찍 이곳으로 와야 한다는 생각을 단호하게 고수했다.

우리는 엔조가 '변장'이라고 부르는 것을 하고 있었다. 변장이라기에 나는 가짜 콧수염이 달린 커다란 검은색 안경을 상상했다. 하지만 실제로는 야구 모자 두 개와 선글라스가 다였다. 엔조는 양키스 야구 모자를 썼고, 내게는 'I Love New York' 문구가 박힌 모자를 건넸다. 'Love' 대신 크고 빨간 하트가 그려져 있었다. 브루클린에서 태어나고 자란 사람으로서 이렇게 관광객처럼 보이는 변장은 조금 창피한 일이었다.

"관광객은 최고의 변장이야." 엔조가 말했다.

그의 말이 맞을지도 모르지만, 나는 싫었다. 하지만 사건의 진실에 다가가기 위해서라면 이 정도는 감내할 수 있었다. 다시 감옥으로 돌아가기 전에.

우리는 아침 내내 한 곳에 있을 수는 없어서 건물 입구를 계속 주시하면서 이리저리 자리를 옮겨 다녔다. 만일 개릭 부부의 펜트하우스처럼 뒷문으로 통하는 출입구가 있다면 낭패였다. 하지만 많은 거주자가 드나들었기에 나는 이곳이 유일한 출입구일 거라는 희망적인 생각을 가졌다.

지금은 아침 8시. 두 시간이 지났는데도 그 의문의 남자—엔조의 말처럼 내가 그 남자를 죽이지 않았다면—나 금발 여자의 흔적은 보이지 않았다. 엔조는 10분쯤 전에 배가 고프다고 말하고는 길 건너 던킨도너츠에 들어갔다가 이제 커피 두 잔과 갈색 종이봉투를 들고 밖으로 나오는 중이다.

"받아." 그가 명령하듯 말했다.

나는 감사한 마음으로 커피를 받았다. "봉투 안에는 뭐가 들었어?"

"베이글이야."

"웩." 뭔가를 먹을 생각을 하니 속이 울렁거렸다. 왜 물어봤는지 나 자신조차도 알 수가 없었다. "난 괜찮아."

"언젠가는 뭘 좀 먹어야 할 텐데."

"지금은 아니야." 나는 선글라스를 통해 갈색 건물을 바라보았다. "그 남자를 찾을 때까지는 안 먹을 거야."

나는 갈색 건물에서 눈을 떼기가 두려웠다. 자칫 그들을 놓칠 수도 있었고, 그러고 나면 그 의문의 남자를 영영 못 찾을 수도 있었다. 나는 오늘 내가 체포되지 않을까 두려웠다. 물론 엔조는 계속 나를 도와주려고 하겠지만, 그는 그 남자가 어떻게 생겼는지 몰랐다. 그를 찾을 수 있는 유일한 사람은 나뿐이었다.

"그래서." 엔조가 말했다. "어젯밤은… 좋았지, 그렇지?"

나는 커피를 한 모금 길게 들이켰다. "지금은 그 어떤 것에도 집중할 수가 없어, 엔조."

"아." 그는 자기 손에 들린 커피가 가득 담긴 용기를 내려다보았다. "그래, 알아."

"하지만 그래, 좋았어."

그의 입술 한쪽 구석이 위로 말려 올라갔다. "떠나있었을 때 난 네가 정말 보고 싶었어, 밀리. 떠나있었던 거 정말 미안해. 어머니를 위해 이탈리아로 돌아간 걸 후회하진 않지만, 내 인생에서 가장 중요한 두 사람 중 하나를 선택해야 하는 걸 난 원치 않았어. 난 네가 기다려주길 바랐지만, 그걸 요구할 수는 없었어."

나는 고개를 숙였다. "내가 기다렸어야만 했어."

엔조가 말을 더 하려고 입을 뗐지만, 나는 그가 말을 꺼내기 전에 그의 팔을 붙잡았다. "저기! 저 여자야!"

엔조가 선글라스를 통해 길 건너편을, 무릎까지 오는 스커트와 블레이저를 입고서 각색 건물에서 나오는 금발 머리의 여자를 쳐다보았다. "확실해?"

"응, 아마도." 그녀의 얼굴과 머리 색깔은 알아볼 수 있었지만, 스타일이 조금 달랐다. 그녀가 아닐 수도 있었다. 하지만 나는 약간이라도 비슷한 다른 사람을 본 적이 없었다. "이제 어떡하지?"

여자는 핸드백 끈을 조정하고 나서 길을 건넜다. 나는 그녀를 뒤따라갈 준비를 했는데, 그녀는 엔조가 방금 나온 던킨도너츠 안으로 들어갔다. 줄을 보니 적어도 10분은 거기 있을 것 같았다.

엔조는 손가락 마디를 꺾어가며 딱딱 소리를 냈다. "내가 가서 얘기해 볼게."

"네가? 무슨 말을 할 건데?"

"뭐든 생각해 낼 거야."

"그러니까 네가 던킨도너츠에서 저 여자한테 말을 걸면, 너한테 모든 걸 술술 불 거라고 생각하는 거야?"

그는 가슴에다 손을 얹었다. "응! 난 아주 매력적이거든!"

나는 눈을 굴렸다.

"잘 봐, 밀리." 그는 내 팔을 꽉 쥐더니 베이글이 든 종이봉투를 건네주었다. "내가 모든 걸 알아낼 테니까."

63

엔조는 던킨도너츠 안에서 오랫동안 머물렀다.

그는 내게 길 건너편에 있으라고 일렀는데, 10분이 지나자 나는 슬슬 불안해지기 시작했다. 저 안에서 무슨 일이 벌어지고 있는 거야?

나도 같이 갔어야 했는데. 나는 그게 그의 스타일을 아주 구기는 일은 아니었을 거라고 생각한다. 흠, 어쩌면 그랬을지도. 하지만 내 목숨이 걸린 문제이니 나는 무슨 일이 벌어지고 있는 건지 알고 싶었다.

결국 나는 길을 건너 던킨도너츠로 갔다. 매장 전면이 창문으로 되어 있어서 내부를 들여다보기가 쉬웠다. 나는 창문을 통해 안을 들여다보았는데, 처음에는 그들이 전혀 보이지 않았다. 하지만 이내 그들이 눈에 들어왔다. 그들은 매장 반대편, 그러니까 사람들이 주문한 음식을 받는 곳에 있었다. 두 사람은 열심히 이야기를 나누고 있었다. 엔조의 까만 눈은 완전히 그녀에게 집중하고 있는 것 같았다.

한순간 나는 불안한 마음이 들었다. 나는 항상 엔조를 믿어왔지만, 아주 가끔은 그가 믿을 수 있는 사람인지 확신이 서지 않을 때도 있었다. 결국 그가 맨 처음 이탈리아를 떠난 이유는 한 남자를 반쯤 죽도록 때렸기 때문이었다. 적어도 그의 말에 따르면 그럴만한 이유가 있었지만, 그렇다고 사실이 달라지진 않았다. 그러고 나서 그는 자신을 쫓던 악당이 불의의 죽음을 맞았다고 주장하며 다시 해외로 떠났지만, 그 일에 관련된 자세한 내용은 알려주지 않았다.

그는 내게 자기 어머니가 아프다고 했다. 뇌졸중이었다고. 하지만 사실 나는 그의 말 외에는 믿을 게 없었다. 그리고 그의 어머니를 본 적도 없었다.

그리고 다시 미국으로 돌아왔을 때, 그는 보통 사람처럼 내게 전화하는 대신 나를 보호한다는 핑계로 장장 3개월 동안이나 내 뒤를 따라다녔다. 나는 그에게 개릭 가족에 대한 모든 걸 세세히 말해줬었다. 웬디가 나를 상대로 허튼수작을 부리고 있다는 것도 나보다 먼저 눈치챘을 것이다. 그런데 왜 내게 아무 말도 하지 않았을까?

맙소사, 저 두 사람 도대체 저 안에서 무슨 얘기를 이렇게나 오래 하는 거지?

가까이에서 보니, 금발 여자는 마치 울었던 것처럼 눈이 부어 있었다. 하지만 엔조가 하는 어떤 말에 미소를 지었고, 그녀의 얼굴에는 조금 밝은 기색이 드러났다. 인정하건대, 그녀의 얼굴은 꽤 순진해 보였다. 엔조는 원한다면 매우 매력적으로 보일 수 있었다. 억양과 외모를 무기로 그는 여자들과 대화하는 데 매우 능숙했다.

10분 정도 더 지나자 엔조와 여자가 던킨도너츠 매장을 나왔다. 그는 그녀에게 손을 흔들며 말했다. "챠오, 벨라(안녕, 예쁜이)!" 그러자 그녀는 얼굴을 붉혔다.

그는 매장 앞에 서 있는 나를 보고는 못마땅한 표정을 지었다. "길 건너편에 있으라고 했잖아."

나는 가슴 위로 팔짱을 꼈다. "너 매장 안에 아주 오래 있었어."

"응 그랬지, 그리고 이제 난 다 알아." 그는 고개를 갸웃했다. "내가 말해주길 원해?"

나는 엔조의 까만 눈을 바라보았다. 이 남자는 항상 모든 일을 규칙대로 하지는 않는다. 나처럼 그도 인생에서 나쁜 짓을 한 적도 있지만, 그건 항상 옳은 일을 위한 거였다. 나는 그가 위험에 처한 여성들을 돕기 위해 자신의 목숨을 거는 걸 보았다. 이 세상에서 내가 믿을 수 있는 사람이 있다면, 그건 바로 이 사람이었다. 나는 단 한 순간도 그를 의심하면 안 되는 거였다. "그래, 말해봐."

엔조는 여자가 지하철역으로 들어가고 있는 쪽을 흘끗 쳐다보았다. "저 여자, 더글러스 개릭네 회사직원이야. 그리고 네가 찾고 있는 남자의 아내야."

나는 그를 쳐다보았다. "진짜? 확실해?"

"곧 알게 되겠지." 그는 주머니를 뒤져 휴대전화를 꺼내더니 화면에 무언가를 입력하고는 잠시 스크롤을 하더니 휴대전화를 내게 건네주었다. "이 남자야?"

휴대전화 화면상의 사진은 링크드인*에 나온 얼굴 사진이었고, 나는 바로 알아볼 수 있었다. 어젯밤 웬디의 목을 졸라 죽이려던 남자. 내가 가슴에 총을 쏜 남자. "그 사람이야."

나는 링크드인 프로필에 나온 이름을 읽었다. 러셀 시몬즈.

"오늘 아침 기준으로…." 엔조가 내 손에서 자기의 휴대전화를 되가져갔다. "그는 살아있어."

그는 살아있었다. 결과적으로 나는 아무도 죽이지 않았다. 안도감이 밀려왔다. 하지만 경찰은 여전히 내가 사람을 죽였다고 믿고 있을 것이다.

"하지만 오늘 아침 그는… 음, 그의 아내 말로는 출장을 갔대. 그녀 말에 따르면 이 남자는 매우 바쁘다는군. 항상 늦게까지 일한다고."

아마도 그게 그날 길거리에서 그 부부가 다투고 있었던 이유인지도 몰랐다. 아니면 남자가 다른 여자를 만나고 있다고 여자가 의심해서 그랬던 것인지도.

그 다른 여자는 바로 웬디이고.

"그러면 이제 어떡하지?" 내가 말했다. "그가 그녀가 말한 출장에서 돌아올 때까지 기다려야 하는 건가?"

"아니." 엔조가 말했다. "이제 이 러셀 시몬즈라는 남자에 대해

---

* 비즈니스와 고용 중심의 소셜 미디어 플랫폼

더 알아봐야지."

"어떻게?"

"아는 사람이 있어."

당연히 그에겐 항상 아는 사람이 있었다.

64

우리는 결국 엔조의 아파트로 돌아갔다.

그의 집은 내가 사는 곳에서 불과 열 블록 정도밖에 떨어져 있지 않았다. 그가 나 몰래 보디가드 역할을 해온 걸 감안하면 그리 놀랄 일도 아니었다. 그의 아파트는 내 집보다 훨씬 작았다. 주방과 침실, 거실, 식사 공간이 하나의 방 안에 다 들어있어있는 원룸이다. 그래도 다행히 화장실은 따로였다. 개릭 부부의 펜트하우스는 말할 것도 없고, 브록의 넓은 방 두 개짜리 아파트에 비하면 정말 초라했다.

집 안으로 들어가자, 엔조는 현관 옆 작은 탁자 위에 열쇠를 툭 던졌다. 그러고는 싱크대에서 물을 틀어 얼굴에 끼얹었다. 그도 나만큼이나 피곤한 거구나 싶었다. 나는 지금 너무 피곤한데도 이상하게 정신이 곤두서 있었다. 경찰이 체포하러 올지도 모른다는 불안감 때문에 심장이 계속 날뛰었었다.

"앉아 있어." 그가 내게 말했다. "맥주 마실래?"

"아직 아침 11시도 안 됐는데."

"긴 아침이었어."

그건 그랬다.

하지만 맥주는 마시지 않기로 했다. 나는 길가에서 주워왔을 법한 접이식 소파에 털썩 주저앉았다. 우리 집에 있는 것보다 상태가 안 좋았다. 가구는 대부분 최근에 쓰레기로 버려진 것들처럼 보였다.

"무슨 일 해?" 내가 그에게 물었다. 그는 이곳을 떠나기 전에 괜찮은 직장에 다녔지만, 그 자리가 아직도 비어 있을 리는 없었다.

"조경 회사에 취직했어." 그는 어깨를 으쓱했다. "괜찮아. 월세랑 공과금은 낼 수 있어."

나는 그가 커피 테이블 위에 내려놓은 휴대전화를 내려다보았다. "네가 아는 그 사람이 무얼 알아낼 수 있을 것 같아?"

"아직은 몰라. 러셀의 전과 기록 같은 게 나오면 펜트하우스에서 나온 지문이 러셀 건지 경찰이 확인해 보도록 만들 수 있겠지. 펜트하우스에서는 분명 낯선 지문이 나올 테니까 그 지문이 러셀 거라는 것만 입증할 수 있으면 분명 도움이 될 거야. 그럼 네가 받는 의심을 조금은 덜 수 있어."

"그걸로 충분하지 않다면?"

"분명 뭔가를 찾을 수 있을 거야."

"만약 못 찾으면?"

"날 믿어." 엔조가 말했다. "방법이 있어. 네가 하지 않은 일로 감옥에 가는 일은 없을 거야."

때마침 엔조의 휴대전화가 울리기 시작했다. 그는 전화를 받더니 소파에서 벗어나 미니 주방 쪽으로 갔다. 나는 고개를 빼꼼히 내밀어 그의 표정을 살폈지만, 아무것도 알 수가 없었다. "어, 으응"과 "알았어"라는 말이 대부분인 그의 대꾸 역시 마찬가지였다. 어느 순간 그는 펜을 들더니 키친타월에 무언가를 휘갈겨 썼다.

그는 "그라찌에(고마워)"라고 인사한 후 전화를 끊고 휴대전화를 조리대 위에 내려놓았다.

그는 키친타월을 내려다보며 잠시 가만히 서 있었다. "뭔데?" 내가 물었다.

"전과 기록은 없어. 기록이 깨끗해."

나는 가슴이 철렁 내려앉았다. "그래…."

"대신 다른 주소를 알아냈어." 그가 말했다. "시내에서 북쪽으로 두세 시간 정도 떨어진 호숫가야. 아마… 어쩌면 그가 지금 거기 머물고 있을지도 몰라."

나는 소파에서 벌떡 일어나 내 핸드백을 집었다. "당장 가보자!"

"가서 뭘 어쩌려고?"

나는 주방 쪽으로 가서 키친타월에 적힌 주소를 내려다보았다. 대강 어디쯤인지 알 것 같았다. 구글 지도가 나를 그곳으로 안내해 줄 것이다. "그에게서 진실을 알아내야지."

"우린 이미 진실을 알고 있어." 그는 키친타월을 내 손이 닿지 않게끔 자기 쪽으로 끌어당겼다. "우린 경찰이 그걸 알게 만들어야 해."

"그걸 어떻게 해야 하는데?"

"잘 모르겠어." 그는 손바닥으로 눈을 비비며 말했다. "걱정하지 마. 우린 답을 찾아낼 테니까. 지금은 좀 생각이 필요해."

그 생각이라는 걸 하는 동안 경찰은 나를 체포하려고 증거를 차곡차곡 모으고 있을 것이다. "내 생각엔 당장 거기 가봐야 할 것 같아. …근데, 그러면 상황이 더 나빠지겠지?"

나도 뭐가 맞는지 모르겠다. 하지만 지금 가만히 앉아서 생각만 하는 건 너무 답답했다. 경찰은 지금도 움직이고 있을 것이다.

엔조를 설득하려는데, 내 핸드백 안에서 전화벨이 울렸다. 휴대전화 화면에 뜬 이름을 보는 순간, 나는 목이 메이며 숨이 턱 막혔다.

"브록이야."

65

엔조의 까만 눈이 더욱 어두워졌다. 내 전 남자친구에게서 전화가 왔다는 말을 듣는 게 그로서는 달갑지 않을 것이다. 하지만 그는 질투하는 타입이 아니기 때문에 전화를 받지 말라는 말은 절대 하지는 않을 것이다. 그리고 설령 그가 그런 말을 한다 해도, 나는 그의 말을 듣지 않을 것이다.

"잠시만." 내가 엔조에게 말했다.

그는 고개를 끄덕였다. "할 일 해."

나는 그가 이렇게 나올 줄 알았다. 뭐, 딱히 좋아하는 것 같지는 않지만 적어도 반대는 하지 않았다.

"여보세요?" 내가 전화기에다 대고 말했다.

"밀리?" 브록의 목소리는 마치 우리가 잠깐 스쳐 지나간 사이인 것처럼 멀게 들렸다. 우리가 헤어진 게 고작 어제인데, 우리가 한때 사귀었다는 사실이 벌써 이상하게 느껴졌다.

"안녕…."

"안녕." 나는 딱딱하게 말했다.

왜 전화한 건지 전혀 감이 안 온다. 다시 만나자는 얘기는 아닐 게 분명하다. 아마 우리가 동거하지 않은 걸 하늘에 감사하고 있을 것이다.

"저기." 그가 말했다. "나… 어제 경찰서에서 널 두고 도망친 거 사과하고 싶어."

"응?"

그는 한숨을 내쉬었다. "난 화가 많이 났었어. 하지만 그건 프로답지 못한 행동이었어. 네가 뭘 잘못했든 간에, 넌 나한테 네 변호사로서 거기 함께 있어달라고 부탁했던 거였어. 그리고 난 그렇게 해야만 했어."

"고마워. 사과해 줘서."

"그러려고 전화한 거야." 그는 잠시 말을 멈췄다. "참 그리고 오늘 아침에 그 형사와 다시 통화했는데, 너한테 경찰이 네 세탁 바구니에서 수거해간 옷을 검사했다는 사실을 말해줘야겠다 싶었어."

나는 전화기를 더 꽉 붙들었다. "피 검사 때문에?"

"아니, 총기 잔여물 때문에. 그리고 양성 반응이 나왔어."

나는 입이 떡 벌어졌다. 나는 경찰이 그저 내 옷에 묻은 피를 찾는 줄로만 알았다. 다른 것을 찾고 있을 거라는 생각은 전혀 하지 못했다. "아…."

"그들은 이 사건 수사의 확실한 성공을 위해 검사 결과를 기다리고 있었던 것 같아." 그가 말했다. "내 생각엔 아마 그들이 지금쯤 체포 영장을 발부받고 있을 거야."

나는 그대로 굳어버렸다. "아…."

"미안해, 밀리. 그냥 미리 알려주고 싶었어. 그 정도는 내가 해줘야 할 것 같아서."

"응…."

"그리고…." 그는 전화기에다 대고 기침했다. "행운을 빌어. 알다시피, 그 사건과 관련해서 말이야."

나는 엔조가 내 눈가에 눈물이 고이는 걸 보지 못하도록 고개를 돌렸다. "고마워."

고맙긴 개뿔. 내 인생이 엉망진창일 때 날 버려줘서 참 고맙다. 브록

이미 전화는 끊겼지만, 나는 휴대전화를 귀에 댄 채 눈물을 흘리지 않으려 애쓰고 있었다. 이제 완전히 끝장이다. 웬디는 정말 교묘하게도 만난 적도 없는 사람을 살해한 죄를 내게 뒤집어씌웠다.

"밀리." 엔조의 커다란 손이 내 어깨 위로 내려앉았다. "무슨 일이야? 그가 무슨 말을 한 거야?"

나는 뒤돌아서기 전에 눈물을 훔쳤다. "경찰이 세탁물 바구니에서 가져간 내 옷에서 총기 잔여물을 발견했대."

엔조가 고개를 끄덕였다. "공포탄을 쏴도 옷에는 잔여물이 남아."

나는 손에다 얼굴을 묻었다. "브록 말로는 체포 영장이 곧 발부될 거래. 나 이제 어떡하지?"

"난 절대 포기하지 않아." 그가 내 어깨를 꽉 붙잡았다. "내 말 알겠어? 무슨 일이 있어도 난 절대 포기 안 해. 반드시 널 풀어줄게."

난 그의 말이 진심이라고 믿었다. 하지만 그가 나를 이 난장판에서 구해줄 수 있을 거라곤 믿지 않았다. 경찰이 날 체포하면 그걸로 끝이었다. 그들은 진짜 살인범을 찾는 걸 멈출 것이다. 모든 혐의는 내게 덮어씌워질 거고, 그들이 가진 증거는 꽤 강력했다. 내 옷에 남아 있던 총기 잔여물, 범행도구인 총에서 나온 내 지문, 그리고 내가 범행 시간쯤에 그 건물 안에 있었다고 증언할 도어맨까지.

나는 완전 망했다.

"호숫가에 있는 그 오두막에 가봐야겠어." 나는 키친타월에 적힌 주소를 흘끗 쳐다보았다. "그 개자식을 찾아서 이 일의 진상을 꼭 밝혀야겠어."

"그건 도움이 안 돼."

"상관없어. 난 그자식을 직접 보고 싶어. 그 눈을 똑바로 보고 왜 내게 이런 짓을 했는지 묻고 싶다고. 그리고 웬디도 거기 있다면, 난…."

내 눈이 엔조의 눈과 마주쳤다. 그는 잠시 눈을 크게 떴다가 나보다 먼저 주방 쪽으로 달려가 주소가 적힌 키친타월을 집어 들었다. 그걸 손으로 구기고는 물을 틀어서 적셨다. 잉크가 번져 흐려질 때까지.

"그건 안 돼." 그가 단호하게 말했다. "네가 멍청한 짓을 하게 둘 순 없어."

"너무 늦었어." 내가 말했다. "난 이미 주소를 외웠거든."

"밀리!" 그의 목소리는 날카로웠고, 눈은 커져 있었다. "오두막에 가지 마. 넌 지금 제정신이 아니야. 넌 아무 잘못도 하지 않았고, 경찰이 널 감옥으로 보낼 이유를 네가 제공하지 않는 한 넌 감옥에 가지 않을 거야!"

"아니." 나는 턱을 치켜들었다. "난 어차피 감옥에 가게 될 거야. 그럴 바에는 차라리 감옥에 갈 이유를 내가 직접 만들어 주겠어."

"밀리." 그는 큰 손으로 내 손목을 붙잡았다. "네가 어리석은 짓을 하게 두지 않을 거야. 그 오두막에 절대 가지 않겠다고 약속해."

나는 그를 올려다보았다.

"약속해. 약속하지 않으면 넌 여기서 못 나가."

그는 내가 아프지 않을 만큼, 그저 내가 도망칠 수 없을 만큼만 내 손목을 붙잡고 있었다. 그는 나를 나 자신으로부터 구하려고 온 힘으로 애쓰고 있었다. 진심으로 나를 위해준다. 브록은 말로만 나를 사랑했지만, 엔조는 정말 나를 사랑한다. 그리고 내가 체포되더라도 그는 나를 감옥에서 빼내기 위해 최선을 다할 거라고 나는 믿는다. 그는 진실을 밝히기 위해 최선을 다할 것이다.

"알았어. 안 갈게."

"약속해?"

"약속할게."

그가 내 손목을 놓았다. 그는 괴로운 표정으로 한 걸음 물러섰다. "그리고 나도 약속할게, 내가 반드시 이 일을 바로잡을게."

나는 고개를 끄덕였다. 나는 소파 위에 놓아두었던 핸드백 쪽으로 손을 뻗었다.

“이제 아파트로 돌아가서 경찰을 기다려야지.”

“같이 가줄까?”

“아니.” 나는 핸드백을 어깨에 걸쳤다. “경찰이 내게 수갑 채우는 모습을 너한테 보여주고 싶지 않아.”

엔조가 내게 다가와 입을 맞췄다. 이 키스로 몇 년쯤은 감옥에 있어도 버틸 수 있을 것 같았다. 누구도 이 남자처럼 키스할 수 없었다.

“약속할게.” 그가 내 귀에다 대고 속삭였다. “널 다시 감옥에 보내지 않을 거야.”

나는 살짝 떨리는 몸을 그에게서 떼어냈다. “이제 집에 갈게.”

그는 내 손을 꽉 잡았다. “내가 좋은 변호사를 찾아줄게. 비용은 어떻게든 마련해볼게.”

그의 작은 원룸 아파트는 길거리에서 주워온 가구들로 가득 차 있었다. 나는 빈정거리는 말을 하지 않으려 혀를 깨물었다. “보고 싶을 거야.”

“나도 보고 싶을 거야.” 그가 말했다.

“그리고… 사랑해.”

브록에게 이 말을 할 때는 어딘가 어색했지만, 지금은 아니었다. 그에게 이 말을 하지 않고 떠날 수는 없었다.

“나도 사랑해, 밀리.” 그가 말했다. “아주 많이.”

나도 그를 사랑한다. 항상 그를 사랑해 왔다. 그래서 그에게 거짓말하는 게 싫다.

하지만 내 핸드백에 그의 차 열쇠를 몰래 넣어두었다는 걸 그에게 얘기할 수는 없었다.

곧 알게 되겠지만.

제4부

66

웬디

러셀과 나는 샴페인 한 병을 마시며 축하의 시간을 보내고 있었다.

조금 위험하긴 했지만, 우리는 펜트하우스와 롱아일랜드의 주택 앞으로 몰려든 수많은 기자를 피해 호숫가에 있는 러셀의 오두막으로 왔다. 엄밀히 말하면 여기는 메리베스의 오두막이었다. 러셀이 그녀와 헤어지면 다시 메리베스의 소유가 될 것이다. 그건 아무래도 괜찮았다. 나는 이제 상상도 못 할 부자가 되었으니까. 평범한 사람이 이해할 수 있는 범위를 넘어서는 부자다. 나는 이 조그만 방 두 개짜리 오두막 같은 건 필요 없었다.

하지만 이 오두막은 월풀 장치가 달린 초대형 욕조가 정말 훌륭했다. 마치 자쿠지 욕조 안에 있는 것만 같았다.

여기로 차를 모는 동안 우리는 백미러로 뒤따라오는 기자는 없는지 계속 주시했다. 인적이 드문 곳이라 뒤따라오는 차가 있었다면 쉽게 발견할 수 있었을 것이다. 러셀은 메리베스에게 가구를 찾으러 출장 비슷한 것을 간다고 했다. 그가 그녀에게 뭐라고 했든 상관없었다. 메리베스는 더 이상 중요하지 않았다.

"너무 행복해." 나는 중얼거렸다. "이렇게 행복했던 적은 정말 오랜만인 것 같아."

러셀은 미소를 지었다. 하지만 그의 표정은 어딘가 약간 굳어 있었다. 그가 더글러스를 죽이고 싶어 하지 않는다는 건 알고 있었지만, 그렇게 주방에 숨어서 더러운 일을 나에게 다 떠넘길 줄은 몰랐다. 그날 밤 그에 대한 존경심은 대부분 사라졌다. 그나마 그가 잘생기기라도 해서 다행이다. 오히려 나에게 고마워해야 하는 거 아닌가? 나를 무슨 괴물 보듯 쳐다보는 건 정말 어이가 없었다.

뭐, 그가 행복하지 않다면 잔소리꾼 아내에게 다시 돌아가면 될 일이고, 나는 수천만 달러를 함께 즐길 새로운 사람을 찾으면 그만이다.

나는 마지막 샴페인을 러셀의 잔에 따라주었다. "이거 맛있네." 내가 말했다. "어디서 구했어?"

"메리베스가 좋아하는 거야." 러셀은 요즘 자기 아내 이야기를 더 자주 꺼냈다. 그렇다고 예전처럼 험담을 하는 것도 아니었다. 좋은 징조는 아니다.

"더 있어?" 내가 물었다.

"샴페인은 더 없는 것 같아. 하지만 주방에 와인이 좀 있을지도 몰라."

그렇게 말만 하고 자기가 와인을 가지러 가지 않는 게 짜증 났다. 남자들은 다 똑같다. 처음에는 뭐든 다 해줄 것처럼 굴다가 결국에는 여자를 당연한 것처럼 여기게 된다.

하지만 나는 너무나 와인이 마시고 싶었다. 우리가 마신 샴페인도 애초 절반 정도밖에 남아 있질 않았었다. 나는 수건을 집어 알몸을 감싸고 욕실에서 나와 거실로 갔다. 나무 바닥에는 젖은 발자국들이 남았다. 밖에는 비가 세차게 내리고 있었다. 빗방울이 지붕을 타고 뚝뚝 떨어졌다. 우리에게는 참 다행이었다. 이 비가 우리가 몰고 온 차 타이어 자국을 지워줄 것이다.

주방에 들어서니 정말로 조리대 위에 와인 한 병이 놓여 있었다. 4분의 3쯤 남은 피노 누아 와인이었다. 저렴해 보이긴 했지만 그래도 없는 것보다는 나았다. 나는 와인병을 집어 들고 욕실로 돌아가려다가 발걸음을 멈췄다.

오두막 창문 중 하나가 활짝 열려 있었다.

67

우리가 여기 도착했을 때 저 창문이 열려 있었던가?

열려 있었던 기억은 없다. 라미레즈 형사에게 밀리 캘러웨이를 체포할 거라는 연락을 받고 우리는 계획이 성공한 걸 축하하느라 정신이 없었다. 우리가 해냈다. 진짜로 살인 혐의에서 무사히 벗어나는 데 성공한 것이다.

우리가 여기 들어왔을 때 저게 열려 있었나? 아무리 생각해도 기억이 나지 않는다. 열려 있었을지도 모른다.

지금은 비가 내려서 그런지 창문이 더 눈에 띄었다. 비가 안으로 들이쳐서 주변을 적시고 있었다. 창문을 닫는 게 좋을 것 같다.

나는 소파 옆 협탁에 와인병을 내려놓고 창문 쪽으로 걸어갔다. 얼음장처럼 차가운 빗방울들이 내 얼굴을 때리고 두 팔 위로 쏟아졌다. 잠깐 씨름한 끝에 간신히 창문을 닫았다.

됐다.

와인병을 들고 욕실로 돌아와 보니, 러셀은 여전히 욕조 안에 있었다. 검은 머리카락이 머리에 축 들러붙어 있었다. 처음에는 욕조 물에 그의 얼굴이 젖은 건 줄 알았다. 그러다 곧 무슨 상황인지 알아차렸다.

"우는 거야?" 나는 불쑥 물었다.

러셀은 의식적으로 눈을 닦았다. "난 그냥… 우리가 그를 죽였다는 게 믿기지 않아. 난 그런 짓을 한 적이 지금껏 한 번도 없었어."

나는 러셀이 왜 우는지 이해가 가지 않았다. 더글러스를 죽인 건 나였다. 그리고 나는 조금도 미안하지 않았다. 더글러스는 그런 일을 당해도 싼 사람이었다.

"정신 차려." 내가 그에게 소리쳤다. "이미 끝난 일이야. 어차피 그는 끔찍한 사람이었어. 나를 고문 수준으로 괴롭혔어."

"당신이 바람을 피웠기 때문이잖아."

그게 나를 무일푼으로 만들기에 충분한 이유는 아니었다. 러셀은 내가 더글러스에게 어떤 거짓말을 했는지 몰랐다. 아마 말하지 않는 게 나을 것이다. 그의 기분만 더 나빠질 테니까.

"자…." 나는 수건을 벗어서 바닥에 떨어뜨렸다. 그런 다음 그의 잔에 적갈색 액체를 채우고 내 잔도 채웠다. "당신이 그런 생각을 잊어버릴 수 있게 내가 도와줄게."

내가 다시 욕조에 들어가 뜨거운 액체에 몸을 담그는 동안 러셀은 와인 잔에 든 와인을 꿀꺽꿀꺽 단번에 마셨다. 그의 입술에는 붉은 얼룩이 남았다. 그 방법이 마음에 들어서 나도 와인 잔을 단숨에 비웠다. 싸구려 와인이니 천천히 음미할 필요는 없었다. 한두 잔 더 마시고 나면 우리 둘 다 기분이 훨씬 나아질 것이다.

68

내 생각이 제대로 적중했다.

와인 두 잔을 마신 후 러셀은 더 이상 울지 않았다. 그리고 나는 기분 좋은, 살짝 나른한 느낌이 들었다. 내가 원하는 대로 일이 잘 풀린 건 정말 오랜만이었다. 지난 6개월 동안 나는 승리가 필요했다. 그리고 오늘은 아주 큰 승리였다. 더글러스는 죽었고, 나는 막대한 유산을 받게 되었다. 밀리가 모든 걸 뒤집어써 준 덕에 말이다. 그녀는 자기 역할을 아주 잘 수행했다.

"이 욕조에 영원히 머물 수 있을 것 같아." 내가 숨은 내쉬며 몸을 뒤로 기대자, 내 맨살이 러셀의 몸에 닿아 미끄러졌다. "이러고 있으니 참 좋아, 안 그래?"

"으응." 그가 말했다. "근데 나 조금 졸려. 취한 것 같아."

나는 취하지 않았지만, 분명 살짝 취한 기분이 들긴 했다. 좋다.

욕조 안은 정말 평화로웠다. 멀리서 흘러나오는 음악을 제외하면.

"웬디. 저거 당신 벨 소리 아냐?"

그의 말이 맞았다.

전화한 사람은 분명 조 벤덱일 것이다. 나는 그에게 더글러스의 막대한 유산에 대해 할 이야기가 있으니 전화해달라고 했었다. 그가 나를 싫어한다는 걸 생각하면 지금 이 상황이 아주 즐거웠다. 이제 더글러스의 재산뿐만 아니라 그의 회사까지 모두 내 소유였다. 그건 바로 내가 조의 상사라는 말이다. 조는 내 비위를 맞출 수밖에 없었다. 나는 이 돈으로 악역이 되는 걸 기꺼이 즐길 생각이다.

이번에는 수건이 아닌 목욕 가운을 걸치고 거실로 나갔다. 휴대전화는 거실의 커피 테이블 위에 두었었다. 아니나 다를까, 조셉 벤덱이라는 이름이 화면에 떠 있었다. 나는 음성사서함으로 넘어가기 직전에 전화를 받았다.

"안녕하세요, 조." 내가 말했다.

"안녕하세요, 웬디."

그의 목소리가 아주 비참하게 들리자 나는 쾌감을 느꼈다. 승리하는 건 기분 좋은 일이었다.

"오후에 전화 주기로 한 거 기억하세요?" 내가 그에게 상기시켜 주었다. "지금 벌써 10시가 다 됐어요."

"미안해요." 그의 목소리에 씁쓸한 기운이 감돌았다. "가장 친한 친구가 살해당한 지 얼마 안 돼서 내 상태가 그리 좋지 않거든요."

"그건 좀 문제네요." 나는 주방으로 걸음을 옮기며 딱딱하게 말했다. 창밖을 보니 비가 쏟아붓고 있었다. "당신이 더글러스의 유언 집행자잖아요. 그 역할을 제대로 못 하겠다면, 다른 사람이 당신을 대신해야 할 거예요."

"아니요. 더그는 내가 그 역할을 하길 원했어요. 그렇게 하는 게 친구로서 할 수 있는 최소한의 예의에요."

"알았어요." 만약 그가 어설픈 수를 쓰려고 하면 회사에서 당장 쫓아낼 생각이다. 사실, 그냥 지금 그를 해고하는 게 나을지도 모른다. 더글러스를 믿지 않았던 것 이상으로 나는 그를 믿지 않으니까. "그런데 그의 자산은 언제 나에게 양도되는 거죠? 당장 처리해야 할 청구서들이 좀 있거든요."

더글러스가 사망했다고 해서 주택대출금을 갚을 필요가 없어지는 건 아니었다. 더글러스가 신용카드를 모두 해지하는 바람에 내게는 사용할 수 있는 신용카드도 없었다. 펜트하우스만 해도 대출금이 몇십만 달러에 달하기 때문에 나는 현금이 필요했다. 그것도 최대한 빨리.

"더그의 돈을 당신에게 이체해달라고요?" 조가 물었다.

"네." 나는 조리대를 손가락으로 두드렸다. "그렇게 하는 거잖아요, 아니에요?"

"그게 아니라…." 조는 잠시 말을 멈췄다. "웬디, 혹시 더그가 지난달에 유언장을 바꾼 거 몰랐어요?"

뭐라고? "아뇨, 그게 무슨 말이에요?"

"그가 유언장을 바꿨어요. 모든 걸 자선단체에 남겼어요."

어지럼증이 물결처럼 나를 덮쳐왔다. 우리가 결혼한 지 몇 달 뒤, 더글러스는 모든 것을 내게 남기겠다고 유언장을 작성했다.

더글러스는 일을 잘 미루는 타입이었기 때문에, 나는 그와 함께 변호사를 찾아가서 그 유언장을 작성하게 했다. 우리가 별거한 그 짧은 기간에 그가 유언장 내용을 바꿨을 거란 생각은 전혀 하지 못했다. 그럴 리가 없다. 그는 그럴 사람이 아니었다.

설마….

"당신 지금 거짓말하는 거야." 나는 전화기에다 대고 쏘아붙였다. "내가 그의 돈을 받는 걸 막으려고 거짓말을 꾸미고 있는 거잖아."

"그거 솔깃한 얘기네요. 하지만 안타깝게도 아니에요. 공증까지 받은 유언장 사본이 바로 내 앞에 있거든요."

"하지만…." 나는 말을 더듬었다. "하지만 어떻게 그가 그럴 수 있죠?"

"글쎄요, 더그가 말하기로는 당신이 거짓말쟁이에 사람을 조종하려 드는 나쁜 년이라 자기 돈을 한 푼도 주고 싶지 않다고 했어요."

가슴이 덜컥 내려앉았다. 심장이 잠깐 멎기라도 한 듯, 잠시 시야가 흐릿해지기도 했다. 어떻게 이런 일이 일어날 수가 있지? 더글러스가 죽기 전에 자기 돈을 전부 자선단체에 기부하고 싶다는 얘기를 꺼내긴 했지만, 이미 이렇게 준비를 해뒀을 거라고는… 상상도 못 했다.

"이건 말도 안 돼!" 내가 소리쳤다. "그는 어떻게 유언장에서 나를 뺄 수 있어? 난 그의 아내라고! 이렇게 끝낼 순 없어. 끝까지 싸울 거고, 싸움에서 이길 거야. 두고봐."

"알았어요. 당신 하고 싶은 대로 해요, 웬디. 하지만 그동안 펜트하우스와 롱아일랜드섬에 있는 집을 모두 비워줘야겠어요. 매물로 내놓을 거라서요."

"지옥에나 가." 나는 수화기에 대고 식식댔다.

덜덜 떨리는 손으로 빨간 버튼을 눌러 전화를 끊었다. 나는 더글러스가 내게 아무것도 남기지 않고 떠난다는 서류에 서명한 것만으로 나를 빈털터리로 만들 수 없을 거라고 믿는 거 외엔 달리 방법이 없었다. 그래 맞아. 난 싸울 수 있어. 더글러스는 이미 죽었으니까 이 싸움을 막을 수 없어. 어떤 식으로든 나는 정당한 내 몫을 받아낼 거야.

비록 내가 상상했던 만큼의 재산은 아닐지라도.

휴대전화 화면을 들여다보며 어떻게 해야 할지 고민하고 있는데, 전화벨이 다시 울리기 시작했다. 나는 발신자를 확인하고 잠시 숨이 턱 막혔다.

뉴욕 경찰국에서 걸려온 전화였다.

69

분명 라미레즈 형사일 거다. 그는 몇 시간 전 내가 시내에 있을 때 전화로 밀리를 체포할 거라고 알려주었다. 나는 이 전화가 밀리가 무사히 감옥에 갇혔음을 알리는 내용이길 바랐다.

방금 전 통화처럼 나를 당황하게 하는 내용이 아니길 바랐다.

"여보세요?" 나는 상심한 미망인처럼 들리도록 애쓰며 전화기에다 대고 말했다. 대학에서 들었던 연기 수업이 상당히 도움을 주고 있었다. 밀리 앞에서 한 내 연기는 아카데미상을 받을 자격이 있었다.

"개릭 부인?" 라미레즈의 목소리였다. "라미레즈 형사입니다."

"안녕하세요, 형사님. 내 남편을 죽인 그 여자를 감옥에 안전하게 가둬 두었길 바랍니다!"

"사실…." 또야? "빌헬미나 캘러웨이의 소재를 파악하지 못했습니다. 체포 영장을 가지고 그녀의 아파트로 갔지만 그녀는 거기 없었습니다."

"그럼 어디 있는 거죠?"

"알면 이미 체포했겠죠, 안 그래요?"

또다시 가슴이 철렁 내려앉는 느낌이 들었다. "경찰은 뭘 하고 있는 거죠? 아시겠지만, 그 여자는 매우 위험해요."

"걱정하지 마세요. 결국엔 찾아낼 겁니다. 약속드립니다."

"좋아요. 형사님께서 사건을 잘 지휘하고 계시니 다행이네요."

"그런데 한 가지 더 말씀드릴 게 있습니다, 개릭 부인."

이번엔 또 뭐야? 나는 욕실 쪽을 힐끗 쳐다보았다. 러셀은 내가 밖으로 나왔다는 걸 알면서도 왜 아직도 욕조 안에 있는 거지? 저러다 피부가 온통 쭈글쭈글해질 것이다. "말씀하세요, 형사님."

"그게 말입니다." 라미레즈가 헛기침했다. "펜트하우스의 건물 관리인이 지난 이틀 동안 자리에 없었습니다. 유럽에 있어서 우리와 연락이 닿지 않은 거였어요. 어쨌든 오늘 오후에 겨우 그와 통화했는데, 정말 흥미로운 얘기를 들었습니다."

"네?"

"빌딩 뒷문에 보안 카메라가 하나 있다고 하더군요."

나는 심장이 한 오 초 정도는 멈춘 것만 같았다. "뭐라고요?"

"어떻게 하다 보니 그걸 놓쳤더라고요." 그가 말했다. "거주자들이 감시당한다는 느낌을 받을까 봐 카메라를 눈에 보이지 않게 설치했다더군요. 그리고 더 재밌는 점은 보안 카메라를 설치한 게 바로 당신 남편인 더글러스 씨라더군요. 1년 전에 뒷문이 걱정된다면서 직접 자기 회사 장비로 설치했다더군요."

"그 사람이… 그랬다고요?" 나는 거의 질식할 지경이었다. 그 순간 욕실에서 우당탕거리는 요란한 소리가 나더니 물이 첨벙 튀는 소리가 들렸다. 하지만 나는 무시했다. 러셀이 욕조에서 나오려다 넘어진 거라면, 이젠 스스로 일어날 줄도 알아야 했다.

"네, 방금 그 영상들을 전부 확인했습니다. 근데 정말 놀랍더군요. 기록에 따르면 부인 남편께서는 여러 달 동안 그 아파트에 나타난 적이 없었습니다. 그러니까 밀리 캘러웨이가 거기서 일하는 내내 아예 드나든 흔적이 없어요. 그런데 어떻게 그녀가 그 아파트에서 부인 남편과 바람을 피웠는지 모르겠습니다. 그렇잖아요?"

입 안이 바싹 말라서 말이 잘 나오지 않았다. "어…어쩌면 다른 데서 만나고 있었나 봐요, 그렇죠?"

"어쩌면요. 하지만 호텔 같은 의심 갈만한 카드 사용 내역이 전혀 없더군요."

"당연히 카드로 결제하지 않았겠죠. 그럼 내가 볼 테니까요. 아마 현금으로 냈을 거예요."

"부인 말이 맞을 수도 있습니다." 라미레즈는 인정했다. "하지만 정말 말도 안 되는 부분이 있습니다. 남편이 살해되던 날 밤에요, 부인 남편은 도어맨이 밀리가 빌딩에서 나가는 것을 본 후에도 뒷문에 모습을 드러내지 않았어요."

"그거… 이상하군요…."

형사가 그 영상을 다 봤다면 더글러스가 살해당했을 시간에 내가 그 건물 안에 있었다는 것도 알고 있을 것이다.

"그래서 말입니다만." 그가 말했다. "제 생각엔 부인께서 경찰서로 나오셔서 저희가 혼란스러워하는 부분을 몇 가지 확인만 해주시면 좋을 것 같습니다만. 지금 댁으로 경찰차를 보내드리겠습니다."

"난… 지금 집에 없어요…."

"아, 그래요? 그럼 지금 어디신가요?"

나는 귀에서 전화기를 뗐다. 라미레즈 형사의 목소리도 멀어졌다. "여보세요? 개릭 부인?"

나는 말없이 빨간 버튼을 눌러 전화를 끊고 휴대전화를 조리대 위에 내던졌다. 나는 파도처럼 밀려오는 메스꺼움과 어지러움을 참으며 싱크대 쪽으로 몸을 기댔다.

뒷문에 카메라가 있었다니 믿을 수가 없었다. 나는 분명히 거기에 카메라가 없는지 확인했었다. 하지만 그건 더글러스가 친절하게도 카메라를 설치해 주기 전의 일이었다. 내 남편은 걱정이 많고, 관대하며, 테크놀로지를 사랑하는 너드라서 충분히 그랬을 수 있다. 아니면 나를 감시하려 했거나.

어쨌든 카메라가 있었다면, 그 영상 덕분에 밀리는 혐의를 벗게 될 것이다. 그리고 그건 내 관짝에다 아주 큰 못을 박는 거였다.

나는 욱신거리기 시작한 관자놀이를 문질렀다. 여생을 감옥에서 썩을 순 없다. 상황을 타개할 방법을 찾아야 한다. 내게는 몇 가지 아이디어가 있었다. 나는 이미 밀리를 상대로 학대받는 아내 역할을 너무나도 잘 해냈다. 나는 그저 끔찍하고 폭력적인 남편의 이야기를 들려주기만 하면 될 것이다. 운명을 가른 그날 밤, 남편이 나를 무자비하게 때리려고 달려들었고, 나는 내가 해야 할 일을 했던 거였다. 정당방위는 합법이다. 그건 남편이 사느냐 내가 사느냐의 문제였다.

이게 먹힐 수도 있다.

"러셀!" 내가 소리쳤다. "얘기 좀 해."

러셀은 큰 문제였다. 경찰이 뒷문 영상을 확인했다면, 그날 밤 그가 들어오는 것도 봤을 것이다. 그렇지만 그와 나를 직접적으로 연결시킬 만한 것은 없었을 것이다. 그와 나는 이야기를 맞춰놓아야 했다. 나는 이 모든 일을 두고 그가 어린애처럼 굴지 않길 바랐다. 그가 자포자기한 채로 경찰에게 모든 추접한 이야기를 털어놓는 게 상상이 됐다.

나는 욕실로 달려갔다. 이 소식을 들으면 러셀은 기쁘지 않을 것이다. 완전히 순조로운 항해는 너무 지나친 기대였다. 어떤 식으로든 우리는 이 상황을 극복할 것이다. 나는 전에도 벼랑 끝까지 몰렸었고, 그때마다 빠져나왔다.

"러셀." 내가 다시 불렀다. "대체 뭐—"

욕실에 들어서자마자 가장 먼저 눈에 들어온 것은 새빨간 색이었다. 내 눈앞에서 새빨간 것이 일렁였다. 뽀얗던 욕조의 물이 지금은 진한 핏빛으로 물들어 있었다. 나는 천천히 눈을 들어 피가 어디서 흘러나왔는지 찾았다. 러셀의 목이었다. 목에 있는 크게 벌어진 상처에서 피가 흘러나오고 있었다.

그러고 나서 나는 그의 얼굴을 보았다. 벌어진 턱, 그리고 정면을 응시한 채, 깜빡이지 않는 그의 두 눈을.

70

러셀이 죽었다.

살해당했다.

내가 욕실을 나갔다가 돌아온 잠깐 사이에 일어난 일이었다.

아까 와인을 가지러 밖으로 나왔을 때 열려 있던 창문이 떠올랐다. 누군가 이 오두막에 들어왔고 러셀을 죽였다.

나는 그게 누군지 알 것 같았다. 내게 원한이 있고 폭력적인 과거를 가진 한 사람. 그리고 경찰은 아직 그녀를 찾아내지 못했다.

"밀리?" 나는 떨리는 목소리로 불렀다.

대답이 없었다.

그리고 그 순간, 불이 꺼졌다.

폭풍 때문에 일어난 일이라고 생각하고 싶었지만, 전기가 끊길 만큼 바람이 강하지는 않았다. 누군가 일부러 전기를 끊었다.

서늘한 한기가 등을 타고 흘렀고, 나는 두 팔로 내 몸을 끌어안았다. 전기가 끊기면서 오두막 안은 완전히 어둠으로 뒤덮였다. 내 휴대전화는 주방에 있었다. 그녀가 머리를 썼다면 이미 내 전화기를 챙겼을 것이다. 나는 도움을 청할 방법이 없었다.

"밀리?" 나는 다시 소리쳤다.

대답이 없었다. 그녀는 나를 가지고 노는 중이었다. 내가 증오스러울 테니까. 그건 당연했다. 나는 나를 도우려던 그녀에게 모든 걸 뒤집어씌웠다.

이제 내 친구 오드리의 말이 내 머릿속에서 울려 퍼졌다.

'그 여자는 진짜 하드코어야. 정말이야. 위험해.'

밀리는 매우 위험했다. 그것만큼은 분명했다.

그리고 나는 그녀를 적으로 만들었다.

"밀리." 나는 겁에 질려 소리쳤다. "제발 내 말 좀 들어줘요. 내가… 미안해요. 내가 그런 짓을 하면 안 되는 거였어요. 하지만 더글러스가 학대를 일삼았다는 걸 알아야 해요. 난 당신한테 진실을 말했어요."

방 반대편 어딘가에서 유리 깨지는 소리가 들렸다. 나는 소리가 나는 방향으로 고개를 돌렸다. 야간 투시경이라도 가진 게 아니라면 밀리도 어둠 속에서는 나처럼 앞이 보이지 않을 것이다. 어쩌면 그걸 내 쪽으로 유리하게 이용할 수 있을지도 몰랐다.

"더글러스는 내게 끔찍한 짓을 많이 했어요. 그 사람은 끔찍한 남편이었어요. 나는 그 결혼 생활에서 벗어나야만 했어요. 이해해줘요…."

밀리는 여전히 대답하지 않았다. 하지만 나는 그녀의 펄펄 끓는 분노를 느낄 수 있었다. 나는 이 여자를 잘못 건드렸다.

"밀리." 나는 계속해서 말했다. "당신도 알아야 해요, 내가 당신을 속인 게 아니란 걸요. 그리고 나에게 보여준 당신의 친절은… 그건 나에게 정말 중요한 의미였어요. 난 어쩔 수 없이 그래야만 했어요."

번쩍하고 번개가 쳤다. 그러자 주방까지 가는 길이 보였다. 이미 그녀가 내 휴대전화를 가져갔다고 해도, 주방에는 무기가 될 만한 것들이 있었다.

사이코패스를 논리적인 말로 설득하는 건 소용없는 짓이었다. 그녀가 싸우고 싶어 한다면 응할 수밖에 없다.

나는 주방 쪽으로 전력 질주했다. 밀리의 발소리가 바로 뒤에서 났지만, 나는 멈추지 않았다. 벽에 부딪히지 않기를 기도하며 두 팔을 앞으로 쭉 뻗었다. 다행히 나는 무사히 주방에 도착했다. 넘어지지 않으려고 조심하며 작은 식탁 옆을 지나갔다. 하지만 그 순간, 발이 미끄러지며 아래에서부터 균형을 잃으며 넘어졌다.

바닥에 피가 흥건했다.

러셀의 피임이 틀림없었다. 그녀의 신발 밑창에 묻어서 주방까지 옮겨졌을 피. 눈을 감으면 아직도 목이 베인 채 욕조에 누워 멍한 눈으로 아무것도 응시하지 않고 있는 러셀의 모습이 보였다. 밀리가 그렇게 만들었다. 심지어 그는 밀리가 정말로 증오하는 사람도 아니었다. 밀리가 나에게는 무슨 짓을 할지 나는 상상조차 할 수 없었다.

나는 그녀에게 그럴 기회를 주지 않을 것이다. 가만히 당하고만 있을 생각은 없다. 그녀는 만만치 않은 여자지만 그건 나도 마찬가지였다.

욱신거리는 오른쪽 엉덩이를 부여잡고 힘겹게 다시 일어섰다. 나는 조리대 위를 더듬거리며 칼꽂이를 찾았다. 분명 조리대 위에 칼꽂이가 놓여 있는 걸 봤었다.

제발 여기 있길. 제발.

하지만 내 손에는 아무것도 느껴지지 않았다. 조리대 위에는 무기로 쓸만한 그 어떤 것도 없었다. 과연 밀리는 무기가 될 만한 걸 남겨놓을 만큼 어리석지 않았다. 전에는 그녀가 나를 믿었기 때문에 쉽게 속일 수 있었지만, 지금은 그녀가 내 수를 다 꿰뚫고 있었다. 밀리는 이미 한 사람의 목숨을 앗아갔고, 어떻게든 나를 그다음 희생자로 만들 생각이었다.

나는 손을 뻗어 가스레인지 주변을 더듬었다. 분명 그 위에 프라이팬이 하나 놓여 있는 걸 봤었다. 그게 있으면 그녀를 쓰러뜨릴 수 있을지도 모른다. 그게 내 유일한 희망이었다.

하지만 그때 점점 가까워지는 발걸음 소리가 들렸다. 너무 가까웠다.

그녀는 지금 나와 함께 이 주방 안에 있었다.

71

나는 닥치는 대로 주변을 더듬었다. 밀리가 내 바로 뒤에 있었다. 아마 2미터도 채 안 되는 거리일 것이다. 번개라도 한 번 더 치면 좋으련만. 그러면 그녀에게 대항할 수 있는 뭔가를 찾을 수 있을지도 몰랐다. 하지만 너무 어두워서 아무것도 보이지 않았다. 내 바로 앞에 뭐가 있는지도 볼 수가 없었다.

"웬디." 그녀가 말했다.

나는 뒤돌아서서 가스레인지에 등을 기댔다. 내 심장은 가슴을 뚫고 폭발할 것만 같았다. 순간 주방이 빙글빙글 돌기 시작했다. 나는 심호흡하며 마음을 진정시키려 노력했다. 기절해서 좋을 게 없었다. 아마 나는 손발이 묶인 채로 깨어날 것이다.

내 눈이 겨우 어둠에 적응했다. 맞은편에 있는 밀리의 실루엣이 선명하게 보였다. 그리고 그녀의 오른손에서는 반짝거리는 무언가가 들려 있었다.

칼이었다. 분명 러셀을 죽일 때 사용한 칼과 같은 것일 테다. 아마도 아직 그의 피가 묻어 있을 것이다.

오, 맙소사.

"제발요." 나는 그녀에게 빌었다. "난 당신이 원하는 건 뭐든 줄 수 있어요. 난 엄청난 부자가 될 거예요."

밀리가 한 걸음 더 다가왔다.

"당신이 재정적으로 힘들었던 거 알아요." 나는 주절주절 말을 늘어놓았다. "내가 당신 교육비 다 내줄 수 있어요. 집세도요. 그리고 거기다 보너스까지 줄 수 있어요. 다시는 돈 걱정 안 해도 될 거예요."

어두운 주방이라 거의 보이지 않았지만, 밀리의 실루엣이 고개를 저었다.

"경찰에 내가 오해했다고 말할게요." 내 목소리에는 히스테리적인 기운이 감돌았다. "당신이 거기 아예 없었다고 말할게요. 내가 다 착각한 거라고 말할게요."

어차피 경찰은 이미 영상 증거를 가지고 있었다. 영상에는 진짜 더글러스와 밀리가 펜트하우스에서 한 번도 만나지 않았다는 증거가 찍혀있었다. 하지만 밀리는 아직 그 사실을 모른다. 일단 여길 빠져나가는 게 먼저다. 나는 경찰에 체포되겠지만 지금 죽는 것보다는 나았다.

밀리는 내가 한 제안에 아무런 반응도 보이지 않았다. 그녀가 점점 내 쪽으로 다가왔지만 내게는 더 이상 물러날 곳이 없었다.

"제발," 나는 그녀에게 빌었다. "제발 이러지 말아요."

그 순간 기다리던 번개가 방 안을 환하게 비췄지만 조리대 위에서 무기를 찾기에는 너무 늦었다. 대신 오른손에 칼을 들고서 나를 향해 다가오는 여자의 얼굴이 선명하게 보였다.

오, 하느님 맙소사.

그 사람은 밀리가 아니었다.

72

"메리베스?" 나는 속삭이듯 말했다.

내 남편의 직원이자 러셀의 아내인 그녀가 나와 불과 몇 미터 떨어진 곳에 서서 나를 뚫어져라 쳐다보고 있었다. 나는 메리베스를 무서워한 적이 한 번도 없었다. 그녀의 남편과 잠자리를 가질 때도 그녀에 대해 생각하지 않았다. 그녀는 아주 순해 보였고, 러셀도 내게 그렇게 말했었다.

나는 그녀를 과소평가했다. 러셀의 베인 목이 그 증거였다.

나는 메리베스보다 더 매력적이었다. 그녀는 나보다 10살 정도 더 많았고, 외모도 그 나이대로 보였다. 머리카락은 푸석푸석하고, 눈가와 입가에는 주름이 자글자글했다. 턱 밑 피부는 탄력 없이 늘어져 있었다. 하지만 주방은 다시 어둠 속에 잠겼고, 그녀도 다시 실루엣이 되었다.

"앉아." 메리베스가 말했다.

"난… 아무것도 안 보여요." 나는 더듬거리며 대답했다.

잠시 후 다시 한 줄기 빛이 번쩍였다. 번개가 아니었다. 그녀가 자신의 휴대전화 플래시를 켠 것이다. 그녀는 식탁 방향으로 불빛을 비추었다. 양쪽에 접이식 의자 두 개가 놓인, 나무로 된 작은 정사각형 식탁이었다. 나는 비틀거리며 식탁 쪽으로 다가갔고, 다리에 힘이 풀리기 직전에 겨우 의자에 털썩 주저앉았다.

메리베스는 맞은편 의자에 앉았다. 휴대전화 불빛 덕분에 나는 그녀 얼굴의 이목구비를 다시금 선명하게 볼 수 있었다. 입술은 일자로 굳게 다물고 있었고, 평소에는 온화한 그녀의 푸른 눈동자는 칼날처럼 날카롭고 차가웠다. 그녀는 러셀의 피로 얼룩진 트렌치코트를 입고 있었다. 그녀의 모습은 정말로 공포스러웠다.

하지만 그녀가 아직 나를 죽이지 않았다는 사실을 위안거리로 삼았다. 어떤 이유에서인지 그녀는 아직 나를 살려두었고, 덕분에 나는 여기서 무사히 빠져나갈 방법을 찾을 시간을 벌었다.

"원하는 게 뭐에요?" 나는 그녀에게 물었다.

그녀는 나를 보며 눈을 깜박였다. 어둡고 텅 빈 눈구멍 안에 자리 잡은 두 눈의 흰자위가 허연빛을 냈다. "내 남편과 잠자리를 가진 지 얼마나 됐어?"

나는 거짓말을 해야 할지 고민하며 입을 뗐다. 하지만 그녀의 눈을 보고 그러지 않는 게 낫다는 걸 깨달았다. "10개월 정도 됐어요."

"10개월." 그녀가 말을 반복했다. "바로 내 코앞에서. 있잖아, 당신이 나타나기 전에 우린 행복했어. 20년 동안. 그는 완벽하진 않았지만 날 사랑했어." 그녀의 목소리가 갈라졌다. "그런데 당신을 만나자마자 그는…."

"정말 미안해요. 우리가 계획적으로 그런 건 아니었어요."

"하지만 당신에게는 계획이 있었잖아. 큰 계획. 그는 당신을 위해 날 떠날 계획이었어…."

그녀의 말이 질문처럼 들리지 않았기에 나는 입을 다물었다. 러셀은 나를 위해 메리베스를 떠날 계획이라고 말했지만, 일이 마지막 단계에 접어들었을 즈음 나는 그가 하는 말에 더 이상 확신이 들지 않았다. 결국 그는 내가 생각했던 그런 남자가 아니었다. "그는 당신을 정말 사랑했어요." 나는 그녀를 달래보려 노력했다.

"그럼 왜 당신과 잠자리를 가졌을까?" 그녀가 버럭 소리를 질렀다.

"내 말 좀 들어봐요." 나는 심장이 여전히 미친 듯이 뛰고 있었지만 침착함을 유지하려 애쓰며 말했다. "그는 당신에게 돌아가고 싶어 했어요. 그는 회의에 차 있었어요. 만약 당신이 그를 죽이지 않았더…."

그녀는 나를 쳐다보았다. 나는 이 여자가 조금 전 자기 남편을 죽였다는 사실을 잊으면 안 된다. 그녀는 남편과 다시 예전 관계로 돌아가는 걸 기대하지 않았다. 그녀의 머릿속에는 오직 복수심뿐이었다.

"그리고 더그…." 그녀는 얼음처럼 차가운 눈으로 나를 응시했다. "당신이 그를 죽였어. 너랑 러셀이 죽였어."

나는 부인할 준비를 하며 입을 뗐다. 하지만 그녀의 눈빛을 보고 그게 질문이 아니라는 것을 깨달았다. "그래요, 내가 죽였어요."

아주 잠시 그녀의 눈에 눈물이 고이며 눈빛이 부드러워졌다. "더그 개릭은 정말 좋은 남자였어. 최고였지. 내게는 친동생 같은 사람이었어."

"알아요. 그리고… 미안해요."

"미안하다고?" 그녀가 소리를 질렀다. "무슨 영화관 줄 새치기라도 하다 걸린 줄 알아? 당신은 그를 죽였어! 그는 당신 때문에 죽었어!"

나는 무슨 말을 해도 소용없다는 걸 알고 입을 꾹 다물었다. 메리베스는 내게 화가 머리끝까지 났다. 내가 그녀의 남편과 잤고 그녀가 아끼던 상사를 죽였으니까. 하지만 그게 내가 여기서 그녀의 손에 죽임을 당해야 할 이유는 아니었다.

여기서 벗어날 방법을 찾아야 한다.

내 시선은 그녀의 오른손에 쥐어진 칼로 향했다. 그녀의 무릎 위에 놓인 칼에는 여전히 러셀의 피가 묻어 있었다. 그녀에게서 칼을 빼앗을 수 있을까? 메리베스의 육체적으로 그렇게 위협적인 사람은 아니었다.

"나한테 원하는 게 뭐에요?" 내가 물었다.

그녀는 트렌치코트 주머니에 손을 넣어 하얀 종이 한 장을 꺼냈다. 그러고는 이리저리 주머니를 뒤지더니 펜을 찾아냈다. 그녀는 종이와 펜을 가만히 내 쪽으로 밀었다.

"네가 저지른 죄를 거기에 써." 그녀가 말했다.

나는 목구멍으로 쓴물이 올라오는 걸 겨우 다시 삼키며 말했다. "뭐라고요?"

"내 말 들었잖아." 그녀의 눈이 번쩍했다. "당신이 한 짓을 다 적어. 러셀을 어떻게 유혹했는지. 두 사람이 어떻게 네 남편을 죽이려고 공모했는지. 전부 자백해."

"알았어요…." 나는 쓰고 싶지 않았지만, 그녀가 러셀에게 한 짓을 봤다. 내 목도 그렇게 될 수 있다는 생각에 몸이 얼어붙었다.

"빨리 써!"

짙은 붉은색 지문으로 얼룩진 하얀 종이에 내가 한 짓을 써 내려가면서도 내 손은 떨림이 멈추지 않았다. 나는 그녀가 어떻게 쓰길 원하는지 정확히 알 수 없어서 최대한 단순하게 적었다. 칼로 위협당한 상태에서 쓴 자백은 어차피 법정에서 증거로 받아들여지지 않을 거라서 그렇게 걱정이 되지는 않았다.

나는 지난 10개월 동안 러셀 시몬즈와 바람을 피웠습니다. 우리 둘은 함께 내 남편 더글러스 개릭을 죽였습니다.

나는 그녀의 표정을 살폈다. 하지만 아무런 감정도 드러나지 않았다. "이게 당신이 원하는 거예요?" 내가 물었다.

"그래, 하지만 아직 안 끝났어."

"무슨 말을 더 하길 원해요?"

"이어서 받아 적어." 그녀는 긴 손톱으로 종이를 두드렸다.

"나는 더 이상 죄책감을 안고 살 수 없습니다."

나는 떨리는 손으로 그녀가 불러준 문장을 써 내려갔다. 손이 너무 떨려서 글씨는 거의 읽을 수 없는 수준이었다. 잠시 종이가 흐릿하게 보였다가 다시금 초점이 돌아왔다.

"그래서 오늘 밤." 메리베스는 계속 말했다. "나는 우리 두 사람의 목숨을 끊기로 결심했습니다."

순간 손이 멈췄다. 무감각해진 손끝에서 펜이 툭 하고 떨어졌다. "메리베스…."

"빨리 써!"

그녀는 칼을 들어 내 얼굴에 가까이 가져다 댔다. 다시 러셀의 목에 난 상처가 떠올랐다. 이 여자가 진심이다. 나는 손을 떨며 마지막 문장을 적었다.

"이제 서명해." 메리베스가 말했다.

나는 시키는 대로 했다. 거부할 처지가 아니었다.

그녀는 내가 서명한 종이를 가져가 훑어보았다. 그러면서도 여전히 한쪽 눈으로는 나를 주시하고 있었다. "좋아." 그녀가 말했다.

나는 다음에 일어날 일이 무엇인지 깨달았다. 나는 종이에 스스로 목숨을 끊겠다고 적었다. 그건 결국 그녀가 나를 죽일 거라는 뜻이었다. 거기까지 생각이 미치자, 나는 참지 못하고 싱크대로 달려가 속에 있는 걸 게워 냈다. 그녀는 내가 그렇게 하도록 내버려두었다.

나는 위를 다 비워낸 후에도 싱크대에 기댄 채 마른 숨을 몰아쉬었다. 피노 누아 와인 때문에 싱크대가 붉은 토사물로 얼룩졌다. 주방 의자가 내 뒤에서 삐걱거리는 소리를 냈고, 잠시 후 메리베스가 내 바로 옆에 서 있었다.

"제발 이러지 마요." 내가 그녀에게 간청했다.

그녀는 고개를 한쪽으로 기울였다. "당신이 더그에게 한 짓이 이런 거 아냐? 당신이란 여자, 이런 일을 당해도 싸다고 스스로 생각되지 않아?"

더글러스의 경우는 달랐다. 그가 나를 너무 끔찍하게 대했기 때문에 나는 선택의 여지가 없었다. 심지어 그는 죽어서도 유언으로 나를 계속해서 괴롭혔다. 젠장, 어떡해야 그 멍청한 유언장과 싸워 이길 수 있지? 하지만 그건 여기서 나간 후에 걱정할 일이었다. 우선 나는 이 여자를 설득해서 위험한 일을 못 하게 막아야 했다.

"누구나 실수해요." 내가 말했다. "내가 저지른 일들에 대해선 나도 끔찍하게 생각해요. 그리고 이제는 그 죄책감을 안고 살아가야 하고요."

"그것만으로는 충분하지 않아." 그녀가 단호하게 말했다.

누가 내 몸을 코르셋으로 조이는 것처럼 가슴이 조여왔다. "내가 평생 감옥에서 썩는 걸로는 부족하다는 거예요?"

"그래. 당신은 더 끔찍한 벌을 받아야 해. 당신은 정말 비열한 인간이야. 최대한 고통스럽고 끔찍하게 죽어야 해."

가슴이 더욱 조여왔다. "그러면 어떻게 될 거 같아요? 경찰이 내가 스스로 칼로 자해해서 죽었다는 걸 믿을 것 같아요? 사람들은 그렇게 죽지 않아요. 경찰은 분명 이게 타살이라는 걸 알아차릴 거예요."

메리베스는 잠시 침묵했다. "당신 말이 맞아." 그녀가 곰곰이 생각하듯 말했다. "내가 너를 찔러서 죽이면 경찰은 자살이 아니라는 걸 알아차릴 거야."

오, 하느님 감사합니다. 드디어 이 여자가 이성적인 생각을 하게 만들었다.

“그렇다니까요.”

“그래서 당신은 그렇게 죽지 않을 거야.”

나는 다리에 힘이 풀려 주저앉을 뻔했다. “뭐라고요? 무슨 소릴 하는 거예요?”

혹시 다른 무기가 있는 건가? 총? 쌍절곤? 이 여자가 나한테 무슨 짓을 하려는 거지?

“디곡신이라는 약에 대해 들어본 적 있어?” 그녀가 물었다.

디곡신? 왜 이리 익숙하게 들리지?

그러다 문득 생각이 났다. 더글러스가 그 약을 먹었었다. 심장 때문에. 그리고 메리베스는 그가 약을 보관하는 롱아일랜드 주택의 열쇠 사본을 가지고 있었다.

“디곡신 중독은 증상이 매우 심각해.” 그녀가 계속 말했다. “먼저 메스꺼움이 일고, 그다음엔 현기증, 끔찍한 복부 경련이 오고 시야가 흐려져. 정말 고통스럽지. 하지만 가장 치명적인 건 심장을 부정맥 상태로 몰고 가는 거야.”

“그러니까.” 내가 느리게 말했다. “나더러 디곡신을 한 움큼 삼키라는 거예요?”

그녀가 약을 삼키라고 하면, 나는 그러지 않을 방법을 찾아야 했다. 혀 밑에다 숨겼다가 기회를 봐서 뱉어낼 수도 있다. 억지로 삼키게 할 수는 없을 것이다.

하지만 그 순간, 그녀의 입꼬리가 천천히 올라가며 얼굴에 미소가 번졌다. “웬디, 당신은 이미 삼켰어.”

맙소사. 와인!

나는 다시 한번 싱크대에다 대고 토해보려 했지만, 아무것도 나오지 않았다. 그와 동시에 눈물이 날 정도로 극심한 복통이 밀려왔다. 더는 버티지 못하고 바닥에 주저앉았다.

메리베스가 내 옆에 쪼그리고 앉았다. "얼마나 걸릴지 모르겠네. 한 시간? 두 시간? 뭐, 서두를 필요는 없지. 아무도 우릴 찾아오지 않을 테니까."

나는 그녀를 힘겹게 올려다보았다. 그녀의 얼굴이 흐릿해졌다가 다시 또렷해졌다. "제발… 날 병원에 데려다줘요."

"안 될 것 같은데."

"제발 부탁이에요." 나는 숨을 헐떡였다. "자비를 베풀어…."

"당신이 더그에게 자비를 베푼 것처럼?"

나는 손을 뻗어 간신히 그녀의 청바지 자락에 닿았다. 나는 그걸 잡아보려 했지만 내 손이 더 이상 내 말을 듣지 않았다. "당신이 원하는 건 뭐든 할게요. 원하는 건 다 줄게요. 약속해요."

"그럼 나도 약속하지." 메리베스가 말했다. "당신의 죽음은 느리고 고통스러울 거야. 그리고 당신과 달리 난… 절대 약속을 어기지 않아."

73

밀리

이제 현실을 마주할 시간이다.

나는 어젯밤 엔조의 차에서 잤다. 경찰이 나에 대한 체포 영장을 가지고 있다는 걸 알았지만, 나는 아직 감옥에 갇힐 준비가 안 됐다. 그래서 어두운 골목에 주차한 차 뒷좌석에 숨어서 잠을 잤다. 한때 차에서 살았던 시절이 있었기에 뒷좌석에서의 하룻밤은 강한 데자뷔를 불러왔다.

그리고 내가 평생 엔조의 차 안에 숨을 수 없다는 걸 깨달았다. 자수를 한 다음 진실이 밝혀지기를 바라는 수밖에 없었다.

내가 사는 아파트 건물 앞에 차를 세우면, 진을 치고서 나를 기다리고 있는 경찰이 우르르 몰려들 거란 게 내 예상이었다. 하지만 서 있는 거라고는 달랑 순찰차 한 대뿐이었다. 그래도 그 경찰차는 나를 기다리고 있는 건 확실했다.

아니나 다를까, 엔조의 마쓰다 차에서 내리자마자 젊은 경찰관 한 명이 순찰차에서 재빨리 튀어나왔다. "빌헬미나 캘러웨이 양?" 그가 물었다.

"맞아요." 내가 확인해 주었다.

'빌헬미나 캘러웨이 양, 당신을 체포합니다.' 나는 그가 이런 말을 하기를 기다렸지만, 그는 그러지 않았다. "저와 함께 경찰서로 가주시겠습니까?"

"저 체포되는 건가요?"

그는 고개를 저었다. "제가 아는 한은 아닙니다. 라미레즈 형사님이 당신과 꼭 이야기를 나누고 싶어 합니다. 하지만 반드시 가야 할 의무는 없습니다."

잘 됐군. 시작이 좋아.

나는 경찰차 뒷좌석에 올랐다. 나는 밤새 꺼두었던 휴대전화를 다시 켰다. 뉴욕 경찰국에서 온 부재중 전화가 몇 통 있었고 엔조에게서 온 부재중 전화가 스무 통이나 있었다. 내가 자기 차를 가져간 걸 알아챈 게 분명했다. 나는 음성 메일은 들어보지 않고 그가 보낸 문자 메시지들을 훑어보았다.

【어디야?】

【내 차 가져갔어?】

【내 차 가져갔네!】

【차 가지고 돌아와. 같이 이야기해.】

【그 오두막에 가지 마!】

【어디 있는 거야? 많이 걱정돼.】

【돌아와 제발. 오두막에 가지 마. 사랑해.】

【내가 다 해결할게. 돌아와.】

이런 문자 메시지가 계속 이어졌다.

문자 메시지는 밤새 계속되었다. 그는 밤새도록 나를 걱정하고 있었다. 나는 그에게 최소한의 설명은 해줘야 한다. 아니면 적어도 내가 무사하다고 말해줘야 한다.

【난 괜찮아. 지금 경찰차 뒷좌석에 있어. 체포된 건 아니야. 네 차는 내 아파트 앞에 있어.】

엔조의 답장은 마치 내 문자 기다리며 계속 휴대전화만 쳐다보고 있었던 것처럼 거의 즉시 도착했다.

【어디 있었어???????】

나는 답장을 보냈다.

【차에서 잤어. 다 괜찮아.】

그가 메시지를 입력하는 동안 휴대전화 화면에 세 개의 점이 나타났다. 나는 그가 사랑한다거나 혹은 걱정했었다고 보내거나 아니면 자기 차를 왜 훔쳐 갔냐고 보낼 거라고 예상했다. 하지만 그가 보낸 메시지는 전혀 예상치 못한 것이었다.

【웬디 개릭이 죽었어. 뉴스에서 봤어.】

【뭐? 어쩌다?】

【자살했대.】

74

이번만큼은 취조실이 예전처럼 아주 무섭게 보이지 않았다.

순찰차 안에 있는 동안 나는 웬디 개릭의 자살에 관한 이야기를 모조리 찾아내 읽었다. 보도에 따르면, 웬디는 남자친구의 목을 칼로 긋고 나서 약을 잔뜩 삼켰다고 한다. 심지어 유서까지 남겼다고 쓰여있었다.

이걸로 더글러스 개릭 사건에 완전히 새로운 국면을 맞았다.

내가 취조실에 들어온 지 30분쯤 지나서야 라미레즈 형사가 얼굴을 내밀었다. 그는 여전히 심각한 표정을 짓고 있었지만 더 이상 그 표정이 위협적으로 보이지는 않았다. 오히려… 혼란스러운 것처럼 보였다.

"안녕하세요, 밀리 양." 그가 내 맞은편 좌석에 앉으며 말했다.

"안녕하세요, 형사님." 내가 말했다.

그의 이마는 찡그려져 있었다. "웬디 개릭에게 무슨 일이 있었는지 들었나요?"

"네, 들었어요. 뉴스에 나오더군요."

"아셔야 할게…." 그가 말했다. "웬디 부인이 유서에서 더글러스 씨를 살해했음을 자백했습니다."

나는 아주 작디 작은 미소를 지었다. "그럼 전 더 이상 용의자가 아닌 건가요?"

"사실…." 그는 자신의 체중 때문에 삐걱대는 플라스틱 의자에 몸을 기댔다. "당신은 이미 더 이상 용의자가 아니었습니다. 뒷문에 아무도 몰랐던 보안 카메라가 있었어요. 영상을 검토한 결과에 따르면, 당신은 개릭 씨와 같은 시간에 그 아파트에 있지도 않았던 것으로 보이더군요."

"맞아요. 웬디가 날 함정에 빠뜨렸어요."

일이 벌어지는 내내 그 카메라는 거기 있었다. 지난 이틀 동안의 모든 공포와 스트레스… 그 모든 불안 속에서 내 결백을 증명할 수 있는 증거는 처음부터 거기에 있었던 것이다.

그는 고개를 끄덕였다. "아무래도 그런 것 같네요. 그래서 당신께 사과드리고 싶습니다. 우리가 왜 당신을 용의자로 생각했는지는 이해해 주실거라고 생각합니다."

"물론이죠. 저는 전과 기록이 있으니, 범죄를 저질렀다면 제가 범인임이 틀림없다는 거겠죠."

라미레즈는 당황한 기색을 내보일 정도의 염치는 있었다. "저희가 성급하게 결론을 내린 건 사실이지만, 인정해야 할 건, 당신을 범인으로 가리키는 증거가 많았다는 점입니다. 그리고 웬디 개릭이 너무나도 완강하게 당신이 한 짓이라고 주장했고요."

그의 말이 옳았다. 그녀는 나를 제대로 함정에 빠트렸다. 하지만 그녀가 조금만 더 똑똑했더라면 나를 그렇게 만들 필요가 전혀 없었을 것이다. 결국 웬디 개릭은 스스로 필요 이상으로 일을 더욱 어렵게 만들었다. 웬디가 살아있다면 나한테서 많은 걸 배울 수 있었을 텐데.

하지만 이번 일은 나에게 깊은 상처를 남겼다. 그동안 나는 수많은 여성들을 도왔다. 항상 계획한 대로 흘러가지는 않았지만, 나는 항상 옳은 일을 하고 있다고 믿었다. 여성들이 내게 도움을 요청할 때면 나는 망설임 없이 손을 내밀었고 그게 당연하다고 생각했었다.

하지만 이제는 확신이 서지 않는다. 웬디는 정말 피해자처럼 보였다. 이 일을 겪고 나니 다음에 누군가가 내게 도움을 청했을 때 예전처럼 그 사람을 믿고 도울 수 있을지 모르겠다. 그게 내가 웬디에게 가장 화나는 점이었다.

"그럼 이제 다 끝난 건가요?"

"네, 맞습니다. 제가 아는 한 이 사건은 종결되었습니다."

더글러스는 죽었고, 웬디가 더글러스를 죽였다는 게 밝혀졌다. 그리고 그녀 역시 이제 이 세상 사람이 아니었다. 더 이상 수사도, 체포도, 재판도 필요가 없었다. 난 자유의 몸이다.

"그렇다면 전 왜 여기 있는 거죠?"

"음…." 라미레즈가 수줍게 미소를 지었다. "알고 보니, 당신에겐 '평판'이 좀 있네요."

"평판이요?" 속이 약간 울렁거렸다. 좋은 이야기가 아닐 것 같았다. "무슨 평판이요?"

"영웅이라고요."

"네? 뭐라고요?"

"당신은 과거에도 다른 여성들을 도왔기 때문에 자신이 개릭 부인을 돕고 있다고 생각했다는 거 압니다." 라미네즈가 말했다. "그리고 그것에 대해 우리가 정말 감사하게 생각한다는 걸 알아주면 좋겠네요. 우리는 여기서 정말 끔찍한 일들은 많이 봅니다. 하지만 가끔… 피해자를 구하기엔 너무 늦는 경우도 있죠."

그의 말이 가슴에 와닿았다. 나는 지금껏 '너무 늦기 전에' 가능한 모든 것을 다 해왔다. 그리고 앞으로 어떤 삶을 살게 되든 나는 계속 그렇게 할 것이다. 가사도우미로도, 사회복지사로도. "저는… 제게 주어진 자원으로 최선을 다할 뿐이에요."

"그 마음, 잘 압니다." 그는 나를 보며 미소를 지었다. "그리고 저를 또 하나의 자원으로 생각해 주면 좋겠습니다. 제 명함을 드릴 테니 혹시라도 누군가, 어떤 여성이 위험에 처한 상황을 보게 되면 바로 전화해 줘요. 뒷면에 제 휴대전화 번호도 적혀 있습니다. 다음엔 꼭 당신 말을 믿을게요."

그는 명함을 탁자 위에 놓더니 내 쪽으로 밀었다. 나는 명함을 집어 들고 그의 이름을 내려다보았다. '베니토 라미레즈'. 드디어 경찰 안에도 믿을 만한 친구가 생긴 것이다. 믿어지지 않았다. "확실히 해두고 싶은데, 나한테 작업 거는 건 아니죠, 그죠?"

그는 고개를 뒤로 젖히며 웃었다. "아니에요. 전 당신에 비하면 너무 늙었어요. 그리고 당신이 그 이탈리아 남자랑 사귀는 사이라는 거 알고 있어요. 어제 경찰서로 찾아와서는 아주 난리를 피웠거든요. 우리가 사람을 잘못짚었다고, 당신 얘기를 들어주라면서 말이죠. 정말 체포해야 하는 거 아닌가 싶었어요."

나도 모르게 미소가 번졌다. "정말요?"

"네. 사실, 지금도 밖에 있어요. 당신 얼굴을 볼 때까지 절대 안 가겠대요."

"그럼 저는…." 나는 얼굴에서 웃음기를 지우지 못한 채 말했다. "이만 가봐야겠네요."

내가 자리에서 일어나자, 라미레즈도 함께 일어났다. 그는 내게 손을 내밀었고, 나는 그 손을 힘 있게 잡아 흔들었다. 그렇게 악수를 나누고, 나는 문을 향해 걸어갔다. 엔조를 만나기 위해. 그리고… 마침내, 집으로 돌아가기 위해.

에필로그

밀리

3개월 후

나는 엔조가 그 작은 원룸 아파트에 어떻게 그렇게나 많은 물건을 가지고 있었는지 이해가 가지 않았다.

그는 벌써 천만번째인 것 같은 상자를 들고서 내 아파트로 들어와서는 다른 상자 위에다 내려놓았다. 그 상자 안에도 물건이 가득했다. 물론, 티셔츠 아래로 불룩 튀어나온 팔 근육들을 내보이며 상자를 나르는 엔조의 모습을 보는 건 나쁘지 않았다. 하지만 이 많은 상자들 안에는 대체 뭐가 들어 있는 걸까? 이 남자는 티셔츠 예닐곱 장과 청바지 두 벌을 돌려 입는 것처럼 보였다. 그런데 이 많은 짐들은 대체 뭐냔 말이다.

"이제 끝이야?" 엔조가 이마에 흐르는 땀을 닦는 걸 보며 내가 물었다.

"아니, 두 개 더 있어."

"두 개나 더?"

나는 점점 후회가 밀려오는 것 같았다. 뭐, 진짜로 그렇다는 건 아니지만. 브록과 헤어진 후 엔조와 나는 그가 이탈리아로 떠나기 전으로 다시 돌아왔다. 하지만 이번에는 우리 둘 다 서로가 없이는 안 된다는 걸 알고 있었다. 그래서 엔조가 매일 내 아파트에서 같이 자는데 자기 아파트 월세를 내는 건 돈 낭비라고 지적했을 때, 나는 재빨리 함께 살 것을 제안했다.

신기한 건 잘 맞는 인연은 그냥 알 수 있다는 거다.

"작은 상자 두 개야." 엔조가 말했다. "별거 아니야."

"흠…." 나는 그 말을 믿지 않았다. 엔조가 말하는 '작은 상자'의 기준은 나보다 무게가 덜 나가는 것을 의미했다.

그는 나를 보고 싱긋 웃었다. "귀찮게 해서 미안해."

귀찮기는커녕, 사실 내가 이 아파트에 머물 수 있는 것도 다 엔조 덕분이었다. 랜들 부인은 내가 완전히 혐의를 벗은 후에도 여전히 나를 쫓아내려고 했지만, 엔조가 그녀와 이야기를 나누고 오자 그녀는 갑작스레 내가 계속 이곳 아파트에 사는 것을 허락했다. 그의 매력은 꽤 강력했다.

엔조가 방을 가로질러 와 두 팔로 나를 껴안았다. 상자를 나르느라 약간 땀이 나긴 했지만, 나는 신경 쓰지 않았다. 나는 그가 내게 키스하도록 내버려뒀다. 항상.

"좋아." 그가 마침내 몸을 빼내면서 말했다. "나머지 상자들 가져올게."

나는 끙하고 신음했다. 상자를 하나씩 확인해서 쓸데없는 건 다 버려야 할 것 같았다. 그리고 오늘은 서랍도 정리할 계획이었다.

엔조가 나간 지 몇 분 후, 아래층 현관에서 초인종이 울렸다. 엔조가 저녁으로 피자를 시킬 거라고 하긴 했지만, 아직 주문을 넣은 것 같지는 않았다. 그렇다면 남은 사람은 한 명뿐이었다.

나는 그가 올라올 수 있게 버저를 눌러 문을 열어줬다.

잠시 후 문을 두드리는 소리가 들렸다. 나는 침대 위에 놓여 있던 상자를 집어 거실로 가지고 갔다. 한 팔로 상자를 붙든 채 다른 팔로 문을 열었다.

브록이 문 앞에 서 있었다. 언제나 그렇듯, 그는 값비싼 정장을 입고 있었고, 머리는 완벽하게 꾸며져 있었다. 치아도 여전히 하얗게 빛이 났다. 3개월 만이라 그가 얼마나 잘생겼는지를 잠시 잊고 있었다. 나는 언젠가는 그가 한 여자에게 멋진 남편이 되어줄 거라고 확신했다. 하지만 그 여자가 나는 아니다.

"안녕." 그가 말했다. "내 물건 챙겨놨어?"

"여기 다 있어."

나는 상자를 들어 브록의 품에다 안겨주었다. 엔조를 위해 공간을 비우려다 보니 서랍장에 브록의 옷과 잡동사니가 꽤 많이 남아 있는 것을 발견했다. 그냥 다 버릴까도 생각했지만, 경찰이 체포 영장을 발부했을 때 그가 내게 미리 귀띔해 주었던 일도 있고 해서 그에게 다시 돌려주기로 했다.

"고마워, 밀리." 그가 말했다.

"별말씀을."

그는 문 앞에서 머뭇거렸다. "잘 지내는 것 같네."

맙소사, 이 대사는 대체 뭐야? "고마워. 너도 좋아 보여." 내가 말했다. 그러고는 참지 못하고 물었다. "만나는 사람 있어?"

그는 고개를 저었다. "특별한 사람은 없어."

그가 내게 같은 질문을 하지 않아서 다행이었다. 브록이 같이 살자고 했을 때 몇 번이나 거절했었는데, 엔조와 동거한다고 말하면 상처가 될 것 같았다. 경찰서에서 나를 버려두고 떠나버리긴 했지만, 그럼에도 불구하고 브록이 나를 사랑했었다는 건 알고 있다. 아마도 내가 그를 사랑한 것보다 훨씬 더.

"그럼…." 그는 상자를 다른 팔로 옮겼다. "잘 지내. 모든 일에… 행운을 빌어."

"너도. 언젠가 또 봐." 내가 왜 마지막 말을 덧붙였는지 모르겠다. 아마 다시는 그를 볼 수 없을 것이다.

내가 문을 닫으려는데, 브록이 손을 내밀어 저지했다. "아, 잠깐. 밀리?"

"응?"

그는 상자를 흔들며 내용물을 살펴보다가 나를 다시 쳐다보았다. "내 여분의 약통 여기 들었어?"

나는 주먹을 꽉 쥐었다. "뭐?"

"내 여분의 디곡신 약통 말이야." 그가 더 구체적으로 말했다. "가끔 여기서 자고 갈 때를 대비해서 네 약장에 넣어두었던 약통. 아직 네가 가지고 있어? 여행 갈 때 필요해서."

"아…." 나는 주먹을 더 꽉 쥐었다. "아니, 난… 약장에서 못 봤어. 모르고 버렸나 봐. 미안해."

그가 손을 내저었다. "괜찮아. 네가 내 예일대 후드티를 버리지 않아서 기뻐."

브록은 손을 흔들며 마지막 작별 인사를 했다. 나는 문을 닫지 않고 브록이 계단을 내려가는 모습을 숨죽인 채 지켜봤다. 그가 시야에서 완전히 사라지고 나서야 크게 숨을 내쉬었다.

나는 약장에 두고 간 약 한 통을 그가 기억할 거라곤 생각하지 못했다. 하지만 나는 확실히 기억하고 있었다. 브록과 사귀던 시절, 약장에서 그 약통을 처음 발견했을 때, 나는 내 남자친구에 대해 더 알고 싶어서 그 약에 대해 찾아봤었다. 그렇게 해서 디곡신을 다량 복용하면 치명적인 부정맥을 일으킬 수 있다는 걸 알게 되었다. 그 내용은 내 머릿속 깊숙한 곳에 조용히 저장해뒀었다.

디곡신은 그 위험성에도 불구하고 흔히 사용되는 심장약이다. 아주 흔한 약이어서 더글러스 개릭도 심방세동 때문에 디곡신을 복용하고 있었다. 하지만 웬디 개릭이 과다 복용한 디곡신은 경찰의 추측처럼 더글러스가 챙겨둔 것이 아니었다.

내가 엔조의 차 키를 훔쳐서 나왔을 때, 나는 그 오두막으로 차를 몰고 가지 않았다. 결국 엔조와의 약속을 지켰다. 대신 맨해튼으로 차를 몰았다. 러셀 시몬즈의 아내이자 진짜 더글러스 개릭의 직원이었던 메리베스의 아파트로 가서 나를 소개했다.

메리베스는 아주 상냥한 여성이었다. 그녀는 상사의 죽음으로 많이 상심해 있었다. 그래서 나는 그녀의 남편에 대해 내가 아는 내용을 그녀에게 설명해야 하는 게 끔찍하게 느껴졌다. 하지만 우리가 다정한 대화를 길게 나눈 다음 그녀의 기분은 오히려 많이 나아졌다. 뭔가 홀가분해진 얼굴이었다. 메리베스는 몇 년 전에 러셀이 거액의 생명보험에 가입했다는 게 떠올랐다며 호숫가에 있는 작은 오두막으로 '치유를 위한 작은 여행'을 떠났다.

그리고 나는 디곡신 한 통만큼 몸이 가벼워져서 돌아갔다.

아이러니한 것은, 웬디가 남편에게 약을 정량보다 조금만 더 줬더라면 그걸로 남편을 죽일 수 있었다. 그리고 그게 사고인지 고의인지를 입증하는 건 매우 어려운 일이다. 그랬다면 그녀는 손쉽게 자신의 목표를 이뤘을 것이다.

게다가 그녀는 믿을 수 없을 정도로 잘못된 판단을 내렸다. 그녀는 매우 위험한 한 사람을 과소평가했다.

바로 나란 사람을.

그리고 그녀는 그 대가를 치렀다.

옮긴이 **황성연**

한국외대에서 프랑스어를 전공하고, 미국 뉴욕주립대에서 국제정치학 석사 과정을 수료했다. 지금은 작은 공간에서도 세상 이곳저곳을 여행하며 사유할 수 있게 해주는 책과 글이 좋아서 번역가의 길을 걷고 있다. 옮긴 책으로는《크루시블》,《폭풍의 벽》,《주홍여우전》,《기억되지 않는 여자, 애디 라뤼》 등이 있다.

초판 1쇄 2025년 4월 7일
저자 프리다 맥파든
옮긴이 황성연
편집 나다연 **디자인** 배석현
ISBN 979-11-93324-48-6 03840

발행인 아이아키텍트 주식회사
출판브랜드 북플라자
주소 서울시 강남구 학동로 329 북플라자 타워
홈페이지 www.bookplaza.co.kr

오탈자 제보 등 기타 문의사항은 book.plaza@hanmail.net으로 보내주세요.
잘못된 책은 구입하신 서점에서 교환해 드립니다.